UM BEIJO
& nada mais

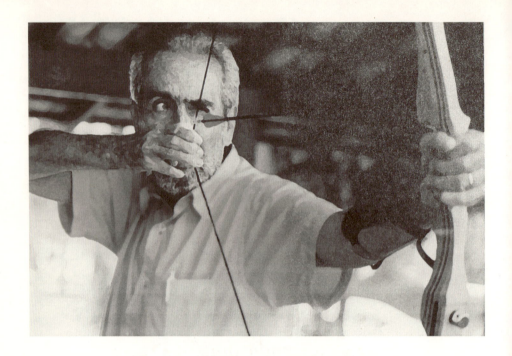

O Arqueiro

GERALDO JORDÃO PEREIRA (1938-2008) começou sua carreira aos 17 anos, quando foi trabalhar com seu pai, o célebre editor José Olympio, publicando obras marcantes como *O menino do dedo verde*, de Maurice Druon, e *Minha vida*, de Charles Chaplin.

Em 1976, fundou a Editora Salamandra com o propósito de formar uma nova geração de leitores e acabou criando um dos catálogos infantis mais premiados do Brasil. Em 1992, fugindo de sua linha editorial, lançou *Muitas vidas, muitos mestres*, de Brian Weiss, livro que deu origem à Editora Sextante.

Fã de histórias de suspense, Geraldo descobriu *O Código Da Vinci* antes mesmo de ele ser lançado nos Estados Unidos. A aposta em ficção, que não era o foco da Sextante, foi certeira: o título se transformou em um dos maiores fenômenos editoriais de todos os tempos.

Mas não foi só aos livros que se dedicou. Com seu desejo de ajudar o próximo, Geraldo desenvolveu diversos projetos sociais que se tornaram sua grande paixão.

Com a missão de publicar histórias empolgantes, tornar os livros cada vez mais acessíveis e despertar o amor pela leitura, a Editora Arqueiro é uma homenagem a esta figura extraordinária, capaz de enxergar mais além, mirar nas coisas verdadeiramente importantes e não perder o idealismo e a esperança diante dos desafios e contratempos da vida.

MARY BALOGH

CLUBE DOS SOBREVIVENTES – 6

UM BEIJO
& *nada mais*

Título original: *Only a Kiss*
Copyright © 2015 por Mary Balogh
Copyright da tradução © 2020 por Editora Arqueiro Ltda.
Todos os direitos reservados. Nenhuma parte deste livro pode ser utilizada ou reproduzida
sob quaisquer meios existentes sem autorização por escrito dos editores.
Publicado em acordo com a Maria Carvainis Agency, Inc., e a Agência Literária Riff Ltda.
Publicado originalmente nos Estados Unidos pela Signet, selo da New American Library,
uma divisão da Penguin Group, LLC, Nova York.

tradução: Livia de Almeida

preparo de originais: Milena Vargas

revisão: Flávia Midori e Sheila Louzada

diagramação: Abreu's System

capa: Renata Vidal

imagens de capa: Laurence Winram/ Trevillion Images (foto);
Kotkoa/ Shutterstock (flores)

impressão e acabamento: Bartira Gráfica

CIP-BRASIL. CATALOGAÇÃO NA PUBLICAÇÃO
SINDICATO NACIONAL DOS EDITORES DE LIVROS, RJ

B156b   Balogh, Mary, 1944-
        Um beijo e nada mais / Mary Balogh; tradução de Livia de
    Almeida. São Paulo: Arqueiro, 2020.
        288 p.; 16 x 23 cm.   (Clube dos sobreviventes; 6)

        Tradução de : Only a kiss
        ISBN 978-65-5565-014-3

        1. Ficção americana. I. Almeida, Livia de. II. Título. III. Série.

20-65017   CDD: 813
                                    CDU: 82-3(73)

Todos os direitos reservados, no Brasil, por
Editora Arqueiro Ltda.
Rua Funchal, 538 – conjuntos 52 e 54 – Vila Olímpia
04551-060 – São Paulo – SP
Tel.: (11) 3868-4492 – Fax: (11) 3862-5818
E-mail: atendimento@editoraarqueiro.com.br
www.editoraarqueiro.com.br

CAPÍTULO 1

Percival William Henry Hayes, o conde de Hardford, visconde Barclay, estava imensamente, desmesuradamente, colossalmente entediado. Todos esses advérbios significavam mais ou menos a mesma coisa, claro, mas ele estava de fato entediado até o último fio de cabelo. Estava quase entediado demais para se obrigar a se levantar da cadeira e reabastecer a taça no aparador, do outro lado do aposento. Quase não, ele *estava* entediado demais para isso. Ou talvez apenas bêbado demais. Talvez tivesse exagerado e bebido o equivalente a todo o oceano.

Estava celebrando o trigésimo aniversário, ou pelo menos era o que vinha fazendo antes. Desconfiava que, àquela altura, já passara um bocado da meia-noite, o que significava que o aniversário tinha ficado para trás, assim como toda a irresponsável, divertida e inútil década dos 20 anos.

Descansava na sua poltrona favorita de couro macio, a um canto junto da lareira na biblioteca de sua casa na cidade, como ficava feliz em observar. Mas não estava sozinho como era de se esperar àquela hora da noite – ainda que não soubesse muito bem que horas eram. Em meio à neblina da embriaguez, ele teve uma vaga lembrança das comemorações no White's Club, junto com um grupo agradavelmente grande de companheiros, levando em conta o fato de que ainda estavam bem no começo de fevereiro, uma época nada elegante para marcar encontros em Londres.

O nível de ruído, recordava-se, havia se intensificado a ponto de vários dos sócios mais antigos franzirem a testa em reprovação rigorosa – velhos ranhetas e fósseis, todos eles – e os garçons que habitualmente mantinham expressões indecifráveis começarem a demonstrar traços de tensão e de indecisão. Como seria possível expulsar um bando de cavalheiros bêbados, alguns de berço nobre, sem ofender a eles e a três ou quatro gerações passadas e futuras? Ao mesmo tempo, como *não* os expulsar, quando a inércia provocaria a ira de ranhetas de berço igualmente nobre?

Alguma solução cordial tinha sido encontrada, pois lá estava ele, na própria casa, com um pequeno e fiel bando de camaradas. Os outros deviam ter partido para outras folias ou apenas se recolhido.

– Sid. – Ele virou a cabeça, apoiada no encosto da poltrona. – Em sua respeitável opinião, teria eu bebido o equivalente ao oceano inteiro esta noite? É a sensação que tenho. Alguém me desafiou?

O ilustríssimo Sidney Welby contemplava o fogo – ou melhor, o que restara do fogo, já que não o tinham alimentado com carvão nem convocado um criado para cuidar disso. Ele franziu a testa enquanto se perdia em pensamentos antes de responder:

– Isso não seria possível, Percy. O oceano é reabastecido cons... constantemente pelos rios e pelos córregos, e tudo o mais. Riachos e regatos. Ele volta a se encher tão depressa quanto se esvazia.

– E recebe também a água da chuva – acrescentou Cyril Eldridge, muito prestativo. –Você só está com a *sensação* de ter bebido todo o oceano. Mas se o oceano secou mesmo, já que inclusive não choveu recentemente, todos nós tivemos uma participação nisso. Minha cabeça vai parecer ter o triplo do tamanho normal amanhã de manhã, e, para complicar, eu tenho fortes suspeitas de ter concordado em acompanhar minhas irmãs até a biblioteca ou coisa parecida, e você sabe, Percy, minha mãe não vai permitir que saiam apenas com a criada. E elas insistem em sair ao raiar do dia, para não correrem o risco de que alguém chegue antes e leve embora todos os livros que merecem ser lidos. Que não são muitos, na minha opinião. E o que elas estão fazendo na cidade tão no início do ano? Beth não vai se apresentar à sociedade antes da Páscoa, então para que *tantas* roupas? Mas o que sabe um irmão? No que diz respeito às minhas irmãs, absolutamente nada.

Cyril era um dos inúmeros primos de Percy. Havia doze deles no lado paterno da família, filhos das quatro irmãs de seu pai, e 23, na última contagem, no lado materno, embora ele se lembrasse vagamente de que a mãe mencionara que tia Doris, a caçula, se encontrava pela décima segunda vez em "estado interessante". Sua prole respondia por grande parte daqueles 23, que em breve seriam 24. Todos os primos eram agradáveis. Todos o amavam e ele amava a todos, assim como os tios e as tias, claro. Não havia família mais unida, mais amorosa, do que a dele, em ambos os lados. Ele era o mais afortunado dos mortais, refletiu Percy, com profunda melancolia.

– A aposta, Percy – acrescentou Arnold Biggs, visconde Marwood –, era se você conseguiria deixar Jonesey em coma antes da meia-noite... o que não é uma façanha qualquer. Ele escorregou para debaixo da mesa quando faltavam dez minutos. Foram os roncos dele que nos convenceram de que era hora de ir embora do clube. Eram completamente perturbadores.

– Então foi isso. – Percy deu um imenso bocejo. Um dos mistérios estava resolvido. Ele ergueu a taça, lembrou que estava vazia e baixou-a com estrépito na mesa ao seu lado. – Que o diabo o carregue, mas a vida se tornou uma chatice sem tamanho.

– Vai se sentir melhor amanhã, depois de ter passado o choque dos 30 anos hoje – disse Arnold. – Ou me refiro a hoje e a ontem? Isso mesmo. O ponteiro pequeno do relógio sobre a prateleira aponta para o número 3, e eu acredito nele. O sol ainda não nasceu. Devemos estar no meio da madrugada. Embora nessa época do ano seja *sempre* madrugada.

– Por que está tão entediado, Percy? – perguntou Cyril, parecendo ofendido. – Você tem tudo o que um homem poderia desejar. *Tudo.*

Percy voltou os pensamentos para uma contemplação das muitas bênçãos em sua vida. Cyril tinha razão. Não havia como negar. Além dos tios e primos amorosos, ele fora criado por pais que o adoravam como filho único – o único herdeiro –, embora aparentemente tivessem feito um enorme esforço para encher a ala infantil de irmãos e irmãs. Tinha sido mimado com tudo o que podia querer ou necessitar, e os pais contavam com os meios para proporcionar tudo isso com estilo.

O bisavô paterno, como caçula de um conde, um simples substituto e não o herdeiro titular, dedicara-se a um comércio elegante. Acumulara o que podia ser considerado uma fortuna. O filho dele, o avô de Percy, transformou-a em uma *vasta* fortuna e a aumentou ainda mais ao se casar com uma mulher rica e muito regrada, que contava cada centavo gasto. O pai de Percy herdara tudo, a não ser os generosíssimos dotes conferidos às quatro irmãs, depois duplicara e então triplicara a riqueza por meio de investimentos inteligentes e se casara, por sua vez, com uma mulher que veio acompanhada de um polpudo dote.

Depois da morte do pai, três anos antes, Percy se tornara tão rico que levaria metade do tempo que lhe restava de vida só para contar as moedas que a avó tão cuidadosamente poupara. Ou mesmo as libras. *E* havia a Casa Castleford, a grande e próspera propriedade em Derbyshire que o avô comprara supostamente com um maço de cédulas, para se vangloriar de sua posição para o resto do mundo.

Percy também tinha boa aparência. Não havia motivo para ser modesto a esse respeito. E mesmo se o espelho mentisse ou se ele se enganasse sobre a percepção do que via refletido, existia o fato de que cabeças se viravam – às vezes com admiração, às vezes com inveja – quando ele passava. Segundo inúmeras pessoas tinham lhe dito, Percy, alto e moreno, era a personificação do homem atraente. Desfrutava de boa saúde, como sempre – ele ergueu a mão direita e bateu na mesa ao lado com os nós dos dedos, fazendo com que a taça vazia de Sid quicasse –, e tinha todos os dentes na boca, todos decentemente brancos e em boas condições.

E além de tudo era inteligente. Depois de ser educado em casa por três tutores, pois os pais não suportavam a ideia de mandá-lo para a escola, ele havia ido para Oxford estudar os clássicos e concluíra tudo três anos depois, obtendo graduação dupla, em latim e grego antigo. Tinha amigos e bons relacionamentos. Homens de todas as idades pareciam gostar dele, e as mulheres... Bem, as mulheres também o apreciavam, o que era uma sorte, porque ele também gostava delas. Gostava de encantá-las, de elogiá-las, de virar as páginas das partituras para elas, de dançar com elas e de levá-las para caminhar ou andar de carruagem. Gostava de flertar. Se fossem viúvas e disponíveis, gostava de dormir com elas. E tinha se tornado especialista na arte de evitar todas as armadilhas matrimoniais que preparavam para ele a cada momento.

Percy tivera uma série de amantes – embora no momento não houvesse nenhuma –, todas donas de beleza rara e maravilhosamente habilidosas, atrizes com gostos caros ou cortesãs muito desejadas por seus pares.

Ele era forte, atlético, em boa forma. Gostava de montar, lutar boxe, praticar esgrima e tiro, e se sobressaía em tudo, o que passara a deixá-lo um tanto inquieto nos últimos tempos. Ao longo dos anos, aceitara participar de mais apostas e desafios do que deveria, e, quanto mais imprudentes e perigosos, melhor. Tinha feito corridas até Brighton em seu cabriolé em três ocasiões diferentes – uma delas ida e volta –, tomara as rédeas de uma pesada diligência que atravessava a Grande Estrada do Norte depois de subornar o cocheiro... e disparara com os cavalos. Atravessara metade de Mayfair seguindo apenas pelos telhados e, de vez em quando, pelos vãos entre eles, após ser desafiado a realizar a proeza sem encostar no chão e sem utilizar qualquer instrumento que tocasse o chão. Havia atravessado – por baixo – quase todas as pontes do rio Tâmisa nas imediações de Londres. Tinha passeado por alguns dos pardieiros mais reconhecidamente perigosos da cidade em traje completo de noite, sem nenhuma arma mais mortal do que uma bengala – e uma bengala *sem* lâmina oculta, diga-se de passagem. Envolvera-se numa empolgante troca de socos com três agressores na última vez, depois que eles partiram sua bengala em dois pedaços, e saíra da briga com um olho roxo e com as roupas em frangalhos, para a tristeza malcontida de seu criado pessoal.

Lidara com irmãos, cunhados e pais irados – e sem motivo que justificasse tamanha ira, porque sempre tomava cuidado para não desonrar damas virtuosas nem cultivar expectativas que não tinha a intenção de cumprir. Ocasionalmente, os confrontos também acabavam em trocas de socos, em geral com os irmãos, que na sua experiência, tendiam a ser mais irascíveis do que os pais. Participara de um duelo com um marido que não gostara do jeito como Percy sorrira para sua esposa. Percy não havia falado nem dançado com a mulher. Sorrira porque ela era bonita e estava sorrindo para ele. O que deveria ter feito? *Uma cara feia?* Na manhã marcada, o marido atirou primeiro, errando a lateral da cabeça de Percy por quase meio quilômetro. Percy atirou em seguida, errando a orelha esquerda do homem por 60 centímetros – planejara errar por 30 centímetros, mas no último momento preferiu ser cauteloso.

E, como se tudo isso não bastasse para apenas um homem, ele dispunha de títulos. *Títulos.* No plural. O antigo conde de Hardford, também visconde Barclay, fora uma espécie de parente pelo lado daquele seu tataravô. Depois de uma briga de família, houve um afastamento entre os filhos do conde. O primogênito, que manteve o título e se escondia num recanto esquecido do mundo perto da Cornualha, tinha sido ignorado desde então pelo caçula. O conde mais recente, que descendia do primogênito, teve um filho e herdeiro, mas por algum motivo incompreensível, pois não havia outro filho de reserva, o rapaz seguiu para Portugal como oficial do Exército para lutar contra o velho Bonaparte e acabou morto.

Todo o drama dessa catástrofe familiar passou despercebido pelo caçula, que permanecia na feliz ignorância de todos os fatos. Tudo, porém, veio à tona quando o velho conde bateu as botas, quase exatamente um ano depois da morte do pai de Percy. Por acaso, Percy era o único herdeiro dos títulos e da montanha de ruínas na Cornualha. Ou ele presumia que fossem ruínas, já que a propriedade parecia não gerar receita. Percy assumiu o título; não tinha escolha, na verdade. Chegou até a achar interessante, pelo menos a princípio, aquela história de ser chamado de Hardford ou, melhor ainda, de *senhor conde*, em vez de apenas Sr. Percival Hayes. Aceitou o título e ignorou o resto. Quer dizer, a maior parte do resto.

Entrou para a Câmara dos Lordes com toda a pompa e circunstância e fez seu discurso inaugural em uma tarde memorável, depois de passar muito tempo escrevendo e reescrevendo, ensaiando sem parar e mudando de ideia duas, três, 43 vezes, e tendo sonhos vívidos que eram quase pesadelos. Voltou a se sentar ao fim do discurso, ao som de aplausos educados, com o alívio de saber que nunca mais precisaria dizer uma palavra sequer ali, a não ser que desejasse. Na verdade, posteriormente, ele escolheria falar numa série de ocasiões, sem perder um minuto de sono.

Trocava saudações com o rei e com todos os duques reais e passou a ser mais solicitado do que nunca para a vida social. Frequentara os melhores alfaiates, sapateiros, camiseiros, barbeiros e afins, mas, depois de se tornar um *senhor conde*, começou a receber reverências e tapinhas nas costas numa frequência totalmente inédita. Sempre tinha sido popular com todos, pois era uma daquelas raridades entre os cavalheiros da aristocracia: um homem que pagava as contas com regularidade. E continuara fazendo isso, para o estarrecimento evidente de todos. Passava a primavera em Londres, para a sessão no Parlamento e a temporada social. No verão, permanecia em sua propriedade ou em um dos balneários. E o outono e o inverno eram desfrutados em casa ou nos variados eventos para os quais era convidado, na prática de tiro, na pesca, na caça, de acordo com o tema da estação, e socializando. O único motivo para estar em Londres no começo de fevereiro era ter imaginado o tipo de festa que a mãe seria capaz de organizar em Castleford para seu trigésimo aniversário. Como alguém podia negar algo à amada mãe? Não podia, é claro. Era melhor voltar para a cidade, como um menino travesso que se esconde para evitar as consequências de alguma brincadeira.

Sim, em suma, ele era o mais afortunado dos homens no planeta. Não havia nem nunca houvera uma única nuvem cinza no seu céu. Era tudo uma vastidão azul de pura felicidade. Ele não era o tipo de herói melancólico, atraente de um modo sombrio. Nunca fizera nada que o deixasse triste nem nada verdadeiramente heroico, o que era um pouco lamentável, na verdade. A parte heroica, claro.

Todo homem deveria ser um herói pelo menos uma vez na vida.

– Sim, tudo – concordou ele com um suspiro, respondendo ao comentário feito pelo primo momentos antes. – Tenho tudo, Cyril. E, diabos, esse é o problema. Um homem que tem tudo não tem nada por que viver.

Um de seus valorosos tutores teria batido na mão dele com aquela bengala sempre presente por ter construído uma frase tão tortuosa.

– Filos... filosofia às três da manhã? – perguntou Sidney, levantando-se para ir até o aparador. – Melhor eu ir para casa antes que você dê um nó nos meus miolos, Percy. Comemoramos seu aniversário em grande estilo no White's. Devíamos ter voltado para casa depois, para dormir. Como viemos parar aqui?

– Numa carruagem de aluguel – lembrou Arnold. – Ou quer saber *por quê*, Sid? Porque estávamos prestes a ser expulsos, e Jonesey estava roncando, e aí você sugeriu que viéssemos para cá. Percy não protestou e achamos que era a melhor ideia que você teve em um ano ou mais...

– Estou lembrando agora – disse Sidney, enquanto enchia o copo.

– Como pode se sentir entediado, Percy, quando admite que tem tudo? – indagou Cyril, soando bastante indignado. – Isso me parece uma tremenda ingratidão.

– E *é* ingratidão – concordou Percy. – De qualquer maneira, estou profundamente entediado. Talvez eu tenha que apelar para uma corrida até Hardford Hall. Simplesmente os confins da Cornualha. Pelo menos seria algo inédito para mim.

Como surgira *aquela* ideia na sua cabeça?

– *Em fevereiro?* – Arnold fez uma careta. – Não tome nenhuma decisão imprudente até abril, Percy. Vai haver bem mais gente na cidade nessa época, e a vontade de sair correndo para outro lugar desaparecerá sem deixar vestígios.

– Ainda faltam dois meses para abril – retrucou Percy.

– *Hardford Hall!* – exclamou Cyril, com certo nojo. – Aquele lugar no meio do nada? O que você faria por lá, Percy? Só tem ovelhas e charnecas, garanto. E vento, e chuva, e o mar. Demoraria uma semana só para chegar.

Percy ergueu as sobrancelhas.

– Só se eu estivesse montado em um cavalo manco – falou. – Não tenho cavalos mancos, Cyril. Vou mandar tirar as teias de aranha das vigas da casa assim que chegar lá e convidar todos vocês para uma grande festa, que tal?

– Não está falando *xério*, não é, Percy? – perguntou Sidney, sem se dar ao trabalho de se corrigir.

Estaria? Percy dedicou alguma reflexão ao assunto. A sessão da Câmara e a temporada social estariam a todo vapor assim que passasse a Páscoa, e, com exceção de alguns rostos novos e algumas mudanças inevitáveis na moda para garantir que todo mundo continuasse a correr para os alfaiates e para as modistas, não haveria absolutamente nada de novo para animá-lo. Estava ficando meio velho para todos aqueles desafios e excentricidades que o divertiram durante seus 20 anos. Se fosse para casa, em Derbyshire, em vez de ficar ali, a mãe com toda a certeza organizaria uma festa de aniversário *atrasada* em sua homenagem, que Deus o ajudasse. Se fosse para lá, ele poderia tentar se envolver na administração da propriedade, mas logo se descobriria, como sempre, sendo encarado com uma dolorida condescendência por seu administrador muito competente. O homem o intimidava. Parecia um pouco uma extensão dos três respeitáveis tutores da infância de Percy.

Por que *não* ir à Cornualha? Talvez a melhor resposta para o tédio não fosse correr dele, mas correr *para* ele, fazer tudo que pudesse para piorá-lo. Até que era uma boa ideia. Mas talvez não devesse pensar tanto quando estivesse bêbado. Com certeza não era sábio fazer planos enquanto a mente racional se encontrava em condições tão prejudicadas. Nem conversar sobre tais planos com homens que esperavam que ele os colocasse em prática, porque era o que ele sempre fazia. Poderia muito bem mudar de ideia quando a manhã e a sobriedade chegassem. Não. Melhor na tarde *seguinte*.

– Por que eu não estaria falando sério? – perguntou ele, sem se dirigir a ninguém em particular. – Sou o dono do lugar há dois anos, mas nunca o vi. Preciso aparecer lá mais cedo ou mais tarde... ou, no caso, talvez mais tarde do que mais cedo. Ser o senhor da casa e tudo mais. Passar algum tempo lá, pelo menos até que as coisas se tornem animadas em Londres. Quem sabe depois de uma ou duas semanas eu fique feliz de voltar para cá, jogando as mãos para o céu a cada quilômetro, agradecendo pela sorte que tenho. Ou... talvez eu me apaixone pelo lugar e lá permaneça para todo o sempre, amém. Talvez eu fique satisfeito em ser o Hardford, de Hardford

Hall. Mas não soa muito bem, não é? A gente imagina que o conde original pensaria num nome melhor para a ruína. Hall das Ruínas, talvez? Hardford do Hall das Ruínas?

Minha nossa, como ele estava bêbado.

Três pares de olhos o contemplavam com diferentes graus de incredulidade. Os donos daqueles olhos também pareciam ligeiramente desgrenhados e demonstravam sinais de cansaço.

– Por favor, me perdoem – disse Percy, levantando-se abruptamente e descobrindo que pelo menos não estava bêbado a ponto de cair. – É melhor eu escrever para alguém em Hardford e avisar que devem começar a tirar as teias de aranha. À governanta, se é que há uma. Ao mordomo, se é que há um. Ao administrador, se... Sim, por Júpiter, definitivamente *há* um desses. Todo mês ele me manda um relatório de cinco linhas, manuscrito em letras microscópicas. Escreverei para ele. Vou avisá-lo de que precisa adquirir uma grande vassoura e encontrar alguém que saiba usá-la.

Percy bocejou até as mandíbulas estalarem e permaneceu de pé até ver os amigos passarem pela porta e descerem os degraus para a praça. Ficou olhando até ter certeza de que todos se mantinham eretos e que tinham tomado a direção certa para casa.

Sentou-se para escrever a carta antes que sua determinação esfriasse. Depois redigiu mais uma, para a mãe, explicando aonde ia. Ela ficaria preocupada se ele simplesmente desaparecesse. Deixou as duas correspondências na bandeja do saguão, para que fossem despachadas pela manhã, e se arrastou até a cama no segundo andar. O valete o esperava no quarto de vestir, apesar de ter sido dispensado. O homem gostava de ser um mártir.

– Estou bêbado, Watkins – anunciou Percy –, e tenho 30 anos. Tenho tudo na vida, como meu primo acabou de me lembrar, e estou tão entediado que me levantar pela manhã me parece um esforço inútil, pois tenho que voltar na noite seguinte. Amanhã... ou melhor, hoje... pode fazer as malas para uma viagem ao interior. Vamos partir para a Cornualha. Para Hardford Hall. A sede do conde. E eu sou o referido conde.

– Sim, milorde – disse Watkins, sem demonstrar alteração na dignidade impávida da sua expressão.

Provavelmente ele teria dito o mesmo e ostentado a mesma *calma* se Percy tivesse anunciado que partiriam para a América do Sul para fazer uma excursão ao rio Amazonas.

Não importava. Estava de partida para a Cornualha. Devia estar ficando maluco. No mínimo. Talvez a sobriedade lhe devolvesse o bom senso.

No dia seguinte.

Ou estava se referindo àquele mesmo dia, mais tarde? Estava, sim. Tinha acabado de dizer aquilo para Watkins.

CAPÍTULO 2

Imogen Hayes, lady Barclay, estava a caminho de sua casa em Hardford Hall, depois de ter deixado a aldeia de Porthdare, a cerca de 3 quilômetros de distância. Normalmente, ela fazia o trajeto a cavalo ou conduzindo uma charrete, mas naquele dia decidira que precisava de exercício. Tinha caminhado até a aldeia pela beira da estrada, mas na volta escolhera pegar a trilha que margeava os penhascos. Isso alongava o percurso em quase 1 quilômetro, e a subida do vale do rio onde a aldeia se situava era consideravelmente mais íngreme do que a estrada. Mas ela gostava mesmo de exercitar as pernas e de avistar o mar à sua direita até a aldeia lá embaixo, onde os chalés de pescadores se apinhavam em torno do estuário e os barcos balançavam na água.

Apreciava o grito tristonho das gaivotas que ziguezagueavam pelos céus e mergulhavam acima e abaixo dela. Adorava o desalinho dos arbustos espinhosos que cresciam em profusão à sua volta. O vento era frio e penetrava em suas roupas, mas ela adorava o ruído selvagem, o cheiro de maresia e a intensa sensação de solidão que carregava. Segurou com as mãos enluvadas as beiradas de seu manto grosso. O nariz e as bochechas deviam estar vermelhos e brilhantes.

Acabara de visitar sua amiga Tilly Wenzel, a quem não via desde antes do Natal, que passara na casa do irmão, o lar de sua infância, 30 quilômetros a nordeste. Permanecera por lá durante o mês de janeiro também. Havia uma nova sobrinha para admirar, bem como três sobrinhos para mimar. Tinha aproveitado bem aquelas semanas, mas não estava acostumada ao barulho, à confusão e à incessante obrigação de socializar. Não tinha se transformado numa eremita, mas acostumara-se a viver sozinha.

O Sr. Wenzel, irmão de Tilly, se oferecera para levá-la em casa, ressaltando que a viagem de volta era uma bela subida, e bem íngreme em certos trechos. Imogen recusara a cortesia, usando como pretexto uma visita à Sra. Park, uma senhora idosa que estava confinada em casa desde que sofrera uma queda, machucando muito o quadril. A visita, claro, implicara ouvir durante quarenta minutos cada detalhe horrendo do acidente. Mas Imogen compreendia que os idosos às vezes se sentiam solitários, e quarenta minutos de seu tempo não era um sacrifício tão grande. Além disso, se permitisse que o Sr. Wenzel a levasse em casa, ele novamente lhe contaria sobre os tempos de menino com Dicky, falecido marido de Imogen. Depois, daria início, cautelosamente, aos galanteios atrapalhados de sempre.

Imogen parou para recuperar o fôlego quando estava no vale e a trilha dos penhascos se tornou mais plana, acompanhando o platô. Ainda subia gradualmente na direção da muralha de pedra que cercava, em três lados, o parque em torno de Hardford Hall; os penhascos e o mar formavam o quarto lado. Ela se virou para olhar para baixo enquanto o vento fustigava a aba de seu chapéu e quase a deixava sem ar. Os dedos formigavam dentro das luvas. O céu cinzento estendia-se no alto, e o mar da mesma cor, com pontinhos de espuma, alongava-se abaixo. Penhascos rochosos despencavam quase ao lado da trilha. A cor cinza estava em toda parte. Até seu manto era cinzento.

Por um momento, seu humor ameaçou acompanhar a paleta de cor. Então ela balançou a cabeça e seguiu em frente. *Não* se renderia à depressão. Era uma batalha que já havia travado com frequência e que não perdera até o momento.

Além do mais, havia a visita anual a Penderris Hall, a 55 quilômetros dali. Era algo para se esperar com ansiedade e aconteceria no mês seguinte, ou seja, muito em breve. A propriedade pertencia a George Crabbe, duque de Stanbrook, primo em segundo grau de sua mãe e um de seus amigos mais queridos – um de seus seis amigos. Os sete formavam o Clube dos Sobreviventes. Tinham permanecido juntos em Penderris durante três anos, cuidando das feridas que tiveram durante as guerras napoleônicas, embora nem todas fossem físicas. Era o caso dela. O marido fora morto no cativeiro, sob tortura, em Portugal, com ela presente, testemunhando o sofrimento dele. Tinha sido solta depois da morte dele e chegara a ser devolvida ao regimento com toda a pompa e circunstância por um coronel francês, sob uma bandeira de trégua. Mas isso não significava que Imogen tivesse sido poupada.

Depois de três anos em Penderris, eles tiveram que seguir o próprio caminho. Exceto George, claro, que já estava em casa. Mas haviam combinado de se reunir todo ano, durante três semanas no início da primavera. No ano anterior, tinham ido para Middlebury Park, em Gloucestershire, que era o lar de Vincent, o visconde Darleigh. A esposa dele acabara de dar à luz o primogênito e ele não estava disposto a se separar dos dois.

Esse ano, na quinta reunião, eles voltariam a Penderris. Mas não importava onde passavam aquelas semanas: para Imogen, elas eram, de longe, sua época preferida do ano. Sempre detestava a hora de partir, embora nunca externasse seus sentimentos. Ela amava totalmente, incondicionalmente, aqueles seis homens. Não havia componente sexual em seu amor, por mais que fossem atraentes, sem exceção. Conhecera-os numa época em que esse tipo de atração estava fora de questão. Em vez disso, passou a adorá-los. Eram seus amigos, seus companheiros. Seus irmãos de corpo e alma.

Afastou uma lágrima com a mão impaciente enquanto retomava a caminhada. Só precisava esperar mais algumas semanas...

Subiu a escada que separava a trilha de sua extensão particular dentro da propriedade. O caminho se bifurcava e, em vez de seguir para a residência principal, ela, por puro hábito, continuou pela direita até a própria casa, que se localizava no recanto sudoeste do parque. Ficava perto dos penhascos, embora ocupasse um pequeno terreno abrigado de ventos mais fortes por rochas altas, protuberantes, que quase a cercavam, como uma ferradura. Imogen havia pedido para morar ali depois de voltar daqueles três anos em Penderris. Tinha se apegado ao pai de Dicky, o conde de Hardford, por mais indolente que ele fosse, e nutria muita estima pela irmã solteirona do sogro, tia Lavinia, que passara a vida inteira em Hardford. Apesar disso, Imogen se sentia incapaz de morar na casa principal com eles.

O sogro não ficara nada feliz com seu pedido. A casa em que ela queria morar tinha sido negligenciada por muito tempo, protestara ele, e mal podia ser considerada habitável. Só que não havia nada de errado com ela, pelo que Imogen tinha visto, nada que uma boa arejada e uma boa limpeza não resolvessem, ainda que o telhado realmente não estivesse nas melhores condições. Só depois que acabaram as desculpas e o conde cedera a seus apelos, Imogen descobriu o verdadeiro motivo de sua relutância. O porão da casa servira como armazém para produtos contrabandeados. O conde tinha uma queda por conhaque francês e provavelmente mantinha um bom estoque a preços baixíssimos, ou talvez sem custo nenhum, graças a uma gangue de contrabandistas que lhe demonstrava gratidão por permitir as operações naquela área.

Fora perturbador saber que o sogro permanecia envolvido com aquele negócio clandestino, e por vezes perverso, como nos tempos em que Dicky ainda estava em casa. O envolvimento com o crime criara uma séria discórdia entre pai e filho, o que havia sido fator decisivo na escolha do marido dela de se juntar aos militares em vez de ficar e ter que lutar contra o próprio pai.

O conde concordara em tirar do porão qualquer sobra de contrabando e lacrar a porta que conduzia até o lado de fora. Mandara trocar a fechadura da porta da frente e todas as chaves foram entregues a Imogen. Até lhe garantira que acabaria com o contrabando naquele trecho do litoral, em particular nos limites da propriedade Hardford, embora Imogen não tivesse depositado muita fé em sua palavra. Depois disso, ela nunca mais tocara no assunto com ninguém, seguindo a teoria de que o que os olhos não veem, o coração não sente. Era uma atitude meio covarde do ponto de vista moral, mas... Bem, ela não pensava muito no assunto.

Mudara-se da residência principal para sua própria casa e vivera feliz desde então, ou pelo menos tão feliz quanto possível.

Parou diante do portão do jardim e olhou para cima. Não, nenhum milagre ocorrera desde o dia anterior. A casa continuava sem telhado.

O telhado antigo tinha buracos desde que Imogen se mudara para lá, mas no ano anterior haviam sido necessários tantos baldes para recolher as gotas quando chovia que o piso do andar superior ficara parecendo uma pista de corrida de obstáculos. Com certeza um remendo esporádico não seria mais suficiente. O telhado inteiro precisaria ser substituído, e Imogen teria preferido cuidar disso na primavera. No entanto, durante uma tempestade particularmente terrível em dezembro, uma parte grande do telhado fora arrancada e Imogen não tivera escolha a não ser providenciar a tal reforma na pior época do ano. Por sorte, havia um carpinteiro especializado em telhados na aldeia de Meirion, 9 quilômetros rio acima. Ele prometera realizar todo o conserto antes que ela voltasse da casa do irmão, e o clima havia cooperado. Janeiro tinha sido um mês extraordinariamente seco.

No retorno – uma semana antes –, porém, ela descobrira que o trabalho nem havia começado. O carpinteiro, ao ser confrontado, explicou que a tinha esperado voltar para saber exatamente o que ela queria – aparentemente, *um telhado novo* não fora claro o bastante. Os trabalhadores deveriam ter aparecido nessa semana, mas até o momento sua ausência vinha sendo notável. Ela teria que mandar mais uma carta de reclamação através dos cavalariços.

A situação era muito frustrante, pois ela estava sendo obrigada a se hospedar na casa principal até o fim da obra. Não consistia em nenhuma grande dificuldade, dizia a si mesma. Pelo menos, tinha para onde ir. E sempre amara tia Lavinia. No entanto, no decorrer do primeiro ano após a morte do conde, tia Lavinia concluíra que seria de bom-tom ter uma acompanhante. A dama escolhida fora a Sra. Ferby, a prima Adelaide, uma viúva idosa que gostava de explicar na sua voz gravíssima, penetrante, para quem não tivesse escolha além de ouvir, que fora casada durante sete meses, que enviuvara antes dos 18 e desse modo tivera a sorte de escapulir da escravidão do matrimônio.

Durante anos após seu luto, prima Adelaide fazia visitas supostamente curtas a seus infelizes parentes, pois lhe cabiam pouquíssimos recursos, e ela permanecia como hóspede até que alguém da família fosse convencido a convidá-la para uma curta visita a outra parte. Tia Lavinia a havia convidado de boa vontade para morar indefinidamente em Hardford, e prima Adelaide logo chegara e se acomodara. Tia Lavinia recolhera mais uma criatura abandonada. Ela as colecionava como outros colecionavam conchas ou caixas de rapé.

Não, não era nenhum grande problema ser obrigada a ficar na casa principal, dizia Imogen a si mesma, com um suspiro, ao dar as costas para a visão deprimente de sua casa sem telhado. A não ser pelo fato de que *em breve* a situação ficaria muito pior, porque o novo conde de Hardford estava a caminho de Hardford Hall.

O carpinteiro merecia chibatadas.

O novo conde avisara que iria passar uma temporada de duração indeterminada na propriedade. Na verdade, o novo conde não era tão recente assim. Ele tomara posse do título logo após a morte do sogro de Imogen, dois anos antes, mas não havia escrito na época nem aparecido desde então, nem mesmo demonstrado qualquer interesse por sua herança. Não houvera carta de condolências para tia Lavinia nem nada parecido. Tinha sido fácil esquecê-lo, e até mesmo fingir que ele não existia, torcendo para que *ele* tivesse se esquecido *delas*.

Não sabiam nada a seu respeito, por mais estranho que parecesse. O sujeito podia ter qualquer idade, de 10 a 90, embora 90 não fosse provável, tampouco

10, pois a carta entregue pelo administrador de Hardford naquela manhã parecia ter sido escrita pelo próprio conde. Imogen a lera. A letra não era linear, mas sem dúvida era de um adulto, e o texto era curto. Informava ao Sr. Ratchett que o senhor conde pretendia passear até a Cornualha, pois não tinha muito o que fazer, e se sentiria grato se pudesse encontrar Hardford Hall em condições razoavelmente habitáveis. E de posse de uma vassoura.

Uma carta extraordinária. Imogen desconfiava que seu autor estava bêbado ao escrevê-la.

Não era uma perspectiva reconfortante.

De posse de uma vassoura?

Não sabiam se era casado ou solteiro, se viria sozinho ou com uma esposa e dez filhos, se estaria disposto a dividir o espaço com três parentes ou se teria a expectativa de que se recolhessem à outra casa, com ou sem telhado. Não sabiam se era simpático ou cheio de caprichos, gordo ou magro, bonito ou feio. Ou um beberrão. Mas ele vinha. *Passear* sugeria que o novo conde faria o percurso sem pressa. Com certeza, teriam uma semana para os preparativos, talvez mais.

Passear até a Cornualha. Em fevereiro.

Não tinha muito o que fazer.

Que *tipo* de homem era ele?

E qual era a relação da vassoura com tudo isso?

Imogen dirigiu-se à casa principal a passos lentos, apesar do frio. Pobre tia Lavinia. Estava agitadíssima quando Imogen saíra, mais cedo. Assim como a Sra. Attlee, a governanta, e a Sra. Evans, a cozinheira. Prima Adelaide, nada impressionada, firmemente acomodada na sua poltrona de sempre, próxima à lareira do salão, declarara com determinação que o inferno congelaria antes que ela se empolgasse com a iminente chegada de um *homem*. Embora aquele homem, mesmo sem saber, estivesse lhe fornecendo um lar naquele exato momento. Naquele instante, Imogen decidira que era uma boa hora para caminhar até a aldeia e visitar Tilly.

Só que não podia retardar mais sua volta. Ah, como ansiava pela solidão da própria casa...

Um dos cavalariços levava um cavalo para o estábulo, ela percebeu ao se aproximar do gramado. Era um animal desconhecido, um castanho magnífico que com certeza teria reconhecido se pertencesse a algum dos vizinhos.

Quem...?

Talvez...

Não, era cedo demais. Talvez fosse outra mensagem enviada pelo conde. Mas... numa montaria *esplêndida* como aquela? Imogen aproximou-se das portas principais com um estranho presságio. Abriu uma delas e entrou.

O mordomo se encontrava ali, com sua aparência impassível, como sempre. Ao lado dele, havia um cavalheiro desconhecido.

A primeira impressão de Imogen foi de uma avassaladora energia masculina. O homem era alto e atraente. Estava vestido para montar, com um longo casaco pardo, com pelo menos dez capas e botas de couro preto que pareciam confortáveis e caras, apesar da camada de poeira que as cobria. Usava uma cartola e luvas claras de couro. Numa das mãos, tinha um chicote de montaria. O cabelo, dava para ver, era muito escuro, e os olhos, muito azuis. E ele era incrivelmente lindo, a ponto de deixar qualquer mulher de pernas bambas.

A segunda impressão foi que ele tinha a si mesmo em ótima conta, e a todos os outros em péssima conta. Parecia ao mesmo tempo impaciente e insuportavelmente arrogante. Virou-se, olhou para ela, depois olhou para a porta atrás dela, que Imogen tinha fechado, e em seguida olhou de novo para ela, com as sobrancelhas arqueadas.

– E quem diabo seria a *senhora?* – perguntou.

Tinha sido uma jornada longa e tediosa – e fria, como se poderia imaginar –, que Percy realizara, em sua maior parte, no lombo do cavalo. Seu cavalariço conduzia o cabriolé de corrida e, em algum lugar atrás dos dois, na carruagem, vinha um Watkins amuado e estoico, cercado por tantos baús, bolsas e malas, dentro e fora do veículo, que seu esplendor cintilante devia ter passado praticamente despercebido a todos os mortais inferiores que poderiam admirá-lo durante o trajeto. Watkins não gostava disso. Mas já estava amuado – estoicamente – porque tinha tentado acrescentar uma carruagem para a bagagem, *não* para dividir a carga entre dois veículos, e sim para poder dobrá-la, e Percy recusara.

Passariam uma ou duas semanas ali, no máximo, pelo amor de Deus. Enquanto atravessavam Devon a cavalo e seguiam para a Cornualha, tinham a sensação de estarem deixando a civilização para trás e abrindo caminho pelo desconhecido. A paisagem era escarpada e sombria, e o mar – sempre à vista – tinha um tom cinzento que combinava com o do céu. Será que em algum momento o sol brilhava naquela parte do mundo? Não diziam que a Cornualha era mais *quente* do que o resto da Inglaterra? Ele não acreditou nisso nem por um momento.

Quando Hardford surgiu à frente deles, Percy não estava apenas entediado. Estava irritado. Consigo mesmo. Que diabo o possuíra? A resposta era óbvia: a bebida. Ele iria encontrar um modo diferente de comemorar o aniversário seguinte: puxaria uma poltrona para junto da lareira, enrolaria uma coberta de lã nos ombros, apoiaria os pés com chinelos num banquinho perto do fogo, colocaria uma xícara de chá com leite a seu lado e leria Homero em grego. Ah, e usaria um gorro com uma borla.

Hardford Hall tinha sido construída com vista para o mar, o que não podia ser considerado surpreendente. Onde mais seria possível instalar uma casa na Cornualha? Os quartos que davam para a frente, especialmente os do andar superior, teriam uma vista panorâmica muito agradável para as vastas profundezas se os aposentos fossem habitáveis, pensou ele, e se o que ele via não fosse apenas uma fachada vazia escondendo ruínas. No entanto, todas as evidências sugeriam que *não* era um monte de ruínas.

A casa era uma construção em pedra cinzenta, sólida, no estilo neoclássico, mais uma mansão do que um solar. E, embora houvesse hera nas paredes, parecia que a vegetação tinha sido contida por uma ou mais mãos humanas. A casa tinha sido erguida num ligeiro aclive, supostamente para parecer imponente. Mas era também protegida por trás e parcialmente nas laterais por pedras, árvores e pelo que, no verão, devia ser um jardim rochoso colorido. Sua localização impedia que os ventos fortes a carregassem até Devon ou Somerset. Aliás, o vento parecia ser uma presença constante naquele canto específico da alegre Inglaterra.

Havia penhascos escarpados bem à vista, mas pelo menos a casa não ficava na beirada de nenhum deles. Estava a uma distância considerável, na verdade. E até onde os olhos de Percy podiam ver, a construção era cercada por um parque murado que, como a hera, parecia contar com manutenção frequente. Alguém tinha aparado a grama antes do começo do inverno e podado as árvores. Havia canteiros sem flores, naturalmente, mas também sem ervas daninhas. Parecia que uma fileira de arbustos espinhosos separava o parque dos penhascos, uma cerca viva em vez de um muro.

Quando Percy enfim chegou ao pátio da casa e esperou pelo cavalariço, que surgiu do estábulo e foi guardar sua montaria, teve esperança de que pelo menos não precisasse passar o resto do dia varrendo teias de aranha. Talvez ele tivesse empregados ali – uma governanta, no mínimo. Havia, afinal de contas, um cavalariço, além de um ou dois jardineiros. Talvez – podia ter esperança? – houvesse até mesmo uma cozinheira. Quem sabe até uma *lareira* em um dos cômodos. E de fato, ao erguer o olhar para o telhado, teve a visão bem-vinda de uma coluna de fumaça emergindo de uma das chaminés.

Subiu os degraus até as portas principais. Eles tinham sido limpos havia pouco tempo, conforme percebeu, e a aldrava tinha sido polida. Em vez de usá-la para bater à porta, girou as duas maçanetas e constatou que a casa estava destrancada. Entrou em um saguão de boa proporção com piso cerâmico em preto e branco, móveis antigos e pesados em madeira escura muito lustrada e brilhante e retratos antigos pendurados nas paredes em molduras elaboradas, o mais proeminente deles exibindo um cavalheiro com uma grande peruca branca, um casaco muito bordado, calças até o joelho e sapatos vermelhos com um salto. Quatro cães de caça esguios o cercavam, numa agradável composição.

Um conde, presumiu Percy. Talvez um de seus próprios ancestrais?

Por um instante, o saguão permaneceu vazio e ele sentiu alívio, porque o lugar parecia obviamente limpo e bem-cuidado, mas também ficou aturdido com a razão daquilo tudo. Para quem a casa e as propriedades eram mantidas? Quem diabo morava ali?

Um homem idoso de cabelo grisalho apareceu das profundezas da terra, rangendo. A palavra *mordomo* estava praticamente estampada na testa dele. Não era possível que fosse outra coisa. Mas um mordomo em uma casa vazia?

– Sou Hardford – disse Percy, seco, batendo o chicote de montaria na bota.

– Milorde – cumprimentou o mordomo, inclinando o corpo para a frente uns 5 centímetros e rangendo de modo alarmante ao fazê-lo. Seria uma cinta ou só os ossos velhos?

– E o senhor? – Percy fez um movimento circular impaciente com a mão livre.

– Crutchley, milorde.

Ah, um homem de poucas palavras. Em seguida, um gato malhado de aparência sarnenta disparou pelo saguão, parou de repente, arqueou as costas e sibilou para Percy, depois saiu correndo de novo.

Se havia uma categoria que Percy detestava, era a dos gatos.

Então uma das portas se abriu e se fechou. Ele se voltou para ver quem tivera a afronta de entrar pela porta principal sem sequer dar uma batidinha.

Uma mulher. Era jovem, embora não fosse mais uma garota. Usava uma capa cinza na mesma tonalidade do chapéu, talvez para se camuflar na paisagem. Era alta e esguia, e era impossível saber, com a capa, se havia curvas que tornassem sua silhueta interessante. O cabelo tinha um tom alourado. Não havia muitos fios visíveis sob o chapéu, nem um único cacho. O rosto tinha o formato oval, com maças salientes, olhos meio grandes num tom cinza-esverdeado, nariz reto e uma boca larga que parecia cobrir dentes ligeiramente salientes. Parecia saída de uma saga nórdica. Poderia ser um belo rosto, caso houvesse alguma animação nele. Mas a mulher apenas o encarou, como se *ela* o avaliasse. Na casa *dele*.

Essa foi a primeira impressão de Percy. A segunda foi que a estranha parecia ter o mesmo apelo sexual de uma coluna de mármore. E, por mais estranho que parecesse, que ela era sinônimo de problemas. Percy não estava acostumado a lidar com mulheres que mais pareciam colunas de mármore e que entravam em sua casa sem serem anunciadas ou convidadas, e que ainda por cima o encaravam sem admiração, sem enrubescer, sem nenhum ardil feminino reconhecível. Embora, no caso dela, fosse difícil detectar qualquer sinal de rubor, já que as bochechas e a ponta do nariz estavam rosadas por causa do frio. Pelo menos a cor demonstrava que ela não era literalmente de mármore.

– E quem diabo seria a *senhora*? – perguntou ele.

Ela provocara seus modos rudes ao entrar sem fazer a cortesia de bater à porta. Ele não tinha o costume de ser grosseiro com mulheres.

– Imogen Hayes, lady Barclay – respondeu ela.

Pois bem, aquilo foi um golpe e tanto. Se tivesse sido acompanhado de um punho, ele teria se estatelado no chão.

– Será que estou sofrendo de amnésia? – retrucou ele. – Casei-me com a senhora e me esqueci? Acredito que seja *eu* o *lorde* Barclay. Visconde Barclay, para ser exato.

– Se tivesse se casado comigo – disse ela –, o que, louvados sejam os céus, não aconteceu, eu teria me apresentado como condessa de Hardford, certo? O senhor é o *conde*, presumo.

Ele a observou com mais atenção. A mulher tinha uma voz baixa, aveludada – o que ocultava o veneno. E seus dentes não eram *salientes*. Apenas o lábio superior era ligeiramente curvado para cima, uma característica bastante interessante. Poderia até ser sedutora se *ela* fosse sedutora. Mas não era.

Não estava acostumado a sentir animosidade em relação a mulheres, muito menos a mulheres jovens. Tudo indicava que, no caso daquela, estava disposto a abrir uma exceção.

Por fim, ele compreendeu.

– É a viúva do filho de meu antecessor – concluiu.

Ela ergueu as sobrancelhas.

– Não sabia que ele tinha uma viúva – explicou Percy. – Uma esposa, quero dizer. Viúva agora. A senhora mora aqui?

– Temporariamente – disse ela. – Minha casa mesmo é logo ali. – Ela fez um gesto vago na direção oeste. – Mas o telhado está sendo substituído.

Ele franziu a testa.

– Não fui informado dessa despesa – comentou.

As sobrancelhas dela permaneceram erguidas.

– Não é uma despesa sua – informou-o. – Não sou uma pessoa pobre.

– Está gastando dinheiro numa propriedade que supostamente pertence *a mim*? – perguntou ele.

– Sou a nora do falecido conde, a viúva do filho dele. Considero que, na prática, aquela casa pertence a mim.

– E o que acontecerá quando se casar novamente? – indagou ele. – Por acaso me pedirá que a reembolse pelo custo da obra?

Por que *diabo* ele estava entrando nesses detalhes quando mal havia atravessado a porta? E por que estava se comportando de modo tão abominável e mal-educado? Achava mulheres de mármore algo ofensivo? Não, pelo menos não em teoria. Nunca conhecera uma pessoalmente. Os olhos potencialmente belos dela não demonstravam qualquer receptividade.

– Não acontecerá – afirmou a mulher. – Não voltarei a me casar nem pedirei que devolva meu dinheiro.

– Ninguém a aceitará? – Ele estava ultrapassando todos os limites da falta de civilidade. Deveria pedir desculpas envergonhadas imediatamente. Em vez disso, fez uma careta. – Quantos anos a senhora tem?

– Não estou convencida de que minha idade seja de sua conta – rebateu ela. – Também não é de sua conta a lista de meus possíveis pretendentes ou a inexistência deles. Sr. Crutchley, acredito que o conde de Hardford gostaria de conhecer seus aposentos, para poder tirar a poeira da viagem e trocar de roupa. Mande uma bandeja de chá para o salão em meia hora, por favor. Lady Lavinia está ansiosa para conhecer o primo.

– Lady Lavinia? – ecoou Percy.

– Lady Lavinia Hayes é a irmã do falecido conde – explicou Imogen. – Ela mora aqui. Assim como a Sra. Ferby, sua prima materna e, no momento, sua acompanhante.

Percy a encarou com mais intensidade. Pior é que não havia a menor possibilidade de que ela o estivesse provocando.

– Não mora na outra casa, quando há um telhado nela?

– Não, mora aqui – respondeu ela. – Sr. Crutchley, por favor?

– Siga-me, milorde – disse o mordomo no instante em que Percy ouviu o ruído de rodas se aproximando da casa. O cabriolé, imaginou.

Por um breve momento, pensou em sair correndo porta afora, descer os degraus, pular na cabine e ordenar que seu cavalariço pusesse os animais para correr, de preferência rumo a Londres. Mas seria uma vergonha deixar para trás seu cavalo favorito.

Em vez disso, ele deu meia-volta para seguir o mordomo, que já se retirava. Watkins e a bagagem ainda demorariam um pouco. Lady Barclay, lady Lavinia Hayes e a Sra. Ferby teriam que receber toda a sua empoeirada glória para o chá.

Três mulheres. Que maravilha! Com certeza uma cura para o tédio e tudo mais que o afligia.

Isso o ensinaria a não tomar mais decisões precipitadas enquanto se embriagava.

CAPÍTULO 3

— Senti os lençóis com minhas próprias mãos – disse tia Lavinia. – Tenho certeza de que estão bem arejados. Espero que ele não pegue malária por dormir neles.

— Com certeza isso não vai acontecer – garantiu Imogen.

Todas as roupas de cama de Hardford eram bem arejadas, pois eram guardadas em um armário aquecido quando não estavam sendo usadas.

— A não ser que ele seja idoso e já tenha doenças – acrescentou tia Lavinia. – Ou reumatismo. Ele é idoso, Imogen?

— Não – respondeu ela.

— E é casado? Tem filhos? Os filhos e a esposa virão também? Ah, é muito triste que nós saibamos tão pouco sobre ele. Não cultivo rixas entre parentes, nunca fiz isso. Se não pode haver paz, harmonia e amor no seio da família, para que ela serviria?

— Mostre-me uma família que afirme viver em paz, harmonia e amor, Lavinia – retrucou prima Adelaide –, que eu vou liderar a caçada por todos os esqueletos que eles escondem no armário. Tanta agitação por conta de um homem...

— Não consigo acreditar – comentou tia Lavinia – que eu estava tão ocupada preparando tudo que não o ouvi chegar. Mas não podíamos imaginar que ele chegaria tão mais cedo do que o esperado, não é? O que vai pensar de mim?

— Você precisa ser mais parecida comigo, Lavinia – aconselhou prima Adelaide. – Pare de se importar com o que os outros pensam de você. Ainda mais um homem.

Tia Lavinia realmente tinha ficado horrorizada ao saber que perdera a chegada do conde e seu dever de fazer uma reverência a ele no saguão. Agora estava sentada no salão, parecendo um pouco uma mola encolhida, à espera da aparição do homem para o chá.

– Não me ocorreu perguntar se é casado – disse Imogen.

Se era, ela sentia profunda piedade da condessa, do fundo do coração. Não costumava sentir aversão a ninguém, pelo menos não à primeira vista. Só que o conde de Hardford era tudo o que ela mais odiava em um homem: rude, arrogante, autoritário. E, sem dúvida, nunca tivera ninguém disposto a chamar sua atenção. Era do tipo que devia ser admirado e seguido pelos homens como se fossem seus escravos, e adulado e motivo de desmaios entre as mulheres. Ela *conhecia* o tipo. Estava familiarizada com os refeitórios dos oficiais, onde eles eram encontrados aos montes. Por sorte, por *muita* sorte, o marido não havia feito parte desse grupo. Se fizesse, ela não teria se casado com ele.

– Por acaso sabe onde está Prudence, Imogen? – perguntou tia Lavinia. – Todos os outros já foram encontrados e estão trancados em segurança nos aposentos da segunda governanta, embora Bruce não tenha gostado nada disso. Mas ninguém encontrou Prudence. Espero que não esteja se escondendo em algum lugar, esperando para aparecer em um momento constrangedor.

– Não sei – respondeu Imogen. – De qualquer forma, o conde de Hardford ignorava minha existência, sabe? E a sua. E a de prima Adelaide.

– Minha nossa – disse tia Lavinia. – Isso é *mesmo* constrangedor. Ele deveria ter feito algumas pesquisas. Ou talvez nós devêssemos ter mandado uma carta de congratulações quando ele recebeu o título. Aí ele saberia da nossa existência. Mas na época eu estava transtornada demais com o falecimento do pobre Brandon. O pai de Dicky – acrescentou ela, para não correr o risco de que Imogen ou a prima Adelaide não soubessem quem era Brandon.

A porta do salão se abriu de forma abrupta, sem uma batida sequer e sem o anúncio do Sr. Crutchley para avisar quem entrava.

O conde de Hardford não havia trocado de roupa. Imogen duvidava que sua bagagem já tivesse chegado, pois ele viera a cavalo. Não havia dúvida de que uma carruagem estava a caminho. Ou duas. Ou três, pensou ela com malícia. Ele tinha tirado o agasalho longo e o chapéu, mas as roupas de montaria que ainda estava usando eram obviamente caras e bem-cortadas. O casaco e a calça moldavam seu corpo alto e forte, sem qualquer imperfeição perceptível. A camisa estava incrivelmente branca e engomada, considerando o fato de que ele viajara com ela. E ele também havia usado alguma coisa para recuperar o brilho das botas. Ou era um homem riquíssimo, concluiu Imogen – ainda que a propriedade Hardford não fosse particularmente próspera; ou era? –, ou suas dívidas com o alfaiate e o sapateiro deviam formar uma pilha assustadora. Provavelmente a segunda hipótese, refletiu ela, apenas por querer pensar o pior dele. O homem tinha penteado o cabelo. Era escuro, espesso, brilhante e tinha um corte elegante.

Ele estava *sorrindo* – até os dentes eram perfeitos e muito brancos.

Curvou-se com uma elegância treinada enquanto tia Lavinia se levantava e mergulhava na mais formal de suas reverências. Prima Adelaide ficou onde estava. Imogen permaneceu de pé porque não queria retaliar a grosseria anterior dele com outra grosseria.

– Madame – disse ele, voltando toda a força daquele encanto devastador para tia Lavinia. – Lady Lavinia Hayes, suponho. Estou encantado por finalmente conhecê-la, e devo pedir desculpas por ter aparecido tão de repente. Peço desculpas também por ter cavalgado tão à frente da minha bagagem e do meu valete, sendo obrigado a comparecer ao chá em vestimentas inadequadas. Hardford, madame, às suas ordens.

Muito bem!

– Nunca peça desculpas por visitar sua própria casa, primo – respondeu tia Lavinia, as mãos fechadas junto ao peito, dois pontos de cor desabrochando em suas faces –, nem por se vestir de modo informal quando estiver por aqui. E deve me chamar de *prima*, não de *lady Lavinia*, como se fôssemos dois desconhecidos.

– Ficarei honrado, prima Lavinia – disse ele, sorrindo para Imogen enquanto seus olhos muito azuis se tornavam instantaneamente zombeteiros. – Eu poderia tomar a mesma liberdade... prima Imogen? Devo ser chamado de primo Percy, então. Seremos uma família feliz.

Ele voltou então seus encantos para a prima Adelaide.

– Permita que eu lhe apresente a Sra. Ferby, primo Percy – falou tia Lavinia em tom ansioso. – Ela é minha prima do lado materno, portanto não tem nenhum parentesco com o senhor. Mas...

– Sra. Ferby – cumprimentou ele, curvando-se. – Talvez possamos nos considerar primos honorários.

– O *senhor* pode considerar o que quiser, rapaz – retrucou ela.

Mas a ideia de que *ela* não consideraria tal hipótese, em vez de desconcertá-lo, fez o sorriso dele refletir humor, e ele pareceu ainda mais atraente.

– Muito obrigado, madame.

Tia Lavinia seguiu animadamente, indicando que ele se sentasse na imponente poltrona à esquerda do fogo, aquela que sempre fora ocupada pelo irmão dela e onde ninguém mais recebera autorização para se sentar, mesmo depois da morte dele. A bandeja de chá chegou quase imediatamente, com um grande prato de bolinhos, tigelas de creme e geleia de morango.

Por infelicidade, as criadas deixaram a porta do salão aberta ao entrarem. E, por outra infelicidade, alguém devia ter aberto a porta dos aposentos da segunda governanta – assim chamados por razões que fugiam à compreensão de Imogen, pois não havia ninguém com essa função entre a criadagem. O salão foi invadido pouco antes de a bandeja de chá ser pousada na mesa e de Imogen se sentar junto dela para servir. Os cães ladravam, latiam, ofegavam, perseguiam os próprios rabos e observavam os bolinhos com olhos gulosos. Os gatos miavam, arranhavam, sibilavam – inclusive Prudence, que, pelo visto, não estava mais perdida – e saltavam sobre as pessoas e os móveis, de olho na jarra de leite.

Não havia sequer um animal bonito ou fofinho no meio do bando. Alguns eram horrorosos.

Imogen fechou os olhos por um instante e os reabriu para observar a reação do conde. *Aquilo* apagaria o sorriso de seu rosto e daria fim ao encanto que jorrava por todos os seus poros. Flor, a gata mais felpuda de todos e a que soltava mais pelos, pulou no colo do conde, lançou um olhar sinistro na direção dele, depois se enrolou como uma bola desgrenhada.

– Minha nossa! – exclamou Lavinia, voltando a ficar de pé e apertando as mãos. – Alguém deve ter aberto a porta dos aposentos da segunda governanta. Para fora daqui, todos vocês. Saiam! Sinto muito, primo Percy. O senhor ficará com muito pelo em suas... calças. – As bochechas de tia Lavinia voltaram a se inflamar em um tom escarlate. – Flor, desça daí. É a poltrona preferida dela, sabe, porque é a que fica mais próxima do fogo. Talvez ela não tenha reparado... Ah, minha nossa.

Imogen ergueu o bule.

Bruce, o buldogue, tinha tomado posse do tapete diante da lareira com muitas fungadas ruidosas antes de se preparar para dormir. Penugem, que não era peluda, e Tigre, que não era feroz, se acomodaram ao lado dele. Eram gatos. Benny e Biddy, ambos cães, um deles alto e desengonçado, com seus olhos desanimados, suas orelhas e sua papada, o outro baixo e comprido, quase como uma linguiça, com pernas tão curtas que se tornavam invisíveis para quem olhava de cima, começaram a se cercar, a farejar o traseiro um do outro – o que era uma tarefa e tanto para Biddy – até ficarem satisfeitos por já se conhecerem, e então se aninharam juntos sob a janela. Prudence, a gata malhada, permaneceu próxima à bandeja de chá, com as costas arqueadas, sibilando para Heitor. O mais novo membro da família – com exceção do conde –, Heitor era um cão pequeno *muito* vira-lata, com perninhas assustadoramente magras, as costelas visíveis sob o pelo sem brilho e irregular, com sua orelha e meia ereta, o rabinho meio quebrado balançando ligeiramente. Ficou ao lado da poltrona do conde e contemplou-o com olhos que se projetavam de sua cara feia, implorando por alguma coisa em silêncio. Piedade, talvez? Amor, quem sabe?

Lavinia agitava os braços, gesticulando para que os bichos saíssem do cômodo. Nenhum deles prestou a menor atenção.

– Por favor, sente-se, prima Lavinia – pediu Percy, e um monóculo se materializou em sua mão direita, vindo de algum lugar de suas vestes. – Suponho que eu encontraria os animais mais cedo ou mais tarde. Melhor que seja mais cedo. Na verdade, acredito que já esbarrei rapidamente com o gato malhado que rosna. Ela... ele?... saiu correndo pelo saguão mais cedo, quando eu estava lá, e demonstrou seu desagrado com minha chegada.

– Ela não sabe que quem rosna são os cães, e que gatos sibilam – esclareceu Imogen, pousando a xícara e o pratinho ao lado dele.

Ela o encarou, a pouco mais de 30 centímetros de distância. Ele não sorria mais. Justiça seja feita, não havia perdido a pose. Nem tinha levado o monóculo ao olho. Imogen esticou os braços e tirou Flor do colo dele, esbarrando sem querer na coxa do homem com as costas das mãos. Ele ergueu uma sobrancelha e olhou para ela. Imogen abaixou-se e depositou a gata no chão.

– Talvez – disse o conde, com uma civilidade assustadora, enquanto Imogen se preparava para lhe servir um bolinho – alguém possa me explicar por que minha casa parece estar lotada com o que eu imagino ser um bando de vira-latas perdidos.

– Com toda a certeza ninguém os escolheria para bichinhos de estimação – concordou prima Adelaide. – É um grupo pouquíssimo atraente.

– Sempre há animais vagando pelo campo, sem um lar – explicou Lavinia.

– A maioria das pessoas os abandona ou vai atrás deles com pedaços de pau, cabos de vassoura ou até mesmo armas. E eles parecem acabar sempre por aqui.

– Talvez, madame – comentou ele, com a voz sedosa –, porque a senhora se apieda deles.

Parecia ter se esquecido de que ela era *prima Lavinia* e que formavam uma família feliz.

– Sempre quis ter um bichinho de estimação quando era criança – argumentou ela, com um suspiro. – Papai nunca permitiu. Eu ainda queria um quando cresci e papai morreu, mas Brandon tampouco se importou com isso. Brandon era meu irmão, o falecido conde, seu antecessor.

– De fato – disse ele ao morder o bolinho puro, sem cobri-lo com creme ou geleia.

– Ele ralhou comigo quando me pegou alimentando um gato perdido – contou tia Lavinia. – Pobrezinho. As sobras de comida teriam ido para a lixeira de qualquer jeito. Depois que Brandon morreu, apareceu outra gata. Flor. Era magérrima e fraca, quase sem pelo. Eu a alimentei, a abriguei e lhe dei um pouco de amor. Veja só como está agora. Então veio mais um... Tigre. E depois Benny... aquele cachorro alto... parecendo prestes a morrer de fome. O que eu podia fazer?

O conde pousou o prato vazio ao seu lado, apoiou os cotovelos nos braços da poltrona e entrelaçou os dedos com força.

– Quatro gatos e quatro cães – disse ele. – Isso é tudo, madame?

– É – respondeu ela. – São oito desde que Heitor chegou, na semana passada. É o cão a seu lado. Ainda está terrivelmente magro e tímido. Deve ter sofrido maus-tratos e rejeição a vida inteira.

Percy baixou para o cão os olhos cheios de desdém – pelo menos Imogen imaginava ser desdém –, e o animal ergueu para ele os olhos carregados de esperança vacilante. O rabo de Heitor sacudiu uma vez, depois outra.

O conde estreitou os olhos.

– Não tenho nenhum apreço por gatos – comentou ele –, a não ser que persigam ratos e fiquem quietos no canto da casa destinado a eles. Já os cães podem ser tolerados se forem bons caçadores. – Ergueu os olhos para encarar Imogen com dureza. – É esperado, imagino, que mulheres solitárias se deixem tomar pelo sentimentalismo e pela falta de espírito prático. Qual é a quantidade máxima... de vira-latas perdidos com permissão de invadir minha casa?

Prima Adelaide bufou.

Imogen bebericou o chá. Ele vinha se comportando de modo bem fiel ao personagem que ela imaginara. As mulheres precisavam de homens para mantê-las na linha. Não deu a ele qualquer resposta. Nem tia Lavinia.

– Foi o que pensei – disse ele, seco. – Não foi estabelecido um limite. Não foi feito nenhum plano. Por isso devo aprender a dividir meu salão e talvez minha sala de jantar e os aposentos privados com um número crescente de cães e gatos pouco atraentes. É isso?

– O aposento da segunda governanta foi preparado para abrigá-los, primo Percy – retrucou Lavinia.

– Com barras nas janelas e nas portas? – perguntou ele. – Ficam lá sempre? Quer dizer, quando não conseguem escapar e encontrar acomodações mais confortáveis como esta aqui? E o que a segunda governanta acha de dividir seu aposento com eles?

– Não há uma segunda governanta – disse ela. – Não creio que algum dia tenha existido alguma. Com certeza, não me lembro de tal pessoa. Não há barras na janela. E eles não podem ficar lá o tempo inteiro. Precisam de exercício. E de afeto.

Percy voltou a olhar para Heitor.

– Afeto – falou, o desgosto nítido na voz.

O cão se aproximou e descansou o queixo na perna do conde. Era a primeira vez, até onde Imogen sabia, que Heitor encostava espontaneamente em uma pessoa. Obviamente, não era um cão de muito bom senso.

Percy dirigiu-se a ele com severidade:

– Não está planejando se apegar a mim, está? Pode esquecer. Não obteria nada em retorno. Não me comovo com sua cara de coitadinho. Não tenho um coração mole de mulher.

– Ah, isso é uma surpresa – resmungou prima Adelaide, o rosto atrás da xícara de chá.

O conde retirou a cabeça de Heitor de sua perna depois de passar os dedos na orelha boa do cão por alguns momentos, em seguida se levantou.

– Vamos conversar mais sobre o assunto, madame – disse ele, baixando a cabeça para Lavinia. – Não aceitarei que Hardford Hall se transforme em um abrigo para animais, mesmo na minha ausência. E se houver outra poltrona disponível em algum aposento pouco utilizado, ou esquecida no sótão, uma que seja mais confortável do que esta... na verdade, *qualquer* uma... eu ficaria muito grato se ela pudesse ser trazida para cá, para ser colocada no lugar desta. Talvez possa transmitir meus elogios à cozinheira pela boa qualidade dos bolinhos. Voltarei a vê-las no jantar.

Então ele se curvou para cada uma das mulheres antes de sair da sala.

Heitor choramingou uma vez e deitou-se perto da poltrona vazia.

– Um presente de Deus para as mulheres – comentou prima Adelaide.

– Imagino, porém, que ele esteja certo – disse Lavinia com um profundo suspiro. – Nós, mulheres, *não somos* práticas, porque temos *coração*. Não que os homens não tenham, mas eles encaram as coisas de um modo diferente. Não sentem o sofrimento à sua volta ou, se sentem, sabem ser duros.

– Eu poderia jurar que o conde de Hardford é, definitivamente, um homem sem coração, tia Lavinia – rebateu Imogen. – É um sujeito mal-humorado que acha que ninguém vai reparar no seu azedume se ele jogar um pouco de charme quando julgar adequado.

Imogen odiava descobrir que concordava com prima Adelaide, mas aquele homem a deixara profundamente irritada. Seu encanto era superficial, na melhor das hipóteses, e a superfície era bem fina.

– Minha nossa – falou Lavinia, pegando mais um bolinho. – Eu não diria isso, Imogen.

– Pois *eu* diria – afirmou a prima.

CAPÍTULO 4

Os aposentos do conde, como era de esperar, ocupavam um lugar de destaque, bem no meio do andar superior da casa. Ali, todos os cômodos tinham a melhor vista: uma perspectiva panorâmica de gramados e canteiros de flores até arbustos e penhascos, com o mar lá embaixo se estendendo até o horizonte. Era realmente magnífico.

E deixou Percy com as pernas bambas de puro pavor.

A alcova também era úmida, como descobriu na primeira noite ao deitar-se sobre lençóis perceptivelmente molhados. A governanta ficou horrorizada e aturdida e pediu mil desculpas. Tinha verificado os lençóis *com suas próprias mãos* antes de terem sido estendidos na cama, garantiu ao conde, assim como sua senhora. No entanto, de fato estavam úmidos e não havia como negar.

– Talvez seja o próprio colchão – sugeriu Percy.

Colchão, lençóis e cobertores foram trocados por um lacaio robusto e um exército de aias, todos sem dúvida arrancados de suas camas para que seu senhor pudesse dormir sem se afogar.

E lá estava, Percy descobriu ao afastar as cortinas das janelas antes de se deitar na cama que acabara de ser preparada, lá estava um grande V de umidade no papel de parede, abaixo do parapeito da janela. Um pouco misterioso, pensou ele, pois não tinha chovido nenhuma vez durante a viagem e ele não havia notado aquela mancha mais cedo.

O sol cintilava sobre o mar quando, na manhã seguinte, Percy se levantou e olhou cautelosamente para fora. A água estava tranquila. Finalmente, tanto o mar quanto o céu tinham um tom muito claro de azul. Tudo parecia muito agradável, e a extensão do parque entre a casa e os penhascos era de uma amplidão apaziguadora. Com certeza aqueles arbustos espinhosos ficavam a pelo menos cinco minutos de caminhada da casa. Mesmo assim, Percy desejou que os quartos fossem nos fundos, de frente para as rochas.

A mancha de umidade sob o parapeito da janela parecia consideravelmente menos úmida naquela manhã, ele percebeu.

Ouviu Watkins se movimentar no quarto de vestir e passou a mão pela barba por fazer. Estava na hora de enfrentar o dia. Fez uma careta ao pensar nisso. Seria de imaginar que, em algum momento dos últimos dois anos, *alguém* tivesse tido a consideração de mencionar que o falecido conde deixara uma irmã solteirona e uma nora viúva morando na casa. E havia a prima de língua ferina, felizmente sem parentesco de sangue, cuja voz de barítono poderia fazê-la ser confundida com um homem. Isso sem falar nos bichos...

De repente, foi tomado pelo desejo de encontrar a sanidade de sua casa em Londres, do White's, dos amigos de sempre e... do tédio. Mas não podia culpar ninguém além de si mesmo.

Tomou o café da manhã com lady Lavinia e a Sra. Ferby. A primeira explicou como acreditava que deveria ser o relacionamento entre os dois, considerando as palavras dele na noite anterior. É claro, eles tinham um tataravô em comum, apesar de a diferença de idade indicar que estavam afastados por uma geração. Percy era primo em terceiro grau de lady Lavinia. Dicky, falecido filho do falecido irmão, era primo em terceiro grau com uma geração de diferença. Portanto, Imogen era sua prima em terceiro grau, não consanguínea, com uma geração de diferença.

Ela, aliás, não apareceu para o café. Percy presumiu que gostasse de dormir até tarde.

– Dicky! – disse a Sra. Ferby, dirigindo-se para a comida no prato. – Ele se chamava Richard, não era, Lavinia? Fico surpresa por não ter se rebelado contra um apelido tão infantil. – Ela fez uma pausa na refeição e olhou para Percy com fúria. – Suponho que se chame Percival.

– Sim, madame – respondeu ele.

– A única vez que meu marido se dirigiu a mim como Addie – disse ela – foi também a última. Ele morreu sete meses depois de nosso casamento.

Percy não perguntou se havia alguma ligação entre os dois eventos.

– Eu tinha 17 anos – acrescentou ela –, e ele, 53. Não foi uma combinação ideal. Estava mais para uma *má* combinação.

O breve casamento, concluiu Percy, não fora do tipo feliz, embora ele imaginasse que o Sr. Ferby talvez tivesse ficado bastante satisfeito por se retirar da vida após sete meses com a jovem esposa.

Depois do café, lady Lavinia ofereceu-se para lhe mostrar a sala matinal, presumindo, supôs ele, que desejaria descansar e aproveitar a vida diante de uma lareira acesa. Era um aposento grande que ele chamaria de biblioteca, dada a impressionante variedade de livros nas estantes. Adoraria folheá-los em outro momento. O cômodo ficava de fato voltado para o lado leste e pegava o sol da manhã.

Dois gatos estavam deitados sossegados diante das janelas, ambos sob a luz cálida do sol. Sábios gatos. O buldogue tinha se apossado do tapete diante do fogo e se esticara ali, aparentemente adormecido. O cão magrelo de olhos salientes estava escondido debaixo da escrivaninha de carvalho, mas saiu dali quando viu Percy e começou a sacudir o rabo e olhar para cima com esperança abjeta. Percy olhou para o animal por detrás do monóculo e ordenou que se sentasse. Podia muito bem ter pedido que executasse uma pirueta na ponta da pata.

Seria preciso fazer *algo* em relação àqueles vira-latas sem dono, pensou Percy pela décima vez desde a tarde do dia anterior.

Ele não desejava descansar. Então, atendendo a seu pedido, lady Lavinia o levou até o gabinete do administrador, nos fundos da casa, e o deixou com Ratchett, que parecia ter uns 80 anos e estar tão empoeirado quanto a montanha de livros de contabilidade e registros de propriedade amontoados por toda parte, inclusive sobre sua escrivaninha.

O sujeito balançou a cabeça careca várias vezes – ou seriam apenas tremores? – e estreitou os olhos para a esquerda de Percy. Indicou as pilhas empoeiradas e manifestou a opinião de que seu senhor devia estar ansioso para passar o dia as examinando. Na verdade, seu senhor não desejava tal ocupação. Mas, ao encarar pensativo seu bom e fiel criado, que não olhara diretamente para ele nenhuma vez, Percy tomou a decisão instantânea de *não* pedir ao homem que o acompanhasse pela propriedade.

Precisava fazer alguma coisa em relação aos animais sem dono *e* ao antigo administrador, pensou. Além disso, o mordomo também rangia um pouco demais.

– Em outro momento, talvez – disse ele. – Planejo passar o resto da manhã perambulando ao ar livre, vendo como são as coisas.

Ele tinha consciência de que era um plano bem vago.

Então, quando estava prestes a partir, foi interceptado pelo mordomo, que lhe informou com tristeza que a alcova do conde sempre fora mais sujeita à umidade do que qualquer outra, embora estivesse pior agora do que na época do falecido. Ele providenciaria pessoalmente a mudança do conde para o quarto de hóspedes mais espaçoso, nos fundos da casa.

Era exatamente o que Percy queria. Se a oferta tivesse sido feita no dia anterior, antes que ele se deitasse, teria aceitado de bom grado. Mas, pensando bem, os criados podiam se esforçar para tornar os aposentos do conde habitáveis. Afinal, ele passara os últimos dois anos sem fazer nenhuma exigência, certo?

– Não precisa se incomodar – disse Percy. – Apenas providencie para que acendam o fogo no meu quarto mesmo e o mantenham ardendo.

O mordomo inclinou a cabeça e rangeu para a frente a fim de abrir as portas principais.

Percy saiu e inspirou profundamente a maresia. Desceu os degraus e atravessou o gramado, mais ou menos na direção oeste. Deixar as portas da casa abertas devia ser um hábito, concluiu ele um minuto depois, ao perceber que o cão o seguia – o magrelo, o que estava prestes a morrer de fome quando lady Lavinia se apiedara dele. Mesmo agora não parecia firmemente estabelecido na terra dos vivos.

– É isso – comentou Percy, parando para falar, com alguma exasperação. – Heitor, não é? Nunca ouvi um nome mais inadequado em toda a minha vida. É isso, Heitor. Pretendo andar, dar uma boa caminhada, percorrer uma longa distância. Se for tolo o bastante para me seguir, não desperdiçarei energia tentando impedi-lo. *Não vou* parar para aguardá-lo caso vacile nem vou carregá-lo se ficar exausto e estiver longe de casa e de comida. Falando nisso, não tenho guloseimas para cães. Nenhuma. Compreendeu tudo com clareza?

Aquele patético arremedo de rabo de cachorro se sacudiu com algum desânimo e, quando Percy se virou para continuar a caminhada, Heitor trotou atrás dele.

Talvez compreendesse o grego arcaico.

O parque era agradável e provavelmente ficaria muito bonito durante o verão, quando a grama estaria mais verde, as árvores teriam folhas e as flores desabrochariam nos canteiros. A principal atração para a maioria das pessoas, claro, seria sua localização no alto de um penhasco com vista para infindáveis extensões de mar. Algumas pessoas – *a maioria*, na verdade – eram estranhas assim. Um par de canteiros tinha sido instalado de maneira engenhosa em reentrâncias do terreno, onde ficavam abrigados dos ventos. Assentos de ferro fundido foram colocados ali, supostamente para que os espectadores pudessem admirar as flores sem que seus chapéus ou a própria cabeça fossem levados pela ventania.

O muro que cercava o parque em três lados era construído com pedras de todos os tamanhos e formatos, sem cimento nem nada que as mantivesse grudadas, ele reparou com interesse. Tudo se mantinha no lugar pelo talento do construtor em combinar uma pedra com a outra e... Ele não compreendia como isso havia sido feito de um modo que a estrutura não tivesse desabado assim que o construtor virara as costas. Deveria perguntar a alguém.

Por trás do muro a oeste, Percy via o começo de um vale, embora não conseguisse enxergar o que havia lá embaixo. Terras agrícolas, possivelmente suas, estendiam-se ao norte. A maior parte dos campos que avistava estava pontilhada por ovelhas, muitas ovelhas, porém não havia nada que lembrasse uma plantação. Mas, é claro, ainda estavam em *fevereiro*.

Ficou conjecturando por que a propriedade aparentemente prosperava tão pouco. Talvez tentasse descobrir o motivo. Ou talvez não se desse ao trabalho. Como alguém podia suportar a vida naquele lugar? Ele morreria de tédio depressa – o que, aliás, era exatamente o que o estava acometendo em Londres. Talvez o tédio tivesse menos relação com o lugar do que com ele mesmo. Era um pensamento sombrio.

Pensou em costear o muro até o norte, atrás dos afloramentos de rocha nos fundos da casa, para conhecer mais da sua propriedade. Mas o caminho parecia acidentado, então, em vez disso, ele seguiu uma trilha para o sul, por dentro do muro, embora percebesse que cada passo o levava para mais perto da beirada dos penhascos. Antes de chegar lá, porém, Percy viu uma casa no canto sudoeste do parque, acomodada confortavelmente em uma reentrância e, tal como a casa principal mas em menor escala, cercada por três lados por grandes rochedos e arbustos. Era uma casa sem telhado. Na verdade, tinha a estrutura de um telhado, mas sem a cobertura.

Não foi preciso muito poder de dedução para concluir que só podia ser a casa de lady Barclay – prima em terceiro grau, não consanguínea, com uma geração de diferença. Havia dois homens no alto das vigas. Um deles martelava, enquanto o outro, de pé, observava.

Percy avançou. A casa parecia quadrada e sólida, além de ter um tamanho razoável. Calculou que devia haver pelo menos quatro quartos de dormir, talvez seis, no andar de cima, e vários aposentos embaixo. Havia um jardim ordenado, limitado por uma sebe baixa a leste. Um portão rústico de madeira no meio da cerca se abria para um caminho reto até a porta principal.

Percy parou diante do portão. Os dois homens notaram sua aproximação. O martelar foi interrompido.

– Como o trabalho tem progredido? – gritou ele.

Os dois homens alisaram o topete, balançaram a cabeça e não responderam. Talvez *eles* compreendessem grego antigo?

– Está avançando – disse uma voz fria e aveludada.

Sua dona surgiu da lateral da casa com um cesto cheio do que pareciam ervas daninhas num braço e uma pequena espátula na outra mão. Aparentemente, as ervas daninhas cresciam em fevereiro, mesmo quando não havia flores.

Novamente vestia a capa cinza e o chapéu da mesma cor, embora a capa tivesse sido apenas jogada sobre os ombros, deixando entrever um vestido azul muito simples. A simplicidade lhe caía bem. Ele descobrira no dia anterior que a silhueta dela era excelente. Não era voluptuosa, mas havia curvas nos lugares certos, e tudo parecia em perfeita proporção com sua altura. Tinha pernas longas, o que Percy consideraria interessante se ela lhe despertasse qualquer apelo sexual. Mas nunca lhe passara pela cabeça a ideia de fazer amor com um pedaço de mármore. Devia ser gelado.

O cabelo também ficava melhor sem o chapéu. Era espesso, brilhante, suave e arrumado com simplicidade. Percy imaginou que devia ser liso... e longo. Mas *não* nutria nenhuma fantasia de correr os dedos nele.

– Avançaria bem mais rápido se houvesse mais homens lá em cima – disse Percy. – Ou se os dois trabalhassem ao mesmo tempo, em vez de um de cada vez. Vou falar com Ratchett. O telhado precisa estar pronto antes que o clima dê um jeito de piorar tudo.

– Não vai fazer nada disso – retrucou ela, as sobrancelhas erguidas quase até o fim da testa. – Meu chalé não tem nenhuma relação com o Sr. Ratchett. Nem com o senhor.

Percy olhou deliberadamente para trás enquanto apoiava as mãos juntas nas costas. O cão, ele reparou, ainda o acompanhava e havia se sentado a seus pés, como um fiel caçador.

– É ou não é minha terra? – disse, e olhou para a construção. – Ou minha casa? Não são os consertos da minha propriedade uma preocupação minha, bem como fonte de despesas minhas? Ratchett é ou não é meu administrador?

O último ponto era questionável.

– Pela lei é tudo seu, claro – retrucou ela. – Mas, na realidade, é meu. Como viúva do único filho do falecido conde, tenho o direito de viver aqui. A manutenção é responsabilidade *minha*.

Ele a encarou com firmeza e ela devolveu o olhar.

Um impasse.

Discussões como aquela não costumavam ser pelo motivo oposto? Não deveriam estar brigando para saber quem *não* pagaria pelos consertos?

– Veremos – disse ele.

– Sim, veremos – concordou ela.

Com certeza, os dois se irritavam mutuamente. Percy não tinha o hábito de manter relacionamentos de antagonismo com mulheres. Na verdade, com ninguém. Era o mais amigável dos mortais. Talvez ela se ressentisse do fato de ele ser o herdeiro de seu sogro. Devia ter se casado com o falecido Dicky com a expectativa de um belo dia se tornar lady Hardford de Hardford Hall. Devia ter sido uma terrível decepção se transformar em uma viúva dependente, com um título de cortesia menos ilustre para chamar de seu, vivendo em uma casa modesta em um canto obscuro do parque.

– Voltem ao trabalho – ordenou ele, erguendo os olhos para o telhado, de onde os dois homens os observavam, interessados no conflito que acontecia no chão. – Lady Barclay, posso convencê-la a abandonar seu trabalho com as ervas daninhas e me acompanhar na caminhada?

Talvez os dois pudessem começar de novo. Ele lamentava a forma como a saudara no dia anterior: "E quem diabo seria a senhora?" Não era de surpreender que ela se ressentisse, especialmente quando o marido devia ter se tornado o dono da propriedade que o próprio Percy ignorara por dois anos. Mas o que ela podia esperar de um homem que a abandonara para brincar de guerra em Portugal e Espanha?

Imogen considerou a oferta, olhando-o durante todo o tempo. Então tirou as luvas, que aparentemente tinham sido colocadas para o trabalho de jardinagem, jogou-as sobre as ervas dentro da cesta, junto com a espátula, pousou a cesta ao lado dos degraus na entrada da casa e ajeitou o manto nos ombros. Outro par de luvas apareceu de dentro de um bolso.

– Sim – respondeu ela.

– Deve se ressentir de mim – disse ele ao partirem para leste, na trilha do penhasco, que era, como ele percebeu tarde demais, desagradavelmente próxima da beirada, afastada do parque por uma sebe espessa.

Como cavalheiro, ele era obrigado a caminhar do lado de fora.

– Devo me ressentir...?

– Esperava que seu marido estivesse em meu lugar – explicou ele. – Esperava se tornar uma condessa.

– Se esperava, tive tempo suficiente para adequar minhas expectativas. Meu marido morreu há mais de oito anos – rebateu ela.

– Oito anos? – repetiu ele. – E mesmo assim a senhora não voltou a se casar?

– E o *senhor* não se casou? – retrucou ela.

A princípio pareceu uma resposta sem sentido, mas ele compreendeu o que ela quis dizer.

– Tenho certeza de que é diferente para uma mulher.

– Por quê? – disse Imogen. – Porque uma mulher não pode viver sem um marido para protegê-la ou mandar na vida dela?

– Era isso que seu marido fazia? – questionou ele. – Mandava na sua vida? Ele partiu para a guerra e mandou que ficasse aqui, desempenhando o papel de esposa paciente e obediente enquanto esperava seu retorno?

– Dicky era meu amigo – disse ela. – Meu mais querido amigo. Havia equilíbrio entre nós. Ele não me abandonou quando foi para a guerra. Ele me levou junto. Não, faço uma correção: *eu* fui com ele. Estive com ele até o fim.

– Ah, uma mulher que seguiu o rufar dos tambores – comentou Percy, virando a cabeça para encará-la. Sim, ele conseguia imaginar. Ela era uma mulher que não devia esmorecer diante das dificuldades nem estremecer diante do perigo. – Admirável. Ele morreu na batalha, não foi?

Imogen encarava o vazio à sua frente com o queixo erguido. As gaivotas soltavam guinchos em algum ponto abaixo do nível dos pés dele. Aquilo lhe parecia um pouco perturbador.

– Morreu em cativeiro – contou ela. – Era um oficial de reconhecimento. Um espião.

Ah, pobre coitado. Mas os oficiais capturados não eram tratados com dignidade, honra e cortesia desde que dessem sua palavra – isto é, a promessa de cavalheiros – de não tentarem escapar? A menos que estivessem

sem uniforme no momento da captura, como podia muito bem ter sido o caso de um oficial de reconhecimento. Ele não ia perguntar. Não queria saber. Mas...

– Esteve com ele *até o fim*? – perguntou Percy, franzindo a testa.

– Fui até metade do caminho nas colinas com ele no início dessa missão em particular – revelou ela –, como eu fazia quando considerávamos seguro. O subordinado dele teria me acompanhado na volta. Ainda estávamos muito atrás de nossas próprias linhas. Fomos capturados, os dois.

– E o ordenança?

– Estava catando gravetos e lenha naquele momento, e conseguiu escapar.

Um prisioneiro tinha sobrevivido, o outro não. De repente, Percy viu todo aquele comportamento marmóreo sob uma luz completamente diferente. O que acontecera a ela durante o cativeiro? Principalmente se o marido não estava de uniforme? Era realmente terrível demais para pensar, e ele não pensaria naquilo. Com toda a certeza, não faria mais perguntas. Não queria saber.

– Então voltou sozinha para a Inglaterra – concluiu Percy. – Mudou-se imediatamente para a casa em que mora agora?

– Fui para a casa do meu pai, a 30 quilômetros daqui. Mas não conseguia falar, nem dormir, nem sair do meu quarto. Nem comer. Minha mãe é prima do duque de Stanbrook. Ele mora em Penderris Hall, no leste da Cornualha. O duque tinha aberto sua residência para abrigar oficiais que haviam retornado das guerras com ferimentos, físicos ou emocionais, e contratara um médico muito habilidoso e outras pessoas para tratá-los. Minha mãe escreveu para ele, por puro desespero, e ele foi me buscar. Fiquei lá por três anos. Seis de nós permaneceram todo esse tempo, sete contando com George... o duque. Nós nos autoproclamamos o Clube dos Sobreviventes. Ainda nos chamamos assim, e nos reunimos todos os anos, no mês de março, por três semanas.

Tinham parado de caminhar. Percy reparou que havia uma falha na lateral do despenhadeiro. Parecia ser uma trilha em zigue-zague que descia até a praia – uma descida bastante íngreme e com certeza perigosa. O cão sentou-se ao lado dele, a cabeça aninhada em sua bota.

– Quando um homem imagina a si mesmo caminhando por suas terras, seguido de perto por um cão fiel – refletiu ele –, costuma visualizar um cão pastor robusto e inteligente, ou algo parecido.

Ela olhou para Heitor.

– Talvez – disse ela –, quando um cão imagina a si mesmo caminhando atrás de seu dono, espere palavras gentis e um toque delicado.

Touché. Imogen tinha uma língua ferina.

– Não sou o dono dele – respondeu Percy.

– Ah, quem é que determina isso?

– Três anos! – exclamou ele. – Ficou em Penderris por *três anos*?

Deus do céu! Qual teria sido a extensão do estrago emocional? E por que ele insistia naquele assunto? Não sabia lidar com coisas sombrias. Esperou que ela respondesse com um simples monossílabo ou permanecesse em silêncio.

– Ben... sir Benedict Harper... teve as pernas esmagadas e recusou-se a amputá-las – disse ela. – Vincent, visconde Darleigh, ficou cego e, a princípio, surdo logo em sua primeira batalha, aos 17 anos. Ralph, o duque de Worthingham, quase foi cortado ao meio por um sabre ao ser derrubado de seu cavalo durante um ataque da cavalaria. Flavian, visconde Ponsonby, levou um tiro na cabeça e depois caiu do cavalo. Hugo, lorde Trentham, não se feriu. Não teve nem um arranhão, embora tenha levado seus homens em uma missão que matou quase todos eles e deixou gravemente feridos os poucos sobreviventes. Quase enlouqueceu. George nem foi chamado para a guerra, mas seu filho único foi e morreu, depois a esposa saltou dos penhascos para a morte nos limites da propriedade. E eu...? Estava presente no momento da morte do meu marido, mas não me mataram. Sim, três anos. E aqueles homens são os meus mais queridos amigos em todo o mundo.

Percy se pegou acariciando a orelha pela metade de Heitor e desejando mais uma vez não ter começado a conversa. *Pernas esmagadas. Cego e surdo aos 17 anos. Filhos morrendo e esposas se jogando de um penhasco.* E o que diabo tinha acontecido a lady Barclay enquanto o marido era torturado? Algo terrível o bastante para que ela tivesse passado três anos em Penderris Hall. Sentiu uma gota de suor escorrer pela espinha. *Ele não queria saber.*

– Quando deixei Penderris – continuou ela –, vim para cá. Meu pai tinha morrido em algum momento daqueles três anos, e minha mãe fora morar com a irmã, em Cumberland, quando meu irmão assumiu o lugar de meu pai com a esposa e os filhos. Eu não achava justo ir morar lá, embora minha cunhada tenha feito a gentileza de me convidar. Assim como não suportaria viver na casa principal com meu sogro e tia Lavinia, embora já tivessem se passado mais de três anos. Pedi que me deixassem ficar na outra casa, e depois de muita relutância meu sogro me deu permissão. Essa é minha história, lorde Hardford. O senhor tinha todo o direito de ouvi-la, pois veio para ficar por tempo indeterminado e me encontrou vivendo em suas terras. Vamos descer para a praia?

– Lá *embaixo*?! – perguntou ele, bruscamente. – Não.

Ela o encarou.

– Nunca vi muita graça em praias – esclareceu ele. Bem, pelo menos há um bom tempo. – É apenas um monte de areia e água. Por que Hardford não é mais tão próspera? Ou a senhora não sabe?

– A propriedade se sustenta – respondeu ela. – Pelo menos era o que meu sogro sempre gostou de dizer.

– É verdade – concordou Percy. – E ele ficava satisfeito com isso?

Imogen virou o rosto e não falou nada de imediato.

– Nunca foi um homem muito ambicioso – disse ela finalmente. – Dicky costumava ficar impaciente com ele. Tinha todos os tipos de ideias e de planos, mas nunca foram implementados. Então ele decidiu que a vida militar seria melhor como válvula de escape para sua energia. E, depois, acredito que o conde tenha perdido todo o ânimo com a morte do filho.

– E Ratchett? Ele foi eficiente em algum momento da vida?

– Talvez no passado – disse ela. – Meu sogro o herdou.

– Nunca passou pela cabeça dele o fato de que podia ter chegado a hora de mandar o homem descansar e contratar alguém mais... vigoroso?

Percy franziu a testa. Desejava de todo o coração ter o dom de voltar para a noite de seu aniversário e apagar aquele impulso ébrio de ir até a Cornualha. Às vezes, era melhor se manter na ignorância.

– Duvido que algum dia ele tenha considerado isso. O Sr. Ratchett mantém os livros de registro muito organizados. Passa os dias cercado por eles e anota tudo que é necessário. Se quiser saber qualquer coisa relativa aos aluguéis, às safras ou a qualquer coisa relacionada à propriedade pelos últimos quarenta ou cinquenta anos, o senhor com certeza encontrará a resposta detalhada naquelas páginas.

– Lady Barclay – disse ele com impaciência –, sinto-me como se tivesse sido jogado em um universo diferente.

– Suponho que a situação seja reversível – respondeu ela. – O senhor pode voltar... – Imogen se interrompeu de forma abrupta.

... para o lugar de onde veio?

... para seu lugar?

– E deixar aquela casa, *minha* casa, virar um abrigo de animais? – indagou ele. – Percebe que, se lady Lavinia continuar acolhendo todos os bichos perdidos que tiverem a astúcia de ir parar à sua porta... e a notícia deve estar se espalhando bem depressa no mundo animal... com o passar do tempo a casa se tornará inabitável para seres humanos? Que ficará completamente tomada por pelos de cães e de gatos? Que ela terá o *cheiro* deles?

– Preferiria então que passassem fome?

– Não é possível alimentar todos os famintos do mundo – respondeu Percy.

– Tia Lavinia não tem a pretensão de resolver todos os problemas do mundo – afirmou Imogen. – Ela só alimenta aqueles que batem à porta dela... à *sua* porta.

Ele sentiu uma súbita desconfiança.

– Estamos falando *apenas* de gatos e cachorros?

– Há pessoas – revelou ela – que não conseguem arranjar trabalho por um motivo ou outro.

Percy ficou paralisado mais uma vez e olhou para Imogen com horror.

– Se eu fizer um passeio pelos fundos da casa ou pelos estábulos, vou descobrir que todos os criados são vagabundos aleijados ou com inclinações criminosas se alimentando e vivendo às custas da minha propriedade, é isso?

Uma das criadas que fora arrumar sua cama na noite anterior mancava e parecia um pouco lenta também.

– Não *todos* – disse ela. – Os que o senhor encontraria estariam fazendo trabalhos úteis e merecendo o alimento que o senhor paga. Foram necessários mais jardineiros e auxiliares de estábulo na época em que meu sogro morreu, e a criadagem doméstica estava reduzida. Tia Lavinia tem o coração mole, mas nunca agiu de acordo com ele quando o irmão ainda era vivo. Ele estava satisfeito com a vida do jeito que sempre a conhecera. Conforme envelhecia, passou cada vez mais a detestar mudanças, especialmente depois de perder Dicky.

– Suponho que um desses abandonados seja a Sra. Ferby – concluiu ele. – Prima Adelaide, que em nenhuma circunstância deve ser chamada de Addie.

– Acredito que tenha ouvido no desjejum o relato dela sobre o casamento de sete meses, não é? – falou Imogen. – Ela precisa viver da caridade dos parentes, pois não dispõe de quase nada, e tia Lavinia convenceu-se de que arranjar uma acompanhante era o que havia de respeitável a fazer depois da morte do irmão. Talvez ela tenha razão. E a acompanhante escolhida *é* uma parenta.

– Não minha – retrucou ele, com irritação. – Compreendo por que preferiria que eu voltasse para o lugar de onde vim, lady Barclay.

– Bem, o senhor parece ter sobrevivido muito bem sem Hardford Hall nos últimos dois anos – disse ela. – E agora, depois de ter decidido vir por alguma espécie de capricho, conseguiu ficar num péssimo humor. Por que não vai embora, esquece nossas peculiaridades e recupera seu temperamento cordato?

– *Péssimo humor?* – O cão gemeu e encolheu-se a seus pés. – Ainda não me *viu* de mau humor, madame.

– Não tenho dúvida de que deve ser bem desagradável – disse ela. – E, como todos os homens de temperamento ruim, o senhor tende a despejar sua ira na pessoa errada. Não fui eu quem negligenciou Hardford e as fazendas em sua propriedade. Não fui eu quem encheu a casa com sem-tetos, sem ter um plano muito claro do que fazer com eles. Não fui eu quem convidou a prima Adelaide para vir morar aqui como acompanhante, sabendo que ela permanecerá pelo resto da vida. Em circunstâncias normais, eu cuido da minha vida na minha casa e não faço exigências sobre a propriedade nem sobre ninguém.

– O tipo de pessoa mais abominável na face da terra – retrucou ele, estreitando os olhos – é aquele que permanece impassível e razoável durante uma briga. É sempre *tão* impassível, lady Barclay? É sempre igual a um bloco de mármore?

Ela ergueu as sobrancelhas.

– E *agora* veja só o que fez – acusou ele. – Provocou-me o bastante para que eu me comportasse com uma grosseria imperdoável. De novo. *Nunca* sou grosseiro. Em geral sou meigo e encantador.

– É porque o senhor costuma estar em um universo diferente – disse ela –, um universo que gira à sua volta. A península estava cheia de oficiais barulhentos e rudes que acreditavam que os outros tinham sido criados para lhes render tributo. Sempre pensei que eram apenas tolos e que o melhor a fazer era ignorá-los.

Imogen se virou e começou a andar de volta pelo caminho por onde tinham vindo. Não olhou para trás para ver se Percy a seguia. Ele não a seguiu. Ficou parado onde estava, de braços cruzados, até que os ouvidos dela estivessem fora de seu alcance. Depois, olhou para o cão a seus pés.

– Se há um tipo de mulher que provoca meus nervos mais do que qualquer outra – declarou Percy –, é o que tem sempre a última palavra. *Barulhento e rude. Tolo. TOLO! Sempre pensei que o melhor a fazer era ignorá-los.* Se eu pudesse, iria direto ao estábulo, montaria no meu cavalo e partiria para Londres. Esqueceria este lugar amaldiçoado. Deixaria que você e seus ami-guinhos tomassem conta da casa até que se transformasse em ruínas. Dei-xaria que os aposentos do conde virassem mofo. Deixaria o administrador se transformar em fóssil em seu gabinete empoeirado. Deixaria lady Lavinia Hayes sozinha com a prima e seu coração de manteiga. Deixaria que a coluna de mármore ficasse na miséria com a conta do telhado e de todos os outros consertos que provavelmente são necessários. Deixaria que a maré subisse e descesse nos penhascos até que a eternidade os consumisse e fizesse com que as casas despencassem.

Heitor não tinha uma opinião para manifestar e não fazia sentido que Percy permanecesse ali, desabafando inutilmente enquanto a causadora de sua frustração se afastava.

– Pelo menos, se eu fizesse tudo isso, não ficaria balbuciando bobagens para um *cão* – disse ele. – Suponho que você esteja exausto, embora seja culpa sua. Não pode dizer que não avisei. E suponho que esteja pronto para o jantar, para ganhar alguma gordura que preencha essa carcaça magra. Venha. O que está esperando?

Percy procurou um vão entre os arbustos e encontrou um que deixaria apenas alguns arranhões em suas botas enquanto ele atravessava – Watkins assumiria um ar estoico e trágico. Mas, quando avançou, olhou para trás, para o cão, fez uma careta e abaixou-se para carregá-lo naquela espinhosa barreira, esperando que ninguém o estivesse observando. Avançou sombrio pelo gramado, em direção à casa.

Pelo menos, pensou, *pelo menos* não estava se sentindo entediado. Embora lhe ocorresse que o tédio talvez não fosse um estado tão deplorável assim, afinal.

CAPÍTULO 5

A tarde trouxe visitantes.
De algum modo, a notícia de que o conde de Hardford estava em sua residência se espalhara e, como a coisa certa a fazer era visitá-lo, as pessoas fizeram isso. Além do mais, todos estavam morrendo de curiosidade para conhecê-lo.

Imogen tinha planejado passar a tarde em sua própria casa, embora a ausência do telhado tornasse até os aposentos de baixo quase insuportavelmente frios. Não aparecera para o almoço, porque não conseguia aceitar a ideia de manter uma conversa educada com *aquele homem*. Ele provocava nela um comportamento à beira da grosseria, mas sem dúvida seria todo encantador com as senhoras mais velhas. Também se sentira agitada depois de contar a ele a própria história, mesmo numa versão resumida e sem detalhes. Quase nunca falava do passado nem pensava nele deliberadamente. Até seus sonhos raramente se tornavam pesadelos agora.

Antes que pudesse partir para sua casa, porém, os primeiros visitantes chegaram, e teria sido falta de educação sair, ainda que eles não estivessem ali para vê-la. Mas tudo o que ela queria era não precisar socializar naquela tarde específica. Todos se enamoravam do conde de Hardford assim que o conheciam. Sua mera presença ali era suficiente para agradar, é claro. Mas sua juventude e sua beleza extraordinária, unidas à excelência de seu alfaiate, atordoavam as damas e impressionavam os cavalheiros. Seu encanto, seu sorriso e sua conversa desenvolta concluíam o arrebatamento. Ele garantiu a todos que estava maravilhado por se encontrar ali, enfim, e que com toda a certeza não havia lugar no mundo comparável a Hardford e redondezas por suas belezas, naturais e outras.

Ele pronunciou *e outras* enquanto seus olhos se fixavam, como que por acaso, na Sra. Payne, esposa do almirante Payne, da reserva. A Sra. Payne, dona de um humor que em geral beirava o azedume – quando não descambava totalmente nessa direção –, assentiu em um gracioso sinal de aceitação do elogio implícito.

Mas o primeiro a chegar tinha sido o reverendo Boodle, com a Sra. Boodle e as duas filhas mais velhas. O almirante e a esposa vieram em seguida, e logo depois chegaram as Srtas. Kramer, as filhas de meia-idade de um falecido vigário, junto com a mãe idosa. Estas três senhoras não admitiriam jamais a gafe social de uma visita a um cavalheiro solteiro, claro. Tinham ido, como uma das Srtas. Kramer explicou, para visitar as queridas lady Lavinia, lady Barclay e a Sra. Ferby, e ficaram surpresas ao descobrir que o senhor conde se encontrava na residência. Só podiam esperar que ele não as considerasse muito intrometidas por terem invadido a privacidade dele, mesmo que involuntariamente. O senhor conde, claro, as tranquilizou, como bem se esperava dele, e logo as três damas se esqueceram de que sua visita original era a lady Lavinia.

Imogen sem dúvida teria se divertido com tudo isso se Percy não tivesse despertado seu desgosto. As visitas deviam ser, para ele, o mais próximo de uma tortura atroz; por isso, eram mesmo tudo o que ele merecia. Encontrou o olhar do conde quando esse pensamento malicioso atravessou sua mente e percebeu, pela expressão dele, que estava certa.

Quando o reverendo Boodle e suas acompanhantes estavam prestes a partir, depois da meia hora de permanência ditada pela etiqueta, o Sr. Wenzel chegou com Tilly na charrete. Imogen saudou a amiga com um breve abraço e sentou-se a seu lado no salão. Mas nem Tilly ficou imune aos encantos do conde. Depois de alguns minutos, ela se inclinou para perto de Imogen e sussurrou, enquanto os outros conversavam:

– Precisamos admitir, Imogen, que o conde é um belíssimo espécime de masculinidade.

Seus olhos brilharam ao pronunciar essas palavras, e as duas trocaram um breve sorrisinho.

O Sr. Soames, o médico idoso, apareceu acompanhado por sua jovem segunda esposa, as três filhas e o filho do segundo casamento. O Sr. Alton chegou por último com o filho, um garoto magricela que apresentara espinhas no rosto no último ano, pobrezinho. Em pouco tempo o jovem se tornou vítima de um caso sério de admiração por um novo herói, pois o senhor conde elogiou o nó de sua gravata, que parecia perfeitamente comum para Imogen.

Ela lançou um olhar penetrante para Percy. Não queria acreditar que ele podia ser *bondoso*. Não tinha feito nenhum elogio ao Sr. Edward Soames, por exemplo, um rapaz bonito que exibia a aparência e os modos de dândi desde que fizera uma breve visita a Londres na primavera anterior, para passar algum tempo com uma de suas meias-irmãs mais velhas.

Os últimos visitantes se despediram com uma série de convites para os quatro moradores: para um jantar, uma noite de carteado, um sarau de música, um piquenique na praia se as condições climáticas permitissem, claro, e para o 18º aniversário da Srta. Ruth Boodle, embora só fosse acontecer no fim de maio. Tinham sido informados por cada leva de visitantes de que a próxima festa, nos salões da estalagem da aldeia, aconteceria dali a cinco noites e que se esperava que o conde concedesse a graça de sua presença – assim como as damas de Hardford Hall.

Nada o impediria de comparecer àquele evento, garantira o conde a todos. Solicitou danças com a menina Boodle mais velha, com a Srta. Soames mais velha e com a Sra. Payne. A Srta. Kramer mais velha fez planos de se reunir para uma boa conversa com prima Lavinia e prima Adelaide enquanto os jovens dançassem. E o Sr. Wenzel e o Sr. Alton reservaram danças com Imogen.

– Pois bem – comentou Lavinia depois que todos saíram –, foi muito agradável, não foi? Como viu, primo Percy, não faltam vizinhos bem-educados nem opções de entretenimento por aqui. Há pouca chance de que fique sem ter o que fazer.

– Aquela mulher Kramer fala o tempo todo pela mãe e pela irmã e é entediante – comentou prima Adelaide. – *Você* pode ter uma boa conversa com ela durante a festa, Lavinia. *Eu* vou escolher companhia mais agradável.

– Ao que parece – disse Imogen –, o senhor está condenado a permanecer aqui durante as próximas duas semanas, *primo* Percy, pois aceitou convites para eventos previstos para esse período. Sem mencionar a festa de aniversário de Ruth Boodle, que deve ocorrer daqui a três meses.

– *Condenado*? – Ele abriu para Imogen o sorriso que ela reconheceu como o seu mais ensaiado, o mais devastadoramente encantador. – Que condenação mais feliz há de ser, prima Imogen!

Um presente de Deus para as mulheres, dissera prima Adelaide. E para a humanidade também. Era exatamente isso que ele pensava ser, e parecia que todos os visitantes estavam ávidos por confirmar sua opinião. Na realidade, ele não passava de uma casca vazia de vaidade, artificialidade e arrogância que adotava um temperamento irritadiço quando era contrariado. Precisava desesperadamente que alguém o tirasse do pedestal.

Mas, na verdade, de nada lhe adiantaria ficar irritada com alguém que não havia feito nada mais grave do que perguntar *"E quem diabo seria a senhora?"*. Imogen não costumava alimentar rancores.

O sorriso dele ficou genuinamente mais divertido, e ela percebeu que o encarava. Levantou-se e tocou a campainha para chamar uma criada para retirar a bandeja de chá.

Será que ele estava certo ao sugerir, mais cedo, que Imogen se ressentia por ele estar ocupando a posição que deveria ter sido de Dicky? Detestava pensar que podia ser verdade.

Os olhos dela pousaram amorosamente em tia Lavinia. A mãe de Imogen e tia Lavinia frequentaram a mesma escola para moças em Bath por vários anos e permaneceram grandes amigas. Imogen visitara a casa com frequência quando menina, às vezes com a mãe, às vezes sozinha. Tia Lavinia sempre declarara que Imogen era a filha que ela nunca tivera. Como fora um tanto moleca, Imogen brincava com o garoto da casa desde o início. Tornaram--se muito amigos e companheiros. Nunca tinham de fato se apaixonado. A própria ideia parecia um pouco absurda. Só que, em algum momento depois de crescerem, os dois tomaram a decisão conjunta de dar continuidade à amizade por meio do casamento, para permanecerem juntos. Imogen nem conseguia se lembrar do pedido ou de quem o fizera, isto é, se tinha de fato acontecido. Tudo sempre fora de comum acordo entre os dois.

Ela o amara profundamente. Depois de casados, claro, houve o componente sexual. O sexo sempre foi vigoroso e satisfatório, embora nunca tivesse ocupado uma posição central no relacionamento. Talvez Imogen não fosse capaz do que as pessoas conheciam como "estar apaixonada". O que era muito bom, naquelas circunstâncias.

– Quem, com o nome de Alton, chamaria o próprio filho de Alden? – perguntou o conde, sem se dirigir a ninguém em particular.

Com toda a certeza era uma pergunta retórica.

Ele balançou a cabeça como se quisesse clarear as ideias e fixou o olhar em Lavinia.

– Com relação aos animais... – começou ele.

– Ah. Eles ficaram a tarde inteira nos aposentos da segunda governanta, primo Percy – disse ela. – Por favor, não me obrigue a mandá-los embora. Seria pior para eles voltarem para a rua depois de terem tido um abrigo e refeições regulares. E um pouco de amor. *Por favor*, não me obrigue a mandá-los embora.

– Não farei isso – garantiu Percy. – Aqueles que estão por aqui podem ficar, embora eu tenha certeza de que viverei para me arrepender dessa decisão. Mas não aceite mais nenhum.

– É tão difícil recusar ajuda quando estão passando fome e olham para a gente com aqueles olhinhos tão sem esperança... – disse ela, segurando as mãos junto ao peito.

– Posso fazer uma sugestão? – perguntou Imogen.

Percy voltou os olhos azuis para ela, as sobrancelhas escuras arqueadas.

– Por favor.

– Os animais sem lar parecem bem mais bonitinhos depois de serem cuidados e alimentados por algum tempo. Ganham peso, o pelo fica mais espesso e brilhante. Com certeza mais pessoas estariam dispostas a cuidar de um bichinho bonito que precisa de um lar do que de um animal que sempre viveu na rua.

– Ah, querida Imogen – disse Lavinia. – Aposto que tem razão. Todas as menininhas querem um bichinho de estimação. *Eu* queria. Os menininhos também, acredito. E talvez as Srtas. Kramer ou...

– *Eu* nunca quis um bichinho – interveio prima Adelaide, recebendo um olhar de profunda angústia de Lavinia e outro, fugaz, do conde, que pareceu achar graça.

Ele se afastou da porta para permitir a entrada de duas criadas que foram recolher as bandejas.

Imogen reparou que seus olhos pousaram sobre uma delas com uma expressão pensativa. Era uma jovem magra, de ombros caídos e surda, embora ele não tivesse como saber disso, pois não havia falado com ela. O Sr. Soames, o médico, tentara encontrar um asilo para doentes mentais onde pudesse abrigá-la depois da morte do pai, um trabalhador rural. Mas Lavinia tinha interferido e encontrado uma solução.

– Está sugerindo, prima Imogen – disse o conde quando as bandejas foram retiradas –, que nós tenhamos uma espécie de serviço de embelezamento animal aqui, de graça, para oferecer gatos e cães bonitos para nossos vizinhos e enternecer as mulheres e as crianças?

Lavinia parecia estar prendendo o fôlego.

– Na verdade, sim – respondeu Imogen. – Embora eu acredite que tenha usado o pronome errado. Não imaginei em nenhum momento que *nós* faríamos tal coisa. Não consigo imaginá-lo alimentando ou acariciando animais abandonados, primo Percy, especialmente os feios.

– Ah, Imogen, minha querida – comentou Lavinia, com reprovação.

O conde retesou os lábios.

– Minha contribuição seria com a casa e a comida, suponho – concluiu ele.

– Sim – afirmou ela –, embora talvez um canto do estábulo pudesse ser preparado para Penugem, que logo terá filhotes.

– *O quê?* – As sobrancelhas dele subiram.

– Ora, todo mundo ama gatinhos – disse Imogen. – Será fácil dar um destino para eles assim que estiverem prontos para se separar da mãe.

Percy a encarou com a testa franzida, em seguida transferiu a atenção para Lavinia.

– Nenhum animal a mais nesta casa, madame – disse ele, gentil mas energicamente. – Além do mais, é de esperar que a senhora já tenha resgatado todos os que existiam na vizinhança. Darei instruções para que se prepare um cantinho no estábulo. Talvez *Penugem* acabe se mostrando uma boa caçadora de camundongos e faça por merecer sua estadia depois de ter os filhotes. Conversarei com a senhora em outra ocasião sobre os humanos sem lar. Acredito que acabei de ver um deles na forma de uma criada.

– Annie Prewett? – perguntou Lavinia. – É uma boa menina. Faz exatamente o que mandamos assim que compreende o que é. Quando falamos devagar, ela consegue ler nossos lábios.

Ele continuou a encará-la por alguns momentos antes de se voltar para Imogen.

– A valsa já chegou até estas paragens? – indagou a ela. – Se já chegou, reserve a primeira delas para mim na festa da aldeia. *Por favor.* Não vou ficar tropeçando no salão com alguém que não sabe dançar, e imagino que a senhora saiba.

Imogen achou que aquilo parecia uma ordem, apesar de ele ter acrescentado *por favor.*

Costumava dançar com o Sr. Alton, as mãos úmidas dele na sua cintura e segurando sua mão. Valsar com o conde de Hardford com certeza seria um avanço. Sentiu um inesperado frisson de ansiedade.

– Obrigada – disse ela. – Consultarei o meu carnê de danças.

De repente ele lhe abriu um sorriso torto e o frisson aumentou. Transformou-se em alguma coisa que perturbou suas entranhas. Porque o sorriso maroto não era um sorriso ensaiado de encantamento, e sim de genuína apreciação.

– Desafiarei a um duelo com pistolas ao amanhecer qualquer homem que ouse escrever o nome em seu carnê junto ao da primeira valsa – disse ele, curvando-se ligeiramente.

Céus, ele estava *flertando* com ela? Sua arrogância era tamanha que ele pensava poder atraí-la para a órbita do seu charme?

Imogen ergueu as sobrancelhas e o encarou impassível, enquanto Lavinia ria e prima Adelaide bufava.

Havia uma imagem do cavalheiro do campo que sempre fora particularmente pouco atraente para Percy. Era a do senhor de terras que circulava por suas propriedades vestindo um casaco malcortado, calças curtas e botas disformes, com um robusto bastão na mão, seguido pelo cão fiel, conversando sobre as plantações, os animais e o clima com os capatazes e os lavradores, falando de rotação de plantio, de feiras e do clima com o administrador, de cavalos, de chapéus e do clima com os vizinhos, e do clima e sabe-se mais o que com todos os outros, dançando com as filhas jovens e esperançosas deles nos mais variados eventos.

Que Deus o ajudasse, pensou Percy nos dias que seguiram, mas estava correndo um sério risco de se transformar naquele cavalheiro do campo. Poderia estar em Londres, lembrou-se na tarde que se seguiu à primeira leva de visitas – houve outras –, divertindo-se mesmo que a temporada ainda não tivesse começado e houvesse pouca gente na cidade. Poderia estar no Tattersall ou no salão de boxe Jackson, ou visitando o alfaiate ou o artesão de botas. Ou mesmo na cama, dormindo, recuperando-se dos efeitos da noite anterior com os amigos – ou desfrutando dos favores de uma nova amante.

Em vez disso, ele contemplava o gabinete empoeirado de Ratchett e sugeria que, com seus conhecimentos, o administrador-chefe – naquele momento,

Ratchett era o *único* administrador, mas isso era só um detalhe – deveria poder passar todo o tempo no escritório, envolvido com a valiosa tarefa da manutenção dos livros de registro, enquanto um homem mais jovem, menos habilidoso e menos experiente, ou seja, um assistente, cuidasse da tarefa de administrar diariamente as fazendas e de sugerir ideias para mudanças e aprimoramentos. Um segundo administrador, era o que ele queria dizer, alguém que pudesse se beneficiar dos conselhos e da orientação do chefe. Um subordinado, é claro. Uma espécie de discípulo, na verdade.

Ratchett estreitou os olhos para a esquerda de Percy e balbuciou algo a respeito de pesquisar na vizinhança, embora não soubesse o que outra pessoa pudesse fazer que já não estivesse sendo feito. Mas Percy já havia escrito para Higgins, que cuidava de seus negócios em Londres, instruindo-o a encontrar um administrador experiente, alguém que estivesse disposto a ser conhecido oficialmente como um subadministrador, embora na realidade não fosse ser nada disso, e que também estivesse disposto a se encarcerar nas profundezas do nada por um salário ligeiramente acima da média. Quanto mais depressa esse empregado ideal fosse encontrado, melhor. Para ontem seria melhor ainda do que para amanhã.

Percy tinha escrito a carta na noite anterior, enquanto limpavam seu quarto. Ao se retirar para dormir, descobrira que o fogo se apagara e que a fuligem da chaminé sujara o aposento, junto com uma ave ligeiramente queimada e definitivamente morta. Crutchley, que apareceu um segundo depois de uma aflita Sra. Attlee, opinou que os quartos da frente, especialmente *aquele*, estavam mais propensos a acontecimentos do tipo do que os de fundo, pois recebiam em cheio qualquer vento que porventura soprasse. Mais uma vez, ele aconselhou Percy a se mudar para um dos quartos de hóspedes mais confortáveis, nos fundos. Mais uma vez, Percy, sem nenhum motivo aparente, escolheu ser teimoso. Os aposentos do conde se tornariam habitáveis para o conde, e ele era o conde. Pelo menos sua cama, quando enfim conseguiu se deitar, estava seca, assim como o papel de parede, apesar das marcas de umidade sob a janela.

Percy descobrira pela manhã que praticamente nenhum terreno de sua propriedade vinha sendo cultivado ao longo de muitos anos e que também não o seria naquele ano, caso outros planos não fossem feitos logo. Ratchett e o velho conde aparentemente não simpatizavam com o trabalho nas plantações, que exigiam funcionários demais para semear, cultivar e colher e que eram sujeitas aos rigores do clima nessas três etapas. Porém, havia muitas ovelhas e até já tinham aparecido alguns cordeirinhos, sem que ninguém tivesse avisado os filhotes de que ainda era inverno e que seria uma boa ideia continuarem por mais algum tempo protegidos dentro das mães, onde era quente e não ventava.

A maior parte da receita da propriedade vinha, de fato, da lã. Mas as ovelhas se reproduziam em um ritmo acelerado demais para que todas ficassem em suas terras com conforto, até serem levadas pela velhice. Alguém precisava *administrar* o rebanho, do mesmo modo que alguém precisava administrar a terra. Percy não era um administrador e não tinha a menor ambição de se tornar um. Só de pensar! Mas sabia reconhecer uma necessidade quando via uma, bem como uma má administração, ou melhor, uma administração praticamente inexistente.

O pátio da fazenda, pouco além dos confins do parque, ao norte, parecia bastante decadente. Havia por ali algumas vacas leiteiras e em breve haveria alguns bezerros – Percy não perguntou por onde andava o touro que tornara a reprodução possível. Havia também algumas cabras, que pareciam não ter uma função específica, e tantas galinhas que era difícil não tropeçar nelas a cada passo enquanto ciscavam no terreiro. Também era quase impossível não pisar nos seus excrementos. Um lago tinha alguns patos. Algumas baias eram destinadas às ovelhas e seus filhotes e, possivelmente, a abrigar o rebanho na época da tosquia e em dias de tempo ruim. As instalações pareciam prestes a desabar.

O feno no estábulo caindo aos pedaços estava um tanto cinzento, como se estivesse ali desde que a estrutura fora erguida. Os camundongos em seu interior deviam viver com conforto e morrer de velhice.

Os lavradores pareciam idosos e enrugados; era provável que seus filhos tivessem partido muito tempo antes, em busca de pastos literalmente mais verdes. Os empregados do estábulo e os jardineiros nos confins do parque demonstravam um pouco mais de juventude e vigor, embora entre eles tivesse sido incluído um bom número de coxos e decrépitos, mais uma evidência do coração mole de lady Lavinia.

Percy tinha esperança de que um novo administrador fosse encontrado o mais depressa possível e que galopasse até ali sem parar para comer nem descansar. E acreditava fortemente que o homem sairia correndo depois de dar uma olhada ao redor.

Percy usava as roupas mais velhas que tinha para andar pela propriedade, embora na verdade não tivesse nenhuma roupa mais antiga do que um ano. Watkins não permitiria isso. O mesmo se aplicava às suas botas de montaria, que não mereciam o castigo imposto pelo terreno. Ele não portava um bastão, mas contava com um cão fiel atrás de si, aquele constrangimento de magreza batizado com o grandioso nome de Heitor, o poderoso príncipe guerreiro da *Ilíada* de Homero. Tinha se apegado a ele, acreditava Percy, apenas porque os demais cães da casa, incluindo um imenso e letárgico buldogue e outro que parecia uma salsicha, o ignoravam e não compartilhavam suas tigelas de comida com Heitor, nem permitiam que o pobre tivesse acesso à própria tigela – e porque os gatos, em especial a rosnadora Prudence, o intimidavam. Heitor era, de fato, um covarde, e não contribuía em nada para acentuar a imagem máscula de Percy enquanto ele caminhava por suas terras negligenciadas.

Era o bastante para fazer chorar qualquer cavalheiro proprietário de terras com um mínimo de amor-próprio. Não que ele *quisesse* ser um cavalheiro proprietário de terras, pelo menos não um cavalheiro proprietário de terras que se comportasse como um. Que os céus o protegessem.

Na manhã seguinte, depois de uma noite sem acontecimentos dignos de nota em sua alcova, Percy atravessou o gramado cheio de determinação, rumo à casa de Imogen, e encontrou exatamente o que esperava, ou seja, uma construção sem telhado desprovida de trabalhadores nem qualquer tipo reconhecível de vida. Voltou para a casa principal e mudou de roupa. Quando Watkins terminou de vesti-lo, Percy atrairia olhares até na Bond Street – na verdade, *especialmente* na Bond Street.

– Minha bengala de ébano, Watkins – pediu ele. – Trouxemos a de ébano, suponho.

– Trouxemos, milorde.

Watkins entregou-lhe a bengala.

– Meu monóculo cravejado de pedras preciosas.

– O monóculo *com pedras preciosas*, milorde?

Percy lançou um olhar para o criado e o monóculo cravejado foi trazido sem mais comentários.

– E um lenço com rendas – disse Percy. – E minha caixa de rapé de rubi, talvez. Sim, definitivamente a caixa de rapé com rubi.

Watkins era educado demais para comentar esses acréscimos cheios de ostentação aos trajes da manhã, mas a expressão rígida com que ele sempre demonstrava desaprovação ficou praticamente cristalizada em seu rosto.

– Faça a gentileza de olhar pela janela para ver se minha carruagem de viagem está na porta – pediu Percy.

Estava. Era também um veículo cheio de ornamentos. Herdara do pai e raramente a utilizava. Só a trouxera porque Watkins teria ficado estoicamente desapontado se fosse obrigado a viajar em uma carruagem inferior.

Ao voltar para casa, Percy averiguara que lady Barclay tinha pegado a charrete para ir a Porthdare, como mencionara no desjejum. Aparentemente, havia uma dama com problemas no quadril que precisava receber visitas. As mulheres conseguiam mesmo ser uns anjos nessas ocasiões, embora lhe exigisse um grande esforço de imaginação colocar na mesma frase os anjos e sua prima de terceiro grau por casamento, com a distância de uma geração.

Um pouco mais tarde, assim que descobriu por meio do mordomo o nome da carpintaria do encarregado de consertar o telhado e sua localização, Percy desceu sem pressa da carruagem diante da carpintaria em Meirion, um vilarejo 9 quilômetros rio acima. Lançou um olhar lânguido em volta, ignorando um grupo de curiosos que tinha parado para assistir ao espetáculo – isto é, para observá-lo.

Acenou para o cocheiro, que mais cedo se surpreendera quando o conde o instruíra a vestir sua farda.

– O excelentíssimo senhor conde de Hardford – anunciou o cocheiro com visível prazer, depois de abrir a porta da carpintaria.

O senhor conde entrou, sacudiu o lenço, abriu a tampa da caixa de rapé com a ponta de um polegar, mudou de ideia – não gostava de rapé mesmo – e voltou a fechá-la, guardou-a e levou o monóculo ao olho.

– Ocorreu-me questionar – disse ele com um suspiro, enquanto encarava através da lente três homens de olhos arregaladíssimos – por que a casa em Hardford Hall perdeu o telhado em dezembro e permanece sem telhado em fevereiro. Também tenho me perguntado sobre o motivo que leva dois homens a serem vistos nas vigas, um martelando pregos enquanto o outro observa. Além disso, não há visível sinal de progresso. Chamou minha atenção o fato de que talvez seja possível encontrar as respostas aqui. Portanto, devo insistir que isso aconteça.

Menos de quinze minutos depois, a carruagem movimentava-se pela rua principal do vilarejo, observada por bem mais do que um pequeno grupo de espectadores alinhados nos dois lados da rua, como se estivesse acontecendo um desfile. Todos os trabalhadores especializados em restauração de telhados pareciam ter ficado indispostos nos últimos tempos, ou tinham andado ocupados com outros serviços, mas milagrosamente todos recuperaram a saúde ou tinham acabado de concluir as tarefas naquela mesma manhã e estavam prestes a seguir para a casa de lady Barclay em Hardford Hall quando o senhor conde chegou e atrasou sua partida. A sugestão ardilosa de que a presença de todos eles em um único local elevaria o custo da obra esbarrou mais uma vez no monóculo do senhor conde, que reluziu com um esplendor ofuscante na nesga de luz da entrada, e no mesmo instante os preços baixaram para um preço que Percy acreditava ser apenas ligeiramente inflacionado.

O conde de Hardford sinalizou para o cocheiro, que abriu uma gorda bolsa de couro e pagou metade do combinado ao carpinteiro. A outra metade seria paga, depois da conclusão satisfatória do trabalho, por lady Barclay, prima do conde – não fazia sentido criar confusão discutindo graus de parentesco e gerações. A dama seria informada de que o preço tinha sido reduzido como compensação pelo atraso injustificável.

Às vezes, refletiu Percy durante a infindável viagem de volta para Hardford Hall, ser um aristocrata podia ser uma verdadeira vantagem para um homem. Não que ele não tivesse condições de fazer picadinho daquele carpinteiro mesmo que fosse apenas Percival Hayes.

CAPÍTULO 6

Imogen se sentiu quase alegre quando se sentaram para jantar naquele mesmo dia. Ainda era cedo. Eles compareceriam a um sarau de música na casa dos Kramers mais tarde, e a perspectiva lhe agradava, uma vez que ainda não podia passar a noite sozinha com um livro, algo que ansiava em voltar a fazer. A perspectiva de se divertir com os vizinhos, porém, não era o que a animava.

– Uma visão muito feliz me esperava quando fui à minha casa hoje à tarde, esperando encontrá-la vazia, como sempre – contou ela aos outros três reunidos em volta da mesa. – O Sr. Tidmouth, o dono da carpintaria, estava lá supervisionando o trabalho de nada menos que *seis* trabalhadores, todos ocupados nas vigas.

– Seis? – disse Lavinia, parando a colher de sopa no ar. – Então devem terminar em breve.

– *Se* voltarem amanhã – acrescentou prima Adelaide.

– Ah, acredito que voltarão, sim – garantiu Imogen. – O Sr. Tidmouth pediu mil desculpas pelos atrasos. Contou que não estava passando bem desde o Natal e que seu substituto estava mandando os homens cuidarem de outros trabalhos menos importantes, sem seu conhecimento. Ele mesmo se certificará de que todos os seus homens venham a Hardford todos os dias até que o reparo seja concluído. Depois de analisar a casa, ele até percebeu que exagerou no preço e que vai baixar a nova estimativa, incluindo um desconto extra como compensação pela demora.

– Nunca confie em um homem que pede desculpas a uma dama – aconselhou prima Adelaide. – Nem em um negociante que reduz seu preço.

– Estou muito feliz por você, Imogen – disse Lavinia. – Embora a conclusão do telhado signifique sua volta para a própria casa, eu suponho. Vou sentir sua falta.

– Mas estarei por perto – tranquilizou-a Imogen – e visitarei a senhora quase todos os dias, como sempre faço.

Ela ficaria *muito* feliz em voltar para casa e aproveitar a própria companhia, e só sair quando quisesse. Ficaria *muito* feliz por se afastar da presença perturbadora do conde.

Ele não tinha participado da conversa sobre o telhado. Concentrara-se na comida e no vinho, apenas a encarando de forma sonolenta de vez em quando, com os olhos semicerrados. Era uma nova expressão, uma afetação irritante.

– Ousaria dizer – declarou ela, dirigindo-se a ele – que o Sr. Tidmouth apareceu aqui hoje com seu pedido de desculpas e todos os seus trabalhadores por causa da carta que escrevi ontem. A carta *educada*. Boas maneiras costumam ser mais eficientes do que vociferações. Se tivesse ido até Meirion manifestar minha raiva, como me aconselhou ontem, primo Percy, era provável que tivesse que esperar uma semana ou mais, como punição.

– É bem provável, prima Imogen – concordou ele, cordato, erguendo a taça para ela. – Tiro meu chapéu para a senhora.

No entanto, enquanto cortava o rosbife, Imogen de súbito sentiu uma desconfiança terrível, tenebrosa. *Nunca confie em um homem que pede desculpas a uma dama. Nem em um negociante que reduz seu preço.* Olhou para o conde bruscamente, mas a atenção dele parecia voltada para a carne. A desconfiança deu lugar à irritação quando ela constatou que ele estava esplêndido com o casaco azul-escuro, um colete de cetim em um tom mais claro de azul, uma gravata branca como a neve e um colarinho tão elaborado que o pobre Alden Alton, se estivesse na casa dos Kramers, morreria de inveja e de desespero.

Qual seria, porém, a explicação *real* para a súbita aparição de tantos trabalhadores, todos diligentemente ocupados, naquela tarde? E para as desculpas tão obsequiosas do Sr. Tidmouth? E para a estranha e drástica redução no preço? Tinha sido ingênua em se encantar com tudo?

Não teve, porém, a menor chance de elaborar suas desconfianças ou confrontar o homem que as provocara. Foram todos para o vilarejo juntos, na opulenta carruagem do conde. Imogen concluiu que ele devia ter outras fontes de renda além de Hardford. Talvez o caçula da família Hayes tivesse sido um pouco mais ambicioso do que o primogênito. Imogen acomodou-se de costas para os cavalos, assim como o conde, para que as senhoras mais velhas tivessem os melhores assentos. Mas a carruagem, descobriu ela, embora fosse luxuosa, não era mais espaçosa do que o veículo mais humilde, que permaneceu guardado. Ela sentia o calor do corpo de Percy a seu lado, o que teria sido reconfortante na friagem da noite de fevereiro se a tal quentura não estivesse acompanhada de um leve perfume de sua colônia cara, almiscarada e com uma poderosa aura de masculinidade. Esse último fato a irritava intensamente. Não conseguia se lembrar de se sentir tão sufocada pela masculinidade de alguém, embora tivesse conhecido muitos homens viris e atraentes.

Ah, ficaria *muito* feliz quando pudesse voltar para a própria casa.

Havia sido para aquilo que ele fora correndo para a Cornualha escapar do tédio, pensava Percy. Embora a frase não fosse rigorosamente precisa, não é mesmo? Ele não esperava escapar do tédio: decidira, de modo bastante consciente, mergulhar ainda mais nele e ver o que acontecia. Pois bem, era *aquilo* que acontecia.

Estava sentado em sua carruagem de viagem com três damas, uma delas dona de profunda sensibilidade, tendo enchido sua casa e propriedade de seres abandonados. A outra, dona de uma voz de barítono, não só não pronunciara uma única palavra elogiosa sobre o sexo masculino desde sua chegada, como dissera coisas bastante depreciativas. E a terceira era feita de mármore. Se a viagem não fosse o suficiente para mergulhá-lo na melancolia mais profunda, havia o fato de que o destino era a casa dos Kramers, onde seriam entretidos pelos talentos musicais das damas Kramers e de seus vizinhos.

As Srtas. Kramers, como ele descobriu assim que chegaram, se consideravam pianistas e cantoras e se dedicaram ao longo de duas horas a provar a verdade – ou a falsidade – dessa pretensão. Mas, justiça fosse feita, elas não tentaram monopolizar a atenção dos convidados. Outras damas cantaram e tocaram piano também. Alton levou o violino, e seu filho, com ar de quem preferia ser lançado em uma fornalha ardente na companhia de leões, acompanhou-o com a flauta. O reverendo Boodle cantou, acompanhado pela esposa, em uma voz grave que teria feito as garrafas de bebida estremecerem se houvesse alguma no aposento.

Lady Barclay se engajou numa conversa com lady Quentin, esposa de sir Matthew Quentin, e com a Srta. Wenzel antes do começo do recital. Quando todos ocuparam seus assentos para o início das apresentações, foi Wenzel, o cavalheiro do campo, quem se sentou ao lado dela, aproximando um pouco a cadeira ao fazê-lo. Em seguida, envolveu-a em um diálogo – melhor dizendo, iniciou um monólogo –, ignorando a música. Não era um comportamento muito gentil da parte dele, para dizer o mínimo, embora tenha mantido o tom de voz baixo o suficiente para não incomodar os mais próximos, ou ao menos os que tinham escolhido serem educados e ouvir a cantoria, e Percy se incluía no grupo dos virtuosos.

Wenzel nem fingia prestigiar a música. Os olhos dele e toda a sua atenção estavam concentrados em lady Barclay, que, de fato, estava encantadora em um vestido azul que acentuava perfeitamente cada curva de seu corpo – além de combinar com o colete dele, como Percy percebera durante o jantar. Wenzel tampouco aplaudiu os músicos. O sujeito não devia ter aparecido no alfaiate nos últimos cinco anos e era mais do que meio calvo – pensamentos cruéis incomuns a Percy, mas que não o fizeram se recriminar.

Lady Barclay *ouviu*, ou pelo menos manteve os olhos em quem estava se apresentando. E aplaudiu. Por duas vezes Percy a viu respondendo brevemente a Wenzel, e em apenas uma dessas ocasiões ela virou a cabeça para encará-lo.

O sujeito irritava Percy. O que era *mais* irritante, porém, era que Percy estava dando atenção a coisas como essas. Wenzel tentava deixar claro seu interesse por lady Barclay, como tinha todo o direito de fazer. Era solteiro e tinha mais ou menos a mesma idade que ela, e Imogen era uma viúva. Boa sorte a ele, se tinha a intenção de se casar com ela. Ele precisaria mesmo de sorte. A mulher não lhe dava o menor sinal de encorajamento. É verdade que também não dava nenhum sinal de se sentir incomodada por suas atenções. Continuava com sua expressão marmórea de sempre. Percy não tinha nenhum motivo para querer expressar seu desagrado.

Mas por que se sentia tão irritado? Tinha se tornado possessivo só porque a mulher vivia sob seu teto? A ideia quase o fez suar frio.

A Sra. Payne, esposa do almirante, tinha uma voz de soprano com um *vibrato* pronunciado e fez bonito ao cantar uma ária de Handel. Percy aplaudiu educadamente após a apresentação e concordou com a Sra. Kramer, erguendo um pouco o tom de voz pois ela era surda, que fora uma sorte para a vizinhança que o almirante Payne tivesse decidido se estabelecer ali no vilarejo depois da aposentadoria.

O *grand finale* do sarau foi uma peça de Bach executada com os dedos ágeis da Srta. Gertrude Kramer, a irmã caçula. Era claramente o sinal para que os criados trouxessem lanches, distribuídos no aparador a um dos cantos do aposento, enquanto bandejas com chá e café foram deixadas sobre a mesa para que a mais velha das Srtas. Kramer pudesse servir. Não havia nem sinal de bebida alcoólica.

Wenzel aproximou-se ainda mais de lady Barclay antes de se levantar e se dirigir ao aparador. Percy se levantou sem pressa, elogiou dois ou três dos músicos da noite que estavam por perto, entre eles um Alden Alton corado e gago, e depois atravessou o aposento na direção contrária à do aparador. Sentou-se no lugar vazio ao lado da prima em terceiro grau por casamento, com a distância de uma geração.

Ela o encarou com surpresa e algo que ele teria interpretado como alívio se a ideia não fosse altamente improvável.

– Espero que tenha desfrutado das atrações musicais, madame – disse ele.

– Desfrutei – afirmou ela. – Todos têm boa intenção e se esforçam muito.

Quase uma condenação aos artistas na forma de um ligeiro elogio, pensou ele, apreciando o comentário.

– É verdade – concordou o conde. – Desfrutou também da conversa?
Ela ergueu as sobrancelhas.

– Preferia ter concentrado toda a minha atenção na música.

– Por que então não o instruiu a calar a boca?

– Talvez, lorde Hardford – respondeu ela –, porque eu tente manter os bons modos em todas as ocasiões.

– Talvez estivesse apreciando as atenções do cavalheiro – retrucou ele –, embora preferisse ouvir a música. Devo desocupar o lugar dele quando ele voltar com um prato para a senhora? Acho que foi isso que ele foi fazer.

– Acredito que não seja de sua conta se aprecio ou não receber as atenções do Sr. Wenzel – disse ela. – Mas não. Por favor, fique onde está.

Quase no mesmo instante, Wenzel voltou com um prato cheio em cada mão. Lançou um olhar penetrante para Percy, de sobrancelhas erguidas.

– Ah – suspirou Percy. – Que gentil de sua parte, Wenzel.

Ele pegou um dos pratos da mão do homem e o entregou a lady Barclay com um sorriso antes de pegar o outro para si mesmo.

Wenzel ficou de mãos vazias, com uma expressão impenetrável.

– É melhor o senhor voltar e pegar um prato para si mesmo também – aconselhou Percy, com gentileza –, antes que acabe toda a comida. Ainda que pareça ter bastante. A Sra. Kramer e as filhas nos deixaram orgulhosos. Gostou dos recitais?

Wenzel olhou para lady Barclay de forma expressiva antes de murmurar algo indecifrável, fazer uma reverência e se afastar.

– Obrigada – disse ela.

– Ah, não foi nada, madame – garantiu Percy. – Providenciar-lhe um prato não me custou esforço algum.

Ela riu.

Foi um choque terrível. Quase o fez cair da cadeira e se estatelar no chão.

Foi um riso breve, que iluminou todo o seu rosto com graça, conferiu-lhe uma beleza vibrante, atordoante, e desapareceu sem deixar vestígios.

A risada o deixou com a percepção chocante de que ele queria fazer amor com ela.

Foi uma sorte – *muita* – que a conversa tenha passado para assuntos gerais e que sir Matthew Quentin estivesse perguntando sua opinião a respeito de algo que parecia interessar a todos os presentes.

– E o senhor, Hardford – disse ele –, qual a *sua* opinião sobre o brandy contrabandeado?

Como não havia bebida alcoólica à vista, Percy presumiu que se tratava de uma pergunta teórica.

– Sem dúvida costuma ser de qualidade superior – respondeu o conde. – Porém, o fato de ser introduzido no país de forma ilegal o transforma em uma delícia proibida.

Pareceu-lhe que quase todos riram maliciosamente, como se ele tivesse acabado de falar algo espirituoso e, ao fazê-lo, tivesse sido admitido em uma espécie de clube secreto.

– Ah, os frutos proibidos não costumam ser os mais doces? – indagou o jovem Sr. Soames, com seus ares de dândi.

O pai dele franziu a testa, duas de suas irmãs riram baixinho e as Srtas. Kramers pareceram chocadas. A terceira irmã Soames e uma das meninas

Boodle uniram as cabeças cheias de cachinhos atrás do piano e deram risadinhas por trás do leque aberto.

– É bem verdade – concordou Percy, acenando de forma amistosa para o jovem, que sem dúvida receberia mais tarde toda a ira do pai.

Lady Quentin estava determinada a conversar sobre os variados méritos dos chás chineses e indianos.

Percy ouvia distraidamente e fazia conexões. Brandy contrabandeado. Contrabandistas. Cornualha, especificamente a *costa sul* da Cornualha.

– *Ainda* há atividades de contrabando nas imediações? – perguntou ele quando os quatro estavam na carruagem voltando para casa.

– Hoje em dia, não muita – respondeu lady Lavinia depois de uma hesitação que se estendeu por um segundo a mais do que deveria. – Costumava haver, acredito, durante as guerras.

– Mas ainda existe *um pouco*?

– Ah, é possível, suponho – disse ela –, embora eu não tenha ouvido falar a respeito.

– Não há nada sequer vagamente romântico em relação ao assunto – acrescentou lady Barclay.

– Romântico?

Ele virou-se para encará-la da maneira como foi possível nos estreitos limites do assento da carruagem. Não que a pudesse ver com clareza. Era uma noite escura, e a luz da carruagem iluminava o caminho à frente, não a parte de trás.

– Contrabandistas, piratas e salteadores costumam ser glamourizados e apresentados como heróis audaciosos – disse ela.

– Não é romântico salvar a heroína amarrada ao mastro do navio, desmaiada, ou jogada nas costas de um cavalo, ou transportada por força sobre-humana até o topo de um vertiginoso penhasco atravessada nos ombros de um homem? – retrucou ele. – Isso não é romântico, prima Imogen?

A Sra. Ferby bufou.

– Não quando é feito por fanfarrões, criminosos e assassinos – respondeu lady Barclay.

Percy continuou a olhar na direção dela, no escuro. Percebera uma amargura real em sua voz.

– Mas ele não é sempre o filho injustiçado de um duque? – indagou ele.

– O filho *mais velho*, que com seus atos aparentemente suicidas e ousados

67

tenta consertar os erros do mundo, limpar seu nome e conquistar o amor eterno de uma doce donzela em perigo, que possivelmente é uma princesa, e que como prêmio final consegue recuperar a herança e o amor do pai, casando-se com a mocinha e vivendo com ela feliz para sempre?

A Sra. Ferby voltou a bufar.

– Precisamos ser justas com o sujeito, Lavinia – disse ela. – Ele tem senso de humor.

– O senhor devia escrever romances – comentou lady Barclay.

Percy ficou se perguntando se ela estava sorrindo, ainda que fosse um sorriso interno. Seria algo digno, heroico, pensou, fazer aquela mulher voltar a rir como tinha acontecido na casa dos Kramers, e fazê-la rir de novo e de novo. Talvez devesse assumir a tarefa como uma missão de vida. Mas será que seria uma meta realizável? Deu um sorrisinho na escuridão. Às vezes ele próprio se perguntava de onde surgiam pensamentos tão absurdos. Ainda devia estar se sentindo terrivelmente entediado.

De acordo com as senhoras mais velhas, estava muito tarde quando chegaram em casa. Mas, segundo o esplêndido relógio de pêndulo no saguão, ainda não eram onze da noite. Percy desejou boa-noite às damas, confirmou com Crutchley que a lareira tinha sido acesa na biblioteca e foi para lá ler e beber alguma coisa antes de se recolher, por pura falta de algo mais interessante para fazer.

Havia animais no aposento – dois gatos perto da lareira e Heitor sob a escrivaninha –, como era inevitável. Percy ignorou todos eles.

Servia-se de vinho do Porto no aparador quando a porta se abriu e lady Barclay entrou. Retirara o manto e o chapéu e jogara um xale de lã sobre o atraente vestido de noite azul, que não tinha um corte elaborado. Nenhum de seus vestidos tinha. Porém, não era necessário. Imogen tinha a silhueta mais perfeita que ele já vira. Não que alguma coisa pudesse ser *a mais* perfeita ou *ainda mais* perfeita, porque, afinal de contas, *perfeita* era um conceito absoluto. Ele chegava a ouvir essa explicação sair da boca de um de seus tutores.

– Vinho? – ofereceu.

– Por que o Sr. Tidmouth apareceu na minha casa esta tarde? – perguntou ela. – E por que havia *seis* trabalhadores com ele? Por que o preço do novo telhado caiu pela metade?

Ah.

– Vinho? – ofereceu ele de novo.

Imogen deu alguns passos na direção dele. Estava pronta para a batalha, Percy percebeu. Não respondeu à pergunta.

– *Sua* casa? – retrucou ele. – Ou *minha*? Ainda afirmo que é minha, lady Barclay, embora a senhora possa lá morar, com minha bênção, até seu octogésimo aniversário, se escolher, ou nonagésimo, se viver tanto assim. Depois disso, renegociaremos.

– O senhor foi procurá-lo. – Ela deu mais um passo na direção dele. – Brigou com ele. Ameaçou-o.

Percy ergueu as sobrancelhas. Ela ficava magnífica com raiva. A raiva deixava suas faces mais rosadas e fazia seus olhos cintilarem.

– Briguei? – repetiu ele com a voz fraca, fechando a mão em torno do cabo do monóculo, que *não era* o cravejado de pedras preciosas, e erguendo-o a meia distância do olho. – Ameacei? A senhora está enganada a meu respeito, eu garanto.

– Ah. – Ela estreitou os olhos. – Suponho que apenas tenha interpretado o papel de aristocrata altivo.

– *Interpretei*? – Ele ergueu a lente até o olho. – De que adiantaria ser um aristocrata, madame, se não fosse possível desempenhar esse papel? Acredito que isso torna um tanto desnecessárias brigas e ameaças. Os subordinados, categoria em que incluo os carpinteiros que consertam telhados, enfraquecem na presença de altivez, de um monóculo cravejado de pedras preciosas e de um lenço com bordas rendadas.

– O senhor não tinha o *direito*. – Imogen se aproximou ainda mais.

– Pelo contrário – disse ele. – Eu tinha todo o direito.

Estava se divertindo muito, percebeu. Era bem melhor do que ler seu livro de poemas de Alexander Pope.

– Essa batalha era *minha* – declarou ela. – Fiquei ressentida com sua interferência.

– Apesar do título, madame, e do fato impressionante de ser prima do conde de Hardford em terceiro grau, com a distância de uma geração, a senhora parece não ter sido capaz de superar o que deve ser a total desconsideração de Tidmouth pelas mulheres. Sem dúvida ele pertence a uma subespécie inferior da raça humana, e é preciso sentir pena de sua esposa e de suas filhas, se é que elas existem. Mas é fato que a senhora necessita dos serviços dele, pois aparentemente não existe concorrência em um raio de 75 quilômetros. *Eu* necessito dos serviços dele também. Sem ele, talvez eu seja condenado a lhe oferecer minha hospitalidade em Hardford Hall por um ano ou mais.

Isso a deixou desconcertada. Desconcertou a Percy também, na verdade. Ele nunca era rude com as mulheres. Quer dizer, quase nunca. Aquela era mais uma exceção, ao que parecia.

– O senhor não é um cavalheiro, lorde Hardford.

Ele não teria confirmado isso se Imogen não se encontrasse tão perto – responsabilidade totalmente dela, pois ele não se afastara um centímetro sequer do aparador. Só que ela *estava* próxima, e ele nem precisou estender completamente o braço para segurar sua nuca. Nem precisou se curvar muito para colar a boca à dela.

Percy a beijou.

E não precisou nem de uma fração de segundo para entender que cometera um *grande erro*.

Do ponto de vista dela, tinha sido exatamente isso. Tanto que ela interrompeu o beijo dois segundos depois e deu uma bofetada em Percy.

Do ponto de vista dele, ele a queria. Mas ela era a mulher mais inadequada que Percy podia ter escolhido desejar – exceto pelo fato de que não a escolhera. Teria sido algo absurdo. Ela era a mulher de mármore.

Ele sentiu a bochecha arder, os olhos se encheram de lágrimas. Era uma experiência nova. Nunca tinha levado um tapa na cara.

– Como *ousa*? – disse ela.

Ele lhe devia um humilde pedido de desculpas, no mínimo.

– Foi um beijo. Nada mais – argumentou ele, em vez de se desculpar.

– Nada mais... – Os olhos dela se arregalaram. – Não foi um beijo, *lorde* Hardford. Foi um *insulto*. Foi intolerável. O senhor é intolerável. Suponho que tenha pagado ao Sr. Tidmouth por metade do meu telhado.

– Na minha experiência – disse ele –, metade de um telhado é um pouco inútil.

– Posso arcar com toda a despesa – afirmou ela.

– Eu também – garantiu ele. – Notará, madame, que respeitei seu orgulho o suficiente para permitir que pague metade da conta.

Ela o encarou. Era provável que estivesse admirando o resultado do seu tapa. Percy não duvidava de que seu rosto ostentava agora o contorno avermelhado dos cinco dedos da dama. Ainda ardia como o diabo. Seria sábio de sua parte não voltar a provocá-la no futuro.

– Será que não podemos concordar em dividir a conta?

– Será o maior dos prazeres voltar para minha própria casa – retrucou ela. – Tanto para mim quanto para o senhor.

– Está vendo? Quando nos esforçamos o suficiente, conseguimos concordar em mais de um assunto. É muito grave a situação do contrabando nesta parte do mundo? *Gostaria* de um cálice de vinho?

– Sim – respondeu ela, depois de uma pequena hesitação.

Imogen tomou o cálice das mãos dele depois que a bebida foi servida, mas não se afastou para se acomodar em alguma das poltronas.

– Meu sogro gostava de brandy, como a maioria dos cavalheiros nesta parte do mundo – revelou ela. – Não via nada de errado em privar o governo de algumas taxas e tarifas. Encarava os agentes da alfândega e os guardas montados como um inimigo natural do luxo e da liberdade, enquanto os contrabandistas eram verdadeiros heróis que garantiam o direito de um cavalheiro de tomar o melhor brandy que o dinheiro podia comprar.

– A casa fica próxima ao mar – observou ele. – As adegas dele costumavam armazenar contrabando, suponho.

– Fica próxima, mas não o suficiente – disse ela, girando o vinho no cálice por um momento antes de levá-lo aos lábios.

– Sua casa, então?

Ela ergueu os olhos e o encarou.

– Talvez tenha percebido que não fica distante da trilha íngreme que leva até a praia – disse Imogen. – Há degraus e uma entrada na lateral da casa que dá para o mar, conduzindo direto ao porão. Insisti que tudo fosse retirado dali e que a porta fosse totalmente bloqueada antes de ir morar lá. Meu sogro cuidou disso. Estimava-me o bastante para desejar que eu estivesse em segurança, que não corresse nenhum perigo por causa de toda aquela perversidade. E sabia que Dicky sempre se opusera veementemente ao contrabando em Hardford e aos produtos do contrabando naquela casa.

Pois bem, interessante.

– Perversidade?

– Não há *nada* de romântico no assunto – disse ela –, apesar de todas as histórias de que o senhor zombou no caminho de casa. – Ela sorveu toda a bebida e pousou o cálice no aparador. – Boa noite, lorde Hardford. E se tentar me beijar de novo, usarei o punho, e não a mão aberta.

Ele sorriu para ela.

– Erro tático, lady Barclay – provocou ele. – Nunca se alerta o adversário de antemão. Alertar é preparar.

Imogen se virou e partiu. Fechou a porta suavemente. Lady Barclay não era uma mulher de se entregar a paixões descontroladas ou de bater portas.

O rosto de Percy ainda ardia.

Que diabo o possuíra? Mas... se o beijo havia durado dois segundos, e ele acreditava que sim, então durante pelo menos um segundo ela correspondera. Tinha sido como o risinho na casa dos Kramers: num piscar de olhos, desaparecera.

Ele não piscara em nenhuma das ocasiões.

Quando o mármore deixava de ser mármore? E por que o mármore era mármore? Em especial quando não era mármore de verdade, mas uma mulher. *Por que* era uma mulher de mármore? Milhares de mulheres deviam ter ficado viúvas durante as guerras napoleônicas. Se todas tivessem se transformado em mármore, a Inglaterra seria uma nação de mármore, ou ao menos parcialmente de mármore. Ainda haveria homens, supunha. Homens bastante frustrados.

Olhou para seu livro. Talvez poesia – versos livres, nada menos do que isso – fosse exatamente o que sua mente necessitava para se recompor antes do sono.

Mas ele voltou ao saguão e vestiu o sobretudo, o chapéu e as luvas. Deveria subir e trocar os calçados, mas decidiu ficar com os sapatos de noite. Saiu pela porta da frente e atravessou o gramado rumo aos penhascos. As nuvens se afastaram o suficiente para que um pouco do luar e das luzes das estrelas pudesse iluminar seu caminho e garantir que ele não desse um passo em falso para além da beirada. Um pensamento alarmante, mas antes que isso pudesse acontecer ele seria espetado até a morte pelos arbustos.

Heitor, percebeu de repente, estava bem atrás dele. Minha nossa, o cão acabaria dormindo na cama com ele.

– Está me protegendo dos fantasmas, dos contrabandistas e de outros vilões, não está? Esse é o meu garoto.

CAPÍTULO 7

A mão de Imogen ainda ardia. E estava vermelha também, percebeu, sob a luz da vela em sua penteadeira.

Ela o odiava. Pior, odiava a si mesma. *Odiava*.

Poderia ter evitado aquele beijo. Poderia ter mantido distância. Além disso, houvera tempo para perceber as intenções dele e se afastar. Houvera algo no olhar dele que a alertara, a maneira como erguera a mão e segurara sua nuca, a forma como abaixara a cabeça. Ah, tinha tido tempo.

Ela não se afastara.

Embora, no primeiro momento em que as bocas se uniram – bocas, e não apenas lábios –, sua mente tivesse sido tomada por um vazio causado pelo espanto, houve também o segundo momento, quando sua mente não ficou nada vazia, quando ela o desejou com intensidade e retribuiu o beijo. Um brevíssimo momento.

Mas quanto durava um momento? Alguém já teria definido isso? Alguém já teria limitado o tempo? Um segundo? Meio segundo? Dez minutos? Ela não fazia ideia de quanto durara seu momento de fraqueza. Mas não importava. Acontecera e ela não se perdoaria.

Um beijo e nada mais, de fato.

Um beijo e nada mais!

Ele não fazia *ideia*. Mas como poderia? Era apenas um homem – um homem atraente, viril e arrogante que provavelmente sempre conseguira tudo o que queria na vida, inclusive qualquer mulher que desejasse. Imogen percebera a forma como todas as mulheres, independentemente da idade ou do estado civil, o contemplaram naquela noite. Ah, com certeza isso não lhe passara despercebido. Tinham ficado juntos, a sós, na biblioteca tarde da noite. Tinham ficado próximos um do outro, discutindo. Era *natural* que os pensamentos dele tivessem se transformado em luxúria. Seria surpreendente se isso não houvesse acontecido.

Imogen sentou-se no banco diante da penteadeira, de costas para o espelho. Sua vida fora destroçada de novo e faltavam ainda várias semanas para a reunião anual do Clube dos Sobreviventes em Penderris Hall. A saudade que sentia da companhia e do acolhimento daqueles seis homens de repente se tornou tão intensa que ela chegou a dobrar o corpo até quase tocar a testa nos joelhos. George, o duque de Stanford, provavelmente estaria em casa. Se ela aparecesse antes da hora...

Se ela aparecesse antes da hora, ele a receberia calorosamente e não faria perguntas. Seria envolvida numa atmosfera de paz e de segurança, e...

Mas ela precisava aprender a lidar sozinha com a vida. Era o que pensava que tinha *conquistado* ao fim daqueles três anos em Penderris. Fizera um pacto com a vida. Seguiria os passos necessários, voltaria para Hardford, seria uma nora e sobrinha atenciosa, uma vizinha animada e sociável, uma filha, irmã e tia afetuosa. Viveria só, mas não reclusa. Seria bondosa – acima de tudo, bondosa. E respiraria uma vez e depois outra, até que não respirasse mais e o coração parasse e lhe trouxesse o abençoado esquecimento final.

Seguiria em frente, era o que decidira, mas não *seria feliz*. Não tinha esse direito. O médico em Penderris tentara fazê-la mudar de ideia, mas ela permanecera inflexível. Os seis amigos tinham oferecido conforto, encorajamento e um amor abundante e incondicional. Teriam oferecido conselhos também, se ela os solicitasse, mas nunca lhes pedira que a convencessem a mudar o futuro que havia planejado para si mesma.

Escondeu o rosto nas mãos e desejou muito revê-los, ouvir a voz deles, saber que era aceita, *compreendida* e amada. Ah, sim, durante aquelas três semanas do ano ela se permitia se sentir amada.

Agora, sua frágil paz tinha sido interrompida por um momento e pelo que o conde de Hardford, descuidado, chamara de *um beijo e nada mais*.

Imogen despiu-se e preparou-se para se deitar, sabendo que não conseguiria dormir.

Percy passou a maior parte do dia seguinte fora da casa. Atacar uma dama que vivia sob a proteção de seu teto era definitivamente *errado*, e com certeza ele lhe devia um pedido de desculpas, que ocorreria quando fosse a hora. Em primeiro lugar, porém, precisava ficar longe dos olhos dela por algum tempo.

Ele verificou se os trabalhadores estavam cuidando do telhado – e, sim, lá estavam, seis deles, bem como o próprio Tidmouth, de braços cruzados, recostado no portão do jardim, com ar imponente. Percy não se demorou, para não arriscar um encontro com lady Barclay caso ela também aparecesse a fim de averiguar o andamento da obra.

Fez visitas a Alton e a sir Matthew Quentin, proprietários de terra que efetivamente cuidavam dela, apesar de nunca terem erguido uma enxada ou tosquiado ovelhas. Percy sentiu-se um ignorante. Sabia que precisava fazer algo a respeito. Vagou pelas terras dos dois durante um dia inteiro e praticamente não falou sobre outro assunto – até mesmo com lady Quentin durante o almoço, pois era ela quem escolhia os temas da conversa. No fim da tarde, percebeu com alarme, ao voltar para casa a cavalo, que se divertira muito e que não se sentira nem um pouco entediado. Começara a conceber ideias para suas próprias terras. Estava até empolgado pela perspectiva de trocar ideias com seu novo administrador quando o tal indivíduo ainda sem nome chegasse.

Empolgado?

Ele se tornaria um candidato a camisa de força caso não partisse em breve da Cornualha e voltasse para a civilização, para sua existência familiar e ociosa.

Passou a noite na biblioteca lendo Pope enquanto as damas conversavam, bebiam chá e se ocupavam com quaisquer que fossem as atividades que costumavam *ocupar* as damas no salão do andar superior. Lady Barclay permanecera em silêncio quase total durante o jantar, parecendo mais de granito do que de mármore. Era óbvio que ele lhe devia um *sério* pedido de desculpas.

Voltou a tomar o caminho da casa dela na manhã seguinte, com Heitor sempre trotando atrás dele. Não era lá que ele pretendera ir originalmente, mas procurara se preparar psicologicamente para isso depois que Pope perdera seu apelo – vinte páginas de versos sem rima tinham esse poder.

Ela havia chegado à casa antes dele. Encontrava-se no portão – um ponto popular – conversando com Tidmouth, que se derramava em uma solicitude grudenta, em especial depois de perceber a aproximação de Percy. Finalmente havia de novo um telhado sobre a casa, e seis trabalhadores ocupavam-se dele como abelhas, parecendo diligentes.

Percy pensou em dar meia-volta e partir para o destino que tinha imaginado a princípio, mas cedo ou tarde precisaria confrontá-la em outro lugar que não fosse a mesa do jantar, com a prima e a senhora com voz de barítono presenciando seu constrangimento e o humilde pedido de desculpas.

– Ah, Tidmouth – disse ele, depois de dar bom-dia a lady Barclay. – Volta a nos brindar com sua presença e seu conhecimento esta manhã, não é? Estalando o chicote?

– Tudo para servir a uma dama, senhor conde – retrucou o homem com um sorrisinho, revelando um monte de dentes quadrados e amarelados. – Faça o frio que fizer, porque ainda é fevereiro, época nada propícia para uma atividade tão difícil ao ar livre, encararei todo o trabalho necessário e suportarei todos os inconvenientes ao lado de meus empregados para que a dama volte a ter um telhado sobre sua cabeça. Não é necessário usar o chicote.

– Muito bem – disse Percy. – Deixarei que trabalhe, então. Prima, será que me acompanharia em uma caminhada?

Imogen o encarou como se caminhar a seu lado fosse a última coisa que desejasse fazer. Mas talvez reconhecesse que o *tête-à-tête* era inevitável.

– Sim – respondeu ela.

Percy não ofereceu o braço e ela não demonstrou nenhum sinal de precisar do apoio, ou de esperar por isso, quando começou a andar ao seu lado.

– Acredito – disse Imogen, rígida, enquanto se afastavam do homem no portão – que devo agradecer por ter intercedido junto ao Sr. Tidmouth. Estava perdendo a esperança de voltar para casa este ano, mas ele me prometeu que isso será possível na semana que vem.

– Então está me agradecendo – provocou ele – por tornar possível seu retorno em tão pouco tempo?

– Dizer isso não seria nada gentil.

– Mas seria verdadeiro?

– Devo lembrá-lo de que foi o senhor que lamentou, apenas duas noites atrás, o fato de que seria obrigado a me oferecer hospitalidade por mais tempo se minha casa permanecesse inabitável.

– Sinto muito pelo beijo – atalhou ele. – Não devia ter acontecido, muito menos sob meu próprio teto, enquanto minha função era protegê-la de insultos, e não ser o autor dos insultos.

– Como bem observou na ocasião – disse ela, virando a cabeça de modo que o impossibilitava de ver seu rosto sob a aba do chapéu –, foi apenas *um beijo e nada mais.*

Parecia que ele não seria perdoado.

Pararam no alto da lateral do penhasco, onde começava o caminho que ziguezagueava até lá embaixo. Percy parou um pouco mais longe do que duas noites antes, do outro lado dos arbustos espinhosos, quando tinha ido até ali para ver se havia contrabandistas amontoados na praia, com cutelos na mão – pelo menos era o que presumia ter ido ver. Sentira-se um pouco agitado naquela ocasião. Agora as pernas pareciam bambas, e a respiração se acelerou.

Não era um dia de vento, mas havia uma brisa que tornava o ar cortante. A maré estava subindo – ou descendo? Não sabia se era uma coisa ou outra. As ondas quebravam formando uma linha de espuma ao longo da praia. O mar atrás delas também estava salpicado de espuma. Com exceção desse fato, tinha uma coloração cinza-metálica.

– Gostaria de descer? – perguntou a ela.

Por favor, diga não. *Por favor, diga não.*

– Achei que tivesse medo do mar e dos penhascos – respondeu ela.

– *Medo*? – Ele ergueu as sobrancelhas, parecendo completamente incrédulo. – Eu? Dei essa impressão?

Os olhos dela examinaram o rosto dele por um momento desconcertante, então Imogen se virou e desapareceu na beirada. Não, nada tão drástico assim. Ela desceu pela trilha que começava no alto do penhasco e continuou. Não olhou para trás.

Ele olhou para Heitor.

– Fique aqui ou volte correndo para casa – aconselhou. – Ninguém, muito menos eu, vai chamá-lo de covarde.

Raios! Ninguém o chamaria de covarde também. Nunca tinham feito isso. Ninguém jamais tivera motivos – a não ser uma vez. Por acaso ele se sentia aterrorizado diante do mar. E diante de penhascos íngremes. Também não nutria grande estima por areias douradas – talvez porque tivessem o péssimo hábito de se alargarem e se estreitarem com a maré, às vezes a ponto de unir o mar e os penhascos.

Que inferno, por que precisava provar algo a si mesmo? Mas era tarde demais para mudar de plano. Não podia ficar ali parado e esperar que ela descesse até a praia para então acenar.

Lançou-se no espaço.

Não era uma trilha tão perigosa assim, na verdade. Tratava-se de um caminho bastante usado. Afinal, fora utilizada inúmeras vezes por bandos de contrabandistas que arrastavam tonéis de brandy e sabia-se lá que outro tipo de produto para guardar no porão da casa de lady Barclay. Ela provavelmente subia e descia por ali saltitando milhares de vezes, por puro prazer, embora a ideia de *saltitar* naquele local provocasse em Percy um embrulho no estômago.

Havia apenas alguns trechos onde o caminho desaparecia, substituído por rochas grandes e robustas o suficiente para garantir a segurança dos passantes. Ele chegou à praia antes do que imaginava, com uma sensação de alívio e triunfo moderada apenas pela consciência de que, de algum modo, teria que subir tudo de novo em um futuro próximo.

Ouviu um balido. Não havia ovelhas à vista. Mas Heitor, ele percebeu, tinha ficado perdido atrás de uma rocha protuberante e não conseguia encontrar o caminho que o faria chegar até a areia.

– Acredito que o senhor tem um amigo, lorde Hardford – disse lady Barclay.

– Apenas um? – rebateu ele. – Sou tão patético assim?

Ele estendeu os braços e, com muito cuidado, pegou o cão. As patas da criatura ainda pareciam correr o risco de partir como galhos secos. As costelas continuavam salientes, embora começassem a ganhar uma fina camada de gordura. Percy virou-se com o cão ainda nos braços e surpreendeu uma expressão no rosto de lady Barclay que com toda a certeza beirava o divertimento.

– O que foi? – perguntou ele.

– Nada.

– Diga...

– Eu me lembrei de um quadro que tia Lavinia tem no quarto. É uma representação muito sentimental de Jesus segurando um cordeiro – disse ela.

Meu bom Deus!

Percy depositou Heitor na areia. O cachorro saiu correndo, desengonçado, atrás de algumas gaivotas que não esperaram para cumprimentá-lo.

– Só posso torcer, madame, para que nunca tenha a oportunidade de fazer essa observação perto de qualquer um de meus conhecidos – disse Percy. – Minha reputação seria destruída.

– Sua masculinidade, é o que quer dizer. Imagino que seja mais importante do que qualquer outra coisa.

– Tem uma língua ferina, madame – retrucou ele, apoiando as mãos nas costas e forçando a vista na direção das águas, além da praia.

Na verdade, tudo parecia um pouco melhor dali. O mar ainda estava distante o suficiente para não parecer ameaçador.

– Apenas sugeri que não há nada particularmente *não masculino* em cuidar de um cão que não consegue cuidar de si mesmo – disse ela.

Percy não desejava prolongar aquela conversa.

– Percebo que este lugar seria perfeito para contrabandistas – afirmou ele.

– É – concordou ela. – A baía é abrigada, não há rochas que tornem a chegada traiçoeira. Há um caminho que sobe os penhascos também. Existe até mesmo uma caverna.

– Mostre-me.

Era uma caverna grande e convenientemente próxima do caminho para o topo. Estendia-se pelas profundezas dos penhascos. Percy parou na entrada e observou o interior.

– A maré sobe até aqui? – perguntou.

– Quase nunca – respondeu ela. – A marca da maré alta fica bem abaixo.

Sim, ele via a marca dividindo a areia macia e fina como poeira e a praia endurecida, muito plana, encharcada a cada doze horas pela maré.

– Não há mais contrabando nesta baía? – indagou ele.

– Se há, eles não entram mais em terras de Hardford. Embora a única forma de ter certeza seria permanecer à janela, em meio à escuridão, esperando ver algo. Mas com certeza não usam mais a adega da minha casa.

– Por que usou a palavra *perversidade*? – questionou Percy quando deram meia-volta para passear pela praia, com a brisa salgada e gelada batendo em seus rostos.

Imogen deu de ombros.

– Os líderes podem ser tiranos e injustos. Às vezes obrigam os outros a realizarem certas tarefas, segundo ouvi dizer. E são conhecidos por garantir a lealdade e o sigilo com ameaças, até mesmo com violência. Havia aqui um jovem cavalariço que sentia veneração por meu marido e adorava trabalhar para ele. Implorou para ir até a península como ordenança, mas tinha apenas 14 anos na época e o pai não permitiu. Ficou aqui em segurança. Não sei exatamente qual foi sua transgressão... estávamos longe na época... e ele não quis responder na única vez em que lhe perguntei depois de retornar. Quebraram suas pernas. Ele ainda trabalha no estábulo... tia

Lavinia cuidou disso. Mas os ossos não sararam direito. E seu espírito foi destroçado.

Minha nossa, ele não precisava disso, pensou Percy. Sua vida até os 30 anos tinha sido incrivelmente serena e sem problemas. Tomara o cuidado de mantê-la assim. E não tinha a menor vontade de mudar as coisas. Por que deveria? Gostava da vida do jeito que era. A não ser pelo tédio, talvez, e pela sensação geral de inutilidade e do tempo passando.

– Wenzel sente alguma afeição pela senhora – afirmou ele, abaixando-se para pegar um pedaço de madeira e jogá-la longe para Heitor ir buscar.

Ela virou a cabeça bruscamente na direção dele diante da súbita mudança de assunto.

– É um bom homem. Era o amigo mais próximo de meu marido.

– Não tem o mesmo sentimento por ele? – perguntou.

– Não acredito, lorde Hardford, que minha vida pessoal e meus afetos sejam da sua conta.

– Ah – murmurou ele, com um sorriso maroto.

As faces de Imogen se enrubesceram – mais por causa do vento do que pela indignação, presumiu Percy, pois o nariz também estava rosado. Ela parecia muito saudável – nem de mármore, nem de granito. Com toda a certeza, sentia-se provocada.

– Mas a senhora é minha prima de terceiro grau por casamento, com a distância de uma geração, portanto, como parente, me interesso pela sua vida.

– Não estou completamente convencida de que tia Lavinia tenha certeza desse parentesco – disse Imogen. – E mesmo que ela tenha razão, é um parentesco *muito* distante, sem laços de sangue. Não sinto afeição pelo Sr. Wenzel nem por nenhum outro homem, lorde Hardford. Não tenho interesse em ser cortejada nem em voltar a me casar, como acredito já ter mencionado.

– Por quê? – indagou ele. – Ah, sim. Sei que já tivemos esta conversa, mas não progredimos muito. Lembro-me de ter perguntado sua idade, mas a senhora não quis revelar. Claro, pois é uma indelicadeza querer tirar essa informação de uma dama. Presumo que tenha mais ou menos a minha idade. Celebrei meu trigésimo aniversário dois dias antes de vir para a Cornualha.

– Não há nada de vergonhoso em ter 30 anos – disse ela. – Nem mesmo para uma mulher.

O que, supunha, lhe fornecia uma resposta.

– Na minha experiência, há uma diferença marcante entre homens e mulheres quando se trata de matrimônio – disse Percy. – As mulheres o desejam sempre com toda a força. Os homens só passam a desejá-lo, ou pelo menos tolerá-lo, a partir do momento em que consideram conveniente.

– E o *senhor* só vai tolerá-lo a partir do momento em que julgar *conveniente*? – quis saber Imogen.

Heitor estava diante dele, arfando e olhando para o alto com seus olhos protuberantes, sempre esperançosos. O cão não ia ficar bonito nem mesmo depois de engordar. O graveto se encontrava na areia, entre os dois. Percy abaixou-se para pegá-lo e voltou a atirá-lo.

– Provavelmente – disse ele. – É preciso assegurar a sucessão e tudo mais, pois aparentemente há uma escassez alarmante de possíveis herdeiros no momento. Há quanto tempo seu marido se foi?

– Há mais de oito anos – respondeu ela, virando-se para continuar a caminhada.

Ela provavelmente já mencionara aquilo também.

– Então a senhora devia ter uns 22 anos – concluiu ele.

– De acordo com seus cálculos, suponho que sim.

– E por quanto tempo ficaram casados?

– Quase quatro anos.

– Oito anos não foram suficientes para sarar? – perguntou Percy. – O dobro do tempo de seu casamento?

Parecia genuinamente intrigado. Não conseguia imaginar um amor tão duradouro ou uma dor tão intensa. Na verdade, não queria imaginar nem uma coisa nem outra.

Imogen fez uma nova parada e virou-se para contemplar o mar.

– Algumas coisas não se curam. Nunca.

Ele não pôde deixar de comentar:

– Não seria isso um pouco de... indisciplina? Um pouco de autoindulgência? Muitas outras pessoas sofrem com a viuvez. Elas não a superam? Não haveria um ponto em que o sofrimento continuado se torna... quase uma ostentação? Usado como uma medalha de honra para colocá-la acima dos outros, dos mortais comuns cujos sofrimentos não se comparam ao seu?

Percy estava sendo extremamente agressivo. A cada palavra, só piorava a situação. Sentia-se quase zangado com ela. Mas *por quê?* Por tê-la beijado por dois segundos inteiros e não ter conseguido tirar aquele beijo da cabeça? Porque ela rira de algo que ele dissera, mas não voltara a rir desde então? Porque era a única mulher, entre legiões de damas que ele havia conhecido, que permanecia imune a seus encantos?

Ele começou a desgostar de si mesmo.

Deveria pedir desculpas novamente, mas não o fez. Heitor ofegava a seus pés, mais uma vez, e então foi enviado na perseguição do graveto. Onde a criatura esquelética encontrava tanta energia?

– Já me viu em alguma ocasião demonstrar sofrimento evidente, lorde Hardford? – perguntou ela, observando as ondas que subiam. E de fato estavam subindo. – Se viu, imploro que me informe, para que possa fazer os ajustes necessários em meu comportamento.

Ela aguardou a resposta.

– Não demonstrou nada, é claro – admitiu ele. – Mas, quando conhecemos uma mulher jovem e bela que se vestiu de mármore, é impossível deixar de pensar no que há dentro dela. E não há como evitar a ideia de que há sofrimento.

– Talvez não haja nada – rebateu ela. – Talvez o mármore seja sólido ou oco e não haja nada além de vazio em seu interior.

– Talvez – concordou Percy. – No entanto, se é esse o caso, de onde veio aquele risinho de dois dias atrás? E o beijo? Por um momento naquela noite, não fui apenas eu que a beijei. Estávamos nos beijando.

– Sua imaginação é a de um homem convencido, lorde Hardford.

– E sua língua é mentirosa, lady Barclay.

Heitor tinha se exaurido. Trouxe de volta o graveto e largou-o aos pés de Percy. Pareceu entrar em coma no mesmo instante.

– Se lhe serve de consolo, minha total falta de interesse no senhor não é pessoal. Sem dúvida, nunca encontrei um homem mais atraente nem mais encantador. Se *estivesse* interessada em flertes ou em voltar a me casar, poderia considerar a hipótese de tentar conquistá-lo, embora eu esteja perfeitamente ciente de que, ao fazê-lo, estaria abrindo as portas para a decepção e o sofrimento. Mas, por sorte, eu *não* estou interessada. Nem no senhor nem em nenhum outro homem. Não *desse* modo. Nunca estarei. E se ofende suas sensibilidades masculinas ouvir tais palavras, tranquilize-se com a ideia de que em uma semana estarei de volta à minha própria casa.

– *Total falta de interesse* – repetiu ele. – No entanto, retribuiu o meu beijo.

– O senhor me surpreendeu – disse ela, e as palavras pairaram entre os dois quase como se tivessem um significado oculto.

O que toda aquela disciplina *escondia*? Por que não a deixava de lado? Um luto de oito anos depois de um casamento de quatro com certeza *era* excessivo e autocentrado. Mas ele não se intrometeria mais. Imogen não revelaria mais nada, e o conde tinha a sensação de que, se revelasse, ele *realmente* não ia querer saber.

O que acontecera com ela durante o cativeiro?

– Se a minha armadura é a dureza do mármore – continuou ela, quebrando o estranho silêncio, que o fizera notar com mais intensidade o rugido do mar e os ruídos ásperos e solitários das gaivotas –, então a sua é seu encanto, lorde Hardford, um tipo de encanto descuidado. Pode-se conjecturar o que há por trás disso.

– Ah, nada, eu garanto – respondeu ele. – Absolutamente nada. Sou puro encanto até o coração.

Embora a aba do chapéu cinzento ocultasse parcialmente o rosto dela, ele percebeu que lady Barclay sorria.

De algum modo, aquilo lhe causou uma dor no coração – no seu coração tão encantador.

Ela virou a cabeça para encará-lo. O sorriso tinha desaparecido, mas os olhos estavam abertos. Pois bem, claro que estavam. Não poderia encará-lo com os olhos fechados, a não ser que o convidasse para outro beijo, o que com toda a certeza não era o caso. Mas os olhos estavam... abertos. O único problema era que ele não conseguia interpretar o que eles diziam.

Era mesmo uma mulher incrivelmente bela. Percy segurou as mãos nas costas para impedir que um dedo seu tocasse a curva sedutora do lábio superior de Imogen.

– Acredito – sussurrou ela – que, no fim das contas, o senhor seja quase agradável, lorde Hardford. Deixemos as coisas assim, que tal?

Quase agradável.

Por mais tolo que pudesse parecer, tinha a sensação de que aquele era o maior elogio que havia recebido na vida.

– Então estou perdoado? – perguntou ele. – Por beijá-la?

– Não estou bem certa se o senhor é *tão* agradável assim – disse ela, virando-se para subir de volta pela trilha.

Ela tinha acabado de fazer *graça*, pensou Percy, olhando para Heitor, que despertara do coma e estava se levantando.

– Espero não precisar carregá-lo ribanceira acima – comentou Percy.

Heitor sacudiu o rabinho curto.

CAPÍTULO 8

Acredito que, no fim das contas, o senhor seja quase agradável. Imogen se sentiu constrangida ao lembrar que dissera aquelas palavras em voz alta. Estava confusa com o sentido que guardavam, além daquele *quase*, claro.

Adoraria ter visto o confronto do conde com o Sr. Tidmouth, na oficina. Aquilo daria uma história deliciosa para contar a seus amigos em Penderris no mês seguinte. Podia apostar que Percy não tinha vociferado nem erguido a voz. Ela se perguntava o que estaria *escondido* por trás daquela fachada encantadora, isto é, se é que havia alguma coisa ali dentro. Ele nem sempre se portara de modo encantador com ela, claro. Demoraria muito para que se esquecesse de suas primeiras palavras: *"E quem diabo seria a senhora?"* Percy podia não passar de uma arrogância vazia. Porém, o pobre cão tinha se apegado profundamente a ele, e os cães costumam ser mais exigentes do que as pessoas. Naturalmente, Heitor não contribuía em nada para exaltar a imagem máscula de seu dono. Imogen se pegou sorrindo diante do pensamento – *tinha* que se lembrar de contar aos amigos como ele se parecia com a pintura muito sentimental de Jesus embalando um cordeiro nos braços e de como ficara chocado ao ouvir isso.

Percebeu que tinha pensado no conde de Hardford durante o resto do dia e no dia seguinte. Sua presença muito masculina na casa era sufocante demais, embora não se encontrassem tanto. Mas Imogen não conseguia se ressentir disso ou, em última instância, dele. Pois era de fato a casa dele. A mansão e os terrenos ao redor eram de sua propriedade. Até a casa dela pertencia a ele – como o conde fizera questão de salientar em mais de uma ocasião. O *título* pertencia a ele.

Imogen ansiava por voltar para a própria casa, onde seria obrigada a ver o conde de Hardford com menos frequência ainda. Torcia para que ele não se estabelecesse por ali. E com certeza não o faria. A reabertura do Parlamento e a temporada começariam depois da Páscoa, em Londres. Ele não ia desejar se ausentar desses eventos. Talvez já tivesse partido quando ela voltasse de Penderris. E talvez nunca mais retornasse. Não parecia ser grande apreciador do mar. Imogen podia jurar que ele precisara se preparar psicologicamente para a descida até a praia, embora fosse um desafio que ele mesmo propusera. E tinha ficado parado em frente à caverna, em vez de entrar e explorar. Observara a subida da maré com evidente desconforto.

Ele também não estava achando a casa muito confortável. Contara a tia Lavinia que pretendia ordenar a limpeza de todas as chaminés e se surpreendera ao ser informado que todas tinham sido limpas antes do Natal. Aparentemente, uma chuva de fuligem despencara da chaminé de seu quarto, certa noite, sujando metade do aposento. Também havia mencionado as roupas de cama úmidas que precisaram ser substituídas na primeira noite – fato intrigante, pois tia Lavinia tinha certeza de que os lençóis haviam saído do armário aquecido. A velha senhora os examinara pessoalmente. A umidade devia ser fruto da imaginação do conde. A roupa de cama podia ficar fria numa noite de inverno e *parecer* úmida.

Imogen verificou sua aparência no grande espelho entre as janelas do quarto. Por sorte, não era preciso se vestir com tanta formalidade para uma festa na estalagem do vilarejo. O vestido de seda verde-acinzentado, sobreposto por uma veste de renda prateada, sempre fora um dos seus favoritos e funcionaria muito bem, embora o tivesse comprado dois anos antes, para o casamento de Hugo em Londres, e já o tivesse usado para uma série de eventos no vilarejo.

Ela ajustou a fita prateada bem alto na cintura e sacudiu a saia, que tinha um caimento reto e solto e se abria ligeiramente na bainha. As mangas eram curtas; o decote, quadrado e profundo, mas sem ser despudorado. Ela passou a mão de leve pelo coque bem-feito para garantir que não precisava de mais um grampo, por fim calçou as longas luvas prateadas e pegou o leque.

Ele lhe pedira que reservasse a primeira valsa, lembrou Imogen, sentindo um leve frio na barriga ao sair do aposento. Na verdade, seria a *única* valsa. Nunca havia mais do que uma, pois a maioria das pessoas da região não conhecia os passos, e algumas desaprovavam a dança por causa da intimidade entre os parceiros. Por sorte, opiniões mais liberais prevaleciam, pelo menos até aquele momento.

Imogen gostava de valsar, embora não houvesse por ali nenhum cavalheiro capaz de executar os passos com verdadeira graça.

Naquela noite, ela valsaria com o conde de Hardford.

Ele aguardava na entrada junto com prima Adelaide, que estava formidável de roxo, seu traje habitual para eventos sociais. O conjunto incluía três plumas roxas altas que se erguiam direto de sua cabeça. Dois círculos de ruge tinham sido pintados nas suas faces com admirável precisão geométrica.

O conde correu os olhos por Imogen da cabeça aos pés. Ela retribuiu o gesto e percebeu tensão nos lábios dele quando o homem compreendeu o que ela estava fazendo.

Não havia nenhum defeito na aparência dele, é claro. Vestia-se com toda a perfeição em preto, branco e prata, com a elegância discreta de um verdadeiro cavalheiro. Com seu porte e sua beleza, o conde não precisava usar enchimento na casaca.

– Sem joias, lady Barclay? – perguntou ele. – Pensando bem, não precisa mesmo de mais nada. Nem de babados e plissados.

Na verdade, ela usava pequeninos brincos de pérola que ganhara do pai no casamento e sua aliança. Mas... havia recebido um elogio? Achou que sim. E ele fizera tudo com tremenda habilidade. Deu-lhe um calor no coração sem que a causa ficasse muito evidente. Um calor no coração dirigido *a ele*. O conde tinha se aperfeiçoado na arte do galanteio, supôs Imogen – e na sedução, era bem provável.

Tia Lavinia surgiu nas escadas antes que ela pudesse responder. Imogen então se virou para que Crutchley a ajudasse a vestir a capa. No entanto, outra mão tomou o agasalho do mordomo. O conde de Hardford envolveu os ombros dela com a capa enquanto elogiava tia Lavinia pelo vestido de noite, que ela mandara confeccionar no início do inverno.

Voltaram a se amontoar no interior da carruagem, com o mesmo arranjo da outra noite. Chegaram à estalagem pouco antes de a viagem se tornar desconfortável pelo frio. Uma multidão já se aglomerava nos salões do andar superior. Imogen reparou que a aparição do conde de Hardford provocou uma agitação no momento em que ele entrou, todo encanto e desenvoltura. Os leques passaram a ser abanados num ritmo veloz.

– Como sempre, você nos dá uma aula de elegância, Imogen – disse lady

Quentin ao dar o braço à amiga enquanto seu marido se encarregava de apresentar o conde para outras pessoas. – Sempre faz a simplicidade parecer requintada. Seu rosto e sua silhueta lhe permitem ser bem-sucedida nisso. O resto de nós pareceria apenas sem graça, ou pior, se tentasse imitá-la.

– Está maravilhosa como sempre, Elizabeth – garantiu Imogen.

Lady Quentin era miúda e um tanto rechonchuda, tinha um cabelo escuro brilhante arrumado em cachos intrincados e o rosto bonito e bastante expressivo.

– Suponho que não tenha se apaixonado perdidamente por lorde Hardford – sugeriu lady Quentin. – Nunca se apaixona, não é? Às vezes, gostaria que se apaixonasse, mas teria que ser pelo cavalheiro certo. Meu palpite é que o conde, com toda a certeza, *não* é o cavalheiro certo. Você não é do tipo que compartilha seu companheiro com as outras mulheres. Estou sendo maldosa?

– Terrivelmente – respondeu Imogen, virando-se com a amiga para observar o conde enquanto ele operava seus encantos junto a um círculo de abanadoras de leque coradas, trêmulas e já conquistadas. – Embora eu creia que esse encanto seja uma espécie de armadura. Ele vai sorrir para todas as moças, lisonjeá-las e lhes dedicar elogios ultrajantes. Vai dançar com tantas quanto o tempo permitir. Mas não vai se casar com nenhuma... ou, o que é mais importante, não vai fazer nada comprometedor, nada que as leve a criar expectativas nem que comprometa a virtude de qualquer uma delas.

Suas palavras surpreenderam a ela própria. Tinha mesmo certeza de que ele não magoaria de modo voluntário nenhuma dama ou garota virtuosa? Devia estar de fato começando a gostar dele – ou sucumbindo a um pouco do mesmo encanto.

Tilly Wenzel chegou com o irmão e juntou-se a elas. As três passaram um divertido quarto de hora observando o surgimento de vizinhos e amigos enquanto comentavam sobre a aparência, a postura e um ou outro vestido novo ou enfeite antes de a dança começar. Não havia nada de maldoso em seus comentários, porém. Eram vizinhos amigos. Tinha muita sorte nesse aspecto, percebeu Imogen. Todos ficaram particularmente felizes ao ver que a Sra. Park entrava devagar, entre o filho e o vigário. Estava se recuperando com determinação da lesão no quadril. O jovem Sr. Soames lhe ofereceu a cadeira mais confortável, ajudando-a a se sentar. Depois, ofereceu outra para prima Adelaide e mais uma para a Sra. Kramer, de modo que as três pudessem confabular com tranquilidade.

Após deixar Penderris Hall, Imogen passara alguns anos sem dançar. Era algo que sempre apreciara, desde menina – na verdade, ela *adorava* dançar, e dançava a noite inteira sempre que tinha oportunidade. Depois – tendia a dividir sua vida em antes e depois –, não se permitiu mais tal prazer. No entanto, percebeu que sua recusa, enquanto ainda estava na metade da casa dos 20 anos, era uma decepção para a vizinhança. Além de ser jovem, ela era a viscondessa Barclay, nora do conde de Hardford, viúva do jovem visconde por quem todo mundo sentia rara estima. Todos esperavam, com sinceridade, que ela se recuperasse do luto e da dor. Queriam ajudá-la a ser feliz de novo.

Nunca tivera a intenção de tornar sua dor pública. O sofrimento não era atraente ao ser exibido.

Por isso, ela voltou a dançar.

Naquela noite, as danças campestres abriram a festa, e ela as dançou com o Sr. Wenzel, que esperava valsar com ela em vez do Sr. Alton. Depois, dançou com o Sr. Alton, que se regozijou pensando que lady Barclay já teria lhe reservado a valsa. A dama precisou explicar aos dois que o conde de Hardford já tinha pedido essa dança específica. Dançou depois com o almirante Payne e, em seguida, com sir Matthew Quentin antes da ceia.

Depois de uma refeição substancial, prima Adelaide anunciou que estava pronta para voltar para casa. Tia Lavinia admitiu que também estava se sentindo cansada, embora a noite tivesse sido muito agradável e ela lamentasse interrompê-la, por Imogen. Imogen reprimiu a decepção – a valsa ainda estava por vir.

– Pedirei que a carruagem venha nos buscar na porta – disse ela – e providenciarei alguns tijolos quentes para aquecer seus pés.

Mas o conde de Hardford se aproximou por trás delas na mesa à qual haviam se sentado para a ceia.

– Não precisa se preocupar, prima Imogen – tranquilizou ele. – Arranjarei tudo pessoalmente. Minha carruagem levará prima Lavinia e a Sra. Ferby para casa e voltará mais tarde, para nos buscar.

Ele desapareceu de suas vistas antes mesmo de tia Lavinia terminar de lhe agradecer.

– Fico encantada que possa ficar – sussurrou ela, pousando a mão no braço de Imogen, em meio ao zumbido das conversas ao redor. – Está cedo demais para os jovens voltarem para casa, há ainda muita diversão por vir. O primo Percy é mesmo muito gentil e zeloso.

Sim, era verdade, concordou Imogen. Se partisse tão cedo, ele poderia causar um tumulto no vilarejo, claro, mas, por outro lado, poderia muito bem mandá-la para casa na carruagem e permanecer ali, sem o peso das parentas. Queria mesmo que ele tivesse feito isso? Ainda havia tempo para insistir na partida, ela supunha. Mas... havia a valsa. E ele dançava *muito* bem. Imogen reparou. Dançara cada música com uma dama diferente e dedicara a cada uma toda a sua atenção, sorrindo e conversando sempre que os movimentos o aproximavam da parceira. Dançava com segurança e desembaraço.

Como era *difícil* encontrar um defeito nele.

Mas... haveria mais alguma coisa na sua personalidade além do encanto? Haveria algo de concreto? Ela não tinha certeza. Mas não importava. Em breve voltaria para sua própria casa, sem a necessidade de manter tanto contato, mesmo que ele permanecesse em Hardford Hall, o que ela duvidava que fizesse.

O conde providenciou a carruagem e os tijolos quentes e acompanhou as damas até a saída, antes de conduzir Ruth Boodle, a segunda filha do vigário e dona de poucos atributos físicos, em uma dança vigorosa. Em pouco tempo a moça ficou corada, sorridente, parecendo muito bonita. Imogen voltou a atenção para seu próprio par.

Enfim chegou a hora da valsa. Ele estava à sua frente, oferecendo-lhe a mão, sem sorriso, sem saudação, sem palavras, apenas com um olhar incisivo. Os olhos dele, aliás, eram de um extraordinário azul, pensou ela tolamente, como se percebesse pela primeira vez. Mesmo *neles* não havia imperfeição.

Era tudo muito deliberado, pensou ela. E, sim, também era muito eficiente. Pois ela sentiu um aperto na boca do estômago e um frio na barriga; só torcia – ah, e como torcia – para que suas faces não estivessem rubras.

Deu-lhe a mão e permitiu que ele a conduzisse pelo salão quase vazio. Sempre ficava quase vazio para a valsa. Poucos conheciam os passos, apesar da simplicidade, e um grupo ainda menor tinha coragem de executá-los diante dos vizinhos. Mas quase todos adoravam observar os que *tinham* coragem. E a própria escassez de dançarinos abria espaço para todo tipo de rodopios e passos elaborados dos quais o Sr. Alton, seu parceiro habitual, era adepto.

Naquela ocasião, Imogen percebeu que o Sr. Alton ia dançar com Tilly. O jovem Sr. Soames conduzia Rachel Boodle, enquanto sir Matthew Quentin acompanhava a Sra. Payne. Elizabeth estava com o Sr. Wenzel. E só. Antes de a valsa começar, sempre havia a sensação de exposição, uma euforia antecipada, algum medo de tropeçar nos próprios pés ou nos do parceiro ou de meter os pés pelas mãos.

O conde de Hardford não desviara os olhos dela. Imogen podia jurar. Nem sorrira, nem falara. Era tudo muito diferente de como ele tratara as outras parceiras de dança. Imogen voltou a olhar em seus olhos e descobriu que, de fato, estavam grudados nela.

– Que papel o senhor está desempenhando agora? – perguntou.

– Papel? Como numa peça? – Ele ergueu as sobrancelhas. – Agora? Em relação a... quando?

– Não está sorridente nem transbordando charme – respondeu ela –, como estava com suas outras parceiras.

Minha nossa, ela nunca tinha tratado alguém com tanta grosseria.

– Se eu estivesse fazendo uma dessas coisas, prima – argumentou ele –, a senhora com certeza me acusaria de interpretar... hã... um papel, não é verdade? Parece que nunca sou capaz de conquistar sua aprovação, não importa o que eu faça. Talvez ajudasse se eu soubesse que jogo estamos jogando.

Por que a música não começava logo? Ao que parecia, o violonista precisara trocar uma corda e ainda estava afinando a nova com a ajuda do pianista.

– Pensei em parecer sóbrio e sério diante de seus olhos – continuou ele. – Até mesmo taciturno. Achei que a *impressionaria*.

– Vamos esquecer a minha grosseria? – propôs ela. – Peço desculpas.

– Andou me observando então, não é? – perguntou ele.

Imogen franziu a testa, sem compreender.

– Reparou que venho sorrindo e transbordando charme com minhas outras parceiras – explicou ele.

– Como poderia *não* ter notado? – retrucou ela, seca.

– É bem verdade. – Ele inclinou a cabeça ligeiramente, aproximando-se dela, e... sorriu. Ah, não era o sorriso ensaiado que havia oferecido a todos naquela noite, mas um sorriso que formava rugas nos cantos dos olhos e parecia caloroso, genuíno e... afetuoso?

De uma forma que alguém sorriria para uma prima querida?

Imogen apertou os lábios e tentou controlar sua indignação. Estava bem ciente de que se encontravam no meio de um salão, cercados pelo vazio e com os olhos de um grupo mais ou menos grande de pessoas voltados para eles.

A orquestra veio em seu socorro, executando um acorde decisivo antes que ela pudesse dar outra resposta ferina.

Ele pousou a mão direita na cintura dela e, com a esquerda, tomou-lhe a mão enquanto ela colocava a outra em seu ombro. E... ah, ele era *muito* diferente do Sr. Alton. Para começar, era mais alto. As mãos seguravam firme, mãos de dedos longos, quentes; os ombros eram largos, formados por músculos sólidos. E ele tinha uma... aura? Com certeza emanava mais do que calor corporal e mais do que colônia. Não importava o que era, aquilo a envolvia, embora ele permanecesse a uma distância muito respeitosa. Era também mais do que uma aura. Uma aura seria assexuada, ou pelo menos era o que ela achava. Era uma masculinidade bruta.

Poderia ser deliberado? Ou seria apenas uma característica natural dele, como os olhos azuis, o cabelo escuro e o belo rosto?

A música começou.

O primeiro pensamento de Imogen foi que ele *sabia* valsar. O segundo foi que o conde não precisava se exibir com passos complicados nem com rodopios exagerados: ele conhecia a essência da dança. O terceiro foi que dançar nunca tinha sido tão emocionante. Então se extinguiram todos os pensamentos. Sentiu-se arrebatada demais pelo momento, pela pura *sensação*, que dominava os cinco sentidos. Via as cores e as luzes girarem ao redor, ouvia a melodia e o ritmo, sentia o perfume da colônia e o sabor do vinho que bebera durante o jantar, o calor das mãos que a tocavam, que a conduziam, que a faziam se sentir apreciada, eufórica e feliz como nunca desde... Pois bem, desde *antes*.

Como era inevitável, a lembrança se intrometeu, pouco antes de a música terminar, acompanhada por uma onda gigante de ressentimento. Contra ele, pois era tudo deliberado, puro artifício. E contra si mesma. Ah, esmagadoramente contra si mesma. Ela havia se permitido levar e ser levada para além da simples diversão até chegar à euforia inconsciente. Nem conseguia culpá-lo de todo. Talvez nem o culpasse. Aceitara sem resistir.

– Obrigada – disse ela quando a dança terminou e todos aplaudiram, como costumava acontecer depois da valsa.

Tirou a mão do ombro do conde, mas o braço dele permaneceu em sua cintura, e ele ainda segurava com firmeza sua outra mão. Os olhos a examinavam intensamente, ela percebeu. Em seguida, ele deu um passo para trás, curvou-se e sorriu.

– Ah, não – respondeu ele. – Obrigado à *senhora*, prima Imogen.

Lá estava ele empregando seus modos refinados e encantadores de novo. O escudo que o protegia.

92

Ele tomou a mão dela mais uma vez e a pousou sobre a manga de seu casaco, antes de conduzi-la para fora do salão, para junto de Elizabeth e de sir Matthew. Ficou conversando ainda por alguns minutos antes de se afastar e convidar para a dança Louise Soames, que corria o risco de ser rejeitada durante toda a noite. O Sr. Wenzel levou Imogen para o meio do salão pela segunda vez.

Ela desejava – ah, desejava, desejava, *desejava* – ter voltado para casa com tia Lavinia.

E ainda teria que dividir a carruagem com ele no caminho de volta. Os dois ficariam sozinhos.

Havia completado uma semana naquele lugar, pensou Percy, e parecia que um ano tinha se passado. Estava impressionado por continuar ali, quando partir seria a coisa mais fácil do mundo. Hardford Hall não era tão confortável – descobrira, ao se deitar na noite anterior, que as cortinas da janela, que combinavam agradavelmente com a colcha, haviam sido substituídas por outras mais pesadas, de um brocado escuro, que se prendiam aos trilhos e não se abriam sem força. Tinham sido instaladas para evitar correntes de ar, explicou Crutchley quando convocado. O senhor conde fora até então abençoado por pouco vento. Quando ventasse, ele logo descobriria que as correntes entravam pela janela violentamente. Ficaria bem mais confortável em um dos quartos de hóspedes nos fundos.

Percy começava a conjecturar um tanto a sério se não havia alguém tentando expulsá-lo de seu próprio quarto – e talvez de sua própria casa.

Não devia precisar de incentivo para ir embora. Não havia quase nada por ali para aliviar o tédio. E ninguém com quem manter uma amizade mais forte. Pelo menos ninguém como seus amigos, embora ele nutrisse simpatia por sir Matthew Quentin e até mesmo por Wenzel, quando o sujeito não tentava impor suas atenções a lady Barclay. Era obrigado a dividir a casa com três mulheres e uma coleção de animais, um dos quais, aliás, não o largava, parecia ter se colado a ele.

Era uma surpresa que Heitor não tivesse aparecido no salão naquela noite. Havia os outros abandonados, aqueles da espécie humana. E havia também um administrador que parecia estar juntando poeira com os livros da propriedade e que deveria, de algum modo, ser persuadido a se aposentar. Havia uma propriedade beirando a ruína. Havia...

Pois bem, havia a mulher a seu lado na carruagem, silenciosa, rígida, fria como mármore. Não tinha a mínima ideia do que fizera para ofendê-la daquela vez. Se tinham discutido, fora ela quem havia começado – *Que papel o senhor está desempenhando agora? Não está sorrindo nem transbordando charme.* Parecia ter amolecido um pouco depois disso, porém. Chegara a pedir desculpas pela grosseria. Mas naquele momento...

Não sabia o que a deixara tão irritadiça. E mais: não se importava – nem deveria. Ela o irritava além do suportável. Lady Barclay já bastaria para o levar de volta a seu mundo; o problema era que ele descobrira sua própria teimosia naquela semana. Sempre existira, a teimosia? Tinha quase certeza de não gostar da dama. E não havia nada de particularmente atraente nela. Nem belo – apesar de um pensamento anterior dizer o contrário.

Havia a curva em seu lábio.

Uma curva no lábio superior não tornava uma mulher atraente.

Permaneceu no seu lado do assento da carruagem e contemplou a escuridão. Ela se manteve do seu próprio lado e fez o mesmo. Não que fosse possível se afastar tanto a ponto de evitar um toque ocasional quando o veículo fazia a menor das curvas ou passava por um buraco, o que ocorria com frequência lamentável nas estradas inglesas. O ar estava frio. Teria sido possível ver o vapor da respiração deles caso houvesse alguma luz.

Percy sempre apreciara a valsa, desde que pudesse escolher a própria parceira. Por alguma razão totalmente misteriosa, considerando o ambiente e a qualidade da música, descobrira que a valsa daquela noite fora mais encantadora do que o habitual. Raios, e *ela achara a mesma coisa.* Era o mais irritante e perturbador em lady Barclay. Era como se ela tivesse se prontificado deliberadamente a nunca suspender o luto, a nunca permitir a si mesma um momento fugaz de felicidade, nem mesmo no salão de festas.

Ela que engolisse suas lamentações, então. Não importava a ele. Permaneceria em silêncio na sua presença. Lábios trancados. Jogaria a chave fora.

– Suponho – disse ele – que tenha sido estuprada.

Pelo bom Deus! Que os diabos o carregassem e que milhares de raios caíssem sobre sua cabeça. Nossa! Tinha mesmo pronunciado aquelas palavras em voz alta? É claro que sim. Ainda ouvia seu eco, quase como se ricocheteassem dentro da carruagem como balas de uma pistola, sem conseguir escapar. Para sanar qualquer dúvida, havia o fato de que ela se voltara bruscamente para encará-lo e inspirara profundamente de forma audível.

– *O q-quê?*

– Suponho que sim – repetiu ele com mais suavidade, fechando os olhos e desejando estar em qualquer lugar menos ali. De preferência sob as cobertas, na própria cama, acordando de um pesadelo.

– Em *Portugal*, quer dizer? – perguntou ela. – Durante o *cativeiro?*

Percy fechou a boca e os olhos, mas era tarde demais. *Por favor, não responda. Por favor, não responda.* Para alguém que tinha se tornado um especialista em evitar tudo o que havia de desagradável na vida, na última semana ele desenvolvera uma enorme capacidade de convidar a calamidade.

Não queria saber.

– Sua suposição está errada – respondeu ela, com a voz baixa e inexpressiva.

Ele teria ficado bem mais feliz se ela tivesse se enfurecido ou até mesmo procurado atingi-lo com os punhos.

Não deveria acreditar nela. O que mais poderia fazer além de negar? Que mulher admitiria ter sido estuprada durante o cárcere? Especialmente diante de um quase desconhecido.

Só que ele acreditou. Ou talvez apenas desejasse acreditar. Desesperadamente.

– Sua suposição está errada – repetiu ela, ainda mais baixo.

Percy virou-se. Não conseguia vê-la muito bem na escuridão, mas com certeza os dois estavam bem próximos. Sua boca, porém, não precisava de olhos. Encontrou a dela com muita precisão, sem ajuda.

Afastou-se não mais do que alguns segundos depois e esperou outra bofetada arder em seu rosto – ou um soco no queixo. Nenhum dos dois aconteceu. Em vez disso, ela suspirou, um mero arfar, e quando ele a apertou em seus braços e a trouxe para mais perto, os braços *dela* também se fecharam em torno dele, e seus lábios se abriram quando os dele voltaram a tocá-los, e não houve qualquer protesto quando a língua dele penetrou sua boca.

Ainda bem que estava sentado. Quando ela encostou a língua na dele, Percy sentiu que suas pernas ficaram bambas. Explorou a boca de Imogen com a língua e a fez gemer suavemente. Foi então que percebeu o que estava fazendo.

Uma viúva disponível, calorosa.

A quem desejava com uma ferocidade que parecia ir muito além do simples desejo sexual.

Que podia se transformar em mármore em um piscar de olhos.

Que ia odiá-lo mais ainda quando voltasse a se lembrar de seu falecido marido.

Com mil raios e mais outros!

Foi ele quem se afastou, soltando-a e cruzando os braços enquanto se espremia no canto do assento. Em que mês estavam, fevereiro ou julho?

– Dessa vez, lady Barclay – disse ele, sem qualquer sutileza –, a bofetada não seria justificada. Durante dois minutos, a senhora foi uma participante voluntária.

– O senhor não está sendo cavalheiro – respondeu ela.

Ele não sabia direito o que aquilo significava. Também não era a primeira vez que ela o confrontava.

Não tinha sido estuprada. Então *o quê?*

Ele pensou que parecia um menino cutucando uma ferida no joelho em vez de deixá-la sarar, sabendo que só causaria um novo sangramento.

CAPÍTULO 9

Imogen voltou para a própria casa pela manhã. O trabalho no telhado não estava totalmente encerrado e o andar superior continuava uma bagunça – os móveis remanescentes tinham sido cobertos com lençóis e ganhado uma camada de poeira e detritos. O andar inferior encontrava-se atulhado com a mobília de cima. A casa não era aquecida nem limpa fazia dois meses. Não havia comida na despensa nem carvão no depósito.

Ela não se importava. Voltou mesmo assim.

Um exército de criados apareceu uma hora depois, embora não estivessem seguindo instruções *dela*. Levaram seus bens pessoais muito bem embalados, comida, velas e carvão, bem como baldes, esfregões, vassouras e todos os utensílios de limpeza – como se ela não tivesse tais coisas. Ninguém a procurou para pedir instruções; saíram acendendo as lareiras em todos os aposentos do andar de baixo, limpando tudo e arrumando a cozinha de modo a colocá-la em funcionamento, cumprindo mil e uma tarefas. Foram supervisionados pela feroz e enérgica Sra. Primrose, cozinheira e governanta de Imogen, que se hospedara na casa da irmã na parte baixa do vilarejo para ajudá-la com o sobrinho recém-nascido mas voltara quase correndo quando um lacaio da residência principal chegara com a notícia de que a dona da casa estava de volta.

Em pouco tempo, ela já deixara uma xícara de chá à disposição de Imogen na sala de estar, junto com alguns bolinhos com passas, recém-saídos do forno, e jurou estar no sétimo céu por voltar a trabalhar no lugar ao qual pertence. As últimas palavras foram pronunciadas com uma nota de reprovação. Imogen escolhera morar sozinha ao se mudar para a casa, o que causara muita consternação a seu sogro e decepção à

Sra. Primrose – na verdade, ela era chamada de "senhora" por cortesia, pois nunca se casara.

A gatinha Flor foi transferida para a casa de Imogen por uma criada, dentro de uma cesta. Não exprimira nenhuma objeção em particular, pois ainda não se recobrara da perda de sua poltrona favorita, substituída por outra que não era tão confortável e que ainda por cima precisava deixar que certo homem, quando aparecia, reivindicasse. Perambulou pelo novo ambiente, para cima e para baixo, antes de escolher uma poltrona ao lado da lareira, na sala de estar. Ninguém a mandou descer dali. Foi bem alimentada na cozinha e ganhou uma cama confortável para passar a noite, a um canto perto do forno. Logo se esqueceu da antiga residência e adotou a nova.

O ruído dos martelos batendo no telhado era quase ensurdecedor durante o dia, mas Imogen não se importou. Pelo menos indicava que o trabalho estava sendo feito. E viver em uma casa barulhenta, fria, ligeiramente úmida e muito poeirenta – principalmente nas primeiras horas – era muito preferível à alternativa.

Não pôs o pé fora de casa durante o primeiro dia inteiro, nem para olhar o jardim e verificar se o primeiro botão de campânula-branca já havia surgido. Mal deixou a sala de estar desde que tinha sido limpa, e toda a agitação e atividade foram transferidas para outros aposentos. Até comeu ali, pois a Sra. Primrose declarou que a sala de jantar permanecia imprópria para uma dama.

Imogen sentia-se no céu. Permaneceu sentada durante a noite, como tinha ficado de tarde, com a bolsa de trabalhos a seu lado e um livro aberto no colo. Na maior parte do tempo, desfrutava do silêncio e da solidão. A governanta e os trabalhadores foram embora no fim do dia e todos os criados já tinham voltado para a residência principal.

Ele lia Alexander Pope, pensou ela enquanto virava a página do próprio livro. Ao menos era o volume que se encontrava na mesa ao lado da poltrona na biblioteca quando ela observou certa manhã. Talvez ele tivesse apenas dado uma folheada, fechado e esquecido de devolver à prateleira. Talvez nem tivesse olhado.

Ou talvez tivesse lido.

Por que sempre queria acreditar no pior quando se referia a ele?

Pousou a mão espalmada no livro, para mantê-lo aberto, fechou os olhos e descansou a cabeça no encosto da poltrona. Ah, se a noite anterior pudesse ser apagada da memória... Não, não apenas da memória – da história.

Se nada daquilo tivesse acontecido... Se tivesse voltado para casa com tia Lavinia e prima Adelaide...

Mas todos aqueles *se* eram inúteis. Passara três anos aprendendo isso.

Não podia ter aproveitado a valsa sem... Ela nem conseguiu concluir o pensamento. Não sabia o que mais havia sentido *além* da alegria. Encantamento, talvez?

O conde fizera *a pergunta* a caminho de casa. Pouquíssimas pessoas tinham ousado, nem mesmo a própria família, embora suspeitasse que muitos conjecturassem. Apenas seus companheiros do Clube dos Sobreviventes e o médico em Penderris sabiam da verdade – de *toda* a verdade, e ela tinha lhes fornecido a informação voluntariamente.

Que ousadia, a tal pergunta. Ele era quase um desconhecido. *Suponho que tenha sido estuprada.* Mas ela presumia que o conde era o tipo de homem que fazia qualquer pergunta, alguém que acreditava ter o direito divino de se imiscuir nos segredos de outras pessoas.

Ela o odiava.

Duvidava que ele tivesse acreditado na resposta.

Ela o odiara por perguntar. Ainda assim, beijara-o imediatamente depois. Ah, tinha beijado. Não havia como negar dessa vez. *Ele* a beijara por alguns segundos, era verdade. Em seguida, ela o beijara com tanta entrega quanto ele. Provavelmente com *mais* entrega, pois duvidava que a paixão que ele demonstrava fosse além de desejo, enquanto a dela... Não sabia o que era. Mas, se tivesse sido puro desejo da parte dele, por que interrompera o enlace de forma tão abrupta? Por que não aproveitara para tomar mais liberdades? Estava óbvio que ela não ofereceria resistência e ainda sobravam vários minutos da viagem, com sua proximidade e intimidade forçadas.

Não o compreendia nem o conhecia, mas gostava de pensar que sim. Não gostava dele e queria desprezá-lo. E era fácil crer que ele era vazio por dentro, a não ser pela arrogância, pela pretensão... e pelo charme.

Gostava de *acreditar* que desgostava dele. No entanto, na praia, ela revelara que ele era quase agradável. Ah, era tudo muito confuso e muito perturbador.

Havia sido *ele* que enviara o exército de criados para a casa de Imogen naquela manhã. Um deles confessara, quando Imogen ainda esperava que tivesse sido tia Lavinia. O conde podia ter feito aquilo, claro, pela pura alegria de se ver livre dela e pela determinação de não lhe dar qualquer desculpa possível para voltar. Mas seria odioso acreditar nisso.

Ela de fato não o conhecia de forma alguma. E às vezes, pensou, uma beleza extraordinária, mesmo uma beleza masculina, pode causar problemas para seu dono, pois é fácil contemplar apenas a fachada e concluir que não há nada por trás dela.

Quando confrontado, ele garantira que não existia nada dentro de si além de encantamento. Imogen não conseguiu deixar de sorrir ao se lembrar daquilo. Ele tinha um dom para o absurdo – fato que sugeria certa perspicácia, certa inteligência, até mesmo certa disposição atraente para rir de si mesmo. Não queria acreditar nele.

Foi para a cama cedo depois de um dia exaustivo sem fazer nada e ficou acordada até as quatro da manhã.

A primeira coisa que Percy fez ao se levantar na manhã seguinte à festa foi arrancar aquelas cortinas indesejáveis das janelas, com varão e tudo. Tinham tornado o quarto tão escuro que, ao despertar, a uma hora desconhecida, ele não fora capaz de enxergar as mãos diante do rosto. Se tivesse saído da cama e dado alguns passos, teria demorado para reencontrá-la. Lady Barclay dissera que um de seus amigos Sobreviventes era cego? Não suportava pensar nisso. Nem nela. Na noite anterior... Pois bem, *aquilo* também era um pensamento insuportável.

Muitos dos acontecimentos da semana anterior eram lembranças insuportáveis.

Instruiu Crutchley a devolver as antigas cortinas ao quarto, que se danassem os ventos e as tempestades, e a garantir que não houvesse mais surpresas desagradáveis esperando por ele na hora de dormir. Seu coração já não suportava aquela tensão. E ele pretendia permanecer nos aposentos do conde, acrescentou, mesmo se encontrasse em sua cama enguias e rãs, ou as duas coisas, naquela noite.

Preparou-se para o momento penoso de entrar na sala de jantar para o desjejum. Ainda não sabia ao certo se devia um pedido de desculpas a lady Barclay, embora estivesse inclinado a crer que não. Se não gostava de ser beijada, podia perfeitamente se manter longe do alcance. O que era, como logo ficou claro, exatamente o que tinha decidido fazer. Lady Lavinia quase gaguejou em sua ânsia de comunicar a terrível notícia de que a querida

Imogen tinha *partido*. Antes que Percy pudesse conceber mais do que uma visão fugaz de Imogen fugindo pelas charnecas sinistras em direção a uma Dartmoor ainda mais sinistra, foi informado de que ela voltara para a própria casa, apesar de todos aqueles *homens* ainda zanzando pelo telhado. Pelo jeito que lady Lavinia falava, parecia que cada um deles tinha aberto um buraco para espiá-la e não tinha mais o que fazer além disso.

Lady Barclay não levara nada, claro, uma mulher nada prática. Supostamente, preferia morrer de frio, passar fome, viver sempre com as mesmas roupas e ficar surda com as marteladas a passar mais um dia sob o mesmo teto que ele.

Pois bem, era o que ele preferia também – quer dizer, pelo menos a última parte.

Deixou a sala de jantar sem delongas e deu ordens para que embalassem as roupas e os artigos pessoais da dama e que os enviassem junto com qualquer suprimento necessário, inclusive a governanta dela. Instruiu que os criados encarregados do transporte permanecessem para tornar a casa habitável, ainda que levasse o dia inteiro, como provavelmente seria necessário. Ele acreditava que o telhado suportaria os rigores do clima, mesmo inacabado. Quando Percy entrou no salão por um momento, a gata que sempre aquecia sua poltrona lhe lançou um olhar furioso e o desafiou a expulsá-la. Ele ordenou que ela também fosse enviada para a casa de lady Barclay, assim poderia lançar olhares furiosos para ela e talvez lhe fizesse alguma companhia. Isso o deixaria livre de ao menos *um* dos abandonados.

Lady Barclay não se transformaria em *mártir* pelo simples prazer de criar um peso em sua consciência. Seria bem típico dela – uma conclusão desprovida de qualquer evidência consistente e sem dúvida indigna dele.

Precisava se afastar da residência e da propriedade. Precisava espairecer um pouco.

Passou boa parte do dia em Porthmare, embora não tenha se dirigido à área onde a maioria de seus novos amigos morava, a mais abastada do vale, abrigada do mar e das intempéries, nas encostas dos dois lados do rio, com vistas agradáveis e duas pontes de pedra. Em vez disso, decidiu ver a aldeia de pescadores abaixo, com seus chalés caiados construídos em torno do amplo estuário que ligava o rio e o mar, totalmente expostos à fúria marítima. As pessoas dali, em sua maioria pescadores, não tinham relações com ele nem trabalhavam para ele, a não ser talvez em alguma atividade sazonal em que fosse necessária ajuda adicional. Mas aquela era uma parte da vizinhança da qual ele era o principal senhor. Enquanto estivesse por ali, seria uma boa ideia conhecer alguns moradores. Talvez fosse até capaz de pensar em alguma pergunta inteligente.

Deixou o cavalo na estalagem onde tinha acontecido a festa na noite anterior e foi caminhando até a parte baixa da aldeia. Havia um extenso espaço ao ar livre, descobriu, penhascos íngremes a alguma distância dos dois lados do amplo estuário. Os botes pesqueiros balançavam nos canais abrigados. Gaivotas voavam em círculos e soltavam gritos. Parecia mais quente ali do que nas terras de Hardford Hall. O cenário, porém, era mais desolado. O ar, mais salgado. A maré estava baixa.

Passou horas de ócio perambulando e trocando saudações com os aldeões que por acaso estavam ao ar livre, trabalhando em um barco virado ou em uma rede, ou ainda em grupos que se reuniam para papear enquanto as crianças corriam de um lado para outro, em uma perseguição exuberante. Acabou no salão de uma estalagem mais simples do que a que existia na região mais abastada do vilarejo. Apesar disso, era razoavelmente limpa e funcional. Havia vários homens ali, debruçados sobre suas cervejas, e Percy puxou conversa com alguns deles.

Não ficou tão à vontade no tempo que passou por lá, claro. Era impossível permanecer invisível entre aqueles aldeões que provavelmente se conheciam muito bem. Ao vê-lo, eles tendiam a ficar mudos de admiração ou pareciam desconfiadíssimos, até mesmo ressentidos de encontrá-lo ali, entre eles, em seus domínios, em vez de permanecer no seu lugar. Pois bem, Percy não os recriminava por isso. Talvez também se ressentisse se os homens resolvessem vagar sem convite pela sua propriedade, esperando que ele não apenas acenasse a cabeça em sinal de respeito como também fizesse saudações respeitosas. Quando alguns dos homens na estalagem corresponderam às suas tentativas de sociabilização, a princípio lhe pareceu que falavam uma língua estrangeira, tão forte era o sotaque da Cornualha. Precisava aguçar toda a sua atenção para entender o que diziam.

Começou a conversar sem qualquer objetivo claro, a não ser se familiarizar mais com aquele canto remoto da Inglaterra. Depois de algum tempo, no entanto, ele se pegou levando a conversa aparentemente casual para certa direção e reunindo uma ou outra informação interessante, mesmo que fosse preciso filtrar algumas das mentiras descaradas que lhe contavam para chegar à verdade.

Contrabando naquela área? *Naquela* área? Olhares confusos e cabeças balançando lentamente. Cabeças sendo coçadas. Não, nunca. Não há pelo menos cem anos ou mais. Não antes dos tempos de seus antepassados distantes. Os mais idosos eram capazes de contar algumas histórias, mas até eles contavam histórias que ouviram ao pé da fogueira em algum inverno quando ainda eram crianças. O contrabando não compensava financeiramente, mesmo se alguém estivesse interessado nisso. Ainda mais porque os homens da receita perseguiam a todos, e os agentes montados desperdiçavam tempo vagando no promontório em busca de algo que não estava por lá. O governo desperdiçava dinheiro nos seus salários, era o que acontecia. Não havia nada para descobrir por ali. Por que usariam os barcos para o contrabando, afinal de contas, quando podiam pegar bons peixes com facilidade e ganhar a vida de forma decente e dentro da lei?

Quadrilhas? Violência? Punições? Talvez nos velhos tempos. Os mais antigos contavam histórias capazes de arrepiar os cabelinhos da nuca dos ouvintes, mas sem dúvida não passava disso – histórias *criativas*, sem um pingo de realidade. Todas contribuíam para fazer os olhinhos dos pequenos se arregalarem e para eles clamarem pela mãe no meio da noite. Agora, eram todos muito obedientes à lei, e como eram.

Com toda a certeza havia contrabando naquela área, concluiu Percy enquanto montava o cavalo e voltava para casa. E claramente era organizado com máxima eficiência, havia um líder, regras e a manutenção do sigilo da operação.

Ele não se importava com o fato de haver ou não contrabando. Eram coisas da vida, aquilo nunca ia acabar. Não havia sentido em ficar nervoso ou em querer fazer justiça, a não ser que se fosse um homem da receita ou um agente montado – ou na hipótese de sua propriedade às vezes ser usada como rota de transporte ou de armazenamento, como havia acontecido com o porão da casa de lady Barclay. E no caso de os criados contratados serem aterrorizados ou até mesmo torturados para ficarem de boca fechada.

E, pensou ele de repente, arrebatado pela ideia, a menos que seu quarto tivesse vista para o mar, de forma que, em uma noite escura e sem lua, se a pessoa ficasse sem sono, tivesse uma visão panorâmica de uma frota de pequenos barcos remando baía abaixo, vindos de um barco maior ancorado em algum lugar na distância, e um bando de contrabandistas surgisse na arrebentação e chegasse ao promontório carregados de caixas e de tonéis.

Seria essa a explicação para as camas e paredes úmidas, para a fuligem e para as cortinas grossas e opacas?

Tentou imaginar Crutchley com um cutelo entre os dentes e um tapa-olho. Sorriu diante da imagem criada em sua mente. Mas sua curiosidade agora se aguçara.

Voltou para casa e prendeu o cavalo em um cercado atrás do estábulo, em vez de levá-lo direto para dentro, para que cuidassem dele. Instruiu Mimms, seu próprio cavalariço, a sumir de vista durante meia hora e saiu em busca do auxiliar que mancava, o homem que ele já vira algumas vezes.

Era um sujeito magro, de cabelos ruivos, que devia ter uns 20 e poucos anos, se estava com 14 na época em que lady Barclay foi para a guerra com o marido, embora pudessem lhe dar 30, 40 anos ou mais. As pernas eram perceptivelmente tortas. O rosto pálido, de aparência mortiça. Estava tirando estrume de uma das baias quando Percy o chamou.

– Bains?

– Milorde? – O homem parou o que estava fazendo e olhou na direção de Percy com o olhar fugidio.

– Venha ao cercado comigo. Estou um pouco preocupado com a pata dianteira direita da minha montaria.

O homem pareceu surpreso.

– Devo chamar o Sr. Mimms? – perguntou.

– Acabei de mandar Mimms resolver uma tarefa importante – disse Percy. – Queria que *você* desse uma olhada. Foi cavalariço pessoal do falecido visconde Barclay no passado, não?

Bains pareceu ainda mais surpreso. Mas baixou o forcado, limpou a palha do casaco e das calças e saiu. Percy esperou até que ele tivesse acalmado o cavalo com mãos habilidosas e voz reconfortante, curvando-se em seguida diante da pata. Estavam fora do alcance de ouvidos curiosos do estábulo.

– Quem fez isso com você? – indagou Percy.

Não esperava uma resposta, naturalmente, e não recebeu nenhuma. Pois bem, quase nenhuma. Bains se endireitou de forma abrupta.

– Quem fez *o quê*, milorde?

– Continue a trabalhar – pediu Percy, apoiando os braços na cerca. – Para ser sincero, não esperava que me desse um nome. Poderia me responder algumas perguntas apenas com *sim* ou *não*? O visconde Barclay se opunha ao contrabando que ocorria nessa área, certo?

Bains examinava com cuidado a perna do cavalo.

– Eu era apenas um menino – disse ele. – Não era o cavalariço *pessoal* do senhor visconde.

– Ele se opunha ao contrabando?

– Eu sabia das opiniões dele sobre cavalos – comentou o homem. – Era tudo.

– Você também manifestou objeções ao contrabando depois que ele partiu? – insistiu Percy. – Por sentir tanta admiração por ele?

– Queria partir com ele – respondeu Bains. – Queria ser seu ordenança, queria cuidar de tudo para ele. Meu pai não permitiu. Tinha medo de que eu me machucasse.

– Que ironia – disse Percy. – Gostava do visconde Barclay?

– *Todo mundo* gostava dele – afirmou Bains.

– E o admirava?

– Era um ótimo cavalheiro. Devia ter sido...

– ... o conde depois do falecimento do pai? – completou Percy. – Sim, devia mesmo. Mas ele morreu.

– Aquele Mawgan acabou indo com ele – revelou Bains. – Só porque era o filho da sobrinha do Sr. Ratchett, tinha força e já havia completado 18 anos. Só que ele não prestava. Fugiu. Disse que estava procurando gravetos naquelas colinas estrangeiras quando os sapos vieram e levaram milorde e milady. Eu apostaria qualquer coisa que ele estava se escondendo entre os rochedos, apavorado, e que fugiu depois. Eu os salvaria se estivesse por lá. Mas não estava. Não há nada de errado com a perna do cavalo, milorde.

– Devo ter imaginado que ele estava mancando quando retornei do vilarejo, então – disse Percy. – Mas é sempre melhor verificar, não acha? Você tentou interromper o contrabando por aqui para que lorde Barclay se orgulhasse de você?

– Há algum contrabando pelo canal de Bristol, pelo que dizem – retrucou Bains, voltando a se endireitar. – E um pouco vem de lá pelos lados de Devon. Como nunca me afastei mais de 20 quilômetros de casa, se tanto, não saberia dizer com certeza.

– Ou recusou-se terminantemente a fazer parte da quadrilha? – perguntou Percy. – Ou ameaçou denunciá-los para os agentes da receita? Não, não responda. Não é necessário. Dê uma última olhada nessa perna, eu farei o mesmo. Nunca se sabe quem está olhando, ainda que ninguém possa nos ouvir. Nada? Fico feliz em saber. Pode ir, então. Pode levar o cavalo.

Bains voltou para o estábulo com o animal. Era óbvio que cada passo lhe causava dor. Percy conjecturou se o velho conde contratara um médico respeitável para consertar as pernas quebradas. Soames? Perguntou a si mesmo a gravidade das lesões.

Precisava parar com a investigação, pensou enquanto voltava para a casa. Devia estar mesmo tremendamente entediado, se começava a se imaginar uma espécie de justiceiro. Podia acabar encrencado se não fosse cauteloso. E na verdade não queria pensar em pernas esmagadas, enseadas escuras em noites sem lua, barris pesados transportados pela trilha à beira dos penhascos, personagens sombrios invadindo o porão da casa de lady Barclay, a dama de mármore.

Nem queria pensar em partir para salvá-la, com a espada em uma das mãos, a pistola na outra.

Devia-lhe um pedido de desculpas? Ela tinha sido participante ativa do beijo na noite anterior. Mas que tipo de cavalheiro perguntaria a uma dama de forma descarada se ela havia sido estuprada? A simples lembrança fazia Percy começar a suar frio.

Na manhã seguinte, Imogen estava ajoelhada na grama, olhando para o que parecia ser uma campânula-branca, embora ainda não tivesse desabrochado. Mesmo o mais frágil dos botões se tornava um bem-vindo arauto da primavera. Com certeza, o ar estava um pouco mais quente. O sol brilhava.

O trabalho no telhado estava encerrado. O Sr. Tidmouth recebera o pagamento e partira junto com seus homens. Garantira a ela que o telhado estaria bom pelos duzentos anos seguintes, no mínimo. Ela esperava que não houvesse goteiras na próxima chuva.

Precisava ir até o vilarejo visitar a Sra. Park para saber se ela se sentia bem depois de sua aparição na festa. Precisava passar na residência do vigário e permitir que as meninas tagarelassem sobre as danças e suas conquistas – os pais sempre desencorajavam frivolidades, mas as meninas às vezes sentiam necessidade de ter alguém com quem conversar sobre assuntos mais íntimos.

Precisava ir até a residência principal garantir a tia Lavinia que sua casa estava em perfeitas condições de conforto mais uma vez. Precisava escrever uma carta em resposta a Gwen, lady Trentham, esposa de Hugo, que lhe mandara uma missiva contando que Melody, filha do casal, parecia ter se recobrado dos primeiros meses irritadiços, cheios de cólica, e que aguardava com ansiedade a viagem para Penderris Hall com os pais, em março. Precisava...

Pois bem, havia inúmeras coisas que ela precisava fazer. Mas não conseguia decidir nada, apesar de não parar de repetir a si mesma que era uma completa felicidade estar de volta à sua casa. Sozinha.

E solitária.

Só podia estar se sentido deprimida. Nunca admitiria estar se sentindo solitária.

De repente, não estava mais sozinha. Uma sombra recaiu sobre ela, vinda de alguém diante do portão do jardim. Enquanto erguia os olhos, torceu desesperadamente para que fosse tia Lavinia, Tilly ou mesmo o Sr. Wenzel ou o Sr. Alton. Qualquer um menos...

– Fazendo suas orações na friagem, ao ar livre, prima Imogen? – perguntou o conde de Hardford.

Imogen se levantou e sacudiu as saias e a capa.

– Há uma flor por ali – disse ela. – Embora ainda não tenha desabrochado. Sempre procuro pela primeira.

– Então acredita na primavera? – indagou ele.

– Se acredito? – Ela o olhou com curiosidade.

– Nova vida, novos começos, nova esperança – sugeriu ele, gesticulando com a mão enluvada. – Deixar para trás o que é velho, encontrar o novo e todas essas coisas ditas para restaurar o espírito cansado?

– Só quero que o frio acabe – respondeu ela – para ver as flores e as folhas nas árvores.

Se ele a convidasse para valsar, ela recusaria. Enquanto pensava naquilo, porém, ele abriu o portão e entrou, Heitor em seu encalço.

– É um belo dia – comentou Imogen.

Ele olhou para o céu azul e depois se voltou para ela.

– Devemos falar do clima? – perguntou ele. – Falta certa... originalidade a esse tema de conversa, não concorda? Mas é *mesmo* um belo dia, devo admitir. Estou aqui para lhe dar a alegre notícia de que nossa querida Penugem acabou de trazer ao mundo seus filhotes... seis, todos aparentemente saudáveis. Nenhum deles pequenino. E as autoridades mais confiáveis me garantiram que são as criaturinhas mais adoráveis do mundo.

– Tia Lavinia?

– E algumas criadas e um dos lacaios, que deveriam estar trabalhando mas, de forma inexplicável, se perderam no caminho e acabaram no estábulo – explicou ele. – A Sra. Ferby, como sempre, não está nada impressionada com tais assuntos sentimentais. Talvez eu até tenha ouvido murmúrios dela dizendo *afoguem-nos* quando deixei a mesa após o desjejum, mas pode ter sido a dispepsia vindo do... estômago dela.

Não havia alternativa, pensou Imogen. Não podia ser rude, nem mesmo quando se tratava dele. Em especial quando ele balbuciava aqueles absurdos.

– Gostaria de entrar, lorde Hardford? – indagou. – Gostaria de uma xícara de chá, talvez?

– Sim, aceito as duas coisas, obrigado.

Ele sorriu para ela. Um sorriso espontâneo e genuíno... que de algum modo não parecia nem espontâneo nem genuíno.

Se não o conhecesse melhor, pensou Imogen enquanto entrava em casa, diria que ele estava pouco à vontade. Ela não queria a presença do conde ali. Será que ele não percebia isso? Não compreendia que ela tinha voltado para a própria casa no dia anterior, antes mesmo do fim das obras, para escapar dele? Embora talvez fosse um pouco injusto. Tinha voltado para escapar de si mesma, ou melhor, do efeito que vinha permitindo que ele exercesse sobre ela. Não queria sentir atração por sua masculinidade nem as reações correspondentes de sua feminilidade.

Ele e Flor se encararam na sala de estar. Flor venceu o confronto. O conde ocupou a poltrona do outro lado da lareira depois que Imogen se sentou no meio de uma namoradeira. Heitor estatelou-se a seus pés, ignorado pela gata. A Sra. Primrose vira os dois se aproximando e partiu para providenciar o chá antes mesmo de receber instruções. Os visitantes sempre eram brindados com chá e alguma delícia açucarada saída do forno.

Ele conversou com entusiasmo sobre o clima, até que a bandeja chegou. Imogen serviu o chá e colocou a xícara ao lado dele com dois biscoitos de aveia no pratinho. Percy fez previsões sinistras baseando-se no fato de que vinham desfrutando de uma série de belos dias e cedo ou tarde sofreriam as consequências. Por pouco não a fez rir com seu monólogo, e mais uma vez Imogen foi obrigada a admitir para si mesma que *quase* gostava dele.

Poderia até retirar aquele *quase* se ele não preenchesse a sala de estar a tal ponto que parecia não sobrar ar para respirar.

Ressentia-se do carisma que ele carregava consigo por onde fosse. Não era justo.

Ele pegou um dos biscoitos e mordeu. Mastigou e engoliu.

– Se não foi *aquilo*, então o que aconteceu? – perguntou ele, abrupto, e, curiosamente, ela sabia muito bem do que ele estava falando.

Toda a postura dele se transformara, assim como a atmosfera no aposento. Ele queria saber: se não houvera estupro, então o que havia acontecido?

Ela podia se recusar a responder. Ele não tinha o *direito* de perguntar. Ninguém *jamais* fizera aquela pergunta tão diretamente. Em Penderris, todos – até o médico, até *George* – esperaram que ela estivesse pronta a dar a informação voluntariamente. Passaram-se dois anos até que resolvesse contar tudo. *Dois anos*. Ela o conhecera fazia... quantos dias? Oito? Nove?

– Nada – afirmou ela. – Enganou-se em sua premissa.

– Ah – disse ele. – Acredito no que diz. Ainda assim, *algo* aconteceu.

– Meu marido morreu.

– Mas a senhora não só lamenta a morte dele – concluiu o conde, olhando para o biscoito em suas mãos como se tivesse acabado de perceber que estava ali e então dando outra mordida – como se recusa a continuar vivendo.

Ele era muito perceptivo.

– Encho meus pulmões de ar – explicou ela – e solto.

– Isso não é viver.

– Como chama isso, então? – retrucou Imogen, irritada.

Por que ele não entendia a deixa e voltava a falar sobre o clima?

– Sobreviver – respondeu Percy. – Se tanto. Viver não é só uma questão de permanecer vivo, é? O que importa é o que se *faz* com a vida.

– É uma autoridade para dizer isso? – indagou ela.

Sem querer ela pensou que os companheiros Sobreviventes vinham fazendo bastante coisa com a própria vida nos anos desde Penderris. Ben, apesar de ainda ter dificuldade para caminhar, adquirira muita mobilidade desde que adotara uma cadeira de rodas e estava muito ocupado gerenciando prósperas minas de carvão e siderurgia em Gales. Vivia também um casamento feliz. Vincent, apesar da cegueira, caminhava, montava, se exercitava, até lutava boxe, e escrevia histórias para crianças com a esposa, histórias que ela ilustrava antes da publicação. Tinham um filho. Flavian, Hugo, Ralph, todos estavam casados e levavam vidas ativas e supostamente felizes. No entanto, ela se lembrava de uma época em que todos estavam tão arrasados que até mesmo encher os pulmões de ar parecia um fardo. Ralph, em especial, manifestara pensamentos suicidas por muito tempo.

Mas nenhum deles carregava o fardo específico de Imogen. Da mesma forma que ela não carregava o deles. E se não conseguisse mais ver o primeiro botão de flor, nem naquele ano nem em nenhum outro? E se não fosse mais capaz de caminhar pela trilha à beira dos penhascos ou de descer até a praia?

Ele não respondera a sua pergunta. Mastigava o último pedaço do primeiro biscoito.

– O que aconteceu? – insistiu o conde.

– Ah, a confissão é uma via de mão dupla, lorde Hardford – respondeu ela, incisiva. – A não ser quando se é um sacerdote. O senhor também tem histórias que prefere não contar.

O segundo biscoito parou no ar a 5 centímetros da boca do conde.

– Mas eu não desejaria escandalizar uma dama – disse ele, abaixando o biscoito –, nem macular seus ouvidos com histórias desagradáveis.

Imogen fez ar de pouco caso.

– Tem pavor do mar e dos penhascos – revelou ela. – Ouso dizer que foi apenas o seu orgulho diante de mim, uma mulher, que o levou a descer a trilha até a praia, dias atrás.

Ele pousou o biscoito no prato.

– Isto é uma negociação, prima Imogen? – questionou ele. – Sua história pela minha?

Ah.

Essa não.

Teria sido melhor pensar antes de falar. Não deveria ter iniciado nada daquilo.

– Devo começar? – perguntou ele.

CAPÍTULO 10

Ele não esperou pela resposta.

– Quando eu tinha 10 ou 11 anos, estava naquela idade desagradável pela qual todos os meninos passam, e talvez as meninas também, quando não sabia de nada e achava que sabia tudo – disse ele. – Estávamos passando algumas semanas à beira-mar. Não me lembro exatamente do lugar, embora fosse em algum ponto da costa leste. Havia praias douradas, penhascos altos e escarpados, um ancoradouro, barcos, mar para mergulhar, ondas cheias de espuma para eu me lançar. O paraíso de um menino. Mas o terror da existência de um menino é um exército de adultos que se une na determinação de garantir que ele não desfrute de um único momento. Havia meus pais, um dos meus tutores, diversos criados e até minha antiga babá. O mar era um lugar perigoso e afogava menininhos. Os barcos eram perigosos e jogavam menininhos dentro d'água antes de afogá-los. Os penhascos eram perigosos e lançavam menininhos para a morte em pedras pontiagudas lá embaixo. *Tudo* era perigoso. A única coisa que podia me manter em segurança era a constante supervisão dos adultos, de preferência do tipo que segurava a minha mão e me impedia de fazer qualquer coisa. Eu me ressentia de todos os diminutivos pronunciados e de todas as mãos que seguravam as minhas.

– Suponho que tenha encontrado um jeito de arranjar problemas – disse Imogen.

– De um modo espetacular – concordou ele. – Escapuli certo dia, sabe-se lá como, e fui sozinho à praia. Não havia ninguém. O mar estava calmo, os barcos balançavam de um modo convidativo no ancoradouro e decidi experimentar os remos, algo que não tinham me permitido ainda apesar de eu insistir que sabia usá-los. Eu sabia. Até descobri como manter um curso paralelo à praia, em vez de seguir uma linha que me mandaria mais ou menos na direção da Dinamarca. Depois de algum tempo, encontrei uma enseada que parecia o perfeito esconderijo de piratas. Decidi desembarcar e brincar um pouco. Arrastei o barco para a praia e me tornei o rei dos piratas. Subi o penhasco até chegar a uma saliência que parecia um perfeito mirante e continuei minha brincadeira até perceber várias coisas ao mesmo tempo. Acredito que, a princípio, senti um pouco de frio. Estava com frio porque o sol tinha se posto e a noite chegava. Depois, em rápida sucessão, reparei que, enquanto procurava navios de tesouro para atacar, no horizonte, a maré tinha subido e tomado quase toda a praia lá embaixo. O mar tinha levado o barco de onde eu o deixei, e os penhascos atrás de mim, dos dois lados, eram todos muito altos, muito íngremes e muito assustadores.

– Ah, pobre de sua mãe – disse Imogen.

– Pois é – concordou ele. – Naquele momento, porém, eu só conseguia pensar em mim mesmo. Passei a noite e boa parte do dia seguinte ali. Pareceu uma semana ou um ano. A maré desceu e subiu de novo, mas nem a maré baixa me ajudou. Não havia como contornar as rochas e alcançar a praia principal. E mesmo se houvesse um jeito, eu estava completamente paralisado pelo terror, de modo que não conseguia mexer uma pálpebra nem me afastar um centímetro do lugar onde eu me encontrava empoleirado de forma precária, naquela saliência que parecia se tornar mais estreita e mais distante da praia a cada hora que passava. Depois começou a ventar e quase fui arrancado dali, o céu se tornou cinza como chumbo e o mar se agitou, espumou, e me senti mareado mesmo sabendo que não estava dentro d'água. Quando um barco enfim apareceu, oscilando e subindo de forma alarmante, o barqueiro e meu tutor me viram e passaram o pão que o diabo amassou tentando chegar em terra. E aí precisaram praticamente me arrancar da beirada do penhasco. O barqueiro precisou me jogar sobre o ombro e exigir que eu fechasse os olhos antes de me carregar e me levar até o barco. Acredito que meus olhos reviravam e eu espumava pela boca. Voltei a passar mal no caminho de casa.

Percy olhou para a xícara e para o biscoito, mas não fez menção de pegá--los. Talvez, pensou Imogen, temesse que a mão começasse a tremer.

– Pensaram que eu tinha morrido, claro – continuou ele –, ainda mais quando encontraram um barco oscilando no mar aberto pouco depois do amanhecer, vazio e misteriosamente sem um dos remos. Meu pai comemorou minha ressurreição quando fui conduzido a nossos alojamentos e me abraçou com tanta força que ainda me impressiono por não ter me sufocado e quebrado todos os ossos do meu corpo. Depois, arrancou minhas calças e me deu uma surra inesquecível com as próprias mãos... Pelo que lembro, foi a *única vez* que ele me bateu. Em seguida, ele me mandou pedir desculpas à minha mãe, que tinha caído de cama com seus sais e outros tônicos mas se levantou de um salto só para esmagar meus ossos de novo e quase me afogar em lágrimas. Depois que eu comi... de pé... o que a cozinheira enviara em uma bandeja, comida suficiente para alimentar um regimento, esgueirei-me para o quarto, onde o tutor me aguardava com a bengala na mão. Ele fez com que eu me abaixasse, com as mãos no joelho, antes de me dar doze das suas melhores bengaladas. Então me mandou para a cama, onde fiquei até a hora de voltar para casa, na manhã seguinte. Dormi de bruços, posição que sempre achei desconfortável.

– E desde então passou a ter horror a tudo relacionado com o mar e com penhascos – concluiu Imogen.

Ele olhou para ela e deu um sorriso maroto – uma expressão tão desprovida de seus artifícios habituais que Imogen sentiu que perdia o fôlego.

– Um destino que fiz por merecer – disse ele. – Deve ter sido uma noite e uma manhã de puro inferno para eles. Eu era *amado*, sabe, embora me comportasse como um filhote malcriado às vezes. Mas isso só acontecia *de vez em quando*, para ser justo.

Sim, ela imaginava que ele tinha sido amado.

– Fiquei orgulhoso de mim mesmo há alguns dias – confessou ele. – Não foi gentil de sua parte reparar no meu desconforto e fazer comentários.

– Pois bem – disse ela –, é preciso coragem para enfrentar seus piores medos, avançar e seguir em frente. Talvez eu estivesse comentando sobre sua coragem.

Ele começou a rir, e ela percebeu algo que preferia não ter percebido. *Gostava* dele. Ou melhor, precisava admitir que ele era um homem adorável que perturbava a calma interior que ela levara anos para conquistar. Não gostava do que ele fazia com aquela disciplina duramente adquirida.

– Sua vez – pediu ele, tão baixo que ela quase não ouviu.

Mas o eco perdurou.

Imogen engoliu em seco. A garganta estava seca. O chá permanecia intocado, assim como o único biscoito que ela pegara. A bebida provavelmente estava fria àquela altura, e ela odiava chá frio. Imogen não achava que sua mão ia tremer: ela *sabia* que ia.

– Não há muito o que contar – começou ela. – Sabiam que meu marido era um oficial britânico. O fato de não estar de uniforme, claro, deu a eles todas as desculpas de que precisavam para fingir que não acreditavam nele e para usar todos os meios disponíveis para extrair informações.

– Tortura – disse ele.

Ela pousou as mãos abertas no colo e encarou-as.

– Trataram-me com o máximo *respeito* – prosseguiu. – Recebi um quarto privativo no quartel-general temporário e os serviços de uma criada, a esposa de um soldado. Jantava todos os dias com o oficial de mais alta patente e eles se esforçavam para conversar comigo em inglês, embora eu falasse francês razoavelmente bem. Não tinha sido tão bem tratada desde que deixara a Inglaterra.

– Só que não via seu marido – interveio ele.

– Não. – Ela inspirou devagar e umedeceu os lábios secos com a língua seca. – Mas, às vezes, aparentemente por acidente, sempre seguido por muitos pedidos de desculpas, eles me deixavam ouvir os gritos dele.

A saia estava se amarrotando sob a pressão de seus dedos.

– Ele não revelou os segredos? – perguntou Percy, depois do que pareceu ser uma pausa demorada.

– Nunca. – Ela alisou as pregas da saia. – Não, nunca.

– Não tentaram tirar informações de você?

– Eu não sabia de nada – respondeu ela. – Eles compreendiam. Teria sido perda de tempo.

– E não a usaram para arrancar informações dele?

E *ele* compreendia demais. A saia voltou a ficar amarrotada.

– Ele nunca lhes contou nada – repetiu ela, erguendo os olhos para encará--lo. A expressão no rosto de Percy era um tanto pálida e sombria perto da boca. – E nunca... fizeram nada comigo. Nunca me machucaram. Depois da... da morte dele, um coronel francês me acompanhou de volta ao quartel--general britânico sob uma bandeira de trégua. Pediu até que a esposa de um soldado nos acompanhasse, para ser apropriado. Foi gentil e cortês. E, claro, ficou surpreso e pesaroso quando foi informado de que eu era de fato a esposa... a viúva... de um oficial britânico.

– Estava presente quando seu marido morreu? – indagou ele.

Os olhos dele estavam grudados nos seus, ao que parecia. Imogen não conseguiu desviar o olhar.

– Estava. – Ela estendeu os dedos, soltando a dobra do tecido.

Ele a fitou por mais um momento, então se levantou de modo abrupto. O cão o imitou. Flor olhou para os dois sem erguer a cabeça, mas então percebeu que sua posição como dona da cadeira não corria o risco de ser abalada e fechou os olhos de novo. Lorde Hardford pousou o antebraço na prateleira sobre a lareira, pôs um dos pés perto do calor e fitou o fogo.

– Ele era um homem de coragem.

– Era.

– E você o amava.

– Amava.

Ela fechou os olhos e os manteve fechados.

Abriu-os com uma ponta de alarme quando ele voltou a falar. Tinha atravessado o aposento até a namoradeira, sem que ela percebesse, e estava debruçado sobre ela. Seu rosto não estava a muitos centímetros de distância. Mas seu propósito não era sexual. Ela percebeu imediatamente.

– A guerra é a coisa mais maldita, não é? – disse ele, sem pedir desculpas pela linguagem nem esperar por uma resposta. – Ouvimos falar dos que morreram, sentimos tristeza pelos que ficaram. Ouvimos falar dos que se feriram e nos compadecemos, acreditando que esses tiveram sorte. Imaginamos que, assim que conseguirem se recuperar o máximo possível, continuarão a levar suas vidas a partir do ponto em que foram interrompidas. Mal pensamos nas esposas, a não ser com alguma tristeza pela perda que sofreram. Mas, para todos os envolvidos, vivos ou mortos, é a coisa mais maldita, *mais maldita*. Não é?

Dessa vez, ele esperou que ela respondesse, com o rosto pálido e sério, quase irreconhecível.

– É, sim – concordou ela, em voz baixa. – É a coisa *mais maldita*.

– Como sabiam que vocês estavam por ali? – perguntou ele.

Ela apenas ergueu as sobrancelhas.

– Os franceses – explicou ele – estavam atrás das linhas inimigas quando os prenderam, não foi? Seu marido achou que era seguro levá-la até aquele ponto. Mas como souberam que vocês estavam ali? E como sabiam que ele era importante a ponto de se tornar prisioneiro, se não estava de uniforme.

– Eram batedores – comentou ela. – As colinas estavam repletas de batedores deles e nossos, nos dois lados da linha. A linha não era algo físico como um muro entre os jardins e a terra lá longe. Mudava diariamente. Não há nada arrumadinho na guerra. Mesmo assim, ele tinha certeza de que aquela parte das colinas era segura para mim.

Percy endireitou as costas e se virou, voltando à sua persona impaciente e arrogante.

– Temos o jogo de cartas esta noite, na residência da família Quentin – avisou ele. – Devo pedir que a carruagem espere por você? Vou com meu cabriolé. Ou prefere que eu invente alguma desculpa?

– A carruagem, por favor – disse ela. – Escolhi levar minha vida sozinha, lorde Hardford, mas não sou uma reclusa.

Ele olhou para trás, para fitá-la mais uma vez.

– Já se sentiu tentada a se tornar uma reclusa?

– Sim.

O conde a encarou em silêncio por alguns segundos.

– É *preciso* levar em consideração as mulheres – falou ele. – Seu marido não era a única pessoa de coragem em seu casamento, lady Barclay. Tenha um bom dia.

Ele saiu do aposento com o cachorro correndo logo atrás. Imogen ouviu a porta da sala de estar se fechar, e em seguida a porta da casa se abriu e se fechou também.

Seu marido não era a única pessoa de coragem em seu casamento...

Se ao menos ela tivesse morrido com Dicky, os dois juntos, com segundos de diferença! Se a tivessem matado, como ela esperava que fizessem – como Dicky esperava que fizessem. *Coragem*, dissera-lhe o último olhar dele, com tanta clareza quanto se a palavra tivesse sido pronunciada.

Coragem.

Às vezes, ela esquecia que aquela fora a *última* palavra dita pelo olhar dele. *Eu* tinha vindo alguns segundos antes. *Eu, Imogen.* E até aquelas palavras silenciosas ela esquecia às vezes – ou não confiava, por não terem sido ditas em voz alta. Embora ela e Dicky sempre soubessem o que se passava na cabeça um do outro. Tinham sido realmente próximos – marido e mulher, irmão e irmã, parceiros, melhores amigos.

Eu. E depois: *coragem.*

Ela permaneceu sentada na namoradeira enquanto uma película cinzenta se formava sobre o chá gelado na sua xícara – e na do conde de Hardford.

116

Odiava a si mesmo, decidiu Percy ao fechar o portão do jardim e, sem ter consciência do que fazia, tomar a trilha do penhasco até chegar à falha. Desceu o caminho íngreme até a praia sem se importar com o possível perigo e percorreu a curta distância até a caverna. Entrou sem hesitar, desafiando a maré a subir, galopante, pela areia, encurralando-o ali até que se afogasse. A caverna era bem maior do que ele esperava.

Sim, com toda a certeza, concluiu enquanto tocava uma rocha saliente e contemplava a luz do dia. Odiava a si mesmo.

– Você desceu até aqui sozinho desta vez? Sem ajuda? – perguntou a Heitor, que ficou deitado na entrada da caverna com a cabeça sobre as patas, os olhos esbugalhados encarando o interior. – Muito bem.

Por que o cão se apegara tanto a ele, que não passava de um pedaço indigno de humanidade? Os cães deveriam ser mais perspicazes.

Tinha acabado de confessar a grande mancha negra no desenrolar sereno de sua vida – o horror do qual nunca se recobrara. A desobediência de um menino que acabara mal. A terrível humilhação que o perseguira até a vida adulta, embora a tivesse ocultado simplesmente se mantendo afastado do mar e enfrentando todos os outros desafios que surgiam à sua frente, quanto mais perigosos melhor, com um desdém imprudente pela própria vida. Era um tanto irônico, supunha, que ao herdar o título tão inesperadamente, dois anos antes, ele viesse acompanhado de uma casa e uma propriedade que não apenas ficavam na Cornualha, mas também se empoleirava, de forma espetacular, no alto de um penhasco.

O episódio da infância fora praticamente a *única* mancha em sua vida. Pois bem, havia a morte do pai, três anos antes, o que lhe causara uma dor insuportável. Só que tais perdas ocorriam no curso natural da vida, e todos se recuperavam com o transcorrer do tempo. Parecia que ele tinha vivido para *evitar* a dor, no que acabou, na realidade, tendo muito sucesso. Quem não faria isso se pudesse escolher? Quem deliberadamente escolheria cortejar a dor e o sofrimento?

Não estava com disposição para inventar desculpas para si mesmo, porém. A vida adulta fora uma aventura atrás da outra. Desde que saíra de Oxford, quase dez anos antes, ele se esforçara para não se envolver com qualquer coisa que não fosse superficial, insignificante e, com frequência, pura frivolidade e estupidez. Tinha 30 anos e *nada* fizera que lhe desse orgulho. Quer dizer, a não ser sua dupla graduação na universidade, mas desde então *nada* fizera com o conhecimento adquirido.

Isso era *normal*?

Com certeza não era digno de admiração.

Ele dissera algo naquela mesma manhã. Franziu a testa por um momento, tentando lembrar as palavras certas. *Viver não é só uma questão de permanecer vivo, não é? O que importa é o que se* faz *com a vida*. A frase soara como uma crítica *a ela*, como o grande asno pomposo que ele era.

Era também um sobrevivente, não era? Sobrevivera a seu próprio nascimento, uma façanha nada insignificante, levando em conta que muitos recém-nascidos não resistiam. Sobrevivera a todos os perigos e moléstias da primeira infância. Sobrevivera à provação na beira do penhasco. Sobrevivera a corridas de cavalo e de cabriolé irresponsáveis e a um duelo com pistolas. Saltara vãos entre as casas, a quatro andares de altura, certa vez durante uma chuva pesada. Tinha sobrevivido bastante. Completara 30 anos mais ou menos intacto dos pontos de vista físico, mental e espiritual.

O que importa é o que se faz com a vida.

Que diabo havia feito com a própria vida? O que havia feito de útil com a preciosa dádiva de respirar?

Deixou a caverna e caminhou pela praia até chegar à beira d'água. O sal no ar era mais pronunciado ali. Sentiu-se exposto, cercado pela vastidão, meio ensurdecido pelo rugido primal do mar e das ondas que quebravam. O sol reluzia sobre a água, ofuscando sua visão. Heitor saltitava na parte rasa, a água batendo no meio das perninhas, deixando cascatas atrás de si. Não ia poder entrar em casa assim, todo sujo de areia.

O que exatamente ele temia em relação ao mar?, perguntou-se. Era o fato de que toda aquela água poderia encurralá-lo e afogá-lo? Ou era algo mais profundo? Era o medo de desaparecer, de se tornar um nada diante da vastidão do oceano? Ou o medo de encarar o imenso desconhecido? Ou era só porque seria mais fácil se agarrar a seu próprio mundo trivial, terra adentro?

Só que ele não estava acostumado à introspecção e voltou a atenção para seu cão, que obviamente estava se divertindo.

Seu cão?

– Malditos olhos você tem, Heitor – murmurou ele. – Não podia ser um mastim belo e orgulhoso? Ou ter se encantado pela Sra. Ferby em vez de mim?

Ela não tinha sido justa – lady Barclay, no caso, não a Sra. Ferby. Ele contara tudo o que havia para contar de sua história, até o momento em que arriou as calças para levar uma surra. Já ela revelara apenas uma parte dos acontecimentos. A outra parte, a mais importante, fora omitida. E era exatamente a que explicaria tudo, desconfiava ele.

Não tinha o direito de saber. Em primeiro lugar, ele não tinha sequer o direito de perguntar. De certa forma, enganara lady Barclay ao fazê-la contar sua história oferecendo a sua em troca. E ele não *queria* saber o que ela escondia. Havia ficado arrepiado com o que ela confessara. Tinha a sensação – não, a *certeza* – de que os detalhes que faltavam seriam insuportáveis.

Ele sempre evitava o insuportável.

Ela havia passado três anos em Penderris Hall. E mesmo agora ainda não estava curada. Longe disso. Não era apenas o luto que a mantinha ferida.

Ele não queria saber.

Não costumava se intrometer na vida dos outros. Não costumava ser curioso quanto ao que não era uma preocupação pessoal, especialmente se prometia ser doloroso.

Lady Barclay não era uma preocupação pessoal. Não era, de modo algum, o tipo de mulher que o atraía. Na verdade, encarnava tudo o que em geral o repelia.

O que era, então, a *exceção* na sua relação com a dama?

Com mil diabos, pensou ele bruscamente, precisava partir. Não se referia apenas à praia, embora já tivesse dado meia-volta, deixando que Heitor corresse atrás dele para alcançá-lo. Precisava partir de Hardford Hall. Da Cornualha. Precisava deixar tudo para trás, esquecer, enviar um administrador decente para cuidar da propriedade e se satisfazer sabendo que cumprira sua obrigação ao visitar e arrumar tudo. Precisava voltar para sua própria vida, os amigos e a família.

Precisava esquecer Imogen Hayes, lady Barclay – e com toda a certeza ela também ficaria encantada por ser esquecida. Não teria que se esconder tanto na própria casa depois que ele fosse embora.

Ia partir, sem dúvida, decidiu ao correr pela trilha até o alto, perdendo o fôlego mas sem vontade de diminuir o ritmo. Naquele mesmo dia. Ou, na pior das hipóteses, bem cedo pela manhã. Mandaria Watkins fazer as malas e avisaria a Mimms no estábulo. Mas não tinha realmente que esperar por nenhum deles. Poderia voltar para casa na montaria, assim como havia chegado.

Partiria naquele mesmo dia.

Enviaria um pedido de desculpas para a família Quentin.

Sentia-se cheio de propósito, até animado, enquanto passava pelos arbustos espinhosos no topo, sem destruir as botas, atravessando em seguida o gramado, rumo à casa. Agora, bastava decidir a respeito de Heitor, se levaria ou não o cão – sem que ele precisasse correr pela estrada ao lado do cavalo, claro, mas dentro da carruagem. Watkins talvez abandonasse o estoicismo e entregasse seu pedido de demissão. E Percy se transformaria em alvo de chacotas em Londres. Mas quem se importava?

Já teria percorrido muitos quilômetros antes de escurecer. A ideia o deixou feliz. Seus passos se alongavam diante da perspectiva agradável de voltar para casa – e nunca mais pisar ali.

Não havia ninguém no saguão quando ele abriu a porta e entrou. No entanto, havia duas cartas em uma bandeja de prata sobre a mesa à sua frente. Percy olhou-as, esperando que não fossem endereçadas a ele, como costumava acontecer. Ninguém lhe escrevera desde sua chegada.

Ele reconheceu as caligrafias: uma era a de Higgins, que cuidava de seus negócios em Londres, e a outra... de sua mãe.

CAPÍTULO 11

Percy olhava para as cartas de cenho franzido. Não precisava de nada que distraísse sua atenção justo no momento em que estava pronto para subir até o andar superior e chamar Watkins para arrumar suas coisas. Não queria desanimar. Talvez Higgins tivesse encontrado alguém para assumir o posto de administrador. Seria de fato uma boa notícia na hora certa – e depressa. Mas como a mãe podia saber que ele estava ali? Tinha sido muito negligente e não escrevia a ninguém desde que chegara. Talvez o primo Cyril tivesse se encarregado de contar. Sua testa ficou mais enrugada enquanto ele fazia um esforço de memória. Será que escrevera para a mãe? Na noite anterior da viagem para a Cornualha, depois de avisar a Ratchett de sua chegada e sugerir que as teias de aranha fossem varridas das vigas? Raios, tinha mesmo acrescentado *aquilo* à carta? Era o que dava colocar a pena no papel quando se sentia inebriado. *Teria* escrito para a mãe também? Nesse caso, que diabo teria dito?

Rompeu o lacre e abriu a única folha. Passou os olhos rapidamente pelas linhas apertadas na caligrafia miúda e bem-arrumada dela.

Sim, de fato ela recebera sua carta enviada de Londres e estava encantada que cumprisse suas obrigações para com a propriedade na Cornualha. Porém, estava profundamente perturbada ao descobrir como ele se sentia infeliz e solitário com a vida que levava...

Naquele instante, Percy prometeu a si mesmo nunca mais beber uma gota de álcool na vida. Que tipo de bobagens sentimentais e autoindulgentes ele havia escrito naquela carta? *Para a mãe?*

Continuou a ler.

Talvez assumir suas responsabilidades em Hardford Hall o transformasse, e não seria nenhuma surpresa para ela se os vizinhos o acolhessem de braços abertos depois de dois anos de espera. Com certeza, ele encontraria propósito e amizades – talvez até alguém especial?

Percy fechou a cara. A mãe se mantinha esperançosa, dona de um romantismo incurável. Escreveria a ela para reconfortá-la – e destruir suas expectativas – antes de partir em sua montaria na direção de Londres. Raios, aquilo atrasaria sua viagem em pelo menos meia hora.

Maldição, ele ia frustrá-la.

De novo.

E desapontá-la.

De novo.

A mãe nunca mencionara isso, mas ele sabia que ainda esperava o belo dia em que a encheria de orgulho. Ela estava sempre declarando seu amor e seu orgulho, mas Percy sabia que a desapontara a partir do momento em que deixara Oxford, depois de alcançar tantos louros acadêmicos, para mergulhar numa vida de ócio e frivolidades.

Seus olhos perderam o foco e contemplaram a página sem enxergá-la. Havia apenas mais uma ou duas frases, porém, provavelmente as cortesias obrigatórias ao fim de uma carta. Voltou a prestar atenção.

"Farei tudo em meu poder para renovar seu ânimo, Percy", escrevera a mãe, "e talvez alguns de seus tios e primos. Nunca tivemos uma oportunidade de comemorar seu aniversário em família. Faremos uma comemoração atrasada. Partirei rumo à Cornualha amanhã de manhã."

Percy fitou a última frase na esperança de que, de algum modo, por feitiçaria, as palavras se transformassem diante de seus olhos, se dissolvessem e evaporassem, se tornassem algo diferente ou nada.

A mãe estava indo encontrá-lo.

Ali.

Com uma quantidade não determinada de parentes.

Para ficar. Para comemorar seu aniversário com atraso. Para animá-lo.

Àquela altura, já estava a caminho. Considerando o modo habitual de deslocamento da mãe, com bagagem e comitiva, de um ponto geográfico a outro, ela demoraria séculos para chegar, pois vinha de Derbyshire. Mesmo assim... *ela estava a caminho.* Isso queria dizer que não havia como impedi-la. E talvez hordas de tias, tios e primos também estivessem convergindo gradualmente até aquele ponto específico do globo terrestre. Não havia como *impedi-los* – presumindo que tivessem atendido à convocação de sua mãe.

E era seguro presumir que alguns deles tinham.

Haveria uma animada celebração em Hardford Hall. Uma festa de família. Daquelas grandiosas. Ele suspeitava que não se limitaria a uma comemoração de aniversário, tampouco uma reunião familiar. Seria também uma forma de marcar sua chegada como conde de Hardford. Havia um salão de baile nos fundos da casa, um aposento um tanto grande, sombrio, decrépito e tristemente negligenciado. Poderia apostar metade de sua fortuna que a mãe assumiria aquilo energicamente, como um projeto especial. A festa de aniversário/reunião familiar/recepção se transformaria em um grande baile, como nunca se vira na Cornualha – e provavelmente nem em Devon nem em Somerset. Apostaria a outra metade da sua fortuna nisso.

Uma coisa estava muito clara. Ele não partiria dali a galope naquele dia, afinal de contas. Nem no dia seguinte.

Crutchley se aproximou rangendo. Prudence disparou atrás dele e rosnou para Percy antes de desaparecer de novo. Era como um déjà-vu.

– Crutchley – disse Percy –, dê ordens para que a casa seja virada de cabeça para baixo, por favor. Minha mãe é esperada dentro das próximas semanas, com a possibilidade de vir acompanhada por um número indeterminado de convidados que podem chegar antes ou depois dela. Ou até mesmo *com* ela, suponho.

Se o mordomo ficou estarrecido, não demonstrou.

– Sim, milorde – disse ele, e voltou rangendo para o lugar de onde havia saído.

Percy subiu a escada a passos lentos para ver se encontrava tia Lavinia. Ele poderia apostar outra metade de sua fortuna – bem, não existem três metades de um todo, não é mesmo? De qualquer modo, ele apostaria *alguma coisa* que tia Lavinia ficaria em êxtase quando soubesse das notícias.

Estava fadado a rever lady Barclay, então. Não *queria* revê-la. Ela o incomodava.

Desejou não ter insistido para que ela contasse sua história. As lacunas faziam seu estômago dar um nó ainda maior do que tudo o que tinha sido dito.

Dois dias depois, Imogen admitiu para si mesma que estava indócil e infeliz. E solitária. E muito, muito deprimida.

Atingira o fundo do poço, ao que parecia, um lugar terrível para estar. Não acontecia desde que deixara Penderris, cinco anos antes. Não que tivesse se sentido feliz naqueles anos. Nunca quis ser. Seria errado. E com certeza tivera momentos de solidão e de depressão. Mas nunca havia permitido a si mesma ser engolida pelo desespero sem nenhuma chance de se libertar dele.

Imogen havia se mantido estável ao liquidar todos os sentimentos profundos, permanecendo na superfície da vida. As únicas ocasiões em que se permitia animar-se eram nas três semanas anuais quando se reunia com seus companheiros Sobreviventes. Era, porém, um tipo de euforia controlada. Embora adorasse os amigos, sentisse compaixão por seus sofrimentos prolongados e se alegrasse com seus triunfos, não se envolvia intimamente na vida deles.

Sua vida parecia assustadoramente vazia.

Talvez fosse porque já havia se passado quase um ano desde o último encontro e ela não tinha encontrado nenhum deles no meio-tempo. Logo se reuniriam. Mas mesmo essa perspectiva não a animava de forma significativa.

Ela vinha se mantendo ocupada. Não havia sinal de ervas daninhas nos canteiros de flores, e as moitas estavam podadas dos dois lados do portão. Trabalhara em um belo crochê que iniciara na casa do irmão, no Natal, e lera um livro inteiro, ainda que não se lembrasse mais do conteúdo. Escrevera cartas para a mãe e para a cunhada; para lady Trentham e Hugo; para lady Darleigh, que a leria para Vincent; para George. Fora a Porthmare para fazer algumas compras e algumas visitas. Tinha preparado um bolo para levar à irmã da Sra. Primrose, na parte mais baixa do vilarejo – ela dera à luz seu quarto filho. Vistoriara todos os aposentos do andar de cima, cada armário e cada gaveta, a fim de garantir que tudo estava em ordem.

Não havia mais nada a fazer além da leitura e do crochê. Estava sozinha, e nenhum evento social fora planejado para aquela noite.

Autopiedade era uma coisa horrível.

Imogen o vira pela última vez duas noites antes, no jogo de baralho na casa da família Quentin. Estava encantador como sempre e se comportara como se ela nem existisse. Ela acreditava que seus olhares não tinham se encontrado uma única vez durante toda a ocasião. Não trocaram nenhuma palavra e ficaram sentados em mesas diferentes.

Tinha sido um imenso alívio. Ainda estava se sentindo mexida por ter contado sua história. Céus, por que permitira que ele a manipulasse daquele modo?

Mas ele não podia ter *olhado* para ela apenas uma vez? Ou desejado boa-noite no começo ou no fim do evento? Ou nas *duas ocasiões*?

A confusão de sentimentos a intrigava e a alarmava. Era tão pouco característico ela deixar que alguém dominasse seus pensamentos ou controlasse seu estado de espírito.

Ele estava à espera de visitantes. Ainda bem que ela conseguira voltar para casa. A mãe dele estava a caminho, assim como alguns parentes. A mãe estava determinada a organizar alguma espécie de celebração atrasada para os 30 anos dele, conforme o conde avisara no encontro social na casa dos Quentins, e todos, claro, ficaram encantados. Imogen não conseguia se lembrar da última ocasião na qual tinham sido abertas as portas de Hardford Hall para realizar qualquer tipo de evento. Para os 18 anos de Dicky, talvez?

Esperava não precisar se envolver com a visita nem com a festa. Talvez tudo acontecesse depois de sua partida para Penderris.

Desejava que ele simplesmente fosse embora, apesar de parecer uma esperança bem remota, pelo menos por algum tempo. Se ele partisse, talvez ela conseguisse reaver um pouco da serenidade.

Preparou uma xícara de chá depois de lavar a louça que usara para fazer o bolo e levou-a para a sala de estar, onde Flor vigiava o fogo. Pelo menos a gata era um ser vivo, pensou Imogen, pousando a xícara e o prato e fazendo carinho entre as orelhas dela. Sentiu menos do que ouviu um ronronar de satisfação. Estava tão *feliz* por Flor ter vindo e ficado! Nunca pensara em ter um animal de estimação, uma criatura animada que a reconfortasse e lhe fizesse companhia.

Alguém bateu à porta.

Imogen ergueu os olhos, assustada. Não era tarde, mas era fevereiro e já estava escuro lá fora. Também estava chovendo. Ouvia as gotas se chocando contra as janelas – a primeira chuva em um bom tempo.

Quem...?

Mais uma batida.

Ela correu para abrir a porta.

Até sua mão soltar o batedor, que caiu sobre a porta, Percy se convenceu de que só tinha saído para dar um passeio noturno, mas era melhor aproveitar e verificar se o telhado continuava cobrindo a casa de lady Barclay antes de dar meia-volta e se recolher na residência principal.

Era uma noite escura, mas ele não havia levado uma lanterna consigo. As doze capas de seu sobretudo conseguiam protegê-lo bem da chuva e do frio. A aba da cartola fazia um trabalho tolerável cobrindo seu rosto, mas apenas quando ele mantinha a cabeça em determinado ângulo. Mesmo assim, havia pequenos dilúvios toda vez que a água se acumulava na beirada e se transformava em cascata. Uma delas resolvera descer pela parte de trás de seu pescoço, aliás. O caminho que estava percorrendo começava a ficar um tanto escorregadio e parecia prestes a se tornar enlameado, caso a chuva continuasse. O vento ganhava força. Não era uma ventania, mas tampouco era uma brisa suave ou morna.

Em outras palavras, era uma péssima noite para estar ao ar livre, e foi só quando a mão soltou o batedor que ele admitiu que um passeio não era exatamente o que buscava. E lá estava ele de novo construindo frases tortuosas na cabeça.

Ela não saiu correndo para abrir a porta. Talvez não tivesse ouvido. Talvez ele ainda tivesse uma chance de sair de fininho, refazer seus passos e se secar diante do fogo na biblioteca com um cálice de vinho do Porto em uma das mãos e o livro de Pope na outra.

Voltou a bater. Segundos depois, a porta se abriu.

Imogen tinha ido para a própria casa a fim de escapar dele. Ótima hora para se lembrar daquilo.

– Está mesmo sozinha em casa? – perguntou ele. – Isso não vai funcionar, como sabe.

Descobrira somente naquela manhã, durante o desjejum, que a governanta não morava ali. Ficara pensando se aquilo tinha sido ideia da governanta ou dela. Apostaria que tinha partido dela.

– É melhor entrar – disse Imogen, sem muita delicadeza.

Ele entrou e ficou com as roupas pingando no pequeno átrio.

– Não faça isso – pediu ele com firmeza quando Imogen fez menção de estender a mão para pegar seu casaco. – A senhora não é um mordomo, não faz sentido que nós dois fiquemos molhados.

Ele tirou o chapéu e o casaco enquanto falava e os ajeitou por perto. Ela pôs as mãos na cintura e pareceu pouco hospitaleira.

Imogen observou quando ele passou o dedo na parte de trás da gravata. Não havia muito que ele pudesse fazer a respeito da umidade a não ser suportá-la.

– Não lhe diz respeito absolutamente, lorde Hardford, o fato de eu estar sozinha, nem mesmo se minha solidão é ou não apropriada. Não aceito que banque o senhor do castelo aqui na minha própria casa.

Ele abriu a boca para contestar o último argumento, mas a fechou de novo, sem dizer nada. Seria mesquinho discutir. Mas não capitularia totalmente.

– Até abrir a porta depois da partida de sua criada pode ser perigoso – retrucou ele. – Como sabia que era seguro agora?

– Eu não sabia – respondeu ela. – E com certeza *não era*. Mas não viverei com medo.

– Então é mais tonta do que eu imaginava – comentou ele. Não tinha deixado de perceber o insulto, mas talvez já tivesse respondido. Não era um hábito seu chamar uma dama de "tonta". – Vamos ficar congelando aqui na entrada?

– Peço desculpas – ela teve a delicadeza de dizer enquanto o conduzia à sala de estar, que parecia convidativa, acolhedora e quente. – Espero, porém, que não tenha vindo até aqui para ser desagradável, lorde Hardford. Sente-se ali perto do fogo enquanto preparo um chá.

– Não se incomode por mim – pediu ele, ocupando a poltrona que ela indicara. – Não sou sempre desagradável. Nem com frequência.

– Sei disso – afirmou ela. – É todo encanto até o fundo do coração.

Ah, uma citação que saíra de sua própria boca. Pois bem, ele era assim mesmo com quase todos que conhecia. Todos, na verdade, a não ser lady Barclay. Percy a observou enquanto ela arrumava as saias e se sentava na namoradeira. Era injusto pensar nela como uma criatura de mármore. Por outro lado, ela não era um exemplo de calor feminino. Não tinha ideia do que o levara até ali.

– Não tenho ideia do que me trouxe até aqui – disse ele.

Ah, o cavalheiro de bons modos irretocáveis e um estoque infinito de temas educados para a conversa.

– Veio até aqui demonstrar sua desaprovação, encontrar defeitos e ralhar comigo – concluiu ela. – Veio porque sou um ônus para sua propriedade e se sente irritado demais para simplesmente me ignorar.

Pois bem.

– Bobagens! – exclamou ele. – Você não teve a decência de ser suficientemente submissa para permitir que eu pagasse pela obra do telhado.

– Por isso mesmo – concordou ela. – Mas o senhor encontrou um modo de pagar pela metade de qualquer maneira, *e* ainda me fez sua devedora ao conseguir que o trabalho fosse realizado sem mais delongas.

– Está tão irritada comigo quanto supostamente estou com a senhora.

– Não fui eu a procurá-lo esta noite – ressaltou ela com sua maldita lógica impecável. – Não fui até a *sua* casa, lorde Hardford. O senhor veio até a minha. E se ousar dizer que minha casa na verdade lhe pertence, eu lhe mostrarei a porta.

Percy relaxou na poltrona, o que não foi uma manobra particularmente inteligente, pois a camisa molhada grudou nas suas costas. Tamborilou os dedos no braço do assento.

– Não costumo discutir – disse ele –, especialmente com mulheres. Qual é o *seu* problema?

– Não o reverencio nem o adoro – respondeu Imogen.

Ele suspirou.

– Estou solitário, lady Barclay.

Sim, qual *era* o problema dela? Que diabo *era* aquilo?

– Acredito que *entediado* seja uma palavra mais apropriada – afirmou ela.

Estava coberta de razão.

– Então supõe que me conhece? – perguntou ele.

Imogen abriu a boca, respirou e, curiosamente, corou.

– Peço perdão – falou ela. – Por que se sente solitário? Por estar longe da família e dos amigos? São muitos?

– Família? – indagou ele. – Hordas. Todo mundo me ama e eu correspondo amando todo mundo. E os amigos? Outra horda, a maioria deles apenas relações casuais, alguns um pouco mais do que isso. Eu sou, como fui informado por um primo em meu recente aniversário, o mais afortunado dos homens. Tenho tudo.

– A não ser...?

Ele ergueu as sobrancelhas.

– O que o senhor *não* tem, lorde Hardford? Porque ninguém tem tudo, sabe, nem mesmo quase tudo.

– Pois bem, é um alívio saber disso. – Ele lhe dirigiu um sorriso torto. – Ainda existem motivos para continuar vivendo, então?

– Faz isso muito bem – disse ela.

– O quê?

– Dar a impressão de que não há nada mais na sua pessoa além de... encanto – respondeu ela.

– Ah, mas não deve me decepcionar, lady Barclay, ao se tornar uma dama típica – interveio ele. – Não deve presumir que em algum lugar dentro de mim existe um coração.

Percy sentiu um frio congelante no estômago. Ela sorriu para ele – com os lábios, com os olhos, com todo o rosto.

– Ah, eu nunca faria uma suposição tão tola. Por que se sente solitário afinal?

Ela não ia deixar passar, não é? Por que ele havia usado aquela palavra tão estúpida quando só queria dizer que estava entediado?

Imogen fez outra pergunta antes que ele pudesse responder.

– O que o senhor fez na vida que o deixou orgulhoso de si mesmo? Deve haver algo.

– Deve haver?

– Sim.

Ela esperou.

– Fui bastante bem em Oxford – revelou ele, um tanto envergonhado.

Imogen ergueu as sobrancelhas.

– Foi?

Muito bem, aquilo a surpreendia e ela parecia cética. De repente ele se sentiu ofendido.

– Uma dupla titulação. Nos clássicos.

Ela o encarou.

– Suponho, então, que de fato estava lendo o livro de poesias de Pope.

– Andou me vigiando? – indagou ele. – Esperava que eu estivesse lendo livros românticos? Sim, fui mesmo obrigado a me rebaixar a ponto de ler poesia... em inglês... enquanto passo uma temporada rústica na Cornualha.

– Por que se sente solitário? – insistiu ela.

– Talvez – respondeu ele –, ou *provavelmente*, seja a necessidade de sexo, lady Barclay. Já faz um tempo. Tenho me mantido um tanto celibatário.

Se esperava uma reação chocada, ficou desapontado. Ela apenas assentiu devagar.

– Não persistirei no assunto – comentou ela. – Não quer responder a minha pergunta. Talvez não consiga. Talvez não *saiba* por que se sente solitário.

– E você?

– Se me sinto solitária? Não com frequência. Sozinha, sim. Isolada, sim. Escolho esses estados tanto quanto possível, embora não me permita a reclusão. Precisamos de outras pessoas. Não sou exceção à regra.

– Suponho, então, que tenha se mantido celibatária pelos últimos oito anos. Sente falta de sexo? Deseja a experiência?

Raios, de onde tudo aquilo estava saindo? Se alguém pudesse fazer a gentileza de beliscá-lo, ele despertaria feliz da vida... mas só depois de ouvir a resposta dela. Ainda não parecia chocada nem ofendida nem constrangida. Olhava diretamente nos olhos dele. Pelo bom Deus, se a dama tinha 30 anos, isso queria dizer que não fazia sexo desde os 22. Era um período terrivelmente longo de sua juventude.

– Sim – ela o surpreendeu ao confessar. – Sinto falta. Escolho não desejar. – Olhou para as mãos unidas em seu colo. – Escolhi – sussurrou, mudando o tempo verbal, e com isso transformando também o significado das palavras.

Um pedaço de carvão chamuscou na lareira, enviando faíscas pela chaminé e deixando Percy consciente da imensa tensão que pesava no aposento. Não tinha ideia de por que estava ali, mas com toda a certeza não esperava nada daquilo. Não era uma conversa. Nem um flerte. Era... Raios, o que era *aquilo*?

– Acredito que vim à Cornualha na esperança de me redescobrir – revelou ele –, embora não tivesse percebido isso até este momento. Vim porque precisava me afastar da minha vida e descobrir se a partir dos 30 anos eu conseguiria encontrar algum propósito novo e digno. Mas minha vida antiga está prestes a me envolver de novo sob a forma de um número indeterminado de parentes, encabeçados por minha mãe. Eu os amo e me ressinto deles, lady Barclay. Posso procurar refúgio aqui ocasionalmente?

Que pergunta estúpida. Ela se mudara para lá a fim de *se afastar dele*. E ele havia ficado feliz com sua partida.

A gata despertou e se espreguiçou, as patas estendidas na frente do corpo, as costas arqueadas. Pulou para o chão, caminhou na direção da namoradeira e então saltou para o colo de lady Barclay, onde se enrolou e voltou a dormir para se recuperar de tais esforços. Percy observou a mão dela acariciando as costas da gata. Tinha dedos esguios com unhas bem-cuidadas.

– Deseja que eu seja sua amiga, lorde Hardford? – perguntou ela. – Alguém que não pertence a seu antigo mundo? Alguém que não o adora nem o bajula?

– Quero que seja minha *amante* – rebateu Percy. – No entanto, eliminada essa possibilidade, a amizade pode bastar.

Era bom que ela estivesse a alguma distância, pensou ele, e que a liberdade de movimentos dela se mantivesse prejudicada pela gata em seu colo. Caso contrário, seria bem possível que ele tivesse que cuidar do resultado de algumas bofetadas em seu rosto ou mesmo um queixo quebrado.

E era verdade? Ele a queria como amante? *Lady Barclay*? A mulher de mármore? Ela não poderia ser mais diferente do seu tipo de amante, mesmo que tentasse.

Mas será que não era justamente por isso?

– A amizade parece improvável, mas é possível – respondeu ela. Olhava para a gata.

Ele não disse nada. Percebeu que estava prendendo o fôlego, e enfim soltou o ar. Ela ia permitir que ele voltasse, era isso? E ele queria? Seria sábio – em noites como aquela, quando não havia nenhuma criada na casa, muito menos alguém para acompanhá-los? Ela se importava com isso? Ele se importava?

Os olhos de Imogen o fitavam.

– Não sei bem o que dizer sobre a outra possibilidade.

Será que ele entendera corretamente? Mas ela com certeza não podia estar dizendo outra coisa além do que ele *achava* que ela queria dizer.

O ar estava quase causticante – e não tinha nenhuma relação com a lareira, onde o fogo ardia baixo.

Ele se levantou de súbito para botar mais carvão.

– Devo partir – comentou, ao terminar. – Perturbei-a o bastante para uma noite. Não, não precisa se levantar. Posso sair sozinho. Apenas lembre-se de trancar a porta quando for dormir.

Ficou de pé diante dela por alguns momentos, olhando-a. Depois se abaixou e, sem incomodar a gata, beijou-a rapidamente. Seus lábios eram macios e calorosos. Não reagiam, mas também não *deixavam* de reagir. Ele se endireitou.

– Imogen – disse ele apenas para ouvir o nome dela saindo de sua boca.

– Boa noite, lorde Hardford – respondeu ela, baixinho.

Descobriu ao sair que a chuva diminuíra um pouco e o vento passara, embora estivesse cercado por um breu quase completo. Havia começado alguma coisa naquela noite... talvez. Mas o que era?

Amizade?

Um caso?

Por um lado, ele se sentia empolgado. Por outro, estava sinceramente aterrorizado. Mas por quê? Tinha feito amigos antes, embora não muitos fossem do sexo feminino, era verdade. E com certeza tivera muitos casos.

Nenhum deles, porém, fora com Imogen Hayes, lady Barclay.

CAPÍTULO 12

— Devo confessar – disse sir Matthew Quentin – que tenho apreciado ocasionalmente um cálice de um bom brandy com um conhecido ou com um vizinho sem fazer perguntas demais sobre seu lugar de origem.

— Suponho que tenho feito o mesmo – admitiu Percy. – Nunca me agradou muito a ideia do contrabando, porém. Não apenas porque o governo deixa de receber receita, mas porque quem se beneficia de fato não é o homem comum, que faz o trabalho mais difícil e corre os maiores riscos, mas os que dirigem as operações de longe e aterrorizam todos os que veem como ameaça. Ganham uma fortuna a partir do terror, da opressão e da certeza de que sempre haverá um mercado para os bens de luxo e que mesmo pessoas sem envolvimento direto se juntarão numa conspiração do silêncio. Ninguém quer se expor para combater algo que não pode ser detido.

— Ah, eu concordo – afirmou sir Matthew. – Suponho que tenha descoberto que o velho conde encorajava esse negócio e que lhe dava um abrigo seguro em Hardford Hall em troca de alguns confortos materiais? Mais cerveja?

Estavam sentados à vontade na biblioteca de sir Matthew, esperando o almoço, para o qual Percy havia sido convidado. Paul Knorr, seu novo administrador, tinha chegado de Exeter no dia anterior, três dias depois da carta de Higgins informando-o de sua indicação. O homem agora se reunia com o administrador de Quentin na estalagem do vilarejo, com comida e cerveja. Percy sentia-se otimista em relação a Knorr. Era jovem e bem-educado, filho de um cavalheiro que Higgins conhecia, e estava ansioso para começar suas tarefas. Administrara as terras da família por alguns anos antes da morte do pai, mas seu irmão herdara as propriedades e ele decidira procurar trabalho em outro lugar.

– Obrigado – disse Percy, e esperou que seu copo fosse reabastecido. – A praia e o porão da casa de lady Barclay, quer dizer? Mas tudo acabou quando ela se mudou para lá, não é verdade?

– Acabou? – Sir Matthew olhou para ele e ergueu as sobrancelhas. – Se não acabou, ao menos deve ter sido interrompido há dois anos. É difícil imaginar lady Lavinia sendo simpática à ideia de ter contrabandistas e seus bens em sua casa.

Em sua casa? *Dentro* da casa, era o que ele queria dizer?

– Suponho que não – comentou Percy. – Já a Sra. Ferby...

Os dois riram.

Foram interrompidos por lady Quentin, que os informou que a refeição seria servida. Ela queria saber mais sobre Paul Knorr e conjecturar se Ratchett se aposentaria em breve. Percy satisfez sua curiosidade tanto quanto podia. Mas a menção ao administrador idoso o fez se lembrar de algo mais.

– Acredito que Ratchett tenha um sobrinho que foi para a península como ordenança do visconde Barclay, é verdade?

– No lugar do pobre rapaz que quebrou as duas pernas pouco mais de um mês ou dois depois – revelou lady Quentin. – Ele estaria mais seguro em Portugal. Que acidente terrível, cair do telhado do estábulo. Nunca descobrimos o que estava fazendo lá em cima.

– Acredito que tenha um sobrinho-neto – respondeu sir Matthew. – Foi designado como jardineiro-chefe em Hardford quando voltou, embora não fosse muito popular entre nós. Não conseguiu explicar o que havia acontecido a Barclay e sua esposa além do fato de terem sido capturados por um bando de batedores franceses de aparência feroz enquanto ele recolhia gravetos e estava sem seu mosquete. Suponho que não teria sido capaz de fazer nada para ajudá--los, de qualquer modo. Havia aqueles, porém, que sentiam que ele deveria ter pelo menos esperado até ter notícias, de uma forma ou de outra. Se tivesse *permanecido*, teria ajudado a acompanhar lady Barclay até sua casa. Ela se encontrava, acredito, em um estado de nervos delicado. O que é compreensível.

– Pobre Imogen – comentou lady Quentin. – Ela e o marido eram muito devotados um ao outro. Mas o homem, o tal jardineiro-chefe, não sabe a diferença entre um gerânio e uma margarida ou entre um carvalho e um espinheiro, eu juro. O cargo é uma benesse. Ah, peço desculpas, lorde Hardford. Estou sendo maldosa. Deve estar impaciente pela chegada de sua mãe. Todos os seus vizinhos, inclusive nós, estão ansiosos por conhecê-la.

134

O dia tinha quase chegado ao fim quando Percy e Knorr retornaram a Hardford.

– Devo me lembrar de me referir a você como o *sub*administrador – disse o conde. – Ninguém deseja ferir os sentimentos de um octogenário.

– O Sr. Ratchett tem uma caligrafia invejável – disse Knorr com um sorriso. – E os livros são muito claros e fáceis de compreender.

Percy descobriu que perdera uma visita de lady Barclay. Lady Lavinia considerava uma pena. Percy não concordava. Na verdade, ele se esforçaria para evitá-la nos dias consecutivos, como fizera naquele e na véspera. Não sabia o que o possuíra quando se dirigira, naquela noite, para a casa dela. Ainda não sabia por que fora até lá. Também não sabia por que tinha dito certas coisas.

Acredito que vim à Cornualha na esperança de me redescobrir, embora não tivesse percebido isso até este momento.

Posso procurar refúgio aqui ocasionalmente?

Quero que seja minha amante. No entanto, eliminada essa possibilidade, a amizade pode bastar.

Ele sofria ao se lembrar da conversa, principalmente do último diálogo. Nossa! Jurava que não fazia ideia do que sairia de sua boca ao abri-la.

A amizade parece improvável, mas é possível, respondera ela. *Não sei bem o que dizer sobre a outra possibilidade.*

Foi naquele momento que, tarde demais, ele se levantara e fugira. Mas não sem antes *beijá-la*.

Não, ele preferia manter sua pessoa e seus pensamentos bem distantes de lady Barclay, até estar sob controle.

Mesmo sem saber direito o que isso queria dizer.

Imogen não viu o conde de Hardford por quatro dias inteiros depois da visita dele à sua casa, embora tivesse reunido coragem no segundo dia para visitar tia Lavinia e prima Adelaide. O conde tinha saído com o novo subadministrador, a fim de apresentá-lo ao administrador de sir Matthew Quentin e às suas propriedades bem gerenciadas. O Sr. Knorr era um jovem de inteligência perspicaz, aparência e modos agradáveis, relatou sua tia, embora não conseguisse entender por que o primo Percy resolvera gastar com a contratação de um segundo administrador quando já contava com o Sr. Ratchett.

Imogen imaginava que fosse porque Hardford Hall precisava desesperadamente de um administrador ativo, e o conde era gentil demais para apressar a aposentadoria do Sr. Ratchett. Ela havia admitido, embora relutante, que o conde era de fato capaz de gestos de gentileza.

Admitia também que o achava mais atraente do que qualquer outro homem – e isso, de forma perturbadora, incluía seu falecido marido. Nunca pensara ter se sentido *atraída* por Dicky. Ele tinha sido seu melhor amigo e tudo nele lhe agradava – até *aquilo*. Lorde Hardford ousara dar um nome ao alcance de seus ouvidos. Tinha sido realmente uma afronta. *Sexo*. Ali estava. Sim, o sexo com Dicky fora agradável. E fora agradável para ele também. Mas... *atração*?

E atração não era *apenas* sexo? Divorciada de estima, de amizade ou de amor? Parecia algo de mau gosto.

Ela queria.

Queria satisfazer um desejo que suprimira durante a maior parte de sua vida adulta. Por mais de oito anos. E queria fazê-lo com um homem de óbvia experiência e capacidade. Não duvidava de que lorde Hardford cumpria os dois requisitos.

Chegara a exprimir alguma predisposição. *Não sei bem o que dizer sobre a outra possibilidade.*

Não era possível que ele não tivesse entendido o que ela quis dizer.

Embora ela mesma ainda não soubesse muito bem.

Talvez não fosse tão errado assim. Não era como se ela estivesse planejando se comprometer em um relacionamento longo, afinal de contas, algo que lhe traria verdadeira felicidade. Era só a satisfação de um desejo natural. *Era natural, não?* Para as mulheres, assim como para os homens?

Talvez voltasse a ficar em paz se apenas deixasse acontecer. Ele partiria pouco depois – não tinha a menor dúvida a esse respeito, ainda mais após ter contratado outro administrador, alguém jovem, inteligente e supostamente competente. Lorde Hardford partiria e provavelmente nunca mais retornaria, e ela poderia se sentir em paz mais uma vez, ou tão em paz quanto possível.

Nesse meio-tempo...

Seria tão errado assim?

Os pensamentos e o conflito interno fervilharam na mente de Imogen enquanto ela ouvia a tagarelice animada da tia, discorrendo sobre os visitantes esperados, embora não soubesse quantos nem exatamente quando chegariam, assim como o primo Percy. Era muito perturbador. Tia Lavinia continuou a falar sobre os eventos sociais que deveriam planejar. Tinha se passado uma era, disse ela, desde que Hardford abrira as portas para um evento noturno. O querido Brandon não fazia essas coisas. Mas agora...

Imogen deixou que ela discorresse à vontade. E ficou aliviadíssima – e desapontada? – ao ver que o conde não havia retornado enquanto ainda estava por lá. Ele tampouco foi à casa dela naqueles quatro dias, e Imogen andava de um lado para outro, para cima e para baixo, sem ser capaz de se dedicar a uma tarefa por mais de alguns minutos. Teria caminhado pela trilha à beira do penhasco, até a praia, mas tinha medo de esbarrar nele. O máximo que fazia, a não ser por aquela única visita à residência principal, era ir até o jardim, onde descobriu que a primeira campânula-branca havia desabrochado.

Ele não aparecera, e ela ficou a salvo da própria fraqueza e indecisão. Não tinha que decidir se era ou não errado.

No quinto dia, a Sra. Primrose levara novidades junto com o almoço de Imogen. Um pajem, enviado da casa com ovos frescos, contara sobre a chegada de duas grandes carruagens de viagem cheias de passageiros, além dos cocheiros. E muita bagagem, barulho e agitação. Na mesma tarde, o pajem retornou com um bilhete rabiscado às pressas na letra de tia Lavinia, convidando Imogen para o jantar, para que pudesse conhecer uma série de primos afastados, alguns dos quais nem eram rigorosamente parentes, pois pertenciam ao ramo materno da família do primo Percy.

A mãe dele, de fato, não chegara sozinha.

Enquanto Imogen pensava em um pretexto para não ir, seus olhos se concentraram nas duas últimas frases: *Primo Percy pediu-me em particular que escrevesse em seu nome, querida Imogen, desculpando-se por não cuidar disso pessoalmente. Está ocupado com seus parentes queridos.*

O convite vinha dele, então, apesar de a explicação para ele mesmo não ter escrito ser provavelmente uma invenção de tia Lavinia. E convidá-la era a coisa apropriada a fazer, Imogen supôs com relutância. Era, afinal, a viúva do único filho de seu antecessor. Seguindo o raciocínio, seria imperdoável de sua parte não aparecer no jantar.

Ela suspirou e foi para a cozinha avisar à Sra. Primrose que ela não precisaria preparar uma refeição noturna.

Podia ter sido pior, pensou Percy enquanto se vestia para o jantar. *Todos* os parentes do ramo paterno e materno podiam ter baixado na Cornualha – o que ainda era uma possibilidade, claro. Naquele momento mesmo podia haver mais de uma dezena de carruagens lotadas sacolejando pela estrada em direção a Hardford Hall. Ninguém poderia garantir com certeza absoluta.

Tia Edna, irmã de seu pai, chegara no fim da manhã com tio Ted Eldridge. Cyril, o filho deles, os acompanhara, assim como as três meninas, Beth e as gêmeas Alma e Eva. Estavam em Londres, fazendo um aquecimento, de acordo com Cyril, antes do começo da temporada em que Beth se apresentaria à sociedade e ao mercado matrimonial. A perspectiva de passar algum tempo visitando Percy e de celebrar o trigésimo aniversário do primo, mesmo com atraso, tinha agradado a todos, sem exceção.

Tia Nora Herriott, irmã de sua mãe, manifestara o mesmo entusiasmo e fora junto com tio Ernest e os filhos Leonard e Gregory. Partiram também de Londres e encontraram os Eldridges por acaso, em um pedágio, e a partir desse momento viajaram juntos.

Uma família grande e feliz fora festejá-lo, pensou Percy enquanto avaliava o caimento de sua gravata, dando a Watkins um sinal de aprovação. *Uma festança.* A expressão descrevia perfeitamente o que sua família com certeza tinha em mente para a semana seguinte. Ele chegava a estremecer só de pensar.

Talvez não houvesse apenas a família. De acordo com Cyril, Sidney Welby e Arnold Biggs, visconde Marwood, também consideravam se deslocar até lá, e talvez já tivessem começado a fazê-lo.

Então, no meio da tarde, quando as coisas começavam a arrefecer na casa, a mãe de Percy chegara com tio Roderick Galliard, irmão dela, que acompanhava por sua vez a filha viúva, prima Meredith, e o filho dela, o pequeno Geoffrey.

A chegada da criança eclipsara tudo, reunindo todos da casa e seu cão – ou melhor, todos da casa e os bichos abandonados de Hardford, que, como sempre, escaparam do quarto da segunda governanta – em torno do garoto, prontos para oferecerem abraços não solicitados, beijos, gritinhos, exclamações, latidos, miados e um rosnado (de Prudence). Ele era *com certeza* um menino lindo com muitos cachos claros e grandes olhos azuis. Percy também tinha feito a sua parte, erguendo-o e jogando-o para o alto, o que provocou gritos de alegria do menino, aprovação e encorajamento dos primos e variadas exclamações de medo e de cautela das primas e tias – enquanto Meredith assistia a tudo com olhar plácido.

Sua mãe estivera extasiada desde sua chegada. Nem mesmo a Sra. Ferby, a quem insistia em chamar de prima Adelaide, tinha conseguido escapar de seus abraços e de suas alegres demonstrações de cordialidade. Encontrar laços de sangue compartilhados entre as duas exigiria que o pesquisador voltasse aos tempos de Adão e Eva, mas, para sua mãe, a Sra. Ferby era da família. A mãe e lady Lavinia, na verdade, formavam uma combinação perfeita e tinham se completado como unha e carne.

Percy já estava sonhando em recorrer à paz e à sanidade da casa de lady Barclay, pensava, sombrio, ao erguer o queixo para que Watkins enfiasse o alfinete de diamante na gravata. Apesar de *paz* não ser uma palavra muito apropriada. Lady Barclay não gostava muito dele, e ele tampouco achava que gostava muito dela. Embora tivesse dito que gostaria que ela fosse sua amante, se satisfaria com a amizade. E *ela* respondera que a amizade, ainda que improvável, era possível, mas não tinha certeza sobre a outra possibilidade.

Então eram amigos ou não? *Poderiam* ser?

Deveriam ser?

Por mais que tentasse, ele não conseguia entender nada.

Ela compareceria ao jantar. Tinha sido convidada, então provavelmente aceitara por uma questão de obrigação, no mínimo. De qualquer modo, ela não poderia ter a esperança de ficar muito tempo escondida em casa antes de ser descoberta e invadida por sua família. Deveria ter o bom senso de perceber. A mãe já sabia de sua existência e mal podia esperar para lhe dar um abraço – não era a hora de *conhecê-la*, mas sim de *abraçá-la*.

Era o suficiente para levar às lágrimas um homem adulto.

– Não, não – disse ele em resposta ao súbito ar de desespero no rosto do valete. – Não me furou com o alfinete, Watkins. Pode continuar.

Por Deus, ele torcia para que ela aparecesse. Mas também torcia para que não aparecesse.

Ela chegou.

Estavam todos reunidos no salão quando Crutchley anunciou sua entrada – sim, ele fez mesmo isso, com o peito estufado, projetando a voz para o salão e silenciando o burburinho quando todos voltaram os olhares curiosos na direção dela. Comportava-se como um mestre de cerimônias em um grande baile da aristocracia. Todos aqueles visitantes sob seus cuidados subiram-lhe à cabeça.

Devia ter sido um pouco assustador entrar sozinha na sala em silêncio, com todos os olhos voltados para ela, mas Imogen o fez com tranquilidade e graça. O cabelo quase louro estava arrumado e cheio de brilho, mas o penteado era bastante simples, principalmente se comparado a todos os cachos, frisados e enfeites nas cabeças de suas tias e primas. Usava um vestido de veludo verde-escuro, de mangas compridas, com ligeiro decote arredondado, que despencava em pregas soltas a partir da altura do peito até os tornozelos. Tinha poucos adornos e não usava joias, à exceção de minúsculos brincos de pérola e de sua aliança de casamento. Não estampava um sorriso largo, mas também não estava emburrada.

Ela ofuscava todas as mulheres presentes, inclusive Beth, que vestia uma de suas novas roupas de Londres e que, na opinião de Percy, estava destinada a se tornar uma das mais aclamadas beldades da temporada.

Que diabo! Desde quando ele começara a pensar nela como uma mulher deslumbrante?

Deu um passo à frente e se curvou.

– Lady Barclay, prima Imogen – disse ele, voltando-se para seus parentes avidamente interessados –, é a viúva de Richard Hayes, visconde Barclay, que teria herdado Hardford Hall se não tivesse falecido como um herói na península. Ela mora... por opção... na própria casa. Permita que eu lhe apresente minha mãe, prima Imogen... hã, Sra. Hayes?

A mãe apressou-se, abraçou-a, fez exclamações e a chamou de prima Imogen.

Percy conduziu-a pelo salão, apresentando-a a todos e explicando os parentescos. Não tinha certeza de que ela conseguiria se lembrar de tudo depois, mas prestava muita atenção e murmurava algo em resposta a todos. Era uma verdadeira dama.

Quero que seja minha amante, era o que ele lhe havia dito menos de uma semana antes. Naquela noite, ela parecia remota como a lua – e desejável como sempre. Sentiu destroçar-se qualquer esperança de ter perdido a cabeça temporariamente naquela noite ou que os dias seguintes diminuiriam seu ardor.

Crutchley, ainda no papel de mestre de cerimônias, voltou para anunciar que o jantar seria servido. Percy tomou o braço da mãe enquanto tio Roderick oferecia o seu a lady Barclay e tio Ted acompanhava lady Lavinia.

Era um tanto atordoante ver tanta gente reunida na sala de jantar, pensou Percy algumas vezes durante a refeição. A mesa tinha sido ampliada, e a Sra. Evans, da cozinha, correspondera à ocasião de forma magnífica, como prometera quando ele sugeriu que chamassem mais alguém para ajudá-la.

Não era para ser atordoante. Ele passara boa parte da vida na companhia de multidões. Mesmo na infância, quando ficou em casa com os tutores em vez de ir à escola, sempre apareciam na casa primos e outros parentes, vizinhos e amigos dos pais. Não tinha ficado muito tempo ali, mas já se acostumara com a tranquilidade de Hardford, apesar das primas distantes e dos animais. Ele gostava bastante dali, pensou com surpresa, embora não planejasse se fixar. Partiria junto com a família. Com a chegada de Knorr, não havia por que ficar. Haveria colheitas naquele ano, uma diminuição no rebanho, um novo estábulo, consertos nos abrigos das ovelhas, entre outras inúmeras melhorias. Ratchett teria mais detalhes a acrescentar aos livros – e isso o manteria feliz.

– Está estranhamente silencioso, Percy – comentou tia Edna enquanto o rosbife era servido.

– Estou? – Ele sorriu. – Deve ser a sobriedade dos 30 anos.

– Ou pode ser que ele não tenha tido oportunidade de contribuir para a conversa – disse tio Roderick. – O que pensa de nós, lady Lavinia?

– Ah, eu bem poderia chorar de felicidade – respondeu a dama. – Durante todo esse tempo houve um estremecimento entre os dois ramos da família por causa de uma briga boba que aconteceu há tanto tempo que ninguém mais se lembra do que a provocou.

Ninguém argumentou que metade dos convidados pertencia à família da mãe de Percy e por isso não tinha qualquer laço de parentesco com ela. Lady Lavinia estava visivelmente feliz, assim como a mãe de Percy, que retribuía o sorriso e enxugava o canto do olho com o lencinho. Não se podia dizer que a família dele era pouco sentimental.

– E nós nos redescobrimos, prima Lavinia, porque Percy enfim decidiu vir para cá, para o lugar a que pertence – revelou a mãe. – Tudo por causa do triste fim do marido de prima Imogen. Como a vida é estranha. Coisas boas podem surgir de coisas ruins.

Todos pareciam devidamente solenes ao ouvir aquele pronunciamento nada profundo. Os olhos de Percy grudaram nos de lady Barclay. Ela ainda se parecia um pouco com mármore.

Depois do jantar, as primas monopolizaram as atenções de Imogen no salão, e Percy, que se sentou com os tios e surpreendeu a si mesmo discutindo agricultura, entre tantos assuntos, percebeu por alguns trechos entreouvidos que as primas tinham descoberto sobre a viagem de Imogen até a península Ibérica com o marido. Começaram a fazer mil perguntas sobre suas experiências por lá. Alma queria saber se a viscondessa tinha sido muito solicitada nos bailes do regimento e imaginou que devia ser simplesmente *divino* estar num baile onde houvesse apenas oficiais com quem dançar.

Por sorte, talvez, Percy não ouviu a resposta de lady Barclay, mas ela parecia estar agradando a suas ouvintes.

Ela se levantou para ir embora depois que a bandeja de chá foi retirada.

– Está com a carruagem, querida? – perguntou tia Nora.

– Ah, não é necessário. Minha casa não fica distante – respondeu ela.

– Mas o caminho é escuro mesmo em noites claras – avisou lady Lavinia. – Vá com um lacaio para iluminar seu caminho com uma lanterna.

– Eu mesmo a acompanharei – interveio Percy.

– Não há necessidade – repetiu ela.

– Há, sim – disse ele. – Devo impressionar meus parentes com meu desempenho como responsável senhor do castelo.

A maioria dos presentes riu. Ela não. Mas também não discutiu.

– Estou ansiosa por ver sua casa, prima Imogen – comentou a mãe de Percy. – Posso visitá-la?

– Claro, madame – concordou ela. – Ficarei encantada em recebê-la, assim como a todos os convidados de lorde Hardford que desejem me fazer uma visita.

– Somos um bando muito sociável – avisou Percy, depois que saíram juntos, sem uma lanterna. – Não pode esperar que fiquemos dentro da casa cuidando da nossa própria vida quando há outra casa tão próxima e a vida de outra pessoa para cuidar.

– Tem uma família simpática – elogiou ela.

– Tenho, sim. Aceita meu braço para que eu possa me sentir mais protetor e, portanto, mais viril? Sou afortunado por ser parte dessa família... tanto pelo lado de meu pai quanto pelo de minha mãe. Mas às vezes eles podem ser um pouco... invasivos.

– Porque se importam.

– É.

A noite estava razoavelmente clara. Não parecia haver nuvens no céu. Fazia também um frio cortante. Imogen pousou a mão no braço dele. Nenhum dos dois continuou o assunto.

Ele enxergava o contorno da casa dela adiante. Estava, naturalmente, na mais completa escuridão. Não gostava de não haver criados por lá, à espera dela. Mas não podia dizer nada. Ela deixara claro que não toleraria sua interferência.

– Obrigada – disse ela, tirando a mão do braço dele ao alcançarem o portão. – Aprecio sua companhia, apesar de desnecessária. Já fiz esse percurso sozinha muitas vezes.

– Eu a acompanharei até a casa – retrucou ele.

– Instalei uma lamparina perto da porta, como sempre – garantiu ela. – Vou acendê-la assim que pisar em casa para desfazer a escuridão. Com isso, desaparecerão todos os fantasmas e monstros à espreita. Não precisa avançar mais.

– Não *quer* que eu avance mais? – indagou ele.

O rosto dela, voltado em sua direção, estava levemente iluminado pelo luar. Era impossível ver sua expressão, mas seus olhos eram grandes lagos de... de alguma coisa.

– Não. – Ela balançou a cabeça e sussurrou: – Hoje não.

Hoje não? Ou nenhuma noite? Ele não perguntou em voz alta.

– Tudo bem – concordou ele. – Percebe como reprimiu o macho dominador que naturalmente existe em mim? Não por completo, porém. Permanecerei aqui até que entre e eu veja a luz da lamparina.

Ele abriu o portão enquanto falava e fechou-o depois que ela passou.

– Tudo bem – disse ela, virando-se para olhá-lo. – Pode vir e arrombar a porta se a luz não acender e o senhor ouvir um grito apavorante.

Em seguida, maldição, ela sorriu de novo, com o que parecia, na semiescuridão, um ar de quem achava genuína graça.

– Não é costumeiro oferecer um beijo ao homem que a acompanhou até sua casa? – perguntou ele.

– Ah, minha nossa! – exclamou ela. – É *costumeiro*? Os tempos devem ter mudado desde que eu era garota.

Percy deu um sorrisinho. Ela estendeu as mãos enluvadas e segurou o rosto dele antes de se debruçar sobre o portão e beijá-lo. Não foi apenas um beijo breve, simbólico. Seus lábios se demoraram nos dele, macios, ligeiramente abertos e cheios de calor, em contraste com a friagem do ar noturno.

Ele se curvou sobre ela, puxando-a contra seu corpo. Os braços dela envolveram o pescoço dele. Não foi um beijo lascivo. Foi algo bem mais delicioso. Foi bem deliberado da parte de ambos. As bocas se abriram e ele explorou o interior úmido da dela com a língua. Dessa vez, quando ela sugou, ele apreciou a sensação. Era um beijo curiosamente desprovido de um objetivo sexual, porém. Em vez disso, era... puro prazer.

Era uma experiência totalmente inédita para ele. Na verdade, um pouco apavorante.

Imogen interrompeu o enlace, embora seus braços permanecessem frouxos em torno do pescoço dele.

– Muito bem, lorde Hardford – disse ela. – Já recebeu seu agradecimento.

– Posso acompanhá-la até sua casa *todas as noites*? – perguntou ele.

Ela riu.

Percy poderia ter chorado de felicidade – pegando emprestada a expressão usada por lady Lavinia.

Ela se foi. Percy permaneceu ali, com as mãos no portão, até ela destrancar a porta, entrar – sem olhar para trás – e fechá-la. Esperou até ver uma luz fraca pelo vão da porta e depois a luz se movimentar até a sala de estar. Deu meia-volta para a residência principal.

Só naquele momento foi que ele percebeu que Heitor estava nos seus calcanhares. Ele adorava um calcanhar. Falando no assunto, seria Imogen seu calcanhar de Aquiles?

Ou sua salvação?

Que pensamento estranho.

– Maldito animal – resmungou. – *Como* consegue passar por portas fechadas? E *por quê*? Está frio e não havia necessidade de ter vindo.

O rabinho curto sacudia quando Heitor o acompanhou, ligeiramente atrás dele.

CAPÍTULO 13

O dia de Imogen começou muito sereno, embora ela não esperasse que aquele estado agradável se prolongasse.

Pela manhã, o correio entregou duas cartas, ambas de esposas de seus companheiros Sobreviventes. Sempre se sentia grata ao receber notícias delas. Gostava de todas, embora ainda não conhecesse pessoalmente a duquesa de Worthingham, mulher de Ralph. Gostava delas porque conseguiram tornar mais felizes seus amigos. E gostava delas porque também eram fortes e interessantes, com seus próprios méritos. Não sabia ao certo, porém, se as mulheres gostavam *dela*. Era uma dos Sobreviventes, e durante as reuniões anuais eles passavam um tempo sozinhos, os sete, especialmente à noite. As esposas respeitavam essa necessidade e nunca se intrometiam, embora em outras ocasiões, naqueles dias de encontro, todos convivessem e apreciassem a companhia uns dos outros.

Imogen costumava se perguntar se as outras mulheres se sentiam à vontade com ela. Percebia que havia uma distância entre elas e desconfiava que elas compartilhavam a sensação. Conjecturava se a consideravam uma pessoa indiferente.

De qualquer modo, sempre gostava de receber cartas delas. E a ocasião lhe trouxera duas, um presente especial. Acomodou-se para lê-las durante o desjejum. A esposa de Ralph, a duquesa de Worthingham – ela assinara apenas Chloe –, escrevera para dizer que estava muito ansiosa para encontrá-la em Penderris Hall, bem como a sir Benedict e lady Harper, que ainda não conhecia. E acompanharia Ralph apesar das preocupações dele em relação à sua perfeita saúde. Algumas pessoas, claro, insistiam em chamar seu estado de "delicado", assustando o pobre homem, mas ela nunca se sentira melhor.

A duquesa, concluiu Imogen, esperava um filho. Assim, até o fim do ano, três deles seriam pais.

A vida prosseguia para todos, menos para ela – e para George. Mas George, duque de Stanbrook, já estava na casa dos 40 anos e presumia-se, talvez erroneamente, que ele nunca consideraria a hipótese de voltar a se casar.

Imogen acabou a leitura da carta deliciosamente longa da duquesa e passou para a de Sophia, viscondessa Darleigh. O filho, cujo primeiro aniversário acabara de ser celebrado, *caminhava para todos os lados* – as palavras estavam sublinhadas – e Vincent desenvolvera uma rara habilidade de segui-lo e garantir que o menino não se machucasse muito, além dos tombos e arranhões ocasionais. O cão de Vincent ajudava, é claro, pois aparentemente decidira que o jovem Thomas era apenas uma extensão de seu dono. Outro de seus livros infantis fora publicado – mais uma aventura emocionante de Bertha e Dan, o cego. Sophia levaria um exemplar a Penderris.

Vincent vinha montando diariamente, apesar do frio. De fato, ele *galopava* na pista especial construída ao longo de metade do perímetro da propriedade. Era o suficiente para deixar Sophia de cabelo em pé – e o cabelo dela havia ficado *longo* desde o ano anterior –, mas, como ela própria concebera o projeto da pista para tal propósito, não podia se queixar.

Imogen sorria ao se levantar da mesa. Em pouco tempo estaria na companhia de todos eles. Ao olhar pela janela, viu que o sol brilhava no céu azul e límpido. Até onde percebia, não havia ventos significativos. Vestiu uma peliça pesada, pôs o chapéu e saiu para garantir que nenhuma erva daninha invadisse os canteiros de flores e para ver se havia mais algumas na grama. Flor foi para fora com ela e se acomodou sob o sol, em um dos degraus da entrada, depois de dar uma volta pelo jardim.

Arrancou algumas ervas e encontrou mais cinco flores. Embora o ar não estivesse exatamente quente, pelo menos não fazia frio demais, o que tornava possível acreditar na primavera.

Ficou agachada e olhou para o portão do jardim.

Ela o impedira de entrar, mas tinha apreciado a conversa leve, bem ali. Parecia fazer tanto tempo – uma vida – desde que se sentira alegre, e na noite anterior, por alguns minutos, isso havia acontecido. E ela o beijara de modo bem voluntário e bem... intenso, embora evitar pudesse ter sido a coisa mais fácil do mundo.

Não é costumeiro oferecer um beijo ao homem que a acompanhou até sua casa?, perguntara Percy. E tinha sorrido. Um sorriso malicioso. Ela conseguira perceber a diferença, apesar de não terem levado uma lanterna.

Imogen sorriu com a lembrança. Gostava *tanto* dele naquele estado de espírito – flertando de leve, mas de modo bem-humorado e pouco ameaçador.

Sabia que sua paz seria interrompida em algum momento ao longo daquele dia, e parecia que chegara a hora. Pelo portão, viu a Sra. Hayes descer pelo caminho na companhia da irmã e da cunhada. Imogen levantou-se, tirou a grama do agasalho e foi abrir o portão para as senhoras, pois presumia que se dirigiam para lá.

Não tinha desejado ir ao evento da noite anterior, mas se surpreendera ao quase se divertir com o barulho, os risos e o senso de união dos parentes de lorde Hardford. Ficara óbvio que ele os estimava tanto quanto era estimado, mas ela compreendia por que o conde se sentia, de algum modo, invadido.

Talvez, agora que todos estavam ali, ele procurasse refúgio na casa dela.

As três damas abraçaram e beijaram Imogen como se fossem amigas íntimas. Todas emitiram exclamações sobre a beleza da casa, a localização próxima aos penhascos mas protegida confortavelmente no abrigo das pedras, o jardim bem-cuidado.

– Eu poderia viver aqui muito feliz – declarou a Sra. Hayes. – É encantador, não é, Edna e Nora?

– Viremos para cá ficar com você e prima Imogen, Julia – respondeu sua irmã. – Vamos deixar nossos maridos e filhos em casa.

As três damas deram risadas felizes e a Sra. Hayes passou o braço pela cintura de Imogen, abraçando-a.

– Não se incomode conosco, prima Imogen – disse ela. – Somos uma família que gosta de gracejos e de risos. O riso é o melhor remédio para quase tudo, não acha?

As damas entraram para tomar café e apreciar os bolinhos da Sra. Primrose. Conversaram com entusiasmo sobre uma visita ao vilarejo durante a tarde com prima Lavinia – todas se referiam a ela pelo primeiro nome. E a Sra. Hayes falou sobre seu plano de *fazer* algo com o salão sombrio e tão negligenciado em Hardford Hall, deixá-lo apropriado para uma festa, talvez até um baile, e comemorar o trigésimo aniversário do filho – com atraso, infelizmente, pois ele partira para Londres exatamente no dia. Além disso, celebrariam, também com atraso, sua chegada ao novo lar.

– Ah, Julia, definitivamente vamos fazer um baile – pediu a Sra. Herriot. – Todo mundo adora dançar.

– Você sem dúvida deve ir à residência principal nos ajudar com ideias e planos, prima Imogen – comentou a Sra. Hayes.

– Vou roubar sua cozinheira, prima Imogen – afirmou a Sra. Herriott. – Com certeza são os melhores bolinhos que já experimentei na vida.

Partiram depois de mais ou menos meia hora, como era apropriado, abraçando Imogen de novo ao sair, beijando seu rosto e esperando que ela comparecesse à residência principal naquela noite. Imogen só conseguia rir sozinha, depois que se foram. Tinha a sensação de emergir de um turbilhão.

Mal terminara o almoço, algumas horas depois, quando sua casa voltou a ser invadida, dessa vez pelas gêmeas Eldridge – seria possível distinguir uma da outra? –, pelos dois irmãos Herriott e pelo Sr. Cyril Eldridge. Eram todos primos em primeiro grau do conde, recordava-se Imogen das apresentações na noite anterior. Naquele dia, tinham resolvido dar uma volta e apareceram para implorar que Imogen os acompanhasse.

– *Precisa* vir conosco – implorou uma das irmãs. – Os pares estão desequilibrados.

– Percy contou que há um caminho para chegar até a praia, que passa perto daqui – disse o Sr. Eldridge –, e que a senhora poderia nos mostrar, lady Barclay. Faria essa gentileza? Ou está muito ocupada?

– Ficaria encantada – retrucou ela, e para sua surpresa descobriu que era verdade.

Os quatro primos eram muito jovens – todos com menos de 20 anos, supôs. As gêmeas deviam ter 15 ou 16. Os rapazes tendiam a soltar gargalhadas ante a menor provocação e as moças devolviam com risinhos. Mas não havia malícia entre eles. Estavam apenas agindo como jovens. Ficou bastante tocada por terem decidido convidá-la a se juntar a eles, pois devia parecer idosa aos seus olhos. Claro, o Sr. Eldridge provavelmente tinha a idade mais próxima da de Imogen do que da dos outros. Talvez tivessem levado aquilo em consideração.

– Beth foi fazer visitas com minha mãe, minhas tias e lady Lavinia – explicou o Sr. Eldridge quando começaram a caminhar pela trilha do penhasco. – Devem ter ficado terrivelmente apertadas na carruagem. Meredith ficou para brincar com o pequeno Geoffrey depois que ele acordar da soneca da tarde. Meu pai e meus tios saíram com Percy para olhar as ovelhas. Para falar a verdade, ele estava pedindo conselhos. Mal consigo acreditar, lady Barclay. Percy interessado na vida do campo? Só falta ele começar a falar em *se estabelecer* por aqui. Ah, peço perdão.

– Acha que eu poderia me sentir ofendida porque se espantou diante da ideia de alguém desejar se estabelecer por aqui, Sr. Eldridge? – perguntou Imogen. – Não me sinto ofendida.

– Só não consigo imaginar Percy satisfeito por aqui durante muito tempo – explicou ele. – Só veio para cá porque estava sofrendo de um tédio colossal e porque tomou uma bebedeira colossal no seu aniversário. Percy não gosta de voltar atrás em suas decisões. Aposto que já estava planejando partir quando tia Julia decidiu visitá-lo e trazer todos nós junto. Aposto que ele praticamente teve uma crise de apoplexia.

Não estava muito errado, pensou Imogen, sorrindo intimamente. No entanto... *tédio colossal.* Depois de uma *bebedeira colossal.* Era o mesmo homem a quem beijara voluntariamente e com algum prazer na noite anterior? O homem de quem aprendera a gostar? O homem com quem ainda estava considerando ter um caso?

Não era nada que ela já não soubesse ou não presumisse a respeito dele, porém. Era também muito inteligente, bem-educado, alguém que de algum modo perdera a direção dez anos antes e não recuperara o rumo desde então. Seria capaz de se encontrar? Em algum momento? Ali, talvez? Ela esperava que não ali. Poderia se permitir uma temporada em sua companhia, mas não algo prolongado.

– É esse aqui? – exclamou um dos irmãos Herriott (seria Leonard?), um pouco adiante.

– É, sim – respondeu Imogen. – O caminho parece um pouco amedrontador, mas vão perceber que ele segue em zigue-zague para minimizar a dificuldade da descida. É bem amplo e seguro para a caminhada.

– Convoco Gregory – disse uma das gêmeas. – Ele tem um braço mais robusto.

– Está dizendo que sou gordo, Alma? – perguntou Gregory Herriott.

– Estou dizendo que você tem um braço mais robusto – retrucou ela, dando risadinhas. – E sou Eva.

– Não é nada – respondeu ele. – A menos que tenha trocado de saia com sua irmã depois do almoço.

Os outros três caíram na gargalhada.

149

Imogen foi à frente, para mostrar a descida.

Se não tivesse bebido um volume colossal no seu aniversário, talvez não lhe ocorresse a ideia de viajar até a Cornualha – jamais. Ele negligenciara a propriedade com muita tranquilidade por dois anos. Nada daquilo estaria acontecendo se ele não tivesse se embriagado. Mas, se não tivesse se embriagado, ela ainda estaria na residência principal, esperando que o telhado de casa fosse substituído.

Decidiu não ir até lá naquela noite. Não podiam esperar que ela fosse lá todas as noites, afinal de contas.

Posso acompanhá-la até sua casa todas as noites?, indagara ele na véspera, depois de se beijarem. Tinha perguntado para fazê-la rir – e conseguira.

Mas Imogen não podia levar a brincadeira a sério.

Quando tinha sido a última vez que ela rira antes de ele aparecer? Depois que ele chegara a Hardford Hall, podia se lembrar de pelo menos duas risadas.

Ah, gostava dele, pensou com um suspiro enquanto permitia que o Sr. Eldridge, sem nenhuma necessidade, seguisse na frente para ajudá-la a descer até a praia.

Ela se entregou a uma tarde de passeios à beira-mar.

Percy passou a manhã com a família, embora a mãe e as tias tivessem saído para uma caminhada, declarando que necessitavam de ar e exercício depois dos vários dias de viagem. Suspeitava que tomariam o rumo da casa de Imogen para visitá-la, caso ela estivesse lá.

Percy aproveitou a manhã. Levou todos para uma visita à casa e ao estábulo – para ver os gatinhos, claro –, jogou bilhar com alguns dos primos e conversou durante o café. No almoço, a conversa foi animada, e em seguida ele desfrutou de uma tarde com os tios, mostrando a fazenda, contando a eles sobre seus planos e os de Knorr.

Foi um prazer voltar para casa e descobrir a chegada de mais dois convidados. Sidney Welby e Arnold Biggs, visconde Marwood, tinham de fato viajado até lá. Houve muitos apertos de mão, tapinhas nas costas, barulho e risos entre Percy, Cyril e os recém-chegados.

Assim que foi anunciada a chegada de Welby e de Marwood, os tios e os primos ficaram felizes, e a mãe de Percy, suas tias e lady Lavinia ficaram encantadas. As primas estavam atordoadas pela empolgação de haver hospedados na casa dois cavalheiros jovens, bem-apessoados e que não eram da família – um deles com *um título*. Se já tinham gorjeado e dado risadinhas antes, atingiam agora novos patamares.

O jantar e a noite no salão foram ocasiões de tamanha cordialidade coletiva e alegria que, em determinado momento, Percy sentiu que poderia sair e uivar para a lua, ou algo parecido. Talvez o fizesse se não houvesse a possibilidade de alguém ouvir.

Não sabia como era possível amar tanto sua família, seus amigos, apreciar sua companhia e se sentir grato por todos – e ao mesmo tempo também se sentir reprimido e limitado por eles. Qual era o problema com ele? De qualquer modo, era algo muito recente. Essa sensação de que não bastava ter tudo, nem mesmo a família, nem os amigos, nem o amor, possivelmente surgira com o trigésimo aniversário.

Era a percepção da existência de um vasto vazio interior, inexplorado durante toda a sua vida porque ele estava ocupado demais com tudo o que se passava do lado de fora. Sentia-se como uma concha oca e se lembrou de quando lady Barclay lhe perguntou se havia algo mais por trás do escudo de encantos que ele mantinha a postos para ser visto pelo público.

Ele respondera brincando que era todo encanto, até o coração. Não sabia muito bem se o coração fazia mais do que bombear sangue para seu corpo. A não ser pelo fato de que ele *amava*. Não deveria ser duro demais consigo mesmo. Ele amava sua família.

– Voltou a ficar muito silencioso, Percy – comentou tia Edna.

– Estou apenas apreciando o fato de que todos percorreram uma boa distância para me ver – disse ele.

E não estava mentindo. Ao menos não totalmente.

Queria a paz e a tranquilidade de volta.

O quê?

Sempre evitara as duas como se fossem a peste.

A reunião começou a se encaminhar para o fim quando a bandeja de chá foi recolhida. Alguns dos cavalheiros mais velhos, assim como Meredith, foram para a cama. Alguns dos primos se dirigiram para a sala de bilhar e convidaram Sidney e Arnold para ir junto. Alguns tios iam se retirar para a biblioteca para uma bebida e para dar uma olhada nas opções de leitura.

– Vem conosco, Percy? – sugeriu tio Roderick.

– Acho que vou tomar um pouco de ar fresco – respondeu ele. – Esticar as pernas antes de me deitar.

– Quer companhia? – perguntou Arnold.

– Não necessariamente – disse ele.

O amigo lhe lançou um olhar de esguelha.

– Muito bem – concordou ele. – O ar livre, próximo ao mar, em uma noite de fevereiro, não me atrai tanto assim, devo admitir. Desfrute da sua... solidão? – Ele ergueu as sobrancelhas.

– Bilhar, Arnie? – indagou Cyril, e os dois foram em busca dos outros jovens.

Percy saiu depois de vestir o sobretudo, as luvas, o chapéu e buscar Heitor no quarto da segunda governanta, embora sem entender por que se dava esse trabalho. O cão, com toda a certeza, encontraria um jeito de segui-lo. O nome mais apropriado para ele seria Fantasma, não Heitor.

Eram quase onze da noite. Não estava tarde *demais* para dar uma volta antes de se recolher. Mas estava tarde, tarde demais para fazer uma visita social. E se fosse uma visita justificada por uma necessidade premente?

Posso procurar refúgio aqui ocasionalmente?, pedira a ela.

Era impossível lhe fazer uma visita às onze horas da noite. Daria a impressão de que tinha aparecido com uma só coisa em mente.

E seria verdade?

Seus pés o conduziram pela direita ao atravessar a porta da frente, contornando o caminho que dava na casa dela. Seguiria em frente?

Deixaria que ela decidisse, pensou, ou melhor, sua lamparina, suas velas ou o que quer que usasse para enxergar na escuridão quando ainda não dormia. Se a casa estivesse às escuras, ele passaria direto. Se houvesse luz, bateria à porta, a não ser que a luz viesse de algum aposento do andar superior.

Havia luz na sala de estar.

Percy ficou parado diante do portão por algum tempo, até que os pés ficaram dormentes de frio – ele não havia calçado as botas – e seus dedos dentro das luvas começaram a formigar de forma desagradável. Até o nariz parecia dormente. Desejou que a luz se movimentasse, que subisse as escadas, que lhe desse uma deixa para se afastar dali e voltar para casa.

Ao mesmo tempo, desejou que ela permanecesse onde estava.

Heitor tinha desistido de ficar sentado a seus pés. Estava deitado, a mandíbula apoiada nas patas. Percy pensou, ao olhá-lo sob a luz fraca da lua,

152

que ele começava a parecer um cachorro normal. O que era muito bom, pois sentia que ia mesmo acabar ficando com aquele animal. De um modo irritante, ele sentiu que o amor se esgueirava para dentro de seu coração.

Maldito cão.

A luz não se moveu.

Percy abriu o portão e o fechou depois que ele e Heitor passaram. Não queria chamar atenção para sua chegada. Ainda havia tempo de escapar. Pegou o batedor, hesitou e soltou. Fez um barulho terrível.

Nossa, a essa altura já *passava* das onze horas.

A porta abriu quase no mesmo instante, muito antes de ele estar pronto.

E ele não disse nada. Não sabia o que falar, nem lhe ocorreu que talvez devesse falar algo.

Ela também não disse nada. Os dois se encararam, a lamparina em suas mãos iluminando os rostos por baixo. Foi preciso que Heitor quebrasse o encanto. Devia ter ocorrido ao cão que era preferível o calor no interior da casa ao frio do lado de fora. Entrou trotando e tomou o rumo da sala de estar, como se tivesse o direito ou como se fosse o dono.

Imogen ficou parada, convidando Percy silenciosamente para entrar.

– Não é o que parece – argumentou ele enquanto Imogen fechava a porta. – Está tarde, mas não vim esperando dormir com você.

Ele nunca entendia muito bem o que acontecia à sua língua quando estava na presença dela. Nunca se dirigira a outra dama do modo como se dirigia a ela com tanta frequência.

– Veio encontrar refúgio aqui. – Não era uma pergunta. Ela se virou para ele com o rosto e o olhar calmos. – Entre, então.

E conduziu-o ao calor da sala de estar.

CAPÍTULO 14

Imogen escolhera não ir de novo à residência principal para o jantar, apesar de tia Lavinia ter lhe mandado um bilhete garantindo que ela seria sempre bem recebida, como sabia, e que não precisava esperar um convite. E havia mais dois convidados, acrescentara a dama – amigos de Percy, recém-chegados de Londres.

Imogen gostou de todas aquelas pessoas que tinham ido destruir sua paz em Hardford, mas achava que o barulho e a agitação eram um pouco avassaladores. Sentia-se grata por ter sua própria casa, mesmo sabendo que ela seria invadida com frequência durante o dia, até que todos partissem.

Ficou se perguntando se *ele* também achava tudo avassalador. Mas aquelas pessoas faziam parte do mundo dele, e o mundo dele era um lugar movimentado e barulhento, ela presumia, com pouco espaço para a introspecção. Talvez ele apreciasse a companhia e tivesse se esquecido da noite em que perguntara se poderia buscar refúgio ali ocasionalmente.

Então ela se lembrou do livro de poesias de Alexander Pope sobre a mesa ao lado de sua poltrona na biblioteca – e de sua graduação dupla nos clássicos. E recordou algo que ele dissera logo antes de perguntar se podia se refugiar ali: *Acredito que vim à Cornualha na esperança de me redescobrir, embora não tivesse percebido isso até este momento. Vim porque precisava me afastar da minha vida e descobrir se a partir dos 30 anos eu conseguiria encontrar algum propósito novo e digno.*

Só que não fora possível se afastar de sua vida por muito tempo. A vida viera atrás dele.

Ficou acordada por mais tempo do que deveria, embora a visita matinal das senhoras mais velhas e o passeio vespertino até a praia com um grupo exuberante de jovens a tivessem exaurido. Não conseguia conforto na leitura, o que poderia ter contribuído para o seu relaxamento. Pensou em escrever para a mãe, mas decidiu esperar pela manhã, quando estaria mais desperta. Fez crochê, mas não conseguia admirar o que produzia. Foi para a cozinha preparar uma xícara de chá e acabou assando uma fornada de biscoitos doces e lavando a louça depois. Voltou para o crochê, fez carinho em Flor, sempre fascinada pelo fio de seda e pelo brilho da agulha.

Por fim, admitiu que esperava por ele, e aquilo simplesmente não ia funcionar. Estava permitindo que sua paz e sua disciplina, duramente alcançadas, fossem destroçadas. Iria para a cama, teria uma boa noite de sono e no dia seguinte estaria no comando de si mesma. *Isso não vai funcionar.*

Guardou o crochê e levantou-se, lembrando-se de que não tinha comido nenhum dos biscoitos que assara nem preparado o chá depois de ferver a água e colocar as folhas no bule. Agora estava tarde demais. E não estava com fome ou sede. Estendeu o braço para pegar a lamparina, olhando ao mesmo tempo para o relógio sobre a lareira: passavam dez minutos das onze horas.

Foi nesse momento que ouviu uma batida à porta, o que fez Imogen dar um pulo e Flor abrir os olhos.

Imogen pegou a lamparina e foi ver quem era. Não lhe ocorreu ser cautelosa.

Por um momento terrível, os dois ficaram parados, encarando-se, cada um de um lado do vão da porta. Uma corrente de ar frio invadia o ambiente, vinda de fora. A lamparina, que iluminava o rosto dele por baixo, o tornava mais alto e um pouco ameaçador, principalmente porque ele não sorriu nem falou nada. Mas ela soube naquele momento que o queria, que na realidade não havia nenhuma decisão a tomar e, que se houvesse, já tinha sido tomada. E sabia que não era apenas *aquilo* – ah, ela até podia pensar naquilo como *sexo* – que a fazia desejá-lo. Não era apenas sexo. Era... mais do que isso. E era o que tornava o momento de fato terrível.

Então ele entrou e disse que não estava lá com a expectativa de dormir com ela – tinha *mesmo* dito aquilo em voz alta sem deixá-la chocada e sem palavras? E ela reconhecera que ele buscava refúgio e o conduzira até a sala de estar. Heitor já estava sentado ao lado da poltrona que ela ocupara a noite inteira, a poltrona que *ele* sempre ocupava quando aparecia.

Sempre?

Quantas vezes ele a visitara? Parecia que sempre andara por ali, como se a poltrona estivesse à sua espera antes disso, como se, ao tomar o assento, ela se sentisse reconfortada pelo fato de ser o lugar dele.

O cansaço e a hora avançada pregavam peças estranhas e perigosas em sua mente.

Percy esperou que ela se sentasse na namoradeira, então se acomodou. Ela percebeu que ele deixara o casaco e o chapéu no saguão. Não sorria. Devia ter deixado também a armadura do encanto fácil na casa principal.

– Devia estar prestes a ir para a cama – comentou ele. E sorriu... com alguma tristeza. – Não foi o melhor modo de começar uma conversa, não é?

– Ainda estou acordada – respondeu ela.

Ele olhou para o aposento e para o fogo, que ardia baixo. Levantou-se do mesmo modo que tinha feito na última vez, lembrou-se Imogen, pegou o atiçador para espalhar o carvão, depois retirou mais carvão do depósito ao lado da lareira. Continuou de pé, com o antebraço apoiado na prateleira. Observava o fogo consumir o carvão novo.

– E se eu tivesse? – perguntou ele de repente.

Podia parecer estranho, mas Imogen sabia exatamente a que ele se referia. De qualquer modo, ele procurou esclarecer:

– E se eu tivesse vindo para cá com a expectativa de dormir com você?

Ela pensou na resposta.

– Você teria me expulsado? – Ele se virou para encará-la.

Imogen balançou a cabeça.

Os dois se encararam por alguns instantes, antes que ele voltasse a mexer no fogo para alimentá-lo e se sentasse na poltrona.

– É possível que as pessoas mudem, Imogen?

Ela sentiu um pequeno aperto na boca do estômago ao ouvir o próprio nome saindo dos lábios dele – de novo.

– É possível.

– Como?

– Às vezes, é necessário que aconteça uma calamidade – avaliou ela.

Os olhos dele vasculharam seu rosto.

– Como a perda de um cônjuge?

Ela voltou a assentir de leve.

– Como você era antes? – indagou ele.

Imogen espalmou as mãos no colo e começou a dobrar o tecido do vestido entre os dedos – algo que tendia a fazer quando sua mente ficava agitada. Soltou o pano e prendeu as mãos frouxamente no colo.

– Cheia de vida, de energia, de riso – disse ela. – Sociável, amigável. Um pouco travessa quando menina... para o desespero de minha mãe. Não tinha o comportamento próprio de uma dama nem quando já tinha me tornado uma moça. Ansiosa por viver a vida com toda a intensidade.

Os olhos dele a examinaram, como se procurassem por sinais daquela menina do passado, desaparecida havia tanto tempo.

– Gostaria de voltar a ser aquela pessoa? – perguntou o conde.

Ela balançou a cabeça.

– Já leu *Canções da inocência e da experiência*, de William Blake? – retrucou ela.

– Sim.

– É impossível recobrar a inocência uma vez que se é exposto ao fato de sua ilusão.

– Ilusão? – Percy franziu a testa. – Por que a inocência deveria ser mais irreal, mais *falsa* do que o ceticismo?

– Não sou cética – respondeu ela. – Mas não, não poderia voltar atrás.

– A experiência e o sofrimento não podem ser usados para enriquecer a vida em vez de insensibilizá-la ou empobrecê-la?

– Podem.

Ela pensou em seus companheiros Sobreviventes. Ocupavam posições muito diferentes do que poderiam ter previsto oito ou nove anos antes, mas pelo menos cinco deles haviam superado o sofrimento e forjado vidas ricas e aparentemente felizes. Talvez não estivessem tão felizes agora caso não tivessem atravessado a longa e sombria noite de dor e sofrimento. Um pensamento perturbador.

– De certo modo, você é afortunada, Imogen – disse ele em voz baixa, e os olhos dela voltaram-se bruscamente para os dele. – Como é possível, aos 30 anos, aprender com a experiência algo que não seja frivolidade e prazer vazio?

– E *amor* – completou ela com intensidade. – Sua vida tem sido tão cheia de amor, lorde Hardford, que está quase transbordando. Até o *cão* o ama e você o ama. Admitir isso não fere a sua masculinidade. E sua vida incluiu um período de intenso aprendizado sobre duas das maiores civilizações que nosso mundo conheceu. Talvez tenha desperdiçado boa parte do tempo depois que deixou Oxford, mas mesmo *essa* experiência não precisa ser inútil. Nada é realmente desperdiçado se aprendemos as lições que estão sendo oferecidas.

Percy recostara-se na poltrona e a encarava com um sorrisinho nos lábios.

– Está desperdiçando sua energia com um inútil, lady Barclay? – indagou ele. – Que *lições*?

Ela suspirou. Permitira-se ficar bastante envolvida. Mas ele não era um inútil. Uma semana antes, talvez tivesse acreditado na afirmação, mas não acreditava mais. Podia ter levado a vida como um inútil, mas isso não o colocava necessariamente nessa categoria. Não era definido pelo que fizera ou não nos últimos dez anos.

– Talvez, ao reconhecer como *não* se deve levar a vida, a pessoa consiga aprender a viver – respondeu ela.

– É tão fácil assim? Devo me transformar, do dia para a noite, em um respeitável cavalheiro do campo, um cavalheiro da Cornualha, e me enterrar pelo resto da vida no meio do nada com minhas plantações, minhas ovelhas e o cachorro feio que supostamente passei a amar? Produzindo herdeiros e sobressalentes e filhas esperançosas? Amando minha esposa e companheira e amando somente a ela enquanto estivermos vivos?

E ela riu. Apesar da tensão quase insuportável que as palavras dele começavam a construir, ele também criara uma imagem que parecia absurda demais.

Os olhos dele sorriram – ah, nossa! – e depois os lábios.

– Você fica deslumbrante quando ri desse modo – observou ele.

As palavras a fizeram recuperar a seriedade. Mas vinha pensando exatamente a mesma coisa sobre ele e seu sorriso.

– Permite vislumbrar a pessoa que você disse que era, a pessoa que devia ter continuado a ser – disse ele. – Não consegue voltar a ser feliz, Imogen? Não *voltará* a ser feliz?

Ela sorriu, descobriu que não conseguia enxergá-lo com clareza e percebeu que os olhos estavam cheios de lágrimas.

– Não, não chore – pediu ele, em voz baixa. – Não tinha a intenção de deixá-la infeliz. Quer ir para a cama comigo?

Imogen piscou, afastando as lágrimas. E o exílio autoimposto de sua vida pareceu subitamente inútil. Tempo desperdiçado... oito ou nove anos, como os dez anos dele.

Percy fizera uma pergunta.

– Sim – respondeu ela.

Ele se levantou e se aproximou. Estendeu a mão. Imogen olhou-a por um longo momento, uma mão masculina, uma mão que a tocaria... Pousou sua mão na dele e se levantou. Não sobrava muito espaço entre ele e a namoradeira. Pôs as mãos em torno do seu pescoço e se aproximou enquanto os braços dele se fechavam em torno dela e as bocas se encontravam.

Foi algo muito espontâneo, constatou ela. Não era uma sedução nem uma tentação incontrolável. Não era algo que a faria se sentir culpada, algo de que se arrependeria. Era algo que ela queria e permitiria. Não, nada tão passivo assim. Era algo que a faria voltar à vida, um presente que se daria sem reservas, algo que se permitiria apreciar. Mas não sozinha. Juntos. Era algo de que desfrutariam juntos.

Por pouco tempo. Curtas férias da vida que ela impusera a si mesma e que precisava levar até o fim.

Jogou a cabeça para trás e olhou nos olhos dele, muito azuis mesmo sob a luz fraca da lamparina.

– Não espero que dure para sempre – avisou ela – nem quero que seja assim. Não espero que volte aqui amanhã de manhã consumido pela culpa, para me pedir em casamento. Eu não aceitaria se isso acontecesse. É só o agora. Por algum tempo.

Os olhos dele voltaram a sorrir antes da boca. Era uma expressão devastadora, muito inconsciente e, portanto, não ensaiada, como ela supunha. Estava vendo Percy, ou pelo menos parte dele, como ele realmente era.

– Se prometesse alguma coisa para sempre, eu seria um tonto – argumentou ele. – Ninguém é dono da eternidade. Pegue a lamparina. Vou cuidar do fogo.

Ela se virou para mostrar o caminho até o andar de cima. Flor se dirigiu para sua cama na cozinha.

– Fique aqui – Imogen o ouviu dizer para Heitor.

A lareira ardia no quarto. Alguns pedaços de carvão, quase transformados em cinzas, ainda apresentavam um leve brilho avermelhado. O aposento não estava exatamente aquecido, tampouco gelado.

Imogen apoiou a lamparina na penteadeira e, antes de apagá-la, acendeu uma vela. No mesmo instante, a luz ficou mais fraca, mais íntima. Era um quarto bonito, nada pequeno, mas com aspecto aconchegante porque o teto seguia o desenho do telhado em um dos lados, com uma janela quadrada que quase chegava ao chão. Ela puxou as cortinas – belas cortinas brancas com estampas florais em tons pastel, combinando com a colcha da cama. Normalmente, Percy não reparava nessas coisas, mas suspeitava de que tinham sido escolhidas, mesmo que de modo inconsciente, para agradar a Imogen Hayes como ela era antes da morte do marido.

Percy entrou e parou diante da porta, as mãos cruzadas às costas, saboreando a estranheza do momento. Não havia um processo de sedução de sua parte, nem mesmo de habilidosa persuasão. Ela estava completamente de acordo. Não houve sequer um flerte. Era uma experiência nova para ele, nem sabia ao certo o que esperar. *Isso* também era inédito.

Imogen ergueu os braços, olhando para o outro lado, e começou a tirar os grampos do cabelo. Ele se moveu, dirigindo-se a ela.

– Permita-me – falou.

Ela abaixou os braços sem se virar.

Seu cabelo era cálido, espesso e reluzente sob a luz da vela. Era também absolutamente liso e quase chegava à cintura. Seria o pesadelo de uma aia, supôs ele, quando a moda pedia cachos e mechas soltas. Era glorioso, com vários tons de louro. Passou os dedos por ele. Não havia nós que exigissem uma escova.

Virou-a pelos ombros. Parecia muitos anos mais jovem com o cabelo solto e duplamente... Não, não poderia parecer mais desejável do que no andar de baixo, quando lhe disse que os últimos dez anos não tinham sido desperdiçados, os olhos cheios de lágrimas quando ele perguntara se ela se permitiria ser feliz de novo.

Ele a faria feliz. Não, talvez isso não acontecesse. Um bom sexo não era sinônimo de felicidade. Ele lhe daria um bom sexo. Era a única coisa de valor que *podia* dar. Nenhuma experiência era desperdiçada, era o que ela havia dito. Pois bem, ele tinha bastante experiência naquilo.

Sorriu para ela. Imogen não retribuiu o sorriso, mas havia uma suavidade, uma disposição, que ele sabia que eram espontâneas. Estava permitindo, tanto por ele quanto por ela. Ela o escolhera, pensou Percy com algum espanto. Devia ter havido outros homens naqueles oito anos, outros candidatos mais dignos do que ele. Ele sabia de alguns bem ali naquela vizinhança. Mas ela o escolhera – por ora. *Por algum tempo.*

Talvez porque soubesse que ele partiria assim que sua família o deixasse? Talvez porque soubesse que não havia chance de permanência. Ele não era do tipo permanente. Ou talvez porque ela não queria a permanência, mas apenas um breve caso com direito a um bom sexo.

Importava por que ela o escolhera? Ou por que ele a escolhera?

Percy passou o braço pelas costas dela e soltou seu vestido. Tirou-o pelos ombros e braços. O tecido deslizou para o chão, rodeando seus pés. Imogen não estava usando espartilho. Ele tinha percebido isso antes, ainda no andar de baixo. Ela não precisava. Ele se ajoelhou e retirou primeiro um sapato, depois o outro, enrolando as meias de seda, descendo pelas canelas e passando pelos pés. As pernas eram longas e com belas formas. Ele ficou parado. Ela vestia apenas a anágua, que mal cobria seus seios e não chegava ao joelho.

Percy respirou devagar e procurou a barra da peça, mas sentiu a ponta dos dedos dela em seus punhos.

– Eu ficaria desconfortável – avisou ela.

Com a própria nudez? Ele assentiu. Queria fazê-la se sentir confortável quando estivessem na cama. Não havia pressa. A experiência lhe ensinara isso, e naquela noite ele estava feliz por ser experiente, embora mal se lembrasse das mulheres a quem devia tal experiência.

Naquela noite, só ela existia. Imogen. Um nome um pouco esquisito, havia pensado a princípio. Agora, achava que lhe caía perfeitamente. Único. Forte. Belo. Imogen.

Não tinha inibições quanto à própria nudez. Despiu-se enquanto ela o olhava, arrumando as roupas em uma cadeira perto da janela. E não parou ao chegar às ceroulas, a peça que sobrava. Retirou tudo, voltou-se para ela, segurou seu rosto e encostou os lábios nos dela. Sua excitação já era quase completa, mas ela não era uma virgem para ficar nervosa diante daquela visão. Já vira um homem com desejo antes.

– Sabia que seria tão belo sem roupas quanto é vestido – comentou ela, soando quase ressentida.

– Lamento se a ofendi. – Ele sorriu. – E aposto que é tão bela sem roupas quanto é vestida também. Um homem não gosta necessariamente de ser descrito como *belo*, sabe.

– Nem quando ele *é* belo?

Ele percebeu que os ombros dela, e os braços, estavam arrepiados.

– Mas eu a faço passar frio, não é? – Ele pôs as mãos nos ombros dela e apertou-os. – Devo estar perdendo meu toque.

– Duvido muito – disse ela, abrindo as mãos *frias* sobre seu peito.

– Venha – pediu ele, conduzindo-a até a cama e afastando as cobertas. – Deixe-me aquecê-la.

Não demorou muito. Nem ele fez todo o aquecimento. Ele percebeu que ela havia decidido que aquilo aconteceria, mas não havia nada de passivo na atitude. Ela ia *fazer acontecer*, e se entregou à paixão assim que se deitou. Ele duvidava que percebesse que sua anágua tinha sido retirada ou que haviam esquecido a vela acesa. Ela o beijou como se nunca fosse se satisfazer – da mesma forma que ele a beijava, na verdade. Quando as mãos dele e sua boca exploraram cada centímetro do corpo dela, provocando, excitando, as mãos dela e sua boca estavam ocupadas nele. Não precisavam de fogo na lareira nem de cobertores. Criavam sua própria fornalha ardente feita de calor, desejo e paixão.

Quando a mão dele parou entre as pernas de Imogen, ela se abriu e arqueou o corpo. A sensação era quente e úmida, e o polegar dele a acariciou, criando uma tensão instantânea e um êxtase. Ela gemeu alto, rolou sobre o corpo dele, relaxou por um momento, ainda insaciada. As bocas se encontraram.

– Percy – sussurrou ela, perto dos lábios dele.

Aquilo o fez perder a cabeça – bastou aquilo, o som de seu nome saindo dos lábios dela.

Jogou-a para baixo de si, deslizou as mãos sob seu corpo enquanto ela erguia as pernas longas, envolvendo-o, e penetrou nela com toda a força. A experiência quase o abandonou naquele momento. Quase se antecipou, como um adolescente excitado. Ela estava quente e úmida e acolheu-o com uma tensão lenta e firme de seus músculos internos.

Ele precisou de alguns momentos para se controlar enquanto afundava no corpo dela quase em um êxtase de dor.

Então fizeram amor de um modo lento, deliberado, maravilhosamente satisfatório. Ele nunca tinha pensado em sexo empregando o eufemismo. Não havia amor no meio, quando fazia sexo. Era uma sensação puramente física, concreta, deliciosa. Mas com ela – com Imogen – o sexo era mais do que isso. Não era amor, mas... Havia uma deficiência na linguagem.

Era estranho como os pensamentos atravessavam sua mente apesar de seu corpo estar totalmente concentrado no ato sexual. Ou fazendo amor. Ou o diabo que fosse...

Naquele momento, os músculos internos dela se contraíram enquanto ele a penetrava, mas não se soltaram como haviam feito nos últimos minutos, em ritmo perfeito com suas saídas. E não foram apenas os músculos internos. Seu corpo inteiro ficou tenso, contorcendo-se, jogando-se com mais força contra o corpo dele. Ele se afundou mais uma vez e ficou parado. E...

Deus. Que os céus o ajudassem... *Por Deus.*

Ele tinha a intenção de esperar que ela atingisse o clímax para depois obter o seu prazer. Mas houve uma espécie de explosão simultânea em sua cabeça e em seus quadris – e nos dela também.

Às vezes, nenhuma experiência era suficiente.

Assim como absolutamente nenhum vocabulário.

Ele permaneceu sobre ela, exausto, pesado, ofegante, enquanto ela também ofegava, relaxada, quente, suada. O que havia acontecido com todos aqueles arrepios?

– Sinto muito – disse ele, afastando-se, rolando para o lado e curvando-se para jogar as cobertas sobre eles. – Eu a esmaguei.

– Humm. – Ela rolou para junto dele, toda maciez feminina, calorosa, os cabelos sedosos.

Talvez estivesse sofrendo do mesmo problema com o vocabulário.

– Obrigado – comentou ele. Estava mergulhando depressa em um relaxamento confortável e aquecido.

– Humm – murmurou ela de novo. Muito eloquente.

Ele mudou de posição, passou um braço sob o pescoço dela, para envolver seus ombros.

– Importa-se se eu dormir aqui um pouquinho? – perguntou ele.

– Não.

Ele estava mergulhando em um sono cada vez mais profundo e presumia que o mesmo acontecia com ela quando o ruído de leves passos foi seguido por uma massa morna de alguma coisa que baixou pesadamente na cama e que procurava se acomodar entre as pernas dos dois.

– Maldito cão – balbuciou ele, sonolento demais para pedir desculpas pela linguagem ou para obrigar o maldito Heitor a descer e a deixá-lo sozinho com sua amante.

163

Imogen acordou com os lábios dele tocando os seus de leve. Manteve os olhos fechados por mais um instante. Não queria interromper o sonho. Sabia que não era um sonho, que era real, mas parte de si desejava que fosse apenas um sonho, algo pelo qual não precisasse ter responsabilidade.

Mas era só *uma parte de si* que desejava isso.

O rosto dele estava muito perto. Podia vê-lo com clareza. A vela ainda ardia. Não tinha ideia de que horas eram nem de quanto tempo passaram adormecidos. O cão, percebeu ela, tinha saído de perto.

– Devo voltar para casa – disse ele – antes que algum dos criados esteja de pé.

Como era previsível, ele estava deslumbrante com o cabelo escuro desarrumado, os olhos sonolentos, os ombros desnudos. Estava na cama dela, a seu lado, pensou ela tolamente. Tinham feito *aquilo* juntos e fora maravilhoso. Se deveria haver culpa, não aconteceria agora. Ou talvez nunca. Decidira conscientemente que ia desfrutar das sensações e dele. Imogen acariciou os ombros dele, envolveu seu pescoço, esfregou os polegares na parte de baixo do queixo.

– Precisa se barbear.

Ele sorriu devagar, um sorriso genuíno, atraente e devastador que começava pelos olhos.

– Está com medo de ser arranhada, lady Barclay?

– Não. – Ela se pegou sorrindo. – Está indo embora, não é, lorde Hardford?

– Estou – disse ele. – Daqui a pouco.

– Daqui a pouco?

– Depois que eu tiver dado um adeus direito. Não, isso soa muito definitivo. Depois que eu tiver dado um "até logo" direito. Posso?

Ela aproximou o rosto em resposta.

– Deixe-me fazer – murmurou ele junto de seus lábios enquanto se posicionava sobre ela, entre suas coxas, e a penetrava em um movimento firme, profundo. – Relaxe.

Não era o que ela pretendera, mas... Pois bem, ele era o especialista.

Era mais delicioso do que as palavras podiam descrever – deitada de frente, de pernas abertas, todos os músculos relaxados, mesmo os internos que ansiavam por se fechar em torno dele. Sentir o ritmo rigoroso e firme do amor desfazendo-se no calor de seu corpo. Render-se. Receber e nada dar em troca a não ser a rendição. Era contra sua essência ser submissa. A experiência era completamente nova para ela.

Era... pois bem, era mais delicioso do que conseguia descrever.

De um modo totalmente surpreendente, depois de alguns minutos ela estremeceu, liberando seu prazer. Ele sentiu, manteve-se parado e firme dentro dela até que terminasse, então prosseguiu até ele mesmo terminar e ela sentir o jato quente do prazer dele dentro de si.

Por um momento – ah, que tolice! – ela desejou não ser estéril. Mas deixou que o pensamento fosse embora e desfrutou de todo o peso do corpo dele relaxando sobre ela.

Ouviu o cachorro fungar, adormecido, em algum lugar do quarto.

Como seriam as coisas, pensou ela enquanto fitava os contornos do teto, depois que ele partisse? Não apenas depois que deixasse sua casa, mas... depois que fosse embora de Hardford Hall e da Cornualha, talvez para nunca mais voltar?

Percy inspirou profundamente, de forma audível, afastou-se dela e saiu da cama. Ela viu que ele se vestia. Ele se virou para *observá-la*. Ela percebeu que ele não tinha a menor preocupação com o corpo. Imogen queria desesperadamente se cobrir da cintura para cima, mas não o fez. Seria absurdo se cobrir por ficar constrangida, depois de tudo o que haviam feito por duas vezes nas últimas horas.

– Quando eu procurar refúgio aqui de novo – disse ele enquanto vestia o casaco –, ficarei bem feliz com uma conversa e talvez uma xícara de chá. E não farei um escândalo se não quiser me receber. Não quero que pense que só virei para cá no futuro para levá-la para a cama. Não quero pensar em você como uma amante. Não é isso.

– Que decepção – retrucou ela. – Eu estava ansiosa por negociar com você o tamanho da minha mesada.

– O quê? Meio telhado não basta?

– Ah, mas as duas metades pertencem a você – lembrou ela –, assim como a casa sob o telhado. Já afirmou isso. Na verdade, adquiriu um comportamento muito autoritário e um bocado arrogante ao dizer essas palavras.

– É mesmo? – Ele inclinou a cabeça e encarou-a com um sorriso preguiçoso. Outra expressão nova. – Mas eu não sou dono da mulher que está dentro da casa, não é? Nem desejo ser. Pode me afastar quando quiser, Imogen, ou me oferecer chá ou me levar para a cama.

E lá estava. O homem verdadeiro. O Percy Hayes real, o conde de Hardford, despido de todos os artifícios. Um homem decente, de princípios, de quem gostava. Ah, era um verbo suave demais. Ela gostava dele enormemente.

– Se desejar, também pode levar meu cão para a cama – disse ele –, para se acomodar junto de nós *depois*.

Ela riu.

Ele inclinou a cabeça um pouco mais.

– Imogen. Permita a si mesma fazer isso com mais frequência. Por favor.

O conde não esperou pela resposta. Foi até a cama, beijou-a nos lábios com firmeza e cobriu-a até o queixo.

– Sei que desejava fazer isso nos últimos dez minutos – brincou ele. – Fique aí. Eu saio sozinho. A chave pendurada ao lado da porta no saguão é a única que você tem?

Ela balançou a cabeça.

– Vou levá-la, então – afirmou ele. – E trancarei a porta ao sair. Também prometo que não vou *destrancá-la* e entrar. Só entrarei aqui se for convidado e depois de ter batido à porta. Boa noite.

– Boa noite, Percy.

Ela viu de relance alguma coisa – seria desejo? – no olhar dele antes que se afastasse.

– Venha, Heitor – chamou ele. – Este é o momento em que você, com toda a certeza, *precisa* colar nos calcanhares de seu amo.

Imogen ouviu os passos que desciam a escada – ele não tinha levado a vela – e depois a porta da frente se abrir e se fechar. Ouviu o ranger da chave na fechadura. Então colocou as mãos sobre os olhos e chorou.

Não sabia por que chorava. Não eram lágrimas de tristeza. Nem de alegria.

CAPÍTULO 15

Percy não sabia que horas eram quando chegou em casa. Ao menos, não viu nenhuma luz acesa pelas janelas enquanto se aproximava. Tinha esperança de que isso significasse que todos, inclusive seus amigos recém-chegados, estavam na cama. Ninguém acreditaria que ele havia passado tantas horas esticando as pernas. E não estava com disposição para contar vantagens masculinas nem para receber as provocações deles.

Imogen morava em uma casa que pertencia *a ele*, a um canto da sua propriedade, nas imediações da residência principal. Compartilhava seu nome e ainda ostentava a parte feminina de um dos títulos que lhe pertencia. Ele era o visconde Barclay. Ela era a viscondessa. Era tudo um tanto cansativo. E não fazia ideia se ela sabia como evitar uma gravidez. Não tinha se lembrado de perguntar. Nunca perguntava, mas todas as suas antigas amantes ou parceiras casuais da aristocracia sabiam se cuidar sem que ninguém precisasse fazer perguntas. Ele, porém, suspeitava que Imogen Hayes, lady Barclay, não fosse esse tipo de mulher.

E ela *não* ficaria feliz se fosse obrigada a se casar.

Nem ele.

Acendeu uma vela e olhou para Heitor, que o encarava com os olhos esbugalhados e a expressão sempre esperançosa.

– O problema, Heitor – disse ele, embora mantivesse a voz baixa em respeito à casa adormecida –, é que não estou acostumado a pensar em me comportar de modo responsável. Está na hora de aprender, não acha?

Heitor contemplou-o intensamente e sacudiu o rabo minúsculo.

– Sim? – indagou Percy. – Tive medo de que respondesse isso. Não quero desistir dela, porém. Ainda não. E ela precisa de mim. Que diabo estou falando? Como alguém poderia precisar *de mim*? Ela precisa... de algo. De risos. Ela precisa de risos. Que inferno, eu consigo fazê-la rir.

Por Deus, lá estava ele conversando com um cachorro, e nem estava bêbado.

Se levasse Heitor de volta para o quarto da segunda governanta – por que era chamado assim? –, provavelmente acabaria soltando a bicharada toda.

– Ah, vamos lá – disse ele, mal-humorado, subindo a escada.

Heitor trotou atrás dele, parecendo quase exibido.

Homem e cão fiel.

Não estava pronto para deixá-la. Havia acabado de tê-la. Imogen sempre fora mulher de um homem só, até aquele momento. Ele não tinha a menor dúvida. E aquele homem partira havia quase uma década – depois de um casamento de quatro anos. Naquela noite, ela demonstrara ser dona de uma paixão explosiva. Não tinha sido apenas a manifestação de oito anos de sexualidade reprimida, porém. Pelo menos ele pensava que não. Tinha sido tudo muito deliberado. Ela o acompanhara a cada momento. Chamara o seu nome.

Maldição – não poderia só apreciar o sentimento de relaxamento que acontece depois de um sexo vigoroso e completamente agradável? Não era típico dele *pensar* sobre a experiência. Muito menos se preocupar.

Percy se preocupava.

Ela se arrependeria do que tinha feito? Ele a *seduzira* ou pelo menos a fizera cair em tentação? Teria *engravidado*? Ou correria perigo de engravidar se continuassem o relacionamento? Não estava pronto para a paternidade. Nem para a *maridice*. Aquela palavra existia? Provavelmente não. Deveria escrever seu próprio dicionário. Seria uma ocupação minimamente útil.

Watkins, o idiota, estava sentado em silêncio no quarto de vestir, à sua espera.

– Inferno, que horas são? – perguntou Percy, franzindo a testa.

Watkins olhou para o relógio, visível pela claridade da vela que Percy carregara até o aposento.

– Passam doze minutos das três da manhã, milorde.

Não fazia sentido ralhar ou reclamar. Percy permitiu que o criado o despisse e que lhe trouxesse uma camisola aquecida diante da lareira do quarto. Subiu na cama e logo adormeceu com Heitor encolhido, ofegando satisfeito a seu lado.

A Sra. Wilkes, que pedia para ser chamada de Meredith, apareceu na casa de Imogen na manhã seguinte, na companhia do Sr. Galliard, seu pai, e do filho pequeno. O Sr. Galliard, lembrou Imogen, era irmão da Sra. Hayes. Estava começando a entender gradualmente quem era quem entre os parentes.

Os três não tinham aparecido para uma visita, porém, e recusaram com muitos agradecimentos a oferta de café. Estavam descendo com o pequeno Geoffrey até a areia, para que o menino pudesse correr livre e gastar alguma energia. A criança, naquele momento, estava sentada na entrada, com os braços em volta de Flor, que ronronava feliz. Traziam um recado. As senhoras mais velhas iam para o salão de baile depois do café da manhã e pretendiam planejar a festa de aniversário.

– E, claro – disse Meredith com um sorriso –, deve ser o maior evento social jamais visto na região. Pobre Percy. Vai odiar. Mas aposto que sobreviverá à provação. E é o que merece, depois de fugir para Londres a fim de escapar de uma festa dessas em Derbyshire, bem no dia de seu aniversário. Tia Julia ficou arrasada.

– Esse rapaz foi mimado a vida inteira – acrescentou o Sr. Galliard carinhosamente. – Apesar de se sair mais ou menos incólume de tudo. O que Meredith esqueceu de acrescentar, lady Barclay, é que a senhora deve seguir até a residência principal o mais rápido que seus pés puderem transportá-la... *por gentileza*. Solicitam sua opinião, minha jovem. E minhas irmãs não devem ser desprezadas quando estão fazendo planos. Nem Edna Eldridge. Ainda não fiz uma boa avaliação de lady Lavinia, embora creia que ela esteja muito feliz e disposta a entrar em ação. O dragão, porém, não quer se envolver em um plano que tenha a intenção de celebrar um *homem*.

– *Papai*! – exclamou Meredith, rindo. – É mesmo verdade que a Sra. Ferby foi casada por apenas alguns meses quando tinha 17 anos, prima Imogen? E ela de fato levou o marido à morte de tanta preocupação?

Menos de meia hora depois, Imogen se dirigiu à residência principal em outra manhã maravilhosamente ensolarada. Tinha muitas *esperanças* de chegar ao salão de baile sem esbarrar com o conde de Hardford. Os eventos da noite anterior pareciam irreais à luz do dia, apesar da evidência física de uma leve e agradável ardência. Seria estranho e um pouco constrangedor revê-lo. Não conseguia nem pensar nele como *Percy*.

Por sorte ou azar, viu-o a distância, perto do Sr. Cyril Eldridge e de dois cavalheiros desconhecidos, que concluiu serem os amigos recém-chegados de Londres. Estavam conversando com James Mawgan, antigo ordenança de Dicky, que era agora o jardineiro-chefe.

Lorde Hardford a viu, ergueu a mão pedindo que esperasse e atravessou o gramado, seguido pelos outros cavalheiros. Ela colocou as mãos enluvadas na cintura e hesitou. Por Deus. Ele estava muito atraente e viril nos trajes de montaria. Os cavalheiros deviam ter voltado de uma cavalgada. Ele segurava um chicote. Imogen sentiu uma lembrança pulsante de onde ele estivera na noite anterior.

– Lady Barclay. – Ele tocou na aba do chapéu com o chicote de montaria. – Posso ter o prazer de lhe apresentar o visconde Marwood e Sidney Welby? Lady Barclay é a viúva do filho de meu antecessor, que morreu na península Ibérica. Ela mora naquela casa ali. – Ele acenou com a cabeça na direção da qual ela viera.

Os cavalheiros se curvaram e Imogen fez uma reverência.

– Ficará longe de minha mãe e de minhas tias se souber o que é bom para a senhora, lady Barclay – disse o Sr. Eldridge, dando um sorrisinho. – Estão prestes a obrigar toda a vizinhança a celebrar em grande estilo o aniversário de Percy, que já passou há muito tempo.

– Um grande baile, pelo que entendo – comentou ela. – Fui convocada para discutir o que deve ser feito com o salão.

– Pois bem, todos nós sabemos para que servem os salões de baile – afirmou o Sr. Welby. – Está condenado a ser o queridinho de todas as donzelas do vilarejo, Percy.

– Você também, Sid – retrucou Percy. – Por que outro motivo deixou Londres e veio para cá? Para um chá comemorativo reservado e decoroso? Já *conheceu* minha mãe antes, não é verdade? – Dirigiu-se a Imogen: – Permita-me acompanhá-la até o salão, lady Barclay. – Ele lhe ofereceu o braço.

Imogen hesitou. Teria recusado, mas os amigos dele poderiam considerar aquilo maus modos, e talvez o próprio Percy se sentisse tolo.

– Obrigada – disse ela, passando a mão pelo braço dele.

– Mostrarei a vocês o caminho para a praia – ela ouviu o Sr. Eldridge dizer aos outros dois cavalheiros. – Fui lá embaixo ontem.

– Imogen – chamou o conde em voz baixa, quando se aproximaram da casa. Olhava para ela.

– Lorde Hardford.

– Sou *lorde Hardford* esta manhã? – interrogou ele.

Sem muita disposição, ela virou o rosto para Percy. Queria que os olhos dele não fossem tão azuis.

– Está arrependida? – perguntou ele.

– Não.

Nunca se arrependeria. Estava determinada a não se arrepender.

– *Posso* voltar? – indagou ele. – Se não tiver mudado de ideia na dura luz do dia. Não necessariamente para ir para a cama.

Ela inspirou devagar.

– Pode ir – disse ela – tomar um chá e conversar. E para ir para a cama também. Eu espero.

Depois de decidir tirar uma espécie de férias da própria vida e ter um caso com um homem que ficaria por ali durante pouco tempo, ela queria ter direito a tudo que fosse possível. Em breve ele partiria. E *ela* também partiria – para Penderris Hall. Queria dormir com ele mais uma vez e outra e mais outra nesse meio-tempo – mesmo que devesse pagar o preço em lágrimas, como havia acontecido na noite anterior, depois que ele saiu.

– Voltarei, então – respondeu ele. – Para fazer as três coisas. Imogen.

Com essas palavras, eles entraram na casa. As jovens gêmeas estavam perseguindo Prudence pelo saguão, tentando pegá-la, o que parecia ser, com toda a clareza, uma causa perdida. Estavam coradas e risonhas e anunciaram a intenção de sair para ver os filhotes, se alguém quisesse lhes fazer companhia. Uma delas – era impossível identificá-las – deu uma piscadela para lorde Hardford, e as duas voltaram a dar risinhos. Não havia mais oportunidade para uma conversa particular. O conde abandonou Imogen às portas abertas do salão, depois de fazer uma careta ao ver a mãe, as tias e lady Lavinia reunidas lá dentro.

– Divirta-se.

– Ah, vou me divertir – garantiu ela. – Quero vê-lo dançando no cenário mais esplêndido possível.

– É melhor reservar todas as valsas para mim – disse ele.

– Se pedir com jeitinho – brincou ela –, talvez eu reserve uma.

Percy riu e se afastou. Imogen percebeu que estava sorrindo para ele.

Percy apoiava o ombro na divisória de madeira que tinha sido construída em torno do ninho de Penugem no estábulo, os braços cruzados sobre o peito, seu cão fiel sentado em alerta perto de suas botas. Sempre nutrira muito carinho pelos jovens da família, em especial por aqueles na desagradável faixa etária entre 5 e 18 anos, quando davam risinhos, gargalhavam, subiam em árvores ou nadavam em lagos sem permissão ou deixavam sapos na cama dos tutores ou jogavam aranhas no pescoço das preceptoras. Na verdade, a idade em que a maioria dos adultos achava os jovens cansativos, exasperantes, ocasionalmente odiosos e mais apreciados durante sua ausência.

Percy gostava deles.

A família tinha uma abundância deles, bem como dos menores de 5 anos, que todos adoravam por causa das bochechas rechonchudas, das perninhas gorduchas e das vozes balbuciantes. Mas, naquele dia, apenas Alma e Eva estavam disponíveis, e lá se encontrava ele, porque elas faziam questão de sua companhia. Estavam dando gritinhos por causa dos filhotes e os botavam no colo um por um, enquanto Penugem observava com preocupação. Tentavam decidir qual gatinho levariam para casa – pareceram concordar em dividir a guarda de um dos filhotes. Os bebês não poderiam ser afastados da mãe até depois de as meninas partirem, mas ele deixou que as duas sonhassem.

Como resultado da visita da mãe e da tia ao vilarejo, na tarde do dia anterior, com lady Lavinia, parecia que quatro dos seis gatinhos já estavam comprometidos. E as irmãs Kramer e sua mãe aparentemente tinham encontrado Biddy, a cadela salsicha, em alguma ocasião, e decidiram que era a coisa mais linda que já haviam visto. Talvez pudessem ser persuadidas a ficar com ela, embora todos fossem sentir sua falta.

Ele se pegou concordando, mas insistindo que isso *somente* poderia acontecer se também levassem Benny, o amigo alto de Biddy, pois os dois eram inseparáveis. E dissera aquilo, surpreendendo a si mesmo, nem tanto na esperança de se livrar de dois bichos de uma vez só, e sim pela preocupação com o bem-estar dos cães. Apesar de ser uma *boa ideia* reduzir a quantidade de animais na casa. Flor tinha se estabelecido bem na casa de lady Barclay. Penugem desenvolvera talentos para caçar ratos em algum momento antes de chegar a Hardford, ao que parecia, e vinha obtendo grande sucesso desde a mudança para o estábulo. Ela ficaria por lá.

No entanto... se a visão de Percy não o enganara, um gato terrivelmente grande e feio, vira-lata e de sexo desconhecido, com a pelagem desgrenhada, ar feroz e longos bigodes, havia atravessado seu caminho enquanto ele descia a escada para o desjejum naquela manhã. Um desconhecido, nada menos do que isso. Um futuro residente? Estaria lady Lavinia esperando que Percy não percebesse? Ou então ela o avaliara e chegara às próprias conclusões. Uma possibilidade perturbadora, essa.

Houve discordância. As meninas discutiam alto, indignadas... até voltarem a dar muitos risinhos.

Os olhos de Percy pousaram, meditativos, sobre Bains, o auxiliar do estábulo com as pernas deformadas, que espalhava palha fresca na baia usada para o cavalo de Sidney. E pensou em Mawgan, o jardineiro-chefe, com quem estava trocando algumas palavras quando viu lady Barclay. Bains tinha passado por muitas amarguras. Fora preterido ao se oferecer para ir à península Ibérica e depois tivera as pernas quebradas, assim como seu espírito. Ainda era apenas um auxiliar no estábulo. Em comparação, Mawgan havia partido para a guerra como ordenança de Barclay. Voltara com uma pequena nódoa de covardia em torno de si, talvez injustificada, e fora premiado com o que parecia ser uma benesse. Era o jardineiro-chefe, mas, de acordo com Knorr, outro homem executava tal função na prática, pois era a ele que os outros jardineiros se voltavam para pedir instruções. Até aquele momento, Knorr não conseguira descobrir exatamente o que Mawgan fazia para merecer seu salário, embora ainda estivessem em fevereiro, ou melhor, não fosse o auge da época de trabalho nos jardins.

Talvez ele simplesmente devesse deixar o sujeito em paz, pensou Percy. Talvez merecesse algum reconhecimento pelo serviço prestado ao visconde Barclay e não fosse talhado para nenhuma tarefa em particular na propriedade. Crescera na parte baixa do vilarejo, filho de um pescador já falecido. Aparentemente, também não tinha aptidão para a pesca.

As meninas pareciam ter se cansado dos gatinhos e faziam carinho em Heitor, que elas declaravam ser *tão feio*, pobrezinho, mas *tããããããão* bonzinho... Deveria levá-las até a praia, pensou Percy. Só que havia mais uma coisa que o incomodava.

Era algo relacionado a deixar as coisas em paz, a não mexer no que estava quieto. Parecia pensar nessas expressões com muita frequência, talvez com bons motivos. Por que dar a cara a tapa e talvez mexer em um vespeiro? E que combinação terrível de imagens era aquela!

– Vocês deveriam descer até a praia – sugeriu ele. – É um belo dia para essa época do ano. Cyril está lá embaixo com Welby e Marwood. Levem Beth com vocês.

– De modo algum! – exclamaram as duas em uníssono.

– Se Beth vier, vai ficar *exausta* por descer aquele caminho íngreme e simplesmente vai *ter* que se apoiar no braço do visconde Marwood ou no do Sr. Welby. Aí eu ou Alma vamos ter que ficar com *Cyril* – explicou Eva. Percy sempre conseguira distinguir as gêmeas, às vezes para desgosto delas.

– Para ser justo – disse ele, dando um sorriso maroto –, isso seria um sacrifício igualmente grande para seu irmão e para vocês.

As duas fizeram caretas idênticas e saíram correndo na direção da trilha do penhasco antes que ele pudesse insistir que incluíssem sua irmã no passeio.

Percy voltou para a casa. Encontrou Crutchley apropriadamente na despensa do mordomo, vestido com um grande avental, limpando um par de rebuscados castiçais de prata que costumavam ficar sobre uma prateleira na sala de jantar.

– Vou dar uma olhada no porão – avisou Percy, recebendo um olhar incisivo como resposta. – É a única parte da casa que ainda não conheço.

– Não há muito que ver lá embaixo, milorde – disse o mordomo –, além de teias de aranha e garrafas de vinho.

– Talvez – comentou Percy – o senhor ou a Sra. Attlee pudessem dar ordens para remover as teias, Crutchley, e as aranhas que costumam acompanhá-las. Enquanto isso, descerei até as entranhas da terra, pois não tenho medo de aranhas... nem de vinho. Pode me acompanhar, se quiser, embora não seja necessário abandonar sua importante tarefa. Levarei uma vela, e espero que ela não se apague e me deixe perdido no mesmo tipo de escuridão que experimentei em meu quarto naquela noite, depois que instalaram as tais cortinas na minha janela.

Crutchley o acompanhou.

Na verdade, havia consideravelmente mais lá embaixo do que apenas vinho – toda a parafernália habitual que se espera descobrir no porão ou no sótão de qualquer casa. Curiosamente, não havia nenhuma teia de aranha até onde Percy conseguia enxergar. Uma porta lateral, fechada e trancada, se abria na adega, adequadamente abastecida, sem excessos. Uma porta do outro lado, também fechada e trancada, se abria...

Pois bem, na verdade não se abria de forma alguma. Crutchley procurou

174

em seu molho, grunhiu e lembrou-se de que aquela chave em particular andava desaparecida havia algum tempo e ele não fazia ideia do que tinha acontecido. Mas não tinha importância. Nunca houvera nada ali dentro.

– Ah – suspirou Percy. – Aposto que é por isso que há uma porta com tranca. É preciso ter todo o cuidado com espaços vazios. O vazio pode tentar escapulir e provocar danos irreversíveis.

O mordomo franziu a testa e pareceu não compreender.

– Se a porta... e a tranca... não servem a nenhum propósito – prosseguiu Percy –, mandaremos que alguém derrube a porta para ganharmos mais espaço de armazenamento. Deve haver um espaço considerável lá dentro, eu suponho. O porão se estende pela casa inteira?

– Acredito que sim, milorde – confirmou o mordomo. – Nunca pensei no assunto. Não me lembrava desse aposento como sendo tão amplo. E é muito úmido. Foi por isso que o antigo conde construiu uma parede e colocou a porta... para afastar a umidade.

Percy voltou a olhar a porta que dava acesso à adega. Estava fora do alcance de sua vela, porém, e ele foi obrigado a recuar. Sim, percebia que a porta e a parede onde ela se encaixava eram bem mais antigas do que as que levavam ao aposento vazio e úmido.

– Atrevo-me a dizer, então, que seria melhor deixar a porta no lugar e esquecer a chave perdida.

– Sim, milorde – concordou o mordomo.

Percy saiu da casa pela frente e a contornou até os fundos. Havia portas traseiras, como ele sabia, que se abriam para a horta e outras áreas frequentadas pela criadagem. Havia também uma entrada de serviço na parte da casa mais próxima do estábulo – o mesmo lado da casa onde ficava a adega. Percy tinha visto antes. Foi olhar no outro lado. E lá estava a porta, fechada e muito bem trancada – o que não era surpresa. Parecia também negligenciada, como se não fosse usada havia muitos anos. Não havia um caminho que conduzisse até ela nem qualquer evidência de que tivesse sido usada nos últimos tempos. Ao observar melhor, porém, encontrou alguma sujeira recente deixada por diversos pés, a partir da porta. Percebeu leves sinais de linhas retas na grama, separando as folhas.

Maldição, pensou ele, o velho conde, seu antecessor, tinha fechado o porão na casa de Imogen para que não fosse mais usado por contrabandistas. Mas transferira tais atividades para um bom pedaço do porão da residência principal? Se Percy não estivesse enganado, a terra revolvida parecia ter bem menos de dois anos, ocasião da morte do velho conde.

Devia ter havido uma consternação geral quando ele aparecera ali algumas semanas antes. Um esforço valoroso tinha sido feito para, no mínimo, deslocá-lo para os fundos da casa, de onde seria menos provável ver um bando de contrabandistas arrastando seus produtos para dentro do porão, em uma noite escura e tempestuosa. Depois que o plano fracassou, uma tentativa desesperada tinha sido feita para evitar que qualquer luz vinda de atividades externas penetrasse na escuridão de seu quarto.

Isso significava que Crutchley estava envolvido? E quem mais da criadagem? *Todos eles*?

Que inferno. Precisaria fazer de conta que nada estava acontecendo – de novo isso – ou tentar *resolver* a situação.

O hábito de uma vida inteira era fechar o olho, de preferência os dois. Parecia ser o hábito dos vizinhos também, quer se beneficiassem ou não das transações.

Que importância tinha para ele se os moradores da região gostavam de brandy e de outros luxos e uma pessoa – provavelmente *uma pessoa* mesmo – explorava e aterrorizava os habitantes, *talvez até mesmo seus próprios criados*, e enriquecia muito com a atividade? E quebrava as pernas de um pobre rapaz que talvez tivera a louca coragem de manifestar suas objeções porque seu herói, lorde Barclay, deixara claro o que pensava antes de ir para a guerra.

Quem era essa pessoa? Alguém que ele conhecia?

Esperava que não.

Mas tinha importância, claro que sim. Que droga, aquilo importava. E lá estava ele. Hora da decisão. Continuaria a se deixar levar pela correnteza da vida, procurando prazer e evitando a dor, como vinha fazendo nos últimos dez anos? Ou chafurdaria na lama tal qual um maldito cruzado e mártir, mexendo nos vespeiros, revirando tudo, perturbando a paz da vizinhança e de todos? E por quê? Para que todos pudessem tomar brandy de categoria inferior? Ou para que quebrassem *suas* pernas?

Percy examinou suas alternativas, um tanto taciturno.

Dali em diante, nos seus aniversários, ele ficaria sozinho diante da lareira, enrolado numa manta, com um capuz na cabeça, os chinelos nos pés, bebendo chá com leite. Também teria que aprender a tricotar. Por que diabos decidira ir até aquele lugar?

Tinha *tudo*. Não. Tinha *tido* tudo. Não mais. Algo estava faltando. Respeito próprio, talvez.

E não a teria conhecido se não tivesse viajado para lá, pensou ele enquanto voltava para a frente da casa. E não teria praticado devassidão nas próprias terras. Não. Bobagem. Não havia devassidão naquele ato. O que havia acontecido na noite anterior fora por desejo absolutamente mútuo e muito bom. Na verdade, ele ia encontrar um jeito de voltar à noite. A dama o convidara, não? Aquela conversa sobre chá e sexo...

Havia algo que o aborrecia com relação a tudo, porém, e ele não sabia ao certo o que era.

Não tinha certeza de *nada*. Esse era o problema.

CAPÍTULO 16

O baile aconteceria em dez dias, dois antes da data em que Imogen era esperada em Penderris Hall. Ela chegou a nutrir uma vaga esperança de que acontecesse depois. Não queria se envolver demais... em quê? No apelo de ter família e risos? De voltar à vida?

Os pensamentos a perturbaram enquanto participava dos planos e ajudava tia Lavinia a se lembrar de todas as pessoas que deveriam ser convidadas e que moravam a um raio de muitos quilômetros.

Um esquadrão de limpeza seria enviado ao salão. Cada centímetro, do chão ao teto, seria lavado, esfregado, desempoeirado e polido até recuperar a vida. Haveria arranjos florais por toda parte – um desafio para a primeira semana de março, mas nada impossível –, além de um banquete extravagante e uma orquestra completa. Salas seriam reservadas aos jogos – e baralhos, claro, para aqueles que preferiam – e um ou dois lugares mais tranquilos para os convidados que quisessem se afastar da agitação do salão.

Apesar de seus pensamentos, Imogen se surpreendeu ao constatar quanto apreciou a manhã e a interação com as outras damas, borbulhantes de energia e entusiasmo. Ficou feliz, porém, por não residir na casa. Era um alívio saber que poderia se retirar para o próprio lar. Nunca deveria perder de vista quem era nem a vida que havia escolhido.

Ah, e seria facílimo perder o rumo, naturalmente. Todas as terminações nervosas de seu corpo sofreram um abalo quando o conde entrou na biblioteca – ou foi o que pareceu. Pelo ar cordial dela, ela percebia que tinha sido surpreendido e não estava exatamente feliz.

Como ela *sabia*?

Imogen recusou o convite para o almoço, mas prometeu ocupar um assento em uma das carruagens depois do jantar. Tinham sido convidados, todos eles, para uma noite informal com o almirante e a Sra. Payne. Era um gesto corajoso deles, pensou Imogen, abrir as portas de casa para um grupo tão grande, formado por desconhecidos, em sua maioria.

– Deve acompanhar sua prima até em casa – disse a mãe dele.

Imogen abriu a boca para protestar, mas ele se antecipou.

– Claro, mamãe – concordou, lançando um sorriso educado para Imogen.

– Não há a menor necessidade – comentou ela, quando tinham saído. – O dia ainda está claro. – No entanto, sentia seu coração cantar.

– Pelo contrário. – Ele ofereceu o braço e ela aceitou. – É a coisa mais necessária do mundo. Sempre faço o que minha mãe manda, exceto quando não faço. Além do mais, pode haver lobos.

Ela riu. Até para seus próprios ouvidos, o riso soou estranho. O mundo parecia mais iluminado naquele dia. O sol brilhava e havia um vestígio de calor em seus raios.

Percy lhe perguntara algumas horas antes se poderia visitar de novo sua casa. Ele *queria* voltar, então. E a vida parecia perfeita – pela semana seguinte. *Apenas* pela semana seguinte. Depois haveria Penderris, e o recomeço da vida normal. Nesse ínterim, o braço dele era firme; os ombros, largos, mesmo sem o volume de todas as capas do sobretudo; e a aura habitual de masculinidade se estendia e a envolvia.

– Imogen – começou ele –, sabe como prevenir a concepção?

E o encanto se quebrou. Sentiu um aperto na boca do estômago com espanto e constrangimento.

– É desnecessário – garantiu. – Sou estéril.

– Em quatro anos de casamento, não perdeu bebês? Nenhum natimorto?

– Não – respondeu ela. – Não houve nada.

Tomaram um atalho pelo gramado.

– E como sabe – perguntou ele – se a... culpa, se essa é a palavra correta, não era de seu marido? Ele deixou filhos?

– Não! – Ela lançou um olhar indignado para ele. – Não fez isso. Ele não era *assim*. Procurei um médico. – O rosto corou com a lembrança.

– Quem? – indagou ele. – Soames?

– Sim.

Havia muito tempo. Mais de dez anos. Era tempo o bastante para que ela pudesse se encontrar socialmente com o médico sem pensar no assunto, sem a lembrança daquele constrangimento. Mesmo na época, ela tinha lembrado a si mesma que ele fazia partos e estava acostumado a ver de tudo.

– Ele afirmou que você era estéril? E seu marido também o *consultou*?

– Não, não houve necessidade. A culpa era minha. Não precisa temer um casamento forçado, lorde Hardford.

– Percy não é o melhor nome do mundo para se carregar por aí – disse ele –, e Percival é pior ainda. Mas prefiro qualquer um dos dois a *lorde Hardford*. Pelo menos em seus lábios.

– Não o farei cair numa armadilha matrimonial, Percy – confirmou ela.

– Nem eu farei o mesmo – garantiu –, apesar de ter colocado você em perigo na noite passada, antes de saber que não havia perigo nenhum.

Um grupo de pessoas passou por um vão entre os espinheiros no fundo do gramado, acompanhado por barulho, risos e exuberância geral: o Sr. Eldridge, suas irmãs gêmeas, o Sr. Galliard com o pequeno Geoffrey bem seguro, Meredith e os dois cavalheiros que tinham cavalgado mais cedo com o conde. O menino soltou a mão do avô ao ver o conde e saiu correndo pelo gramado, com os braços abertos, a boca escancarada comunicando ao gritos notícias sobre a construção de um castelo de areia e sobre ter molhado os sapatos e as meias no mar e sobre ter entrado em uma caverna grande e escura sem sentir nem um pouquinho de medo.

Percy abriu os braços e pegou o pequeno, sacudindo-o em um círculo no alto, antes de colocá-lo de novo no chão.

Imogen sentiu o coração um pouco apertado. Havia se disciplinado a pensar que o fato de ser estéril era, no fundo, uma bênção. Se tivessem tido filhos, ela não teria podido acompanhar Dicky na península Ibérica. Teria ficado sem as lembranças do último ano com ele – as *boas* lembranças. Por outro lado, talvez, pensou, se houvesse filhos, ele não tivesse ido. Talvez tivesse ficado e se reconciliado, de algum modo, com a situação difícil criada pelo pai. Talvez ainda estivesse vivo e a seu lado.

Pensamentos inúteis!

Era desconcertante, porém, ver que o conde de Hardford gostava de crianças – ou pelo menos daquela criança. Daria um bom pai? Ou seria negligente com os seus, deixando-os sob os cuidados da esposa, das amas, dos tutores e das preceptoras? Porém, ele tinha o exemplo de pais amorosos e de uma família numerosa e íntima.

Por um instante, ela se permitiu sonhar com a vida como poderia ter sido, mas logo reprimiu o sentimento. Aquele era o problema de baixar a guarda. Permitira a si mesma férias curtas em que teria um amante, mas agora outros pensamentos e sentimentos tentavam se esgueirar – ou atropelá-la.

– Devemos esperar ansiosamente por um grande baile em comemoração ao aniversário de Percy, lady Barclay? – perguntou o visconde Marwood, com um sorriso malicioso, enquanto o resto do grupo se juntava a eles. Trazia uma gêmea feliz em cada braço. Meredith estava de braço dado com o Sr. Welby.

– Ah, mais grandioso ainda – garantiu Imogen, e houve muitos gritos animados e risos, como se ela tivesse contado a piada da década.

– E você achava que só conseguiria celebrar os 30 anos uma vez na vida, Percy – disse o Sr. Welby. – Está sem sorte, meu velho.

Imogen e Percy continuaram a caminhar até a casa dela, enquanto o grupo retomou o rumo da residência principal, mas ela não deixou de perceber a piscadela do Sr. Welby dirigida ao conde.

Percorreram em silêncio o resto do caminho até a casa.

– Os eventos sociais no interior costumam terminar a uma hora decente, tarde da noite, em vez de a uma hora indecente, no início da manhã, como acontece na cidade – comentou ele quando chegaram ao portão. – Acha que estaremos de volta antes da meia-noite?

– Normalmente, eu diria que sim, com certeza – confirmou ela. – No entanto, a vizinhança está empolgadíssima com a presença de tantos visitantes de Hardford, e a Sra. Payne gosta de demonstrar que não tem costumes rústicos. Pode acabar mais tarde.

Ele pousou as mãos ao lado das dela, no portão, sem chegar a tocá-las.

– E o que seria tarde *demais*, lady Barclay? – perguntou.

– O alvorecer – respondeu ela. – O alvorecer seria tarde demais.

– Devemos, então – disse ele –, torcer para que a Sra. Payne nos deixe partir bem antes do amanhecer. Não gosto de me apressar na busca pelo prazer.

– Vamos torcer – concordou ela.

Sob a aba da cartola, os olhos dele pareciam ter um tom mais escuro do que o céu.

Ele assentiu, tocou de leve a mão direita dela e deu meia-volta para atravessar o gramado, as pregas pesadas do sobretudo batendo de forma sedutora no cano alto das botas.

Imogen procurou as pequeninas flores de flocos de neve no jardim. Havia cinco delas abertas.

Nos últimos cinco anos, a primavera vinha sendo definida por seu reencontro com os companheiros do Clube dos Sobreviventes, em março. E agora? Ah, agora havia o despertar da alegria que sentia quando a terra voltava à vida, deixando o inverno para trás. A luz dissipava as trevas, a cor substituía a monotonia, a esperança...

Mas não. Ela manteria essa satisfação como um júbilo exterior. O mundo estava lá fora, para além dos limites da sua pessoa. E brotava a vida, renovada e exuberante, como sempre acontecia. Seu coração se alegraria um pouco.

Piscou para afastar as lágrimas – de novo? – antes de entrar na casa.

A Sra. Payne teria condições de ser a anfitriã de um salão londrino, decidiu Percy durante a noite. Era um pouco irritadiça, ferina, quando não estava ocupada em ser gentil com ele e com seus convidados, mas sabia controlar um grupo um tanto grande e variado.

As irmãs Kramer, que pareciam gostar de *tomar conta* de tudo – ele apostava que faziam parte de todos os comitês da igreja local –, sugeriram música assim que todos chegaram e até puxaram as próprias cadeiras e a da mãe para um pequeno círculo em torno do piano, que se encontrava a um dos cantos do salão. De fato haveria música, disse a Sra. Payne com uma suavidade que cortava feito faca, mas *depois* do jantar, para que contribuísse para o relaxamento de todos antes de partirem para casa.

Ela mandou o almirante verificar se todos tinham bebidas – havia uma variedade impressionante de garrafas e decantadores em um grande aparador, bem como um jarro de limonada, um bule grande de café, em prata, e um bule de chá combinando, protegidos por grossos abafadores. A dama acompanhou os convidados mais velhos até uma sala menor, contígua ao salão, e acomodou-os em algumas mesas que haviam sido preparadas para os jogos de carta. Selecionou Sidney e Arnold como os líderes de equipe que escolheriam os times do jogo de charadas – uma atividade perfeita quando boa parte dos presentes era muito jovem. E até alguns dos mais velhos apreciariam a oportunidade de serem bobos de vez em quando. A Srta. Wenzel, quase saltitando da cadeira de tanta empolgação, era muito boa em decifrar as palavras mais pateticamente encenadas, e Alton era um excelente ator e não parecia se importar em fazer papel de palhaço.

Antes que a empolgação com o jogo diminuísse, a Sra. Payne convocou um grupo de criados para enrolar o tapete e em seguida ocupou o piano para tocar algumas peças campestres vigorosas para os jovens. Quatro pares teriam bastante espaço no salão, seis ficariam um tanto apertados. Houve oito casais a cada dança, algumas cotoveladas, pés pisados, uma barra de vestido ligeiramente rasgada e muitos risos. Um nono par seria uma impossibilidade física, no entanto, conforme Percy descobriu durante a terceira dança quando tentou se esgueirar no fim da fila com lady Quentin. A Sra. Payne chegou a parar de tocar para dizer isso a eles.

Um excelente jantar foi servido em uma sala espaçosa, acompanhado por conversas animadas. Depois, como prometido, alguns dos convidados tocaram música até que a Sra. Payne instruísse seu mordomo a mandar as carruagens para a porta. Passava um pouco das onze e meia da noite. Chegaram em casa antes da meia-noite.

As primas, as tias e a mãe de Percy se recolheram depois de alguma conversa animada no saguão. A maior parte dos homens não subiu e se reuniu na biblioteca, onde atacaram as bebidas alcoólicas de Percy, refestelando-se nas poltronas mais confortáveis. A bicharada também se concentrava lá, pois alguém havia se descuidado e deixado que escapassem do quarto da segunda governanta, onde deveriam ficar quando não estivessem parecendo sob supervisão. Ou talvez fosse mais preciso dizer que alguém continuava a ser descuidado, pois aquela regra nunca fora cumprida com regularidade, até onde Percy percebia.

Entre os animais encontrava-se o novo gato, designado pelo nome de Pansy. Estava encolhidinho na lateral da lareira, perto do depósito de carvão, e lançava olhares furiosos para os recém-chegados, como se esperasse que algum deles o chutasse longe a qualquer momento. Era um gato incrivelmente magro e maltratado.

Tios, primos e amigos logo engataram no tipo de conversa tardia que se arrastaria durante horas. Depois de meia hora, Percy olhou com firmeza para Heitor, escondido atrás da escrivaninha, e o abençoado cãozinho veio trotando, parou diante dele e o encarou sem piscar, com seus olhos esbugalhados, a língua de fora, uma orelha e meia em pé e três quartos de rabo.

– Precisa sair, é isso, Heitor? – perguntou Percy com um suspiro. – E espera que eu o leve? Ah, muito bem. Preciso mesmo esticar as pernas.

Sidney Welby não se deixou enganar nem por um momento. Deu uma piscada bem lenta para Percy, que se levantava, e nada falou.

– Minha nossa, Percival – disse tio Roderick, soando ultrajado. – Os criados podem levar os cães para fora, para que façam suas necessidades, se é que precisam de companhia. Eu me sentiria afortunado se permitisse que esse cão saísse e nunca mais voltasse. Vá me perdoar, mas ele é a encarnação da feiura patética. É uma afronta a qualquer amante da beleza.

– Mas ele tem um nome grandioso – argumentou Percy – e vem se esforçando bastante para corresponder.

E saiu para pegar o casaco e o chapéu enquanto Heitor corria atrás dele. Sidney havia manifestado seus pensamentos naquela tarde:

– Então você e a viúva alegre, hein, Percy? – dissera. – Ela é bela, por Júpiter. Mas um pouco mais formidável do que seu tipo habitual, talvez?

– Está se referindo a qual viúva alegre? – perguntara Percy.

Só que a resposta não saíra à altura da provocação, precisou admitir a si mesmo, embora tivesse erguido o monóculo quando pronunciou a frase.

– Ela perdeu a oportunidade de adquirir a outra metade do título quando o marido foi morto, não é? – acrescentara Arnold, com um aceno de cabeça. – Cuidado, Percy. Talvez ela tenha planos de providenciar a outra metade casando-se com o conde de Hardford.

– Vocês dois – comentou Percy, amistoso, com o monóculo quase no olho – podem ir para o inferno com minha bênção. E espero que renunciem à ideia de espalhar boatos envolvendo o nome da dama, pois ela vive em minhas terras, em uma casa de minha propriedade, por isso merece o respeito de todos os meus visitantes.

– Ele está no alto do cavalo, Sid – dissera Arnold. – Não se usa o verbo *renunciar* em conversas corriqueiras. Chegamos a mencionar o nome de alguma dama específica, Percy?

– Alguma coisa confundiu seu cérebro, Arnie – acrescentara Sidney. – É comum mandar alguém para o inferno com *pragas* em vez de bênçãos, não é? Uma contradição em termos, garotão. Acredito que Percy *está* com a viúva alegre, Arnie.

– Acho que tem razão, Sid – respondera Arnold. – Com toda a certeza estão juntos.

Percy mandou os dois para o inferno de novo – *com sua bênção* – e mudou de assunto.

Era esperar demais, pensava ele ao percorrer o caminho até a casa da viúva – era uma noite terrivelmente escura, mas ele não voltaria para pegar uma lanterna –, que não houvesse comentários entre seus familiares como já acontecia entre os amigos. Eles não eram tolos, e as mulheres conseguiam sentir o cheiro de romance a quilômetros de distância. No entanto, os homens ficariam quietos, a não ser por algumas provocações bem-humoradas quando as damas não estivessem por perto. E as damas pensariam apenas em termos de corte e casamento. Se não tomasse cuidado, elas já estariam planejando o matrimônio antes mesmo de terminarem o baile de aniversário.

Só esperava que não houvesse mexericos entre os vizinhos. Não faria diferença para ele, já que partiria em breve. No entanto, Imogen continuaria a viver ali. Mas não acreditava que houvesse. Tinha sido muito cuidadoso para não ignorá-la – o que poderia parecer suspeito –, mas também para não lhe dar nenhuma atenção excessiva. Valsara com ela na festa do vilarejo, mas já tinham decorrido duas semanas desde aquela ocasião.

Percy passara metade da noite tentando ignorar o fato de que Wenzel raramente a deixava em paz, apesar de ficarem em times opostos durante os jogos de charadas. Na outra metade, percebeu que Alton também estava de olho nela. O fato de que ele *prestava atenção* nessas coisas era suficiente para fazer um homem ranger os dentes.

Ainda havia luz na janela da sala de estar.

Naquela noite, ele não tentou fechar o portão silenciosamente. Nem suspendeu o batedor por vários segundos, antes de deixá-lo cair. Naquela noite, estava esperando que a porta se abrisse depressa. Ela ainda usava a roupa do evento. O rosto estava corado, o olhar brilhante. Ele cruzou o umbral enquanto Heitor trotava e se dirigia à sala de estar, tomou a lamparina da mão dela, pousou-a na cadeira, onde deixara o casaco na noite anterior, tomou-a nos braços sem fechar a porta e a beijou.

Sentia-se como um homem que voltava para casa, para a esposa, depois de um dia duro de trabalho – um pensamento ligeiramente alarmante.

– Não se case com Wenzel nem com Alton – ele se ouviu dizer quando parou para respirar. – Prometa.

Seria uma boa ideia se, às vezes, a cabeça avisasse a boca sobre o que ele estava prestes a dizer.

Ela ergueu as sobrancelhas e passou por ele para fechar a porta.

– Veio tomar uma xícara de chá, não é, lorde Hardford? – perguntou ela.

CAPÍTULO 17

Imogen sentia-se um pouco abalada. Ele a tomara nos braços logo depois que a porta se fechara. Estava rindo.

– Pretendo ser um amante ciumento, possessivo, autoritário, completamente insuportável, a quem mulher nenhuma poderia resistir – dissera, antes de voltar a beijá-la com força.

Em vez de se sentir indignada, ultrajada ou qualquer outra coisa apropriada – pois havia pelo menos um quê de seriedade no pedido dele de que ela não se casasse com o Sr. Wenzel ou com o Sr. Alton –, ela ruiu.

– Ah – murmurara ela, com um suspiro exagerado, piscando –, é *exatamente* o homem dos meus sonhos! Um mestre.

E tinham ido direto para a cama – depois que ele foi à sala de estar para abafar o fogo, para a provável decepção de Flor e Heitor. Em seguida, pegou a lamparina da cadeira perto da porta, entregou-a para Imogen e deixou o sobretudo e o chapéu.

Não se passou muito tempo, e ela percebeu que nem sabia onde estavam as roupas deles. Encontravam-se em algum lugar de seu quarto, mas nenhuma peça tinha sido colocada na cadeira perto da janela ou no banco diante da penteadeira. Suspeitava que estavam todas espalhadas pelo chão, o que as deixaria terrivelmente amassadas.

Naquele momento, os dois estavam deitados na cama, depois de terem feito amor duas vezes, em rápida sucessão, ambas com vigor. A lamparina ficara sobre a penteadeira, seu brilho duplicado pelo reflexo no espelho. Estavam cobertos para se manterem aquecidos na friagem da noite, embora ela tivesse acendido o fogo ao chegar. Não conseguia se lembrar de como as cobertas apareceram ali, depois de afastadas aos chutes quando os dois estavam ocupados demais para se preocuparem com o frio, mas ficou feliz por estar coberta. Percy estava largado sobre metade de seu corpo, o rosto no peito, um braço enlaçando a cintura, uma das mãos no seu braço, uma perna acomodada entre as dela. O cabelo dele fazia cócegas em seu queixo. Ela passou os dedos pelos fios. Era morno, espesso e macio ao toque.

Ele dormia, soltando ar quente entre seus seios, e ela pensou que não havia nada tão adorável quanto um homem entregue, indefeso, à vulnerabilidade do sono.

Não sentia a menor vontade de dormir, embora seu corpo estivesse saciado e lânguido. Sentia-se também abalada – por sua própria e terrível ignorância. Ter um caso com um homem atraente não se tratava de algo puramente físico. Não era sequer mental, pois fora ela quem tomara a decisão puramente racional de tirar umas curtas férias de sua vida.

Estava descobrindo que o caso também envolvia emoções. De fato, parecia-lhe que devia ser algo que envolvia *principalmente* as emoções. Seu corpo se recuperaria da privação que se seguiria ao fim do relacionamento deles. Assim como sua mente, com um pouco de disciplina – ela era boa em disciplina mental. Passara três anos aprimorando as habilidades necessárias, aperfeiçoadas em cinco anos de práticas constantes.

Quanto às emoções... Como se *sairiam* nos meses e talvez anos que estavam por vir? Quanto tempo levaria para que ela recuperasse o equilíbrio e a tranquilidade? Seria capaz de recuperar? Pois corpo, mente e emoções não funcionavam separadamente. De algum modo, tudo se conectava e formava algo único, e se havia um dominante, era provavelmente a emoção. Não tinha levado isso em consideração ao decidir aceitá-lo como amante.

Amante. Mas não estava apaixonada. Gostava dele. Apreciava ir para a cama com ele, para dizer o mínimo. Nada disso significava estar apaixonada. Por outro lado, não sabia como seria se apaixonar. Nunca tinha sentido por Dicky a euforia romântica descrita nas famosas poesias de amor. Não precisava. Ela o amara.

Como seria estar apaixonada? Talvez nunca soubesse, pois, mesmo que fosse possível, nunca se permitiria descobrir. Não tinha o direito.

Ia sofrer, sabia. E merecia.

Ele inspirou fundo e soltou o ar em um longo suspiro de satisfação.

– Você é o melhor travesseiro do mundo – comentou.

Ela baixou o rosto e o beijou no alto da cabeça.

– Estou me sentindo privada – disse ela – de chá e de conversa.

Quando ele se virou para ela, tinha um ar risonho e cheio de satisfação sexual. Levantou-se apoiado em um dos cotovelos e a cabeça pousada na mão. Passou a ponta dos dedos pela lateral do queixo dela, subindo pelo outro lado.

– Quando você era criança, costumava desejar que a refeição começasse logo pela sobremesa e deixasse os pratos mais consistentes, mais substanciais, para depois? – perguntou ele. – Ainda sou uma criança em meu coração, Imogen.

Ela virou a cabeça para dar um beijo na palma da mão dele, no lugar em que se unia ao punho.

– Mas *dois* pratos de sobremesa?

– Quando é algo especialmente delicioso, sim, com toda a certeza, e com um apetite voraz e saudável, sem pedir desculpas por isso – retorquiu ele. – Tem um roupão bem grosso?

– Tenho.

– Vista-o – ordenou ele – e coloque a água para ferver. Estou bancando o amante autoritário. Vou me vestir e segui-la, momento em que me transformo em um amante meigo, para acender o fogo na sala de estar e depois segurar a bandeja do chá. Em seguida, vamos beber e conversar. Não deve passar muito das duas horas da manhã.

Foi com um curioso misto de alegria e inquietude que Imogen desceu a escada minutos depois, bem agasalhada por sua camisola e o velho roupão, com a lamparina na mão – ele tinha ficado com uma vela. Havia algo maravilhosamente, perturbadoramente, doméstico naquela situação. Ele ia acender o fogo para ela? Levar a bandeja? E ficar para conversar às duas da manhã?

Era louco.

Eram loucos.

Ah, mas às vezes a insanidade parecia tão... libertadora.

Passavam doze minutos das duas, Percy viu no relógio, talvez treze. O fogo subia pela chaminé. Tinha uma xícara de chá na altura do cotovelo, com dois biscoitinhos açucarados no prato. Estava sentado a uma curta distância da lareira em um dos dois lugares da namoradeira, tão no meio quanto possível, assim como ela, ao seu lado. O sofá na verdade poderia acomodar até quatro pessoas, se necessário, especialmente se as duas do meio se espremessem, o braço dele sobre seus ombros, a cabeça dela no ombro dele.

Quando mencionara um roupão, esperara ver... pois bem, algo cheio de rendas e fitas. O que se apresentara era um roupão de veludo pesado, que devia ter pelo menos um milhão de anos. O tecido estava gasto, quase puído em alguns lugares, principalmente – o que era curioso – na região do traseiro. Devia ser um número acima do tamanho que ela usava e tinha se tornado disforme. Cobria cada centímetro do corpo dela, do pescoço aos punhos e tornozelos. Deveria tê-la feito ficar completamente deselegante, em especial ao ser combinado com um par de chinelos que, com certeza, tinha *meio milhão* de anos. Ela não tinha prendido o cabelo nem o soltado. Jogou-o para trás e o manteve ali com um laço fino.

Estava deliciosamente deslumbrante – boa demais para ser só a sobremesa. Imogen era o banquete inteiro.

Ficou um pouco alarmado com aquele pensamento. Ela *não deveria* parecer apetitosa, especialmente quando comparada com... pois bem, com todas as outras mulheres com quem ele se relacionara. E como diabo havia sido o desempenho dele na cama dela? Ele a tinha possuído duas vezes, tudo dentro de quinze minutos, no máximo. Não, corrigindo, eles se possuíram. Não tinha a menor queixa a respeito do desempenho dela, embora não tivesse usado nenhum recurso feminino para prolongar ou intensificar seu prazer. Ela apenas... se soltara.

Pegou um biscoito no prato e deu uma mordida.

– Se acabar dormindo no meu ombro – disse ele –, vou ficar aborrecido. Está na hora de conversar, lady Barclay. Sobre o que deseja falar? Sobre o clima? Sobre nossa saúde e a saúde de todos que conhecemos com todos os detalhes tétricos? Chapéus ou sombrinhas? Caixinhas de rapé?

Heitor se aproximara enquanto ele falava e desabara sobre um de seus pés. A gata, que se encontrava confortavelmente acomodada na própria cama quando ele entrara na cozinha, tinha dado um salto para o espaço vazio a um dos lados da namoradeira e se enroscara para se recuperar da exaustão de ter caminhado até a lonjura da sala de star.

– Ah, eu adoraria saber das últimas modas em chapéus – disse ela. - Abas largas ou estreitas? Ostentando enfeites ou elegantemente sem adornos? Palha ou feltro? Presos sob o queixo ou apenas encaixados na cabeça, para provocar o vento? Mas suponho que, como homem, não seja capaz de me fornecer as respostas pelas quais tanto anseio.

– Humm – murmurou ele. – Que tal falarmos sobre caixinhas de rapé? Talvez eu consiga demonstrar mais conhecimento.

– Infelizmente, não tenho o menor interesse em caixinhas de rapé.

– Humm. – Ele mastigou o biscoito e franziu a testa, mergulhado em pensamentos. – Monóculos?

– Estou prestes a roncar – respondeu ela.

– Humm. – Ele pegou mais um biscoito. – Devemos chegar então à lamentável conclusão de que somos incompatíveis em tudo menos no sexo, lady Barclay?

– Infelizmente – comentou ela com um imenso suspiro... e depois caindo na gargalhada.

Era um som de puro divertimento, e ocorreu a ele, com um sobressalto, que podia estar se apaixonando por aquela mulher – mesmo sem saber muito bem como funcionava aquele negócio de se apaixonar.

Percy a silenciou com um beijo.

– Quer dizer então que é uma infelicidade o fato de sermos sexualmente compatíveis? – indagou ele.

– Você está com um gosto doce. – Ela ergueu o dedo, passou por cima do que ele imaginou ser um cristal de açúcar no canto de sua boca e levou a ponta do dedo à própria boca.

Que coquete! Comportava-se, naquele momento, sem pudor, como uma cortesã, e ele nem tinha certeza de que ela não sabia disso. Os olhos estavam grudados nele.

– Doce? – repetiu Percy.

– Não era você, afinal de contas. – Ela sorriu para ele. – Era o açúcar do biscoito.

– Humm.

– Me conte mais sobre sua infância – pediu ela.

– Foi na verdade bem tediosa e sem grandes acontecimentos – garantiu ele, esticando as pernas diante de si e cruzando-as na altura dos tornozelos. Heitor fez os ajustes necessários. – A maior aventura, de longe, foi o episódio do penhasco, que já lhe contei. Exceto nessa ocasião, fui um garoto dócil e obediente. Como poderia não ser? Eu era reprimido pelo amor. Meus pais me adoravam, assim como minha ama, que, para meu desespero, me acompanhou até minha partida para Oxford, aos 17 anos. Meus tutores também me apreciavam, até o que me dava golpes com a bengala para pontuar suas instruções e não hesitava em usá-la no meu traseiro quando eu não sabia as respostas certas para suas perguntas ou quando algo que eu havia escrito tinha um verbo no plural com um sujeito no singular ou outra coisa ultrajante. Ele me amava. Afirmara que eu tinha sido abençoado com uma boa dose de inteligência e que ele era pago para garantir que eu aprenderia a usá-la de modo apropriado, mas acredito que era motivado por mais do que apenas o dinheiro.

– Você odiava as aulas? – perguntou ela.

– De modo algum. Eu era o mais raro tipo de menino... gostava de aprender e gostava de agradar aos adultos que cuidavam de mim. Você não teria me reconhecido naqueles dias, Imogen.

– Sentia-se solitário?

– Minha nossa, de modo algum – disse ele. – Havia regimentos de parentes e outras pessoas. Fartura de tios e tias e abundância de primos. Não via os parentes com tanta regularidade, mas, quando os encontrava, eu me divertia muitíssimo. Estava entre os mais velhos dos primos e sempre fui grande para minha idade... *e* era um menino. Descobri que ocupava a posição de líder da tropa mesmo sem merecer e que esperavam que eu influenciasse os mais jovens a cometer travessuras. Até os adultos esperavam que eu fizesse isso. E quase sempre fiz o que era esperado de mim. Só que eram travessuras inocentes: subir em árvores, nadar em lagos, pisar em poças enlameadas pelo puro prazer de nos sujar por inteiro, se esconder nas moitas e saltar sobre os passantes inocentes gritando como dementes.

Ela virou a cabeça e acariciou de leve o queixo de Percy, contornando-o com o dedo indicador.

– Deviam ter me mandado para a escola – concluiu ele.

– Você se sentia *solitário*.

– Se eu me sentia, não sei bem se reparei muito nisso – disse ele. – Mas eu era terrivelmente inocente. Fiquei em estado de choque até a raiz do cabelo quando descobri que estudar era a última coisa que se esperava que alguém fizesse na universidade. O auge do sucesso acadêmico era beber com os companheiros de copo debaixo da mesa e dormir com todas as garçonetes de Oxford e arredores. Muito bem, Imogen, você *perguntou*, sabe?

– Sobre sua *infância* – lembrou ela. – E conquistou esses sucessos, não foi?

– De modo algum – discordou ele. – Pensei que estava ali para aprender e foi o que fiz. Só no fim é que me ocorreu de repente que eu era um sujeito completamente esquisito e fora de compasso em relação ao que se esperava de um cavalheiro. Era virgem quando deixei Oxford. E *isso*, milady, é algo que nunca contei a nenhuma alma viva. Estou descobrindo quão fatal é me envolver em uma conversa com uma mulher depois das duas da manhã.

Muito embaraçoso, na verdade. Que diabo o possuíra para divulgar aquele detalhe sobre seu passado inglório? Um virgem de 20 anos, nada menos do que isso.

– Preferia que não tivesse me contado – comentou ela. – Teria preferido me agarrar à impressão original que tive de você, pelo menos parte dela.

– Ah, fique à vontade – disse ele, retirando o braço que a envolvia e se inclinando no assento para beber o chá antes que esfriasse. – Logo me tornei o homem que você acha que eu sou, Imogen... e você não sabe da missa a metade. O sujeito inocente do passado realmente ficou para trás. Há muito, muito tempo.

– Claro que não – retrucou ela. – Somos feitos de tudo que vivemos, Percy. São a alegria e a dor de nossa individualidade. Cada um de nós é único.

Ele apoiou a xícara e olhou para trás.

– O mundo ficará bem feliz por haver apenas um de mim – garantiu ele.

– Você me contou bem mais do que o fato de ainda ser virgem aos 20 anos. E é algo que provavelmente ninguém mais sabe. A imagem que tem de si mesmo sofreu grandes abalos nos últimos dez anos. Sua vida se tornou desequilibrada, talvez porque os primeiros vinte anos tenham sido de uma felicidade quase perfeita, de diligência e de segurança. Teve ao mesmo tempo sorte e falta de sorte nesse aspecto, Percy. Agora se sente *inseguro*, um pouco indigno, e nem tem certeza de que gosta de si mesmo. Precisa encontrar o equilíbrio, mas não sabe muito bem como.

Ele a encarou por um longo momento antes de se erguer de modo abrupto, desalojando o pobre Heitor mais uma vez. Ocupou-se atiçando o fogo e alimentando-o com mais carvão.

– Mas não são muitos os que sabem fazer isso – prosseguiu ela, depois de um instante de silêncio, e ele teve a sensação de que falava mais para si mesma do que para ele. – A vida é composta por pares antagônicos... vida e morte, amor e ódio, felicidade e tristeza, luz e escuridão, e assim por diante até o infinito. Encontrar o equilíbrio e a satisfação é como tentar andar em uma corda bamba, entre todos esses antagonismos, sem escorregar para um lado ou para outro, acreditando que a vida deve ser só luz ou trevas, quando na verdade não é uma coisa nem outra.

Por Deus! O que *acontecia* naquelas conversas tarde da noite?

– Eu e você. – Percy se virou para encará-la. – Outro par antagônico.

A gata estava no colo dela. Imogen acariciava suas costas, suas orelhas, e Flor ronronava, com olhos fechados, em êxtase. Ele sentiu inveja.

– Peço-lhe desculpas – disse ela. – É muito presunçoso de minha parte tentar analisar sua vida e fazer um sermão.

Ele pôs um dos pés perto da lareira e apoiou o braço na cornija. Qual era o problema *com ela*? O cabelo estava desgrenhado. O roupão disforme estava amarrado em sua cintura como um saco. E seu discurso parecia o de uma preceptora afetada.

E ele a queria mais do que a qualquer outra mulher.

Imogen nem mesmo era particularmente feminina – não de um jeito rendado, enfeitado, empoado, perfumado e arfante. Não balbuciava de olhos arregalados, adorando-o, com a cabeça repleta de enfeites.

O que diabo queria dizer com aquilo? Será que estava descrevendo o tipo de mulher cuja cama ele costumava procurar?

Ela era... Qual era a palavra que Sidney empregara antes – na véspera, para ser mais exato? *Formidável*. Era isso. Ela era formidável. Aquele fato deveria repeli-lo. Mas ele se sentia atraído. Ah, outro par antagônico: atração e repulsa.

– Você e eu – repetiu ele. – Mas não houve equilíbrio esta noite, Imogen. Estive à frente de tudo, como é correto para um amante dominador.

Ela sorriu para ele – e a desconfiança desconfortável de que ele estava se apaixonando aumentou. Algo pouco familiar estava acontecendo, de qualquer modo, algo que atacava suas entranhas. E não era apenas o desejo de levá-la para a cama e satisfazer seus desejos até que os dois estivessem ofegantes e exaustos. O que havia além do desejo sexual era a parte pouco familiar e não identificada – a não ser que aquilo significasse *estar apaixonado*. Esperava que não.

Ela nunca deveria sorrir.

Ela sempre deveria sorrir.

Ele se sentia dentro daquela perigosa escala de opostos que ela mencionara.

– Sim, meu amo e senhor – respondeu ela.

Percy apontou o dedo para ela.

– Será você na próxima vez. Você me desnudou, Imogen, e não estou me referindo apenas ao que aconteceu no andar de cima, no quarto. Vou despi-la da próxima vez... e não estou me referindo *apenas* ao que vai acontecer no andar de cima, no quarto.

Ele sorriu para ela, mesmo depois que o sorriso dela se extinguiu.

– Só que esta noite, não – disse ele. – Tenho que levar em consideração meu criado pessoal. Não importa o que eu diga, ele insiste em esperar por mim. Provavelmente está no meu quarto de vestir neste exato momento, sem lareira, sem luz, um exemplo de paciência. Está na hora de ir para casa.

Imogen tirou a gata do colo com delicadeza e a colocou a seu lado. O animal retrucou com um miado indignado. Imogen então se levantou, tirou os pelos do veludo antiquíssimo do roupão e olhou para ele.

Percy reduziu a distância entre os dois e a beijou, envolvendo-a em seus braços. Porém, não havia desejo de levá-la para a cama, e aquilo o deixou um pouco nervoso. A única coisa que existia ali era o calor de abraçar uma mulher com quem se sentia cada vez mais à vontade, apesar de seus discursos quando ficavam a sós às duas da manhã.

Ela o acompanhou até a porta, segurando a lamparina com uma das mãos para iluminar o caminho até o portão, puxando o roupão até o pescoço com a outra. Ele olhou para trás depois de fechar o portão e tentou se convencer de que ela não era a visão mais atraente que ele já tivera em toda a sua vida.

Quanto antes partisse dali, depois do tal baile dos infernos, melhor para sua paz de espírito. Tocou na aba do chapéu com a mão enluvada e seguiu na direção da residência principal.

CAPÍTULO 18

As damas voltaram a tomar posse da biblioteca e do salão de baile. Imogen, Beth e Meredith escreviam convites. Alguns tios saíram com Knorr para observar a reconstrução de parte do muro da propriedade sem o uso de argamassa. Leonard e Gregory caminharam até Porthmare na companhia de Alma e Eva para entregar convites e visitar alguns novos conhecidos. Tio Roderick e Cyril tinham levado Geoffrey até a praia de novo.

Percy estava cavalgando pelas montanhas ao redor do vale com Sidney e Arnold.

– Se eu fosse você, Percy – comentava Arnold –, fecharia os olhos. Você disse que nada específico aconteceu por aqui desde sua chegada a ponto de levá-lo a agir.

– Nada além de uma cama molhada, o chão coberto de fuligem com uma ave morta coberta de fuligem e a instalação de uma cortina projetada para impedir a entrada da luz mesmo durante um dia ensolarado de verão – admitiu Percy. – Não, não estou ciente de nada além disso.

– Você logo partirá daqui, Percy – aconselhou Sidney. – Duvido que volte em pouco tempo. Não há muito para você nesta região. Além da viúva, quero dizer.

A afirmação fez Percy parar – e seu cavalo também.

– A *viúva*? – indagou ele, com gelo na voz.

A montaria de Arnold empinou quando ele puxou as rédeas. Ostentava um sorriso malicioso.

– Os últimos de nós cambalearam para a cama pouco antes das três da madrugada – contou ele. – Um dos tios comentou que você tinha sido mais esperto, porque devia ter ido direto para a cama depois de caminhar com o cão. Sid e eu fomos espiar seu quarto. O fogo ardendo, uma camisa de dormir estendida diante do calor, cobertas bem-arrumadas, nenhum sinal de Percy.

Enquanto contemplava a possibilidade de arrancar os dois homens de seus cavalos e bater suas cabeças uma contra a outra, Percy se deu conta de que os amigos esperavam que ele retribuísse o sorriso, confessasse seu paradeiro naquelas horas tardias e em seguida se gabasse de sua mais nova conquista. Tinham todos os motivos do mundo para esperar isso. Era o que ele faria normalmente. O que poderia ser tão diferente dessa vez?

Talvez *ele mesmo*? Estaria transformado ou, uma vez que o caráter não muda do dia para a noite, nem depois de uma centena de dias, era possível que ele estivesse *mudando*? Diabos. Precisava ir logo embora dali.

Olhou para o vale verde e sereno lá embaixo, cortado pelo rio, o vilarejo um tanto recuado na direção do mar.

– Partirei em breve – confirmou ele. – E duvido que volte para cá algum dia. É um maldito fim de mundo.

No entanto, sentiu-se desleal ao pronunciar essas palavras – desleal com lady Lavinia, com os Quentins, Alton e até mesmo Wenzel, com o vigário, o médico, as irmãs Kramer e os pescadores robustos. E ainda havia Bains, com suas pernas deformadas e o espírito alquebrado, e Crutchley, que podia ter algum envolvimento voluntário com o contrabando ou talvez fosse apenas vítima de intimidação. Havia o porão, que talvez estivesse lotado de produtos contrabandeados ou aguardando uma nova carga. Havia... Imogen.

Quanto tempo tinha passado ali? Duas semanas? Três? Não era nada. Um piscar de olhos. Esqueceria tudo em outro piscar de olhos assim que se afastasse.

Esqueceria Imogen.

Os homens continuaram o passeio.

Percy não se lembrava de ter se arrependido de ter se relacionado com qualquer uma das mulheres de seu passado. Havia sido ele a colocar um fim à maioria dos casos, mas nunca por lamentar o envolvimento. *Gostava* de ter casos. Eram um prazer mútuo descontraído, descompromissado e sem responsabilidades.

Já se arrependia do que havia começado com Imogen.

Ele a esqueceria, porém. Ela viajaria por alguns dias depois do baile. Percy partiria antes de seu retorno.

Era estúpido da sua parte ter se apaixonado. Presumia que era o que havia acontecido. Com certeza não conseguia explicar seus sentimentos de nenhum outro modo. Não gostava nem um pouco de estar apaixonado.

– Ele não quer falar sobre a viúva, Arnie – disse Sidney.

– Cheguei à mesma conclusão, Sid – concordou Arnold. – Mas eu ignoraria o contrabando se fosse você, Percy. Todo mundo faz isso. Não conseguirá impedi-lo, de qualquer maneira. Os agentes da receita nunca conseguem. E deve admitir que eles não têm a menor graça. É um prazer quando são engambelados.

– Além disso, você deve admitir, Percy – acrescentou Sidney –, que o brandy que entra no país pela porta dos fundos, por assim dizer, sempre tem um sabor melhor do que o legalizado. Também custa muito menos.

O mundo inteiro concordava, ao que parecia, que era melhor ignorar o que se passava bem debaixo do seu nariz. Quem era ele para se transformar em um cruzado? Nunca lhe ocorrera a ideia até chegar ali. Ter uma consciência e agir de acordo com seus ditames o tornava assustadoramente parecido com sua antiga personalidade estudiosa – desafinado, descompassado em relação ao resto do mundo. Um estraga-prazeres. Um chato. Um idiota.

– É verdade – disse ele. – Parece que existem antigas minas de estanho ali, do outro lado do vale. Vou descobrir exatamente onde ficam e organizar um grupo para explorá-las um dia desses.

E assim a conversa se desviou do assunto do contrabando e de seu relacionamento amoroso.

No fim da manhã, todos os convites tinham sido escritos. Imogen se permitiu ser seduzida pela sensação de estar em família enquanto as damas mais velhas entravam e saíam da biblioteca e as duas jovens tagarelavam durante o trabalho.

A Sra. Hayes, sua irmã e sua cunhada tinham discussões frequentes, algumas bastante acirradas. Mas nunca pareciam guardar rancor e, de algum modo, sempre encontravam um meio-termo nos planos que discutiam para a grande festa. Imogen também notara, em ocasiões anteriores, que o mesmo acontecia com as primas jovens, mas a briga sempre terminava em risinhos ou gargalhadas. As gêmeas às vezes evitavam de forma deliberada a irmã mais velha, mas certa vez ela vira Beth com uma irmã de cada lado, sentada diante do piano enquanto escolhia a música, cada uma das duas meninas com um braço em seus ombros. O irmão da Sra. Hayes parecia preferir a companhia da filha e do neto à de qualquer outra pessoa, mas portava-se com perfeita cordialidade quando se encontrava com o grupo, e até convidara o Sr. Cyril Eldridge, que nem era parente consanguíneo, a caminhar na praia com ele e o pequeno naquela manhã. Os dois cavalheiros mais velhos conversavam sobre temas da atualidade e tinham fortes discordâncias, mas em última instância pareciam satisfeitos ao concordar em discordar.

Imogen sentiu de repente saudade do irmão – e da mãe, que morava na distante Cumberland. A família – o sentimento profundo de pertencimento que se opõe à mera obrigação de visitar e escrever cartas – era algo que deixara para trás cinco anos antes. Não tinha direito ao calor e ao conforto que eles forneciam – nem mesmo às implicâncias e aos risos.

Sentia-se como se seu coração tivesse ficado congelado por muito tempo e agora começasse a derreter. Não podia permitir que isso acontecesse por completo, claro, mas, durante aquela semana e meia, ela se permitiria talvez um pouco de descontração. Recuperaria o prumo quando estivesse em Penderris, cercada pelos amigos. Pediria a ajuda deles se fosse necessário, embora o amor e o apoio que lhe devotavam talvez bastassem. O fato é que ia *resolver* aquilo. Nunca lhe faltara força de vontade.

Nesse meio-tempo, ela se permitiria alguma diversão. Parecia que tinham se passado eras – outra vida – desde que se divertira pela última vez.

Se ao menos tivesse tido um ou dois filhos com Dicky, pensou ao sair da residência principal e voltar para casa, fechando a capa para se proteger da friagem. Geoffrey atravessava o gramado, segurando de um lado a mão do avô e do outro a do Sr. Eldridge, e ela ouvia os três cantarolando "Um, dois, três, *p-u-u-l-a*". Os dois levantavam a criança bem alto na última palavra.

Imogen não costumava lamentar o fato de ser estéril. De que adiantaria? Tudo teria sido diferente se fosse fértil. Não estaria ali parada, sorrindo com tristeza ao ver uma criança que ainda nem tinha nascido quando Dicky morreu. Quem saberia dizer o que estaria fazendo? Era uma tolice pensar naquilo.

Percy se aproximava, vindo do estábulo com seus dois amigos e Heitor saltitando feliz atrás dele – sim, saltitando de verdade. A criança, ao vê-los, abandonou os outros dois cavalheiros e saiu correndo para ser erguida e encaixada sobre os ombros de Percy. Muitas gargalhadas, gritinhos agudos

198

e risos seguiram-se depois que a cartola de Percy foi derrubada e ele insistiu em se abaixar para recuperá-la, quase jogando deliberadamente o menino no chão ao fazê-lo.

Todos trocaram gentilezas quando se aproximaram da casa.

– Os convites estão todos prontos, lady Barclay? – perguntou o Sr. Galliard.

– Estão, sim – confirmou ela. – Concordamos que não será aquele aperto dos bailes em Londres durante a temporada, mas o salão provavelmente estará muito cheio.

– Pouca sorte, amigão – disse o Sr. Welby, batendo no ombro de Percy e pegando Geoffrey para que ele pudesse brincar com Heitor.

– Devemos sempre ver o lado bom – comentou Percy. – Seria humilhante se eu só pudesse esperar os membros de minha própria família e dois amigos aqui reunidos, amontoados a um dos cantos do salão, fingindo apreciar a comemoração atrasada do meu aniversário. Não sei bem se é uma boa ideia deixar Heitor beijar você, Geoff, meu garoto.

– Está a caminho de casa, lady Barclay? – perguntou o visconde Marwood. – Permita-me acompanhá-la. – E ofereceu o braço junto com algo que parecia um sorriso malicioso.

– Como a senhora tem dois braços, madame – complementou o Sr. Welby, curvando-se com um floreio –, permita-me acompanhá-la também.

Imogen riu e fez uma profunda reverência.

– Agradeço muito, cavalheiros – disse ela, tomando um braço de cada um. – Fui avisada ontem de que talvez haja lobos na propriedade.

– No plural – exclamou Percy. – Pelo menos três animais, pelo que ouvi dizer. É melhor eu acompanhá-los também.

E partiram, os quatro, pelo gramado, na direção da casa de Imogen, dando prosseguimento àquela conversa boba e despreocupada – da qual Imogen participou. Quase desejou que alguém cantarolasse "Um, dois, três, pula". Ao chegarem, Percy abriu o portão com um floreio, ela entrou, ele fechou, e os homens se revezaram, os bobos, levando a mão dela aos lábios e garantindo que ela havia iluminado o dia, tornando irrelevante o fato de que o sol desaparecera.

Imogen ficou no portão observando-os se afastarem, Heitor trotando logo atrás. Ainda conversavam, ainda riam, e ela percebeu que sorria – e percebeu também que era um sentimento nada familiar. Então segurou as lágrimas – mais uma vez. Outro sentimento nada familiar.

Percy virou a cabeça por um instante e sorriu para ela antes de desaparecerem atrás de uma árvore. E ela ainda sorria apesar das lágrimas.

Por Deus, por Deus... Estava profundamente apaixonada por ele!

Era tudo culpa sua. Não podia responsabilizar ninguém além de si mesma.

❧

– Tem minha permissão – disse ela – para usar a chave à noite. Para entrar e sair. Assim não precisarei esperar acordada, imaginando se você vem ou não, pois nem sempre poderá vir, não é?

Ele a jogou contra a parede do saguão e a beijou de língua. Era quase meia-noite e meia. Se a casa dela estivesse às escuras, ele tinha se perguntado, não estava muito certo do que faria, se bateria à porta de qualquer modo. A chave ardia no seu bolso.

– Sinto muito. Não consegui escapar antes. Tivemos um visitante.

– Eu sei – afirmou ela. – O Sr. Wenzel, não foi? Ele deixou Tilly e Elizabeth Quentin aqui e marchou em direção à residência principal em vez de ir para casa e retornar mais tarde para pegá-las. Mas estou feliz que tenha vindo.

– Eu também. – Passou o nariz no dela.

Imogen vestia de novo aquele fóssil em formato de roupão. Ele ficou assombrado por ela não ter se enfeitado para receber o amante, como acontecia com todas as outras mulheres de quem tinha sido íntimo. O cabelo estava preso outra vez na altura do pescoço, mas mais solto sobre as orelhas, caindo às costas. Os lábios estavam entreabertos, com a encantadora curva no lábio superior. Os olhos... abertos. Não tinha encontrado uma palavra melhor do que essa para descrever os olhos. As mãos se encontravam pousadas sobre os ombros dele, sob as capas do sobretudo.

Maldição, mas eu amo você.

Encarou-a nos olhos, paralisado por um momento. Não pronunciara aquelas palavras em voz alta, certo? Não ouviu nenhum eco nem viu sinal de assombro no rosto dela.

– Está me convidando para entrar? – perguntou.

– Ainda não entrou? – disse ela. – Para onde deseja ir? Para o quarto? Para a sala de estar?

Deveria ser óbvio. Quase meia-noite e meia, e eram amantes recentes.

– A sala de estar – respondeu ele. – Mas sem chá, obrigado. Desde que minha família chegou, bebi chá suficiente para sair boiando por aí. Até o pobre Wenzel foi servido duas vezes esta noite.

Ela ergueu a lamparina para que ele pudesse deixar o casaco na cadeira, depois o conduziu à sala de estar. Ele estava *enlouquecendo*? Ou ficando senil? Era tarde da noite, e havia uma cama grande e confortável no andar de cima, a dama estava disposta a acolhê-lo em todos os sentidos e parecia deliciosa como um bolo com cobertura e recheio apesar de não ter se enfeitado, ou justamente por não ter se enfeitado, e ele escolhia a *sala de estar*?

– Fiquei surpreso por ele não ter ficado *por aqui* em vez de nos visitar – comentou ele.

– O Sr. Wenzel? Com Tilly e Elizabeth, quer dizer? – indagou Imogen. – Ele nunca fica. Nem sir Matthew, quando é a vez dele de fazer o transporte. Gostamos de discutir nossos livros a sós.

– Um *clube de leitura*? – perguntou ele.

– Nos encontramos uma vez por mês nos últimos três anos – explicou ela enquanto apoiava a lamparina na cornija da lareira e buscava o atiçador, que já estava na mão dele.

Sentou-se na namoradeira enquanto ele acrescentava carvão. Os animais tinham se acomodado confortavelmente perto do calor.

– Nós todas lemos o mesmo livro ou o mesmo conjunto de poesias ou de ensaios e discutimos enquanto tomamos chá com biscoitos ou bolo. Apreciamos imensamente esse evento mensal.

– E qual foi o tema da vez?

– Foi apenas um poema, embora um poema mais longo – disse ela. – "Versos escritos a algumas milhas da abadia de Tintern", de William Wordsworth. Já leu? Um de meus amigos, um de meus companheiros Sobreviventes, vive em Gales, embora resida do lado oeste, e não nas imediações do Vale do Wye, no leste. Fui lá no ano passado, com George, para o casamento desse nosso amigo.

– George? – O que ardia dentro dele não era *ciúme*, certo?

– O duque de Stanbrook, dono de Penderris Hall – explicou ela. – Uma espécie de primo, embora seja um vínculo mais próximo do que o seu e o meu. É outro dos Sobreviventes.

– O viúvo da mulher que saltou de um penhasco?

– Sim – confirmou ela.

Percy desejou não ter se lembrado daquele detalhe. O sujeito também perdera o filho nas guerras e devia ser tão velho quanto as colinas. Tentou lembrar-se dele na Câmara dos Lordes, sem sucesso. Talvez o reconhecesse caso o encontrasse.

Olhou para a poltrona vazia ao lado do fogo e foi se sentar na namoradeira. Virou-se, puxou-a para si e a fez se sentar em seu colo, com os pés no assento ao lado deles. Imogen era um pouco alta, mas se acomodou – que Deus o ajudasse – até estar bem aconchegada junto dele, a cabeça em seu ombro. Inspirou de forma audível.

– Adoro o seu cheiro – disse ela. – É sempre o mesmo.

– Combinado livremente com suor em duas ocasiões recentes – comentou ele.

– É. – Ela riu baixinho.

– E eu adoro o som do seu riso – elogiou ele.

E se a tivesse visto pela primeira vez naquele dia, percebeu, ou mesmo no dia anterior, jamais teria passado por sua cabeça a ideia de que era uma mulher de mármore. Perguntou a si mesmo se ela estaria se apaixonando por ele ou se era apenas efeito do sexo.

Mas *não era* apenas sexo. Se fosse, os dois estariam no andar de cima, nus, praticando na cama.

Por um instante, sentiu-se atordoado, assustado. Era o que de fato deveriam estar fazendo.

– Não sou muito dada ao riso – disse ela.

– E é por isso – completou ele – que seu riso é tão precioso. Não, deixe-me corrigir isso. Seria igualmente precioso se você risse com frequência. Ria antes?

Ela inspirou e soltou o ar, mas não tinha ficado tensa, como ele pôde perceber.

– Em outra vida – respondeu ela. – Gostei dos seus amigos.

– Os dois juntos não dispõem de dois neurônios que lhes garantam a sobrevivência – brincou ele, carinhoso.

– Claro que dispõem. Eu poderia ter dito a mesma coisa de você, caso eu só o tivesse visto com eles. Às vezes precisamos de amigos com quem possamos ser simplesmente bobos. Bobagens podem ser... curativas.

– Alguma vez foi boba com suas amigas? – perguntou ele.

– Sim, às vezes. – Ele sentiu o sorriso dela se abrir em um dos cantos do seu pescoço. – A amizade é algo muito, muito precioso, Percy.

– Somos amigos?

Raios, de onde viera aquela pergunta imbecil? Ele se sentiu tolo.

Imogen ergueu a cabeça e o encarou. Não sorria.

– Ah, acredito que poderíamos ser. – Ela parecia quase surpresa. – Mas não seremos. Não nos conheceremos o bastante. Será suficiente sermos amantes, não é? Por um curto tempo. É o que nós dois queremos. Tentarei não me prender a você quando acabar, esta é uma promessa bem séria.

Ele teve a sensação de que alguém lançara um imenso bloco de gelo pela chaminé, apagando o fogo e todos os seus vestígios.

Sim, era tudo o que os dois queriam. Era tudo o que *ele* queria – uma ligação sexual vigorosa e prazerosa enquanto estivesse ali, naquele deserto social.

Por que então estavam sentados na sala de estar?

Ele encostou a cabeça dela de volta no ombro.

– Ficaria surpresa em saber que ainda existem atividades de contrabando nesta área? Até mesmo nesta propriedade?

Houve um longo silêncio.

– Eu não ficaria *chocada* – respondeu ela por fim –, embora não tenha conhecimento de nada.

– Nenhuma ideia sobre o envolvimento de criados? – perguntou ele. – Ou se o envolvimento é voluntário ou forçado? Não sabe nada sobre o uso do porão da residência principal para o armazenamento de contrabando?

– Ah. – Ela fez uma pausa. – Não, *não mesmo*. Com tia Lavinia e prima Adelaide na casa? É *verdade*?

– As portas que conduzem a uma das partes do porão, tanto a interna quanto a externa, estão trancadas, e as duas chaves sumiram – esclareceu ele. – Ninguém as está procurando, pois aparentemente é uma área que deve ficar trancada para manter a umidade longe do resto do porão.

– Ah – murmurou ela. – Pensei... Tinha esperanças... de que tudo houvesse terminado com o falecimento de meu sogro, mesmo antes de ter me mudado para cá.

– Fui aconselhado por todos com quem conversei – prosseguiu ele – a deixar as coisas como estão, fingir que não estou vendo nada, não mexer no que está quieto, e assim por diante. A atividade continuará, pelo que me contaram, e ninguém se machuca por causa disso.

Imogen ficou em silêncio. Raios, o que o induzira a puxar aquele assunto com uma dama, a uma hora avançada da madrugada? Ele olhou o relógio: faltavam cinco minutos para a uma da manhã.

– Quem se machucou, Imogen?

– Colin Bains se machucou – respondeu ela.

– Sim.

– Era um garoto *tão alegre*, tão disposto – disse ela. – Venerava Dicky. Queria *tanto* nos acompanhar até a península...

– Seu marido fez oposição clara ao contrabando? – perguntou ele.

– Fez, sim – respondeu ela. – Mas não conseguia persuadir o pai de que havia algo errado na atividade. À primeira vista, não havia nada de errado e *não há*. Há uma pequena perda na receita do governo e um bocado de desfrute de bens de luxo de categoria superior... especialmente o brandy apreciado pelos cavalheiros, claro. Mas acho que o que vemos e o que sabemos é apenas uma pequena ponta do iceberg, e o que *não vemos* é feio e perverso. Mesmo a ponta visível pode ser maléfica. Ele foi ameaçado antes de partirmos.

– Bains?

– Não. Dicky – disse ela. – Houve duas cartas: uma com ameaças à vida dele, e outra, à minha. Eram escritas em uma letra infantil, quase analfabeta, e o pai dele riu. Só que Dicky já estava adquirindo seu posto no Exército. Nunca soubemos se as ameaças eram verdadeiras ou não.

Pelo bom Deus. E se fossem? E se fossem de fato muito sérias?

Bom Deus.

– Ah – comentou ela. – Fui *tão* covarde! Não sei de nada nos últimos tempos porque escolhi não fazer perguntas nem olhar pela janela tarde da noite, nas noites bem escuras.

Ele ergueu o queixo de Imogen com a mão que descansava sobre os ombros dela.

– Peço perdão, Imogen. Peço perdão por ter tocado no assunto com você. Esqueça isso. Continue sem saber de nada. Promete? *Prometa.*

Ela assentiu depois de um momento.

– Prometo.

Percy a beijou.

– Estou me sentindo preguiçoso demais para subir a escada com você esta noite – disse ele, descansando a cabeça numa almofada. – Já fez amor em uma namoradeira? A mim, parece um lugar lógico, não é?

– Não caberíamos, a menos que fôssemos estranhamente baixos – respondeu ela.

– Devo mostrar?

– Parece... desconfortável – argumentou ela, mas estampava um meio sorriso.

– De modo algum – garantiu ele. – O que está usando debaixo desse roupão e da camisola?

– Nada. – Suas faces ficaram rosadas.

– Perfeito – disse ele. – Eu, por outro lado, precisarei fazer alguns ajustes. Dificilmente poderia deixar a residência principal vestindo apenas uma camisola.

Ele a tirou do colo e a colocou a seu lado enquanto soltava os botões na cintura e abaixava as calças e a roupa de baixo. Voltou a buscá-la, as mãos entrando sob suas vestes e afastando-as. Ela montou nele, apoiando-se nos joelhos, firmando as mãos nos ombros dele enquanto se abaixava um pouco e olhava para baixo. Ela viu – os dois viram – quando ele penetrou nela e a desceu com as mãos nos seus quadris até estar totalmente dentro. Os músculos dela se contraíram devagar.

– Ah – gemeu ela.

"Ah", de fato. Ele estava envolto em calor úmido e na agonia do mais completo desejo.

Ele manteve as mãos firmes nos quadris dela e ergueu-a um pouco para penetrá-la com estocadas firmes. E ela cavalgou nele com um ritmo audacioso que acompanhava o seu, algo que ele queria que nunca terminasse, que precisava que terminasse *naquele momento* e que desejava que continuasse para sempre, pois era a melhor sensação do mundo, e também era o que ela sentia, e tinham que terminar *naquele momento*, mas precisavam prolongar o prazer só mais um pouco.

Ele não sabia por quantos minutos tinham feito amor. Não sabia qual dos dois interrompera o ritmo primeiro. Não importava. Terminaram juntos e foi – ah, o velho clichê, como se nunca tivesse significado nada para ele antes – como uma pequena morte.

Foi... extraordinário. Ele precisaria inventar um vocabulário próprio, pois seu idioma era totalmente inadequado às suas necessidades.

Quando ele tinha quase voltado a si, ela estava relaxada, estendida sobre seu corpo, um joelho de cada lado, a cabeça apoiada em seu ombro, o rosto afastado do seu, e dormia. Ele ainda estava dentro dela, ainda pulsando ligeiramente. A gata permanecera ao lado deles no sofá. Heitor descansava sobre um de seus sapatos.

Nunca tinha se sentido mais descontraído em toda a vida, pensou Percy. Nem tão feliz.

Estava descontraído demais até para se assustar com esse pensamento.

CAPÍTULO 19

— Todos os criados? – perguntou Paul Knorr. – De dentro e de fora da casa?

– O mordomo, o administrador, a cozinheira, o engraxate, o cavalariço-chefe, o jardineiro e o ajudante do estábulo mais humilde, a criada de lady Lavinia, as copeiras – disse Percy. – Todos menos aqueles que vieram com meus visitantes.

– Com certeza a cozinheira deve ter algo assando no forno às dez da manhã – disse Knorr, com um sorriso animado e maroto. – E é uma tirana. Estremeço, morro de medo.

– Se ela correr atrás de você com um rolo de macarrão, seja rápido – aconselhou Percy.

– O Sr. Ratchett alguma vez deixou a sala do administrador? – indagou Knorr.

– Hoje ele vai deixar – garantiu Percy. – Cuidará disso, Knorr, com seu comportamento profundamente respeitoso. Faz tudo muito bem. Vá.

Knorr partiu para realizar a tarefa de reunir todos os empregados da propriedade, até mesmo a governanta de Imogen, Watkins, Mimms e o cocheiro de Percy.

Todos haviam se dispersado depois do desjejum, à exceção da Sra. Ferby, que guardava o fogo do salão. A mãe de Percy partira com tia Nora, lady Lavinia e sabia-se lá quem mais para providenciar flores e música para o baile. Tia Edna e Beth, junto com as gêmeas, estavam no estábulo com Geoffrey, olhando os gatinhos. Meredith saíra no cabriolé de Percy, conduzido por Sidney, para fazer uma visita à Srta. Wenzel e a seu irmão – Percy achava que na noite anterior ocorrera alguma atração mútua entre a prima viúva e o suposto pretendente de Imogen. Arnold explorava a trilha no penhasco com tio Ernest e seus dois filhos – eles pretendiam dar uma olhada na aldeia de pescadores também. Tio Roderick e tio Ted tinham ido cavalgar pelo vale, na direção oposta. Todos tinham destinos bem conhecidos.

– Vai ficar em casa para cuidar de *assuntos da propriedade*, Percy? – perguntara Arnie, com ar de incredulidade, quando Percy explicara por que não os acompanharia ao penhasco. – É mais do que um pouco alarmante, devo dizer.

– Vai ficar em casa para se reunir com *seu administrador*, Percy? – indagara tio Ted, quando ele recusara o convite para cavalgar. – Estou impressionado, meu jovem. A virada dos 30 anos fez milagres em você. Seu pai ficaria orgulhoso.

– Espero que sim – respondera Percy, com humildade.

Tinha se preparado bastante. Era provável que estivesse a ponto de fazer algo *inteiramente* errado. Mas, pela primeira vez, estava determinado *a fazer* o que precisava ser feito, mesmo que fosse preciso resistir sozinho, feito um idiota, contra o mundo inteiro, mesmo que nada significativo pudesse ser realizado. Mesmo que estivesse apenas investindo contra moinhos de vento.

Afinal, ele tinha sido criado para pensar com a própria cabeça e fazer o que julgava certo. Não compreendera tudo aquilo antes. Ele não partira para a escola em idade impressionável, quando teria descoberto como se tornar igual a todos os meninos de sua classe social. Tinha ficado em casa para ser instruído, adestrado – e amado – por um grupo de adultos de mente lógica. Permanecera sob a influência dessa formação até a idade universitária e destoara dos colegas como uma bolha no dedo do pé, ao mesmo tempo que adquirira excelente educação na área escolhida. Passara os últimos dez anos mais ou menos repudiando o passado e compensando o tempo perdido – com juros. Agora, era como todos os demais cavalheiros ociosos de sua geração, talvez estivesse até acima da média.

No entanto, sua educação não podia ser completamente negada. Se pudesse, ele o faria com alegria, pois talvez não sentisse aquela súbita insatisfação com sua vida, aquele martírio da consciência, a premência para iniciar uma cruzada.

Era *mesmo* uma idiotice. Era *mesmo* uma bobagem. Poderia se arrepender – era provável que se arrependesse. Mas talvez fosse melhor agir de acordo com sua consciência e se lamentar do que enterrar a cabeça na areia e se esgueirar pela vida por não querer se dar ao trabalho de vivê-la.

Alguém tinha *organizado* a criadagem, Percy logo viu ao entrar na sala de visitas do térreo, raramente utilizada. Encontravam-se em rígida prontidão, enfileirados como se alguém tivesse passado uma régua comprida entre eles. E distribuídos estritamente de acordo com a hierarquia. Todos olhavam para a frente. Percy sentiu-se um pouco como um general prestes a inspecionar seus soldados – talvez como o duque de Wellington.

– Descansar – murmurou ele, assim que passou pela porta com as mãos às costas.

Houve um relaxamento infinitesimal na postura. *Muito* infinitesimal.

– Estou declarando guerra – anunciou ele, e pelo menos vinte pares de olhos se viraram em sua direção, embora as cabeças não os seguissem – contra o contrabando.

Os olhos voltaram a fitar um ponto à frente. Todos os rostos permaneceram inexpressivos. Ratchett, como Percy logo viu, tinha muita dificuldade para manter as costas eretas. Na verdade, parecia um arco pronto a ser encordoado.

– Sr. Knorr – disse Percy –, separe uma cadeira para seu superior, por favor. Pode se sentar, Sr. Ratchett.

A cabeça do administrador se virou e ele estreitou os olhos na direção à esquerda de Percy, mas não protestou quando Paul Knorr colocou uma cadeira atrás dele. Sentou-se.

– *Não* pretendo reunir um exército para avançar em uma luta contra as forças do mal, como sem dúvida ficarão aliviados em saber – prosseguiu Percy. – O que acontece além das fronteiras de Hardford não é, pelo menos no momento, preocupação minha. E estou ciente de que seria necessário um exército bem grande para acabar com o contrabando no país. Mas *acabará* nas minhas terras. Isso inclui a casa, a propriedade, a fazenda e até a praia lá embaixo, pois o único caminho para fora da praia é a trilha pela encosta do penhasco, que atravessa o terreno. Qualquer um que se opuser à minha decisão pode pegar o devido salário com o Sr. Ratchett ou com o Sr. Knorr e partir daqui com seus pertences. Todos os que ficarem são meus empregados. Viverão e trabalharão aqui de acordo com minhas regras, durante o período de trabalho e nas folgas. Alguém tem alguma dúvida?

A pausa que se seguiu fez Percy se lembrar do momento, nas cerimônias de casamento, em que os membros da congregação são convidados a de-

209

nunciar algum impedimento às núpcias. Não esperava que o silêncio fosse rompido, e de fato não foi.

– Se existem bens contrabandeados nas minhas terras neste momento... no porão desta casa, por exemplo – disse ele –, darei dois dias, hoje e amanhã, para que sejam retirados. Depois disso, não haverá mais nada por aqui, e espero que o Sr. Ratchett, o Sr. Crutchley ou a Sra. Attlee estejam de posse das duas chaves do aposento trancado no porão... as de fora e as de dentro. Se continuarem perdidas depois de dois dias, serão arrombadas, e novas fechaduras serão instaladas. E eu ficarei com um dos novos conjuntos de chaves.

Uma criada – a que era surda – havia inclinado a cabeça ligeiramente e estava com os olhos grudados nos lábios dele, Percy percebeu pela primeira vez. Ele caminhou para o meio das fileiras, olhando para um lado e depois para outro. Sentiu-se mais marcial do que nunca.

– Qualquer um que tema represálias – continuou ele, parando e olhando fixamente para o ajudante de estábulo ao lado de Colin Bains, um garoto de cabelos ruivos com sardas do tamanho de moedas – poderá falar com o Sr. Knorr ou comigo.

Era um ponto delicado, na verdade. Qualquer um que temesse a reação da gangue à interrupção das atividades dificilmente faria uma queixa pública e chamaria mais atenção para si. Estariam *todos* ameaçados por uma represália? Era um risco que ele decidira correr.

– Falarei abertamente a esse respeito nos próximos dias, aonde quer que eu vá – comentou Percy, voltando a seu lugar perto da porta e perscrutando cada um nas fileiras. Não havia absolutamente nada perceptível em nenhum deles. – Vou me assegurar de que todos compreendam com clareza que esta é *minha* regra e que todos os que trabalham para mim devem cumpri-la ou perder suas posições. Alguma pergunta?

Quando ninguém falou, Percy ordenou:

– Sr. Crutchley, pode mandar os criados cuidarem de suas tarefas, por favor. James Mawgan, quero vê-lo na biblioteca assim que for dispensado.

O rosto do jardineiro-chefe virou-se em grande surpresa e se tornou instantaneamente inexpressivo mais uma vez.

A sala matinal, que mais parecia uma biblioteca, estava desocupada pelos seres humanos, como Percy ficou feliz em descobrir. Encontrava-se, porém, ocupada pelos animais. O buldogue – Bruce? – tinha reivindicado a lareira, flanqueado por seus companheiros habituais, dois dos gatos. O gato novo estava ao lado do depósito de carvão, lambendo as patas. Heitor mantinha-se ereto e alerta ao lado da cadeira que Percy costumava ocupar. Não se encolhia nem se escondia, uma mudança interessante. Os outros dois cães – o comprido e o baixo – tinham sido levados no dia anterior para a casa Kramer, onde aparentemente foram recebidos com uma acolhida efusiva e uma tigela cheia de petiscos saborosos para cada um. Todos os gatinhos de Penugem já haviam sido prometidos, embora ainda devessem ficar com a mãe por algum tempo.

Percy conjecturou se acabara de soltar um gato entre os pombos, ou se pisara em um ninho de vespas, ou ainda se despertara um gigante adormecido, isto é, se fizera algo que teria sido melhor não fazer. Só o tempo diria.

– Entre – chamou ele, quando alguém bateu à porta.

Mawgan entrou, fechou a porta e postou-se com os braços paralelos ao corpo, o olhar fixo no tapete 1 metro à sua frente.

– Você foi o ordenança do falecido visconde Barclay por quase dois anos, certo, Mawgan? – perguntou Percy.

– Sim, milorde.

– Não gostava da vida de pescador?

– Não era importante para mim – disse Mawgan.

– Como isso aconteceu? Barclay não tinha um criado pessoal? Com certeza teria sido a opção óbvia para o posto de ordenança. Talvez o homem fosse idoso, claro, mas acho improvável, quando o próprio Barclay era muito jovem.

– Ele morreu, milorde.

– O criado pessoal?

– Ele se afogou – explicou Mawgan. – Estava de folga e quis sair para pescar no barco do meu pai. Caiu no mar. Não sabia nadar. Pulei na água e tentei salvá-lo, mas ele lutou contra mim, em pânico. Acabamos debaixo do barco, e eu levei uma pancada na cabeça. Alguém me tirou da água, mas só recobrei a consciência dois dias depois disso. Ele não resistiu, o pobre infeliz... Sinto muito, milorde.

Percy o encarou. Mawgan não havia mudado nada em sua postura. Ainda fitava o tapete.

– Seu posto teria sido, então, um prêmio por tentar salvar a vida do criado do visconde? – indagou ele. – Você é sobrinho-neto do Sr. Ratchett, acredito?

– Acho que ele falou sobre mim, milorde – disse Mawgan –, depois que

Bains proibiu que o filho partisse. Mas o visconde apareceu na nossa casa para me ver depois que recobrei a consciência, e eu mesmo pedi para ir.

– Você viu quando ele e a viscondessa foram capturados por batedores franceses? – perguntou Percy.

– Sim, milorde – respondeu Mawgan. – Não havia nada que eu pudesse fazer para impedir. Eram seis homens, e eu nem carregava o mosquete comigo. Teria sido suicídio se eu tentasse. Achei que o melhor a fazer era voltar para o regimento o mais depressa possível e buscar ajuda. Só que era bem longe e me perdi nas colinas durante a noite. Levei mais de um dia.

– Você presumiu que ambos tinham sido mortos? – indagou Percy.

– Eles obviamente não eram franceses – argumentou Mawgan –, e o visconde não usava uniforme nem levava nada consigo que demonstrasse ocupar o posto de oficial. Com toda a certeza seriam mortos, concluí. Eu teria permanecido na península se acreditasse que havia alguma esperança. Nem obtive permissão de acompanhar os homens que foram procurá-los. Era como catar uma agulha no palheiro, mas eu queria ir do mesmo jeito. Teria condições de fazer alguma coisa. O pior de tudo é não ter nada para fazer.

No entanto, pensou Percy, o jardineiro-chefe parecia conduzir toda uma carreira em não fazer nada.

– Então você voltou para casa – disse ele.

– Queria ter ficado, milorde – garantiu Mawgan. – Eu me senti mal quando soube que a senhora tinha sido trazida para casa totalmente fora de si. Talvez pudesse se sentir reconfortada com um rosto familiar.

... totalmente fora de si.

Imogen!

– Obrigado – disse Percy, brusco. – Gostaria de ter conhecido o visconde Barclay. Era meu primo distante e um homem corajoso. Foi privilegiado por conhecê-lo e servi-lo.

– Fui mesmo, milorde – concordou o homem.

– O que sabe sobre essa história de contrabando? – perguntou Percy.

– Ah, não sei de nada – garantiu Mawgan. – E não me surpreenderia, milorde, se não houvesse nada para saber. Acho que alguém andou contando história para fazer o senhor pensar que há contrabando por aqui. Em algum momento do passado houve, mas não agora. Sei que a maioria dos criados não me conta nada porque sou o jardineiro-chefe, mas eu já teria ouvido alguma coisa. Não ouvi nada.

Percy sabia um bocado sobre negativas duplas. Uma parte de seu conhecimento tinha sido introduzido pelas bengaladas de um dos tutores, embora a maior parte houvesse penetrado pela porta da frente do seu cérebro. *Não sei de nada* era provavelmente a verdade. No entanto, *sabia* alguma coisa. Mas compreendia que não havia mais informações a colher de Mawgan, a não ser que recorresse a agulhas quentes sob as unhas do homem. Queria apenas deixar claro o que pensava sobre o assunto. Suspirou alto.

– Talvez esteja certo – concordou Percy. – No entanto, acredito que seja bom que todos compreendam como me posiciono. Ficará de ouvidos atentos, Mawgan? E vai me avisar se ouvir alguma coisa? Você tem sido um criado leal, pelo que eu vejo.

– Com certeza, milorde. Acho mesmo que não haverá nada para contar. Aqui temos boas pessoas. Meu tio-avô sempre dizia isso, o que também pude comprovar.

– Obrigado – disse Percy. – Não vou afastá-lo mais de suas muitas atribuições.

Mawgan se retirou sem erguer os olhos uma vez sequer.

Percy sentiu frio, embora se encontrasse de costas para o fogo. Barclay recebera duas cartas ameaçadoras antes de ir à península Ibérica. Seu criado pessoal, que com certeza o acompanharia como ordenança, tinha morrido em um acidente de barco. Bains, que implorara para substituí-lo, fora considerado jovem demais pelo pai, embora 14 anos não fosse *tão jovem* assim. Mawgan tinha sido designado por uma combinação de heroísmo em uma causa perdida e pela influência de Ratchett, tio de sua mãe. Mawgan estava convenientemente afastado – sem o mosquete – quando os batedores franceses capturaram Barclay e Imogen. Depois, perdera-se no caminho de volta. Ao chegar à propriedade, recebera o posto de jardineiro-chefe.

Não havia nada de sinistro nesses detalhes, a não ser pelas cartas ameaçadoras. Mesmo quando se juntava tudo, não sobrava nada de convincente, nada que não provocasse risos em qualquer tribunal do país.

... quando soube que a senhora ainda estava viva, que tinha sido libertada e trazida para casa totalmente fora de si.

O estômago de Percy pareceu se embrulhar quando ele se lembrou daquelas palavras.

Imogen *totalmente fora de si*. Passando um tempo na casa do irmão, incapaz de dormir, comer ou sair do quarto. Vivendo três anos em Penderris

Hall até se transformar em uma dama de mármore e conseguir lidar de novo com o mundo exterior, de dentro de sua rígida armadura.

Depois, Imogen rindo, encolhida em seus braços. Dormindo com a cabeça em seu ombro e resmungando quando ele a despertava.

... totalmente fora de si.

O amor, pensou ele quase com perversidade, era a coisa mais maldita de todas, e ele tinha sido sábio em evitá-lo por tantos anos. *Não* o tipo de amor que sentia pela família, mas aquele sobre o qual escreveram os grandes poetas. Euforia por um minuto, se tanto, e o mais profundo desespero pela eternidade.

Mas como se deixava de amar alguém?

Ele amava Imogen Hayes, viscondessa Barclay, tão profundamente que quase a odiava.

Sua mente precisaria resolver essa *charada*. Se ousasse.

Ele precisava vê-la.

Mas primeiro...

Imogen deveria estar lendo, fazendo crochê ou escrevendo uma carta. Deveria ao menos estar sentada com a postura ereta em sua cadeira, como uma dama, as costas erguidas como aprendera quando menina. Em vez disso, estava largada em uma das poltronas perto do fogo, as costas formando um arco deselegante, as pernas estendidas diante de si, cruzadas na altura dos tornozelos. A cabeça repousava em uma almofada. Flor estava encolhida em seu colo e Imogen mantinha uma das mãos enterrada em seu pelo. Oscilava agradavelmente entre a consciência e a inconsciência. Não tinha dormido muito na noite anterior, ou melhor, nas duas noites anteriores – os lábios se abriram em um sorriso quando se lembrou do motivo – e aquela tinha sido uma longa manhã, muito agitada. Era o fim da tarde e ela pretendia relaxar. Tinha a expectativa e a esperança de voltar a dormir pouco naquela noite.

Começava a cochilar quando algo sólido se colocou entre ela e o calor do fogo. Uma sombra obstruiu a luz. Ao mesmo tempo, o sonho incoerente se tornou aromático, com uma fragrância familiar, e ela deu um sorriso satisfeito. Flor ronronou. Imogen emitiu um som parecido.

– Bela Adormecida – murmurou a sombra aromática, e os lábios dele, leves e quentes, se abriram sobre os dela, e seu sonho se tornou mais profundo.

– Humm. – Ela sorriu para ele, ergueu as mãos até seus ombros.

As pernas dele estavam dos dois lados do seu corpo, as mãos apoiadas nos braços da poltrona, o rosto a alguns centímetros do dela. Parecia grande, gigantesco e deslumbrante. Tinha um perfume delicioso.

– *Não* usei a chave – garantiu ele. – Fui admitido de forma respeitável por sua governanta, embora ela tenha feito uma cara de ameixa. Melhor não ficar aqui sozinho com você por muito tempo. Pode ser que desconfie.

Flor saltou do colo dela, desafiadoramente próxima de Heitor, que latiu uma vez, alto, mostrou os dentes, rosnou e voltou a latir. A gata dirigiu-se para a outra poltrona com uma pressa deselegante.

– Minha nossa – disse Imogen. – É a primeira vez que ouço a voz de Heitor.

– Ele está sendo treinado por mim para ser feroz – argumentou Percy, endireitando-se.

– Você o está treinando a ter alguma confiança em si mesmo – corrigiu ela.

– Acompanhe-me até a praia – falou ele.

Imogen ergueu as sobrancelhas enquanto começava a se levantar.

– É um pedido, lorde Hardford, ou uma ordem?

– Uma ordem – disse ele. – Por favor. Preciso de você.

Ela o encarou com atenção. Havia uma tensão em sua boca. Levantou-se, foi buscar a capa e o chapéu e trocou os sapatos por algo mais adequado para caminhar na areia.

Havia diversas flores de flocos de neve desabrochando no jardim e um punhado de prímulas começava a ganhar vida a um canto. Não parou para olhá-las nem chamou atenção para as flores. Seguiu na frente até o portão.

– Não está na companhia de seus hóspedes esta tarde? – perguntou ela, embora a resposta fosse perfeitamente óbvia.

– Todos aqueles com mais de 40 ficaram exaustos com os compromissos da manhã e estão se mantendo ocupados na casa, em atividades tranquilas. Os mais novos saíram juntos com o jovem Soames e suas irmãs para ver um castelo em ruínas do outro lado do vale. Dizem que é pitoresco, e deve ser mesmo.

– E escolheu arrastar-me até a praia em vez de ir com eles? – retrucou ela.

Percy não respondeu. E ela ficou interessada ao notar que, quando chegaram ao caminho que descia até a praia, ele o tomou sem hesitação e foi na frente com passos audaciosos, quase imprudentes. Havia um bocado de energia liberada dentro dele, sentiu Imogen. Talvez uma energia *zangada*.

Não se intrometeria, decidiu. Talvez houvesse uma explosão antes que ele estivesse preparado para fazer algo mais construtivo. Talvez, apesar das palavras e do beijo ao encontrá-la adormecida, pouco antes, ele estivesse arrependido do relacionamento entre eles. Talvez não soubesse como informá-la de que tudo estava acabado.

Ah, por favor, por favor, que não seja isso. Ainda não. Não neste momento.

Ele se virou e ergueu-a das rochas sobre a praia sem aguardar que ela descesse o curto trecho final e chegasse por conta própria. Pousou-a e olhou para ela sombrio, segurando-a com força pela cintura.

– Você não mencionou o criado – disse ele.

Ela esperou alguma explicação. Quando nenhuma veio, apenas o olhou de forma acusadora.

– O criado? – Ela ergueu as sobrancelhas.

– De seu marido – completou ele.

Imogen enfim entendeu.

– O Sr. Cooper? Ah, foi uma tragédia terrível. Morreu afogado.

– Ele teria sido o ordenança de seu marido.

– Estava ansioso – afirmou Imogen –, embora Dicky tivesse se oferecido para liberá-lo e dar uma carta de recomendação, caso ele preferisse ficar e procurar um novo posto. Foi terrivelmente triste. Tinha apenas 25 anos.

– Então Bains se ofereceu para ir no lugar dele.

– Sim – confirmou ela. – Dicky gostava dele e ele estava ansioso para ir. Ficamos surpresos quando o pai não concordou. Esperávamos que considerasse uma grande oportunidade para o filho. Mas suponho que ele o quisesse em casa, onde ficaria em segurança.

– E foi assim que Mawgan seguiu para a península – contou ele. – Tinha arriscado a própria vida tentando salvar a vida do Sr. Cooper.

– Sim, acredito que ele tenha tentado – disse ela. – Mas não foi só isso. O Sr. Ratchett conversou com meu sogro e depois com meu marido, e Dicky precisava de um ordenança com a maior pressa.

– Foi escolhido com relutância? – perguntou ele.

– Não exatamente. – Ela franziu a testa. – Só que não o conhecíamos bem, e não houve tempo para conhecê-lo antes de partirmos. Mas Dicky nunca se queixou. Era só um pouco... amuado. Ou talvez esta seja uma palavra forte demais. Era reticente.

O que significava tudo aquilo?

– Visitei a casa de Bains hoje de manhã – informou Percy. Ainda a segurava pela cintura, ainda franzia a testa.

– Ah, mas ele morreu pouco antes do Natal – disse ela. – Fiz um bolo e levei para a Sra. Bains, porque Dicky... e eu... sempre tivemos grande estima por Colin. Eu ainda estava na minha casa, então deve ter sido antes de o telhado ser destruído.

– Bains pai ficou fora de si de tanta alegria e orgulho, ou palavras parecidas, quando soube que o visconde Barclay escolhera levar o filho dele à península como ordenança.

Imogen franziu a testa e balançou a cabeça devagar.

– Foi o que a Sra. Bains lhe contou?

– Depois, de repente, por nenhum motivo aparente, ele mudou de ideia – disse Percy. – E ficou inflexível. Nada o faria mudar de posição. Nem as súplicas nem mesmo as lágrimas do filho. E ele nunca revelou os motivos por trás dessa decisão, nem na época nem depois.

– O quê? – O vinco na testa dela se aprofundara.

Ele a soltou de repente e se virou para a face do penhasco no lado oeste da trilha. Agora, parecia mais do que tenso. Parecia feito de granito.

– Vou subir – avisou ele.

Não tinham dado nenhum passo pela praia depois de descerem a trilha. Nem Heitor, que estava sentado aos pés deles.

– Muito bem – disse ela.

Sua mente estava um pouco confusa. Parecia ter havido uma série de fios soltos na conversa deles nos últimos minutos, fios aparentemente aleatórios, que, no entanto, deviam ter alguma ligação e formar uma trama ou um padrão, ela sentia. Mas ainda não fizera as conexões. Ou talvez temesse se esforçar demais.

– Estou me referindo àquilo ali – comentou ele, apontando para a esquerda do caminho que descia até a praia.

– Vai subir a encosta? – indagou ela. – Você vai *escalar*?

– Vou.

Ele tirou o chapéu e deixou-o cair na areia. As luvas e o sobretudo vieram em seguida, depois a gola e a gravata – e o paletó. Não era um dia particularmente frio, mas também não era, de modo algum, um dia quente para ficar na praia de mangas de camisa e colete.

– Mas por quê? – perguntou ela. – Você tem medo dos penhascos.

– Por isso mesmo.

E ele se afastou.

CAPÍTULO 20

Era o que ele pretendera desde o momento em que vira seus primos e amigos saindo para a excursão vespertina. Todos ficaram decepcionados por não contar com sua companhia; os amigos pareceram completamente aturdidos.

Percy sabia que ia escalar o penhasco. Por que não partir sozinho para a tola façanha, ele não compreendia. Por que arrastar Imogen até ali? Para resgatá-lo, se ele ficasse preso, ou para sair correndo em busca de ajuda? Para assistir e admirar enquanto ele desafiava a morte numa ação tão audaciosa? Para juntar os pedaços caso ele despencasse? Era melhor que ele *não* caísse. Ela não precisava acrescentar essa lembrança a todas as outras.

Escolheu o que parecia ser uma rota acessível até o topo enquanto ainda estava ao lado dela e caminhou até o pé. Reparou que tinha escolhido um percurso não muito distante da trilha, talvez de forma inconsciente, para não ter que procurar um caminho para escapar, caso chegasse a um ponto em que não houvesse uma forma viável de subir até o topo – não queria nem pensar naquilo. Daquele modo, poderia se arrastar para o lado e percorrer a distância que faltava.

Olhou para baixo quando não tinha subido muito mais do que a própria altura em relação à praia e decidiu no mesmo instante que não voltaria a fazer *aquilo*. Nem olhava para cima, a não ser para ver onde colocar a mão e os pés. Escalar, descobriu ele, era como uma série de outras atividades que exigiam concentração. Era algo que se desenrolava de um momento para outro – não olhe para a frente, não olhe para trás, foco no que precisa ser feito.

O pavor começou na sua mente, depois envolveu seu coração e o acelerou, pulsando nas orelhas e na cabeça, então passou a residir em cada osso, em cada músculo, em cada terminação nervosa de seu corpo. Em determinado momento, ele sentiu formigamento em toda parte. Em outro, parecia tão fraco quanto um recém-nascido. Tudo nele gritava para desistir enquanto ainda estava em segurança. Só que ele nunca tinha se encontrado tão longe da segurança em sua vida, e parar não era uma opção. Se parasse, nunca mais se mexeria – até que o tutor e um barqueiro chegassem para arrancá-lo da encosta do penhasco e o carregassem até o barco.

Havia um vento que ele não percebera ao sair de casa, nem ao descer a trilha até a praia. Rugia em volta de sua cabeça e de seus pés com o que devia ser a força de um furacão. As rochas que Percy segurava eram escorregadias como o gelo, enquanto o sol torrava suas costas e o topo de sua cabeça. Tais pensamentos significavam que ele estava perdendo o controle – o que naquele momento talvez fosse uma boa ideia. Seria ainda melhor se pudesse perder o juízo também.

Suba. Não pense. Suba. Não pare. Não se pergunte quanto já percorreu. Suba. Não se pergunte quanto falta percorrer. Não se pergunte onde está Imogen. Não se pergunte se o criado foi assassinado. Pare de pensar e suba. Não se pergunte se o pai de Bains foi ameaçado e intimidado. Não pense. Não pare. Não se pergunte se Barclay caiu numa armadilha mortal e se Imogen escapou por um triz. Suba. Não pare.

Em determinado momento, ele olhou para baixo por acaso. Sabia que o mar não estava exatamente abaixo dele – a maré não ia tão longe. Entretanto, o mar foi tudo o que ele viu, cinzento, agitado, muito, muito lá embaixo do furacão que rugia a seus pés. Desejou ter tirado o colete. Desejo que todos os ossos de seu joelho não tivessem migrado para outras partes. Torceu, como o diabo, para não chegar ao topo com as calças molhadas. Torceu, com mil diabos, para que conseguisse chegar ao topo.

Suba. Não pare. Suba.

Deveria ter calçado outras botas.

Por duas vezes ele ficou parado sem saber para onde ir. A cada uma, ele descobriu um caminho. Na terceira vez que isso aconteceu, ele ficou apavorado até perder o que sobrava do juízo. Não havia nada acima. Não havia para onde ir, embora tateasse, em busca de uma rocha sólida. Engatinhou por uma superfície horizontal, ainda à procura, e algo o atingiu – uma mão?

– Nunca mais, *nunca mais*, volte a fazer isso – disse uma voz trêmula, e por um momento ele a confundiu com a voz de um anjo e achou que estava atravessando os portões do paraíso. – *Nunca* mais, está me ouvindo? Eu poderia matá-lo.

– Seria uma vergonha – disse ele para a grama no alto do penhasco, que agarrava aos punhados –, depois de ter sobrevivido à escalada.

Percy se deitou e Imogen ajoelhou-se ao lado dele, e, por algum motivo – por algum motivo ridículo –, os dois caíram na gargalhada. Ele a envolveu nos braços – que estavam um pouco como gelatina – e a deixou cair em seu peito enquanto bufavam e estremeciam de júbilo.

Por Júpiter, ele tinha conseguido.

– Por Júpiter, eu consegui!

– Por quê? – perguntou ela, voltando a se ajoelhar.

Dois olhos caninos esbugalhados o encaravam do outro lado, fazendo a mesma pergunta.

– Tenho que matar alguns dragões – explicou ele. – Mas primeiro tinha que liquidar o que estava às minhas costas.

Ela balançou a cabeça, resmungou, mas não falou o que *obviamente* queria falar. Heitor apenas olhava.

– Percy – disse ela –, você deve estar congelando.

– *Congelando?* Tem certeza de que ninguém lançou mais pedaços de carvão para atiçar o sol?

Ela olhou para cima e sorriu.

– Que sol?

Por Deus, como ele amava seu sorriso. Só por isso já estava feliz por ter sobrevivido.

As nuvens se estendiam sem intervalos de um lado a outro do horizonte. Nenhum sol. E o que havia acontecido com o furacão?

– Que *dragões*? – perguntou ela. As mãos estavam entrelaçadas com força sobre o colo.

– Convoquei uma reunião da criadagem hoje de manhã – contou ele.

– Sim. A Sra. Primrose me contou, embora não tenha mencionado do que se tratava. Revelou que era apenas sobre negócios. *Você* convocou?

– Deixei claro – afirmou ele – que minhas terras e a praia ali embaixo estão, de agora em diante, fora dos limites do contrabando e que nenhum dos meus empregados deve estar envolvido com isso. Dei alguns dias para demissões voluntárias e olharei para outro lado se tiverem que retirar qualquer item ilegal de minha casa e da minha propriedade. Todos me aconselharam a fazer de conta que não estava enxergando, mas eu não quero isso.

Ela o encarou com firmeza por muitos momentos silenciosos antes de se abaixar e beijá-lo nos lábios.

– Quando eu o conheci, teria dito que é diferente de Dicky de todas as formas imagináveis, tão diferente quanto é humanamente possível ser. Eu estava enganada.

Não era a melhor sensação do mundo para um homem ser comparado com o falecido marido da amante, mesmo quando se tratava de uma comparação favorável – especialmente nesse caso, aliás.

Mas os olhos dela estavam iluminados com lágrimas não derramadas.

– É *exatamente* o que ele teria feito – comentou ela. – Percy, seu tolo.

Também não era grande coisa ser chamado de tolo pela amante.

– Eu te a... – Ela cerrou os lábios com força e empertigou-se. – Eu o *respeito*.

Eu te amo? Era isso que ela ia dizer e se interrompeu bem a tempo?

Percy pôs a mão sobre as dela, ainda no colo.

– Na verdade, sou mesmo meio tolo – concordou ele. – Depois de conquistar alturas impossíveis, preciso trotar de volta pelo caminho para pegar meus pertences.

– Ali. – Ela apontou para trás, e ele viu os casacos, o chapéu, o colarinho e a gravata. Tudo estava dobrado com cuidado e empilhado. – Como consegue andar por aí vestindo tudo isso, Percy? Pesam *1 tonelada*.

– Porque sou forte. Sou um homem *de verdade*, aliás. – Abriu um sorriso torto para ela. – Eu sabia que a mulherzinha carregaria tudo para mim.

Ele segurou o punho dela antes que atingisse seu ombro e levou-o aos lábios.

– Sinto muito, Imogen – disse ele. – Sinto muito por tudo isso. Provavelmente tinha planos mais agradáveis para esta tarde.

– Não. Eu me permiti fazer um intervalo e pretendo desfrutar de cada momento que se apresente.

Ela mordeu o lábio, soltou a mão e se levantou.

Fazer um intervalo? Do quê? Da sua existência de mármore?

Pretendo desfrutar de cada momento que se apresente. Como se houvesse um limite de tempo.

E havia. Tinha ficado claro entre eles. Ele estabelecera um limite para si mesmo. Pretendia partir pouco depois do baile, provavelmente para nunca mais voltar. Ela viajaria para sua reunião com o grupo do Clube dos Sobreviventes.

Ele também estava apenas fazendo um intervalo, então? Do quê? Da sua existência insignificante? Voltaria para brincadeiras, desafios e amantes, além da ocasional aparição na Câmara, para aplacar sua consciência?

– Hoje à noite – disse ele – garanto que chegarei com energia suficiente para subir a escada até sua cama. E vamos usá-la de todas as formas, Imogen, durante horas e horas. Prepare-se.

– Ah, estarei preparada – respondeu ela, mas não o olhou. Estava ocupada puxando as luvas enquanto ele se levantava.

Levantar-se, claro, o deixava às vistas da casa, por trás dos espinheiros e acima do gramado. Não seria adequado puxá-la entre seus braços e beijá-la. Todos os parentes mais idosos, bem como vários criados, podiam estar enfileirados diante das janelas admirando o mar.

As pernas dele ainda estavam bem vacilantes, e bastou um olhar para a encosta que despencava não muito longe de seus pés para o assegurar de que ainda sentia um medo bastante saudável de se aproximar demais da beirada. Mas, por Júpiter, ele havia conseguido escalar.

Caminharam de volta para a casa de Imogen, e ele tomou sua mão quando estavam ladeando o portão, apertou-a sem levá-la aos lábios. Não se esquecera da expressão da governanta ao abrir a porta mais cedo.

Temia ter mexido num vespeiro naquela manhã.

– Até mais tarde – disse ele.

– Sim, até mais tarde.

Ele atravessou o gramado sem olhar para trás.

Para sua vergonha, Imogen despertou quase uma hora mais tarde do que o habitual, na manhã seguinte. Pretendia caminhar até o vilarejo e visitar algumas pessoas, inclusive Tilly e Elizabeth. Era incrivelmente abençoada, ela sabia, por ter duas amigas tão próximas – próximas em pensamento, em temperamento, bem como em idade.

Ia precisar delas num futuro não muito distante.

Mas não ia pensar naquilo ainda. Espreguiçou-se voluptuosamente e virou a cabeça na direção do travesseiro ao lado do seu. Não, não tinha se enganado. Ele tinha *mesmo* deixado para trás o perfume de sua colônia.

Percy chegara pouco antes da meia-noite e partira bem depois das quatro e meia da manhã. Como prometera, ele a ocupou bastante nesse período, com apenas breves pausas para relaxamento e cochilos. Tinham feito amor quatro vezes. Mas fazer amor com Percy, como ela estava descobrindo, consistia não apenas em unir seus corpos e se dedicar à vigorosa atividade que se seguia. Fazer amor também tinha a ver com conversar – às vezes completas bobagens –, rir, tocar, beijar, rolar e – sim! – jogar travesseiros no outro e esquecer-se de todas as reservas, do decoro e da dignidade adulta. Tinha relação com os jogos sexuais que precediam a penetração. Mas ela aprendera a dar tanto quanto recebia *naquele* aspecto do amor. Se ele era capaz de levá-la às súplicas, ela também podia fazê-lo suplicar. Ah, com toda a certeza.

E a união dos corpos? Ah, não havia nada mais maravilhoso nessa vida depois de longas brincadeiras e de demorados jogos sexuais. E o ritmo intenso do amor, os sons cadenciados da umidade, da respiração entrecortada, e a crescente tensão e excitação. E o alívio ao fim de tudo – o momento mais maravilhoso do ato, mas também o mais triste, pois a partir dali vinha a consciência gradual da separação, mesmo quando ainda estavam unidos, e a noção de que eram dois indivíduos.

No entanto, estavam cientes de que ainda dispunham de algum tempo – pouco mais de uma semana.

Ele partira depois de se sentar, totalmente vestido, a um canto da cama, e de beijá-la devagar e profundamente, como se as horas anteriores não tivessem bastado, como se nunca bastassem.

– Hoje à noite – murmurara ele junto aos lábios dela –, e amanhã à noite, e depois...

Ela riu, pois Heitor vinha olhando o que se passava do outro lado da cama, a mandíbula apoiada nas cobertas, os olhos esbugalhados. Era um cãozinho tão feio e adorável...

Imogen ouviu quando saíram, o ruído da chave girando na fechadura, e tinha se permitido o breve choro habitual antes de dormir profundamente.

E despertara tarde, embora isso não importasse.

A Sra. Primrose levou o desjejum para a sala de jantar assim que ela desceu.

– A senhora fez bem em dormir até tarde, milady – comentou ela, ao servir café para Imogen. – Está um dia terrível e sombrio lá fora.

Era verdade. Imogen não havia reparado. A chuva batia nas janelas, que chegavam a sacudir com o vento. O céu parecia feito de chumbo.

– Pelo menos – disse ela – não precisaremos sair correndo para o andar de cima com todos os baldes para cuidar das goteiras.

Ela mexeu o café e voltou sua atenção para as cartas junto do seu prato. Uma delas era de George, duque de Stanbrook – ela reconheceu a caligrafia. A outra era de Elizabeth – um convite, provavelmente, alguma diversão que incluía todos os hóspedes da residência principal. Elizabeth mencionara o assunto durante o encontro do clube de leitura. A outra carta estava endereçada a ela numa letra arredondada e infantil. Um de seus sobrinhos, talvez? Isso nunca tinha acontecido. Rompeu o lacre daquela carta primeiro, por pura curiosidade.

Era escrita por alguém sem instrução, uma mistura confusa de letras maiúsculas e minúsculas, algumas grandes, outras pequenas, algumas apinhadas, outras tortas. Quem seria...?

Vai convencer esse seu amante a sair daqui e a ficar lonje, estava escrito, *ou pode se maxucar, sinhora. É um alerta amistoso. Atenção.*

Não havia assinatura.

Imogen segurou o papel com as duas mãos geladas. Deveria ter compreendido assim que vira o envelope. Mais de dez anos tinham se passado, mas ela deveria ter percebido mesmo assim. Se não estava enganada, a carta era da mesma pessoa que escrevera as ameaças para Dicky e para ela antes de partirem para a península Ibérica.

Ah, Percy, pensou ela, *o que você fez?*

Imogen aprendera um bocado sobre autocontrole e contenção nos últimos oito anos. Não abriu as outras cartas, mas comeu várias torradas e bebeu o café antes de dobrar o guardanapo, deixá-lo arrumado ao lado do prato e se levantar.

– Vou até a residência – avisou à governanta. – Pode deixar o fogo apagar na sala de estar.

– É melhor levar seu guarda-chuva, milady – aconselhou a Sra. Primrose. – Se conseguir impedir que o vento o leve, quer dizer.

৯৯

Percy se encontrava no salão, como quase todos os outros, exceto as damas mais idosas, que se reuniram na sala matinal. Estava idealizando um torneio que incluía, entre outras coisas, jogos de cartas, bilhar, lançamento de dardos e caça ao tesouro. Todos estavam animados, apesar da chuva que açoitava as janelas. Todos, ao que pareceu, voltaram rostos sorridentes para Imogen.

– Chegou a tempo de se juntar a nós, lady Barclay – disse o visconde Marwood. – Pode ficar no meu time. Assim teremos um jogador a mais, mas eles têm Percy, que vale por dois quando se trata de jogos. Sabe lançar dardos? Pode escolher um ou dois de nossos adversários, se quiser... desde que não cause danos permanentes, eu suponho. Isso talvez perturbe as outras damas.

O mais bizarro foi que ela *se juntou* a eles, embora a competição tenha durado bem mais do que esperava. De fato, houve um intervalo para o almoço, que deveria ter durado uma hora mas acabou se estendendo em mais meia hora.

Todos estavam se divertindo muito, inclusive os cavalheiros mais velhos. Até prima Adelaide, que não estava participando, parecia menos rabugenta do que de costume, embora se queixasse de que atividades demais aconteciam além das portas do salão.

Havia gatos correndo para todos os lados. Bruce não saiu do tapete diante da lareira. Heitor ficou perto da poltrona vazia de Percy, sacudindo o rabo quando havia qualquer sinal de ação.

Era exatamente como uma festa familiar *deveria* ser, pensou Imogen. As gêmeas discutiram entre si pelo menos meia dúzia de vezes, apesar de estarem no mesmo time. Leonard Herriott acusou o irmão de deslealdade durante a caça ao tesouro e descobriu-se alvo de uma resposta escorchante, até que o pai interferiu para restaurar a ordem e lembrar que havia damas por perto. Mas o bom humor e o riso prevaleceram, bem como o espírito altamente competitivo, até que todos completaram as atividades e as notas foram somadas por um comitê formado por um representante de cada time – e descobriram que o de Percy tinha ganhado por uma margem mínima.

Vaias dos perdedores se misturaram a gritos insubmissos dos vencedores, e tia Lavinia tocou a campainha pedindo a bandeja de chá. A reunião das damas havia acabado muito tempo antes.

– Lorde Hardford – disse Imogen –, posso ter uma conversa em particular com o senhor?

Talvez não fosse a melhor forma de entrar no assunto, ela percebeu tarde demais. Ele pareceu surpreso – talvez um pouco irritado? –, assim como todos os outros. Imogen estremeceu ligeiramente ao notar que o Sr. Welby piscava para o visconde Marwood.

– É uma questão de negócios – acrescentou ela.

– Claro, prima. – Percy a levou até a porta e a abriu para permitir sua passagem. Conduziu-a até a sala matinal e a seguiu depois que entrou, fechando a porta.

Ele parecia um pouco tenso, pensou Imogen ao encará-lo.

– O que foi? – perguntou ele.

Ela tirou a carta do bolso do vestido e lhe entregou.

Percy a abriu, leu, então disse uma palavra que Imogen só tinha ouvido antes em Portugal, pronunciada por soldados que não percebiam que uma mulher estava nas imediações. E não pediu desculpas.

Ele ergueu a cabeça e contemplou Imogen por algum tempo em silêncio.

– Podia ter tido umas lições de ortografia, não é? – comentou. – Sem mencionar a letra.

– Não é uma piada, Percy – retrucou ela.

– Não, com toda a certeza não é – concordou ele. – Em vez de me ameaçar, o que talvez *eu* tomasse como piada, ele ameaçou minha dama e me deixou seriamente irritado.

Em outra ocasião, talvez ela protestasse ao ser descrita como *minha dama*, mas não naquele momento.

Ele continuou a olhá-la por mais alguns instantes, sem se mexer.

– Com sua permissão – disse ele então –, convocarei mais algumas pessoas para cá. Homens. Devo convocar também minha mãe? Ou lady Lavinia, talvez?

– Não – interveio ela, lembrando-se de um trecho da carta: *"esse seu amante"*. – Que homens?

– Meu administrador – explicou ele. – Quer dizer, o Sr. Knorr. Meus dois amigos. Cyril Eldridge. Meus tios.

De súbito, ocorreu a Imogen que era mesmo possível que o criado de Dicky tivesse sido assassinado; que o Sr. Bains tivesse sido obrigado a retirar a permissão para que Colin os acompanhasse em Portugal na função de ordenança de Dicky; que James Mawgan tivesse sido plantado deliberadamente naquele posto. No dia anterior, tudo parecera absurdo demais para ser levado a sério. Ainda parecia. Mas alguém ameaçara sua vida... de novo. Soava ridiculamente melodramático também, mas fora o que acontecera.

– Muito bem – concordou ela.

Ele se encaminhou até a porta, deu algumas instruções ao Sr. Crutchley e aproximou-se dela quando a porta voltou a fechar. Segurou-lhe as duas mãos com força.

– Talvez eu devesse ser chicoteado – disse ele –, mas é *exatamente* por causa disso que eles precisam ser confrontados. Sinto muito, meu a... –interrompeu-se, então continuou: – Ah, dane-se. Sinto muito, *meu amor*. Não permitirei que nada aconteça a você. *Não permitirei*. Quanto a isso, pode ficar tranquila. E quando tudo acabar, pode me mandar para o inferno que eu irei sem reclamar.

Ergueu as mãos dela, uma de cada vez, até os lábios e beijou-as ferozmente antes de soltá-las. Encaminhou-se para a janela, onde ficou de costas para o aposento. A carta surgia de um dos bolsos de seu casaco.

Os tios, o primo e os amigos foram os primeiros a chegar, todos juntos, claramente explodindo de curiosidade.

– Vamos esperar Knorr – disse Percy, dando uma olhada para trás.

Esperaram em silêncio, até que houve uma batida firme à porta e o Sr. Knorr entrou.

A porta se abriu um momento depois e o Sr. Crutchley introduziu – entre todas as pessoas do mundo – prima Adelaide. Ela olhou em volta com desagrado e se dirigiu para a cadeira mais próxima ao fogo.

– Podem repetir até perderem o ar que as damas não foram convidadas – argumentou ela. – Mas há uma dama aqui, uma jovem dama, e ela não ficará sozinha, à mercê de um monte de *homens*, enquanto eu tiver alguma coisa a dizer sobre o assunto.

E se sentou e continuou com sua expressão de desagrado.

CAPÍTULO 21

Percy percebera desde o início que estava se envolvendo em um tipo perigoso de desafio, algo com que se familiarizara havia muito tempo. A diferença era que dessa vez não se tratava de pura diversão. Não esperava facilidades. Hardford era uma base conveniente para o contrabando: localizada bem na costa, mas acima do vale, com uma praia reservada e relativamente segura para o desembarque e uma trilha que levava a uma propriedade particular – na verdade, a propriedade de um conde –, portanto um alvo improvável para as patrulhas de oficiais da alfândega. Havia porões espaçosos tanto na casa de Imogen quanto na residência principal, e até pouco tempo antes o dono das duas se dispunha a ajudar e a estimular a atividade, mesmo sem se envolver diretamente. Depois da morte dele, seu sucessor fizera a gentileza de passar dois anos inteiros longe dali.

Ah, ele não nutria esperanças de que seria fácil retirá-los permanentemente de Hardford. Entendera que correria algum perigo ao ser tão aberto e determinado em sua oposição. Não podia esquecer Colin Bains e suas pernas quebradas. Sabia que tinha uma imaginação bem fértil, mas não acreditava estar tecendo uma história fantástica sobre uma série de eventos que tinham antecedido – e seguido – a partida do falecido Richard, visconde Barclay, para a península Ibérica. Contudo, os riscos nunca o incomodaram. Ele se alimentara deles pelos últimos dez anos, afinal de contas.

Nem na sua fantasia mais desvairada ele imaginaria que as ameaças não seriam dirigidas a ele, e sim a Imogen.

Que astúcia diabólica, havia sido seu primeiro pensamento ao ler a carta. *Como sabiam?*, foi o segundo pensamento. Mas não era totalmente surpreendente. Percy, de forma bastante imprudente, havia ameaçado a reputação de

Imogen ao correr para a casa dela nas últimas noites, sem partir antes do amanhecer. Seria mais surpreendente se ninguém soubesse. Era provável que o *mundo inteiro* soubesse.

Nunca sentira tanta raiva na vida. Era um tipo de raiva silenciosa, contida. Não adiantaria nada vociferar e açoitar com palavras ou com punhos enquanto não tivesse um alvo a quem dirigi-los. E pelo menos metade da raiva era dirigida a si mesmo.

Tirou a carta do bolso e deu as costas para a janela.

– O contrabando corre solto neste trecho do litoral – começou ele. – Convoquei uma reunião com toda a criadagem na manhã de ontem e deixei claro que não abrigaria mais contrabandistas, nem seus bens, em minhas terras.

– O contrabando corre solto em *todos* os trechos do litoral, Percy – corrigiu tio Roderick. – E temo que não haja como impedi-lo. Admito que aprecio umas gotas de um bom brandy francês de vez em quando, embora eu tenha o cuidado de nunca perguntar ao anfitrião de onde vem a bebida. – Ele deu um risinho.

– É provável que não tenha sido muito sábio de sua parte, Percy – disse tio Ernest. – E não vai adiantar grande coisa, como sabe. Os criados talvez cumpram suas ordens por algum tempo, mas em breve voltarão a agir como antes. Se eu fosse você, deixaria o assunto para lá, agora que já manifestou o que pensa.

– Mesmo assim, é melhor afiar o cutelo – aconselhou Sidney com um sorriso maroto.

– E carregar sua pistola – acrescentou Cyril.

– Quanto antes voltarmos para Londres, Percy – disse Arnold –, melhor para todos, acredito.

Percy notou que ele se virou para olhar Imogen. Ela havia se sentado ao lado da Sra. Ferby, que dava batidinhas carinhosas em seu braço.

– Mas há uma perversidade em tudo isso – argumentou Percy. – Se fosse só um pouco de brandy e um dinheirinho extra, eu talvez estivesse tentado a ignorar. Mas pernas quebradas e assassinato, não.

– *Assassinato*? – indagou tio Ted, incisivo.

– Não tenho provas – disse Percy. – Mas, sim, assassinato. Há dez anos, o falecido visconde Barclay recebeu cartas ameaçadoras quando manifestou suas preocupações sobre as atividades que aconteciam nas terras do pai. Hoje, lady Barclay recebeu outra dessas cartas. Não perguntei ainda, mas acredito que saiba a resposta. Até onde consegue se lembrar – disse ele, virando-se para Imogen –, esta carta parece ter a mesma caligrafia?

A Sra. Ferby segurava a mão da viscondessa, os dedos das duas entrelaçados.

– Sim – respondeu ela.

– Gostaria que todos a lessem – pediu Percy –, com a permissão de lady Barclay.

– Sim – repetiu ela.

Percy entregou a carta para Cyril, que estava mais próximo, e a missiva passou de mão em mão, até que todos os homens terminaram de ler. A Sra. Ferby estendeu a mão livre e Knorr entregou a ela.

– Muito pouco instruído, não é? – comentou tio Ted. – O homem mal consegue escrever.

– É perturbador para uma dama receber uma carta como essa – disse tio Roderick. – Ainda que seja um pouco difícil levar a sério. É uma completa bobagem, na minha opinião. Calunioso, porém.

– Tendo a concordar – pronunciou-se tio Ernest –, mas se isso aqui partiu de um dos criados, Percy, o homem deve ser encontrado e dispensado imediatamente. Não há assinatura, claro, nem uma despedida.

– Lady Barclay precisa receber proteção, Percy – avisou Arnold. – Vive sozinha, madame, com apenas uma criada, não é? E compreendo que ela volta para cá à noite, certo?

– Deve se mudar imediatamente para a residência principal, prima Imogen – disse tio Roderick –, até que o assunto tenha sido investigado, como suponho que vá acontecer. Não deve ficar sozinha. Sua criada pode dormir no quarto com a senhora.

– Não tenho nenhum desejo de deixar minha casa – protestou Imogen, abrindo a boca pela primeira vez.

– É o melhor que pode fazer, madame – retrucou Sidney –, pelo menos temporariamente. Somos numerosos o bastante para lhe oferecer proteção adequada na hipótese improvável de haver um louco à solta.

– Não se trata de *um louco* – interveio a Sra. Ferby, e todos os olhares se voltaram para ela. – É uma carta escrita por um homem muito esperto – disse ela, sacudindo o papel na mão. – Eu não o subestimaria se fosse o senhor, lorde Hardford.

231

– Não creio que o esteja subestimando, madame – disse Percy.

– Esperto? – perguntou Sidney.

– A multiplicidade de erros na carta sugere que alguém os cometeu de forma muito deliberada – explicou Knorr. – E as imensas mudanças na escrita, no decorrer de mensagem tão breve, sugerem um esforço proposital para enganar. Mas há algo de ameaçador no tom, que vai além das próprias palavras. Talvez seja o contraste entre a aparência infantil do bilhete e a mensagem que transmite.

Percy olhou para seu novo administrador com ar de aprovação.

– De onde veio? – indagou Cyril. – Daqui ou de alguém de fora?

– A reunião aconteceu ontem de manhã, pelo que disse, Percy? – questionou tio Ted. – Quem saiu da casa ou da propriedade durante o resto do dia?

– Além de nós, quer dizer? – comentou Percy. – Knorr, você sabe?

– Que eu saiba, ninguém saiu, milorde – respondeu Knorr depois de pensar um pouco. – Mas é difícil ter certeza. Todos nós sabemos que as notícias e as fofocas parecem viajar com o vento.

– Seja lá quem for – disse a Sra. Ferby –, é alguém cuja letra é bastante conhecida.

– Sim, madame – concordou Arnold. – Ele com certeza fez grande esforço para disfarçá-la.

– Presumimos que seja um homem, então? – perguntou Sidney.

– Ah, é um homem – garantiu a Sra. Ferby, com algum entusiasmo. – Uma mulher ameaçaria diretamente o homem. Uma mulher cravaria uma faca no coração ou acertaria um tiro entre os olhos. Só um homem seria capaz de ameaçar a mulher de quem seu inimigo gosta.

Imogen, percebeu Percy, ficou branca como giz. Os lábios pareciam azulados, em comparação. Ele quase foi para perto dela, para ampará-la, caso desmaiasse, mas a carta já havia causado danos suficientes à sua reputação. E ela se mantinha bem digna. A Sra. Ferby continuava a segurar sua mão com força.

– Não estamos fazendo uma tempestade em copo d'água? – quis saber tio Roderick. – Não estamos lidando apenas com um encrenqueiro?

– Não – responderam várias vozes ao mesmo tempo.

– Suponho que tenha sido precipitado de minha parte provocar todos esses problemas agora que estou com a casa cheia de hóspedes e há um baile em planejamento.

– Não pensa em deixar que saibam que pretende partir daqui depois do baile, Percy? – perguntou tio Ernest. – Suponho que *partirá* para a cidade para a Sessão. E que nada mais será dito sobre o assunto.

Percy respirou fundo antes de responder. Mas Imogen se adiantou:

– Não.

Todos se voltaram para ela.

– Não – repetiu ela. – Lorde Hardford fez a coisa certa. É o que meu marido teria feito depois de voltar da guerra, se tivesse sobrevivido. O que lorde Hardford pode realizar é apenas uma gota no oceano, naturalmente. Levará muito tempo para que o contrabando perca seu apelo para as mentes criminosas, ou antes que deixe de ser imensamente lucrativo, e talvez nunca aconteça. Mas cada gota no oceano é uma parte essencial do todo. A violência e a intimidação, até mesmo o assassinato, puderam florescer, incontestes, por tempo demais. Muitos fecharam os olhos.

Fez-se um breve silêncio.

– Bravo, Imogen – elogiou a Sra. Ferby com sua voz de barítono. – Vai restaurar minha fé em todo o sexo masculino, lorde Hardford, se continuar o que começou ontem... mesmo que eu seja a próxima a ser ameaçada.

Como Percy conseguiu dar um sorrisinho e achar graça genuína, ele não sabia. Mas havia uma linha muito tênue entre a comédia e a tragédia.

– Terei isso em mente, madame – respondeu ele.

– Seria uma tolice de minha parte – concluiu Imogen com um suspiro – permanecer naquela casa. Causaria problemas desnecessários obrigar todos a tentar garantir minha proteção por lá. Virei para cá até que seja seguro voltar para minha própria casa.

– Obrigado – disse Percy, e por alguns instantes seus olhares se encontraram, se sustentaram, e ele chegou a ouvir na sua memória as palavras que dissera bem cedo naquela manhã: *hoje à noite, e amanhã à noite e...* – Fique aqui e mandarei que tragam seus pertences.

A Sra. Ferby se levantou, puxando Imogen.

– Venha, querida – ordenou ela. – Perdemos nosso chá. Vamos pedir que Lavinia mande prepararem um bule novo.

Paul Knorr segurou a porta aberta para as duas.

A carta ficou sobre a cadeira antes ocupada pela Sra. Ferby.

Depois de vários minutos de ponderações sem objetivo prático, Percy sugeriu que todos voltassem ao salão para tomar o chá interrompido. No entanto, ele e Knorr ficaram para trás.

– Qual é sua opinião, Paul? – perguntou quando estavam a sós.

– Se existe uma quadrilha antiga, extremamente organizada – respondeu Knorr –, e tudo indica que é o caso, então é quase certo que abranja uma grande área... O estuário do rio e o vale, e mais além. Uma organização dessas não toleraria concorrência. Será extremamente difícil desbaratar.

– Não é essa a minha intenção – disse Percy. – Deixarei a missão a cargo dos agentes alfandegários. No entanto, sou dono desta terra, Paul. Sou responsável pela segurança e pelo bem-estar de todos que vivem e trabalham nela. Pode parecer um pouco pretensioso, mas há um clima de medo e segredos por aqui. *Medo* seria uma palavra forte demais? Não, não acho que seja. E há um jovem no estábulo com pernas quebradas, e provavelmente o criado do falecido Barclay foi assassinado. Talvez até o próprio Barclay, de modo indireto e não direto, pois com certeza foi capturado, torturado e executado pelos franceses.

Já havia contado todos aqueles detalhes para o novo administrador. Knorr, pelo menos, era alguém em quem ele sabia que podia confiar. Respirou fundo para continuar.

– Mas está pensando, não é? – indagou Knorr antes que Percy pudesse prosseguir. – Está pensando que o núcleo principal da quadrilha se encontra aqui, não é? O líder, no mínimo? Acho que tem razão.

Percy o encarou e assentiu devagar. Sentiu algo gelar dentro de si. Deveria se sentir grato por Imogen ter sido suficientemente sensata e concordar em ficar na residência, onde nunca a deixariam sozinha. Mas... bem na cova dos leões?

Diabos. Era *sua* toca. E ela era *sua* mulher, embora ele não duvidasse que Imogen detestaria ser chamada assim. Ele mesmo se sentiria um tanto nervoso, se parasse para pensar no assunto, mas não havia tempo para pensar em seus sentimentos.

– Chame Crutchley, por favor – disse ele. – Peça que venha nos servir mais vinho do Porto.

O mordomo chegou rangendo alguns minutos depois, com uma bandeja nas mãos.

– Pode deixar aí – instruiu Percy. – Não o manterei aqui por muito tempo, para não provocar desconfiança. Tenho algumas perguntas a fazer. Não espero que me revele o nome da pessoa que mandou o senhor me persuadir a sair do quarto com vista para a baía e mudar para outro nos fundos da casa. Mas pergunto o seguinte: sua obediência deveu-se a uma lealdade voluntária ou ao medo de uma represália?

O mordomo apenas o encarou, parecendo não compreender.

– Não tenho a intenção de puni-lo – acrescentou Percy – pelos lençóis úmidos, o pássaro morto e a fuligem.

– Quem são as pessoas importantes de sua vida, Sr. Crutchley, além do senhor? – indagou Paul Knorr.

Crutchley virou a cabeça na direção do administrador. A expressão não mudou, mas ele falou:

– Tenho uma filha no vilarejo e dois netos. Um deles tem uma esposa e dois filhinhos.

– Obrigado – disse Percy. – Mais uma vez, não peço que me dê um nome, a não ser que seja do seu desejo, mas o senhor sabe quem é o líder desta quadrilha?

Crutchley assentiu depois de uma pausa um tanto longa.

– A identidade dele é conhecida? – perguntou Percy.

O mordomo balançou a cabeça rapidamente.

– E ele mora e trabalha nesta propriedade? – continuou Percy.

Dessa vez não houve resposta – apenas uma tensão maior nos lábios e a expressão indecifrável do mordomo.

– Obrigado – concluiu Percy. – Pode sair.

Encarou a porta fechada por algum tempo antes de olhar para Knorr.

– Onde Mawgan pode ser encontrado quando não está ocupado comandando os jardineiros? – indagou ele.

Partiram juntos da casa alguns minutos depois, em vez de convocar o homem a ir até lá.

– O que deve pensar de mim? – perguntou Imogen quando as duas mulheres subiram a escada juntas. Prima Adelaide lhe dera o braço.

– Nunca encontrei um homem que eu pudesse amar e admirar, Imogen – respondeu ela. – Sempre estive convencida de que tal homem não existia, apesar de nunca ter visto seu Richard, a não ser uma ou duas vezes, quando ele não passava de um garoto. Até recentemente, poderia afirmar que lorde Hardford se encontrava entre os mais indignos do sexo masculino. Estou mudando de ideia sobre ele, mesmo que *apresente* um ar descuidado e seja bonito demais. Acho que, se eu tivesse a sua idade, também me apaixonaria por ele. – Ela riu, um rumor muito grave que Imogen não tinha lembrança de ter ouvido antes.

– Ah, mas não estou apaixonada – protestou.

Estavam se aproximando do alto da escada e do salão.

– Então não tem um pretexto para se divertir com ele – concluiu prima Adelaide com firmeza. – Ou melhor, não teria um pretexto se estivesse dizendo a verdade. Nunca pensei que aconselharia uma jovem a seguir seu coração. Mas é isso que estou fazendo.

Prima Adelaide já morava na casa havia algum tempo. Imogen nunca desgostara dela, mas nunca lhe ocorrera que a *amava*. Não até aquele momento.

– Obrigada – disse ela – por ter descido e me oferecido sua companhia.

– *Companhia?* – Prima Adelaide voltou a rir. – Eu estava ardendo de curiosidade.

Dessa vez, foi Imogen que não acreditou.

Uma das gêmeas tinha se acomodado na poltrona de prima Adelaide quando elas chegaram ao salão. A garota se levantou num pulo e se afastou. Prima Adelaide começou a se comportar como de hábito ao se sentar e supor em voz alta, com óbvio desprazer, que o chá devia estar geladíssimo no bule.

Todas olharam para Imogen cheias de curiosidade, e ela tomou uma decisão rápida. Contou tudo, omitindo apenas o detalhe na carta que se referia a Percy como seu amante.

As damas ainda não tinham parado de fazer exclamações, a Sra. Hayes corria para se sentar ao lado de Imogen e tomar suas mãos, quando os homens voltaram ao aposento. Todos, exceto Percy. Todos manifestaram espanto e indignação enquanto chá fresco era servido junto com mais um prato de bolo.

Depois, de forma surpreendente, o resto do dia seguiu quase normalmente, a não ser pelo fato de Imogen estar de volta a seu quarto no andar de cima, quase como se sua casa permanecesse sem telhado. Uma cama com rodinhas fora instalada no pequeno quarto de vestir, para abrigar a aia da Sra. Hayes. Imogen não questionou a escolha daquela criada, mas presumiu que a decisão houvesse sido tomada por temerem confiar em qualquer um dos criados de Hardford Hall, inclusive na sua Sra. Primrose.

A privacidade, naturalmente, ficara comprometida. Por onde ia, alguém a acompanhava, em geral mais de uma pessoa, o que incluía pelo menos um dos cavalheiros, a não ser quando se encontrava nos confins de seus próprios aposentos. Tudo era muito bem-feito. Nunca tinha a sensação de estar cercada de vigias.

Passaram a noite ao redor do piano no salão ou diante de uma das duas mesas de cartas. Na manhã do dia seguinte, um domingo, foram todos para a igreja. Imogen se espremeu numa carruagem fechada junto com dois dos tios e tias de Percy. Ficou sentada entre os mesmos casais na igreja, com membros da família à sua frente e atrás. Foi flanqueada pelo Sr. Welby e pelo Sr. Cyril Eldridge quando deixaram a igreja e ficaram algum tempo do lado de fora, trocando novidades e gentilezas com os vizinhos. O Sr. Eldridge ajudou-a a entrar na carruagem para a viagem de volta, e lá foi ela, espremida entre as tias.

Era tudo horrível, e talvez fosse ainda mais horrível porque a família inteira permanecia animada como sempre, como se nada tivesse acontecido, como se não tivessem acabado de descobrir que viviam cercados por uma quadrilha de contrabandistas impiedosos e que a vida dela estaria em perigo se não conseguisse persuadir Percy, *seu amante*, a partir e a esquecer a campanha para livrar as terras daquela escória. Não tinha dúvidas de que todos sabiam que ela fora acusada de ser sua amante, embora não houvesse mencionado nada para as damas e estivesse convencida de que prima Adelaide não faria isso. Talvez nenhum dos cavalheiros tivesse contado nada, mas elas não eram estúpidas. A carta ameaçara feri-la caso Percy não partisse. Por que ela? A resposta era óbvia.

Durante toda aquela situação, Imogen sentiu terrivelmente a falta dele. Não havia como os dois prosseguirem com o caso enquanto ela permanecesse na residência principal. E, mesmo que conseguisse voltar para casa nos próximos dias, uma parte da situação não se alteraria. Todos agora *sabiam* ou suspeitavam. Seria sórdido continuar. Não parecera sórdido antes, embora talvez fosse.

O caso deles, as curtas férias que tirara de sua própria vida, tinha chegado ao fim. Terminara de forma um tanto abrupta, e muito antes de ela se preparar para isso. De repente era melhor assim. Vinha apreciando demais aquela situação. E começou a envolver seus sentimentos mais profundos. Talvez fosse melhor que tudo terminasse antes que ela se enredasse ainda mais.

Mas a dor que sentia!

O fim do caso parecia, de certo modo, mais terrível do que a própria ameaça da carta, apesar de a ameaça ter revelado que alguém *sabia* e estava preparado para usar essa informação de modo bastante cruel. Era pior ainda saber que havia alguma relação entre aquele momento e *o passado*. Os eventos de dez anos antes pareceram apenas tristíssimos na época, mas podiam ter sido sinistros. Dez anos eram um período muito longo. No entanto, tinha certeza, tanto quanto possível, de que a pessoa que escrevera *essa* carta também escrevera *aquelas*.

Estava assustadíssima. Não apenas por si – vinha recebendo muita proteção –, mas por Percy, que enfrentava a questão de modo bem agressivo. Estava aterrorizada por ele. O criado de Dicky fora assassinado. Agora tinha convicção disso, embora não lhe ocorresse a possibilidade na época. *Mas por quê?* E tinham quebrado as pernas de Colin Bains.

Misturado a todo o terror, talvez até o superando, havia a dor do fim abrupto de uma história de amor.

CAPÍTULO 22

A raiva se tornou um estado permanente para Percy, embora ele a mantivesse sob controle enquanto continuava a conviver com a família e os amigos. Evitava ficar a sós com Imogen. Pedira aos tios e aos amigos que a mantivesse sob vigilância, e foi o que fizeram. Não que ele precisasse ter pedido. Nem as tias, as primas e os primos mais jovens, que haviam sido informados sobre a situação mas não tinham visto a carta. Cercaram-na, todos eles, como espinhos em torno de um botão de rosa.

A maior parte da raiva de Percy dirigia-se a si mesmo. Tinha colocado Imogen em situação de risco, de muitas formas, ao se permitir ter um caso com ela. E fazer uma declaração aberta de guerra contra o contrabando na propriedade fora, sem dúvida, um gesto precipitado e mal pensado.

Ele merecia ser chicoteado.

Infelizmente, não podia voltar atrás. Era impossível. Não podia reviver as três últimas semanas e tomar decisões diferentes. Nem podia reviver os dez anos anteriores. Só podia seguir em frente.

Sentia a falta de Imogen como uma dor que era quase bem-vinda. Ele merecia todos os tormentos e mais.

Sua determinação para descobrir tudo, depois da carta, esbarrara em alguma frustração. James Mawgan tinha um chalé atrás do estábulo, onde havia um pequeno grupo de casinhas. Não se encontrava por lá quando Percy apareceu com Knorr no sábado à tarde. Era o dia em que o jardineiro-chefe tinha metade do dia de folga, explicara uma vizinha depois de fazer uma reverência para Percy, e ele às vezes ia visitar a mãe.

Também não apareceu por lá no domingo, dia livre para a maioria dos que trabalhavam ao ar livre. E na segunda-feira saiu cedo, com outro jardineiro, para providenciar bulbos e sementes para os canteiros de flores e para a horta.

– Finalmente – comentou Knorr, seco – o sujeito está fazendo alguma coisa para merecer seu salário. Vou acorrentá-lo quando ele voltar, milorde.

Depois do almoço, Percy e um grupo de primos mais jovens, entre eles Meredith e Geoffrey, subiram no alto das rochas atrás da casa, onde foram premiados com um vento gélido, nuvens viajando pelo espaço azul do céu e uma vista magnífica nas quatro direções. Percy não teria ficado surpreso se alguém dissesse que em dias bem claros seria possível ver Gales ao norte, a Irlanda a oeste e a França ao sul.

Ele de repente se deu conta de algo. *Seu coração não batia descompassado?* Não deveria sentir as pernas se transformarem em gelatina?

Geoffrey corria no topo, com os braços abertos, um iate de corrida guinchando ao vento. Gregory o seguia bem de perto.

Não era possível permitir que o mal continuasse a vicejar por ali, pensou Percy, como um câncer no corpo de sua própria gente. *Não permitiria.*

O Sr. Knorr o aguardava no salão de visitas, informou Crutchley quando voltaram para casa.

Mawgan também se encontrava ali.

– Ah – suspirou Percy, enquanto o mordomo fechava a porta ao sair. – Acredito que logo fará com que os canteiros de flor estejam em pleno esplendor, Mawgan.

– É o que pretendo, milorde – respondeu Mawgan.

– Ótimo. Estou ansioso para ver como ficarão na primavera, no verão e no outono.

Ali estava! Era uma luva lançada entre os dois, como num desafio para um duelo. Não estava certo de que permaneceria por lá. Mas era melhor que os que desejavam sua partida acreditassem que ficaria, que sua determinação não sofrera abalos por causa da ameaça.

– Conte-me, Mawgan – pediu Percy. – É bom nadador?

O homem pareceu estranhar um pouco.

– É preciso nadar, quando se é um pescador – disse ele.

– Mas não conseguiu salvar um homem que caiu no mar? – perguntou Percy. – Imagino que o mar não estivesse tão agitado assim. Um pescador experiente como você não sairia ao mar se fosse o caso, não é? Com certeza não sairia na companhia de alguém inexperiente.

240

– Ele brigou comigo – argumentou Mawgan. – O idiota. Entrou em pânico. Knorr pigarreou.

– Depois foi para debaixo do barco e bateu a cabeça – acrescentou Mawgan.

– Achei que tivesse sido você. – Percy o examinou com mais atenção.

– Aconteceu com nós dois – esclareceu Mawgan. – Eu estava tentando alcançá-lo.

– Quem mais estava no barco? – indagou Percy.

– Meu pai, alguns outros – disse Mawgan, vago. – Não lembro.

– Imaginei que cada detalhe daquele trágico incidente ficaria gravado na sua memória.

– Bati com a cabeça – explicou Mawgan.

– E, enquanto se recuperava – continuou Percy –, Colin Bains se ofereceu para assumir o lugar do criado, e o pai dele ficou cheio de orgulho diante da perspectiva de ver seu filho como ordenança de um visconde, herdeiro de um condado. Então, de repente, mudou de ideia e recusou-se terminantemente a dar permissão para que o filho fosse.

– Não sei nada a respeito disso – retrucou Mawgan.

– Em seguida, o Sr. Ratchett arranjou-lhe o trabalho.

– Ele falou de mim – respondeu o jardineiro. – E lorde Barclay veio me ver.

– E, ao retornar da península – prosseguiu Percy –, recebeu sua atual posição de chefia entre meus jardineiros como recompensa pelos seus serviços.

– O que aconteceu com o senhor visconde não foi culpa minha – afirmou Mawgan.

– Não foi? – perguntou Percy em voz baixa, e os olhos do homem encontraram os dele pela primeira vez. – Ou foi enviado para garantir que, de algum modo, por quaisquer meios, o visconde Barclay não voltasse para casa?

Percy tinha lançado a segunda luva. Não havia como voltar atrás, havia?

Os dois se encararam. Percy esperava incredulidade, surpresa, ultraje, *algum* ar de forte negação. Em vez disso, encontrou apenas um olhar franzido que por fim se desviou, e depois a resposta mais antiga conhecida pelo homem:

– Não sei do que está falando – disse ele –, milorde.

– Não tenho nenhuma certeza de *como* foi feito – falou Percy. – Mas *tenho certeza* de que foi feito. Você recebeu ordens e as cumpriu. Alguém devia ter um bocado de confiança em você. Era uma missão importante, mas não impossível... distante de casa, uma guerra que matava milhares de pessoas de todos os níveis sociais, nenhuma sombra de culpa que pairasse neste canto específico da Cornualha. Havia uma grande chance de que acontecesse de qualquer maneira, sem qualquer intervenção de sua parte. Só que você já estava por lá havia *mais de um ano*, pelo que entendo. Devia estar ficando cada vez mais impaciente e um pouco ansioso.

– Não sei do que está falando – repetiu Mawgan. – Se pensa que eu o matei, então é melhor perguntar para sua... é melhor perguntar para lady Barclay. Os franceses o levaram e o mataram. Ela estava lá. Ela contará.

Sua...? Amante, talvez? Foi o mais perto que o sujeito chegou de dar um escorregão.

– Suponho que as ordens tenham vindo de seu tio – prosseguiu Percy. – Mas, me diga, Mawgan, ele apenas agia em nome de alguém acima dele? O cabeça, talvez o líder da quadrilha, o chefão? Ou estava agindo *para si mesmo*?

Parecia impossível, incrível, risível imaginar aquele velho trêmulo, empoeirado, cercado de livros de contabilidade, escrevendo-os com sua caligrafia meticulosa e perfeita, quase nunca saindo de seu gabinete. Mas em que outros livros e contas ele trabalhava ali? E não fora velho desde sempre...

Paul Knorr não se mexera desde que Percy entrara no aposento. O relógio na prateleira, cuja presença Percy nem percebera até o momento, fez um tique-taque ruidoso.

Haveria permissão para jogar uma terceira luva? Se fosse possível, ele tinha lançado a terceira também.

– Não sei do que está falando – disse Mawgan outra vez –, milorde.

– Neste caso – comentou Percy –, melhor voltar para sua casa. Sr. Knorr, por favor, peça que Mimms, meu cavalariço pessoal, acompanhe o Sr. Mawgan e permaneça lá com ele. Falei com ele... saberá o que está pedindo.

Quando saíram, Percy ficou alguns minutos encarando o fogo apagado, taciturno, depois partiu a passos firmes até o gabinete do administrador. Pensou que provavelmente deveria ter convocado agentes da receita. Mas como poderia convocá-los a partir de uma suspeita tão vaga, sem um fragmento de evidências? Morreriam de rir.

Ele supôs que todos os envolvidos acreditavam – ou tinham sido instruídos a isto – que, se não respondessem nada além de *Não sei do que está falando* a qualquer pergunta sobre o assunto, ficariam em segurança. Não havia provas contra ninguém.

O único erro verdadeiro até o momento tinha sido a carta para Imogen.

Para alguém que obviamente era tão inteligente, a carta havia sido um erro estúpido. De qualquer forma, não era uma evidência.

Abriu a porta do escritório sem bater.

Os livros contábeis estavam organizados sobre prateleiras e mesas, assim como de um lado da escrivaninha. Mas com toda a certeza metade deles tinha desaparecido.

Assim como o administrador.

Era melhor ele nem pensar em se candidatar a um posto de investigador particular, pensou Percy. Vinha sinalizando suas suspeitas desde sábado à tarde, quando fora bater à porta de Mawgan.

Ratchett havia partido, assim como todos os livros e pastas que, aparentemente, *não eram* registros da propriedade.

Estavam de volta à praia, um grande grupo, em uma tarde gloriosamente ensolarada que lembrava mais o auge da primavera do que o início de março. E todos estavam contentes depois das tensões do dia anterior.

Imogen ainda se sentia um pouco abalada. O Sr. Ratchett! Ele não apenas estava envolvido com os contrabandistas que infestaram aquela parte da costa por muitos anos, como também parecia bem provável que fosse o líder, o cruel organizador e beneficiário das atividades, o homem que comandava seus subordinados com punho de ferro, cuja identidade era conhecida ou suspeitada por pouquíssimos entre seus próprios homens. Não havia provas que resistissem em um tribunal, mas seu desaparecimento, junto com metade dos livros do gabinete do administrador, sugeria fortes evidências corroborativas.

Ele vivera entre eles por anos e anos, aparentemente um tipo excêntrico e inofensivo.

Imogen se perguntou se o sogro fazia ideia.

Não era uma surpresa que tivessem tentado obrigar Percy a partir assim que ele chegara. Não era uma surpresa também que tivessem recorrido a ameaças assim que ele, não se limitando a se recusar a ir embora, declarara guerra ao contrabando em suas terras.

Ah, toda a situação lhes favorecera naqueles dois anos, com apenas duas mulheres inocentes morando na residência principal e outra na casa menor.

E parecia mais do que provável que o Sr. Mawgan tivesse afogado o criado de Dicky. No entanto, o que perturbara Imogen mais do que qualquer outra coisa, o que a mantivera acordada na noite anterior, ouvindo a criada da Sra. Hayes ressonar, era a teoria igualmente sem comprovação de que James Mawgan seria um tenente de confiança do exército de Ratchett, talvez até seu sucessor, e que sua presença ao lado do visconde na península Ibérica fora cuidadosamente arranjada para impedir que Dicky retornasse.

Mas... fora um grupo de batedores franceses que os encontrou nas colinas portuguesas e que os capturou. James Mawgan não podia ter relação com isso... ou podia?

O homem tinha ficado em prisão domiciliar por algum tempo, no dia anterior. No entanto, com o desaparecimento do Sr. Ratchett, não havia justificativa para mantê-lo, e o cavalariço de Percy, que vigiava seu chalé, foi dispensado.

James Mawgan também havia desaparecido quando sir Matthew Quentin procurou por ele mais tarde, à noite, para interrogá-lo, no seu papel de magistrado local.

Percy o chamara, e sir Matthew, por sua vez, convocara um agente alfandegário, que chegou depois. Os três, bem como o Sr. Knorr, conversaram noite adentro. Enquanto isso, Elizabeth, que acompanhara o marido, ficou sentada no salão segurando a mão de Imogen e ouviu a história ser contada, recontada e repetida por todos que se reuniram no local.

Os quatro homens passaram a manhã juntos, mais uma vez, interrogando pessoas de Hardford e em Porthmare. As damas, junto com um acompanhante masculino, tinham se ocupado com o que Imogen considerava preparativos inúteis para o baile que ocorreria em quatro dias. Os criados já haviam executado a maior parte da extensa lista de limpeza, e a cozinheira tinha o menu totalmente sob controle.

Naquela tarde, enfim, estavam descansando. O Sr. Wenzel e Tilly chegaram à casa pouco depois do almoço, cheios de preocupação depois de ouvirem as notícias. As três irmãs Soames apareceram pouco depois, com o irmão, para saber se os jovens gostariam de caminhar com elas. O Sr. Alden Alton as seguiu, acompanhando Elizabeth, que ficara com Imogen, pois sir Matthew não tinha sido capaz de dar notícias muito reconfortantes na hora do almoço. E todos na casa estavam morrendo de vontade de tomar um ar fresco e se exercitar. Pelo menos as crianças estavam. Os mais velhos pareciam bastante

244

satisfeitos por verem Imogen partir, cercada por um grande grupo de jovens exuberantes, bem como pelo Sr. Welby, pelo visconde Marwood, pelo Sr. Cyril Eldridge e por Percy.

Uma variedade de possíveis destinos foi sugerida, mas, de forma quase inevitável, acabaram descendo a trilha até a praia, em uma fila lenta e longa, e brincaram na areia. Ergueram-se sombrinhas sobre os chapéus enquanto suas donas tagarelavam, riam e flertavam. Cartolas foram presas com força na cabeça dos homens, embora não houvesse muito vento, e seus donos olhavam com amargura para as botas que perdiam rapidamente o verniz sob uma camada de areia. Heitor, apesar de todo mundo lançar itens para ele recuperar, acabou perseguindo o próprio rabinho.

No entanto, Imogen observou que a cena não era tão despreocupada quanto pareceria a um forasteiro. Ela caminhava com as duas amigas, uma de cada lado, de braços dados. Mas alguns dos cavalheiros, sem tornar tudo muito evidente, faziam um círculo frouxo à sua volta e olhavam com frequência para o alto do penhasco.

O Sr. Wenzel, como Imogen notou com interesse, depois de demonstrar a devida preocupação, caminhava de braço dado com Meredith, um pouco afastado dos outros.

Então, quase como se o movimento tivesse sido orquestrado, Elizabeth e Tilly se afastaram para conversar com outros integrantes do grupo, e todos se distanciaram um pouco para que o círculo em torno de Imogen se tornasse mais amplo, e ela se descobriu caminhando ao lado de Percy. Ele não lhe ofereceu o braço, e ela entrelaçou as mãos com força às costas. Os dois pareciam subitamente isolados em um pequeno casulo de quase privacidade.

– Sinto sua falta – sussurrou ele.

Ela o desejava com todas as forças. Ergueu o rosto para o céu azul e observou duas gaivotas que se perseguiam no alto.

– Dicky não ia voltar para casa, não é? – comentou ela. – Deve ser um negócio altamente lucrativo. O Sr. Ratchett, se for mesmo ele, deve ter uma riqueza e um poder imensos. Por favor, encontre-o, Percy, destrua seu poder e liberte todas as pessoas que cumprem suas ordens por medo.

– Eu o farei – prometeu ele, embora ambos soubessem que as chances eram, na melhor das hipóteses, exíguas.

– Imogen – disse ele. – Reserve todas as valsas do baile para mim. Por favor.

Ela virou a cabeça e o encarou por um instante. Quase não resistiu.

– Não posso – respondeu ela. – Talvez nenhuma. Toda essa gente... *todos eles...* acreditam que somos amantes, e o terrível problema é que estão certos. Ou *estavam*. Fui punida com justiça. Você partirá depois do baile, quando todos os seus hóspedes forem embora?

– É provável – comentou ele –, ainda que seja apenas temporário. Quero levá-la para algum lugar seguro. Quero levá-la para Londres.

– Irei a Penderris na próxima semana – lembrou-o. – Ficarei por lá durante três semanas. Suponho que George tentará me convencer a permanecer por mais tempo e que cada um dos demais tentará me convencer a ir com eles. São bons amigos.

– E eu sou seu *amante* – argumentou ele. – Vá para lá primeiro, se quiser, mas depois vá para Londres e se case comigo. Posso imaginar um grande casamento aristocrático na igreja de St. George, na Hanover Square. O que acha? Nunca imaginei que ouviria tais palavras saindo de minha boca. Acompanhe-me e se case comigo, Imogen. Permita-me protegê-la pelo resto da vida.

A infelicidade a dominou como uma grande bola de chumbo na barriga, puxando-a para baixo, paralisando-a de um modo que ela não conseguia mais ver o céu azul e o sol. As gaivotas que antes brincavam pareciam gritar tristemente naquele momento.

– Não posso me casar com você, Percy.

– Não me ama? – perguntou ele.

Imogen fechou os olhos por um instante, quando ele parou para acariciar a cabeça de Heitor, depois fitou o alto dos penhascos.

– Sinto muito estima por você – respondeu ela.

Ele pronunciou a mesma palavra chocante que havia proferido ao ler a carta. Dessa vez, pediu desculpas.

– Eu preferiria que me odiasse – acrescentou ele. – Existe paixão no ódio. Existe esperança nele.

– Não precisa se casar comigo – comentou ela. – Tenho amigos.

– Que se danem seus amigos – exclamou ele, e voltou a pedir desculpas. – Suponho que esteja falando sobre os Sobreviventes, e não dos seus amigos daqui. Estou começando a não gostar deles de verdade, Imogen. Algum deles a *ama*? Existem bilhões de graus para o amor, eu sei. Mas você entende o que quero dizer. Algum deles a *ama*? Do modo como eu a amo?

A boca de Imogen estava seca. As pernas pareciam prestes a ceder. A luta para não chorar deixava a garganta ardida, dolorida.

– Para usar suas próprias palavras – disse ela –, fizemos *sexo*, Percy, e foi bom. Não deveria ter acontecido, mas aconteceu e foi bom. Agora acabou. Eu o estimo. Sempre estimarei. Mas acabou.

– Não sabe como me tenta a soltar em cima de você todo o meu vocabulário colorido, aquele que normalmente reservo apenas para ouvidos masculinos, e mesmo assim em raras ocasiões.

– Sim – concordou ela com tristeza. – Acredito que eu saiba, sim. Mas vai voltar a Londres e logo se esquecerá de mim.

– Pois bem – disse ele –, isso exige o item menos ofensivo e mais insatisfatório de meu vocabulário. Maldição! Maldição *dupla*! E não espere um pedido de desculpas. Ah, sinto muito, meu amor. Sinto mesmo. Perguntei, você respondeu e, como um cavalheiro, eu deveria ter começado a conversar educadamente sobre o clima. Perdoe-me.

– Sempre – retrucou ela.

– Perguntarei *de novo* – avisou ele –, talvez na noite do baile. Um cenário romântico, concorda? E poderíamos fazer o anúncio para os convivas reunidos. Veja só, acredito em você quando diz que me estima. No entanto, não acredito que tenha me contado toda a verdade e nada além da verdade. Perguntarei de novo, mas tentarei não a aborrecer, que é exatamente o que estou fazendo agora. Você confia neste clima? Ou será que vamos sofrer tempestades e frio cruel pelo resto da primavera? Nunca confio no clima. Ele entrega com uma mão e dá um golpe mortífero com a outra. Claro, se fingirmos não apreciar o sol e o calor nem um pouquinho, talvez possamos enganar a fada do tempo para nos dar mais daquilo que nos deixa "infelizes". O que acha? Sabe representar bem? Está um dia terrivelmente fatigante, não é? O sol nos obriga a *franzir* a testa.

E o incrível foi que ela acabou rindo. Ele continuou a falar sobre o tempo, tornando o assunto mais absurdo a cada minuto.

E estava rindo também.

A risada deles era cortante, e essa sensação fervilhava dentro dela. Doía saber que ele a amava e que acreditava ser amado.

CAPÍTULO 23

No decorrer dos dias seguintes, Percy pensou diversas vezes que em menos de um mês conseguira bagunçar toda a sua vida e a vida de incontáveis pessoas. Não houvera uma conclusão satisfatória para nenhum assunto, e provavelmente não haveria.

Sir Matthew Quentin pensava que ele era maluco. Não tinha dito exatamente isso, na verdade. Na verdade, até elogiara Percy por sua coragem em se manifestar quando ninguém mais o fizera nos últimos anos. Mas ainda pensava que Percy era maluco. E Quentin talvez tivesse se tornado um amigo – aliás, ainda poderia se tornar. Percy gostava dele.

O agente alfandegário ficou apenas frustrado, mas Percy concluiu que aquele era provavelmente seu estado natural. Perseguir contrabandistas protegidos por uma lei do silêncio não devia ser o mais invejável dos trabalhos.

Todos na casa e na vizinhança tinham se agitado, mas sem propósito algum. Tudo parecia inútil, a não ser pelo fato de que a organização poderia se desfazer caso seus líderes tivessem sofrido um abalo grande o suficiente. *Poderia*, porém, era a palavra-chave. Talvez Ratchett não fosse o chefão e Mawgan não fosse seu braço direito. E mesmo que fossem, poderiam estar se estabelecendo em outras partes sem perder o controle de seus seguidores.

Talvez Imogen ainda corresse perigo. E talvez as ações de Percy até o momento os deixassem mais propensos a obter uma revanche. Sabiam muito bem que a pior coisa que poderiam fazer contra ele era prejudicar Imogen.

Diabos! Ele estava desesperado para tirá-la dali, de preferência levá-la para Londres, onde ele conhecia muita gente e talvez ela também, onde uma quadrilha de contrabandistas da Cornualha dificilmente a perseguiria. E estava desesperado para se casar com ela e mantê-la em segurança em sua casa, cercada por seus próprios criados e protegida pelos seus braços dia e noite.

Ele pensara que talvez Imogen concordasse. Alimentara essa esperança. Ah, ela tinha comentado que jamais voltaria a se casar, era verdade, e Percy sabia que ela sofrera mais danos pelos acontecimentos dos últimos oito, nove anos do que fora admitido. Sabia que havia uma lacuna na história, e descobrir a peça que faltava explicaria tudo. Mas... ela não seria capaz de deixar o passado para trás? Ele pensara – maldição, ele *sabia* – que o caso entre eles representava mais do que sexo para ela, mais do que uma gratificação sensual. Ele tivera casos antes. Sabia a diferença entre o relacionamento deles e o resto.

E, inferno dos infernos, ele lhe dissera que a amava, aquele imbecil que ele era. Nem imaginara que ia pronunciar aquelas palavras – qual era o seu problema? Nem imaginara que falava a sério até que as palavras lhe saíssem da boca. Percebera que estava *apaixonado* por ela, mas esse sentimento era apenas um tipo eufórico de emoção fortemente baseada no sexo. Não tinha percebido completamente que a *amava* até dizer. E havia o problema com a linguagem de novo. Quem tivera a ideia de inventar uma única palavra – *amor* – para se referir a 2.002 significados diferentes?

Ela o recusara e – o golpe mais cruel de todos, para usar as palavras dos grandes autores – afirmara que o *estimava*. Era quase o suficiente para que um homem desejasse explodir os miolos pelos dois lados, simultaneamente.

Imogen poderia, algum dia, voltar a viver em Hardford em segurança?

E ele conseguiria conviver com ela ali de novo? Se não se casasse com ele, Percy teria que se afastar. Aquela era a casa dela.

Inferno e danação. Era a casa dele também. Era engraçado porque, apesar de ter sido criado na Casa Castleford e de ter passado uma infância feliz lá, ele não pensava mais no lugar como seu lar. Era o lar de seus pais, embora também fosse o dono. Já Hardford Hall – por mais absurdo que soasse! – *sentia* que era um lar. Que era dele.

E ele tinha confundido tudo. Se aquilo fosse uma pista de equitação, teria derrubado todas as cercas e destruído tudo em seu rastro.

Esses pensamentos e emoções ressoavam em seu cérebro enquanto Percy dividia o tempo entre obrigações sociais, reuniões e entrevistas. A apenas dois dias do baile do seu aniversário atrasado, a mãe e as tias se tornaram quase febris de ansiedade, temendo terem esquecido alguma coisa essencial, como o envio dos convites. Ao mesmo tempo, a casa, que parecera limpa e arrumada para ele desde o momento em que atravessara a porta pela primeira vez e procurara teias de aranha, ganhara tanto brilho que praticamente era preciso usar proteção nos olhos. Não era apenas o salão de baile que estava sendo renovado e limpo de alto a baixo, ao que parecia.

Tia Lavinia assumia sua posição ao piano do salão muitas vezes ao dia para tocar várias danças, enquanto os jovens primos – e alguns dos mais velhos – praticavam os passos. Cyril, a quem Percy acusara algumas vezes de ter dois pés esquerdos, encarregou-se de ensinar a valsa. Foi um exercício que resultou em algum progresso e em um tombo espetacular, quando o jovem Gregory prendeu o pé no de Eva ou quando Eva prendeu o pé no dele, dependendo de quem contava a história. Não houve ossos quebrados.

Dois dias antes do baile, aconteceu finalmente um progresso em outra área. Alguém abriu a boca. Paul Knorr, que passara a habitar o gabinete do administrador e se livrara de quase toda a poeira, além de encontrar lugar para os livros antigos nos armários, mandou Crutchley ao salão para pedir que o senhor conde fosse vê-lo.

– O gabinete parece ter o dobro do tamanho – comentou Percy ao chegar. – Enfim apreciarei passar algum tempo por aqui, sozinho. Suponho que fosse algo deliberado... tornar o aposento desagradável, um lugar onde ninguém gostaria de ficar.

– Bains – disse Knorr depois de se levantar –, o ajudante do estábulo com problema nas pernas, falou com Mimms há pouco, milorde.

– E? – Percy fez um gesto para que o administrador se sentasse de novo e puxou uma cadeira para si, do outro lado da escrivaninha.

– Foi um diálogo bem rápido – revelou Knorr. – Ele não queria ser visto conversando com seu cavalariço pessoal. Pediu a Mimms que transmitisse um recado... de Annie Prewett, a criada surda.

Percy se inclinou na cadeira e ergueu as sobrancelhas.

– Um recado de *uma surda*?

– O que entendi da conversa com Mimms – prosseguiu Knorr – é que Bains a conhece desde que eram crianças e sempre foram próximos. De algum modo, aprenderam a se comunicar. Ela ajudou a cuidar dele depois que quebrou as pernas. Ainda são amigos, talvez até mais do que isso.

– E aí? – Percy o encarou.

– Ela estava limpando a casa de Mawgan, aparentemente era uma de suas tarefas habituais, quando Ratchett apareceu pouco depois da reunião – contou Knorr. – Fizeram planos de fugir para Meirion e de se esconder.

– Planejaram ao alcance dos ouvidos dela? – Percy franziu a testa.

– *Dos ouvidos dela*, milorde? – Knorr deu um meio sorriso. – Ela não pode ouvir, não é? Nem falar. Acho que a maioria das pessoas presume que ela é uma imbecil, isso quando percebem sua existência. Ela é um pouco invisível, na verdade, eu diria.

– Por que Meirion? – Percy ainda franzia a testa.

– Bains pediu a Mimms que contasse ao senhor que há um carpinteiro que trabalha com telhados – continuou Knorr. – Acredito que fez os consertos no telhado da casa de lady Barclay há algum tempo, embora eu não tenha encontrado menção às despesas nos livros. Ele é casado com a irmã de Henry Mawgan, o falecido pai de James Mawgan. E Mawgan às vezes fica no tio nos seus dias de folga, porque anda vendo uma moça do vilarejo... ou pelo menos é isso que ele diz.

– *Tidmouth?* – Percy olhou para ele fixamente.

E as peças começaram a se encaixar. Imogen hospedada na casa do irmão por várias semanas no Natal. Tidmouth atrasou o trabalho, embora ela tivesse dado as instruções necessárias antes de partir e a tarefa parecesse lucrativa. Continuou atrasando mesmo depois de seu retorno, embora Imogen fosse uma dama com título de nobreza, e era esperado que o homem fizesse de tudo para demonstrar seu desejo de servi-la. Será que estavam usando de novo o porão da casa dela para armazenar os produtos contrabandeados naqueles meses, por ser mais conveniente e seguro do que o da residência principal? Percy não imaginava que algumas fechaduras e lacres representassem grande problema, em especial com o telhado aberto para o céu e para qualquer um que se desse ao trabalho de escalar.

Pousou a mão espalmada na escrivaninha.

– Sei onde é a oficina do homem. Ele mora em cima – informou ele. – É lá que estão se escondendo, Paul? Quero todos eles. Quero que essa quadrilha seja destruída. Não se trata mais de apenas retirá-los das minhas terras. Continuarão a aterrorizar todo mundo e serão uma ameaça para a segurança de lady Barclay enquanto tiverem condições de se estabelecer algures e lidar com o que aconteceu aqui como um simples contratempo desimportante.

– Tomei a liberdade – disse Knorr – de enviar Mimms para convocar sir

Matthew Quentin, milorde, e o agente alfandegário, se ele ainda estiver na estalagem.

– Obrigado – assentiu Percy. – Acredito que você vai valer seu peso em ouro, Paul.

– Melhor não repetir isso – brincou Knorr. – Posso exigir um aumento vultoso.

Sir Matthew apareceu em menos de uma hora, na companhia do agente alfandegário. Cinco horas depois, armou-se um cerco na residência e oficina de Tidmouth, em Meirion. Ratchett e Mawgan estavam lá. Os dois protestaram e reafirmaram inocência. Ratchett alegou que tinha decidido se aposentar. Mawgan alegou que se afastara devido ao tratamento insultante que sofrera nas mãos do senhor conde e de seu subadministrador. Os dois tinham ido passar uma curta estadia na casa do parente, argumentaram. E aquilo poderia ter sido o fim do assunto caso não tivesse sido descoberta uma grande quantidade de livros empoeirados dentro de dois baús com cadeados a um canto do sótão de Tidmouth, sob pilhas e mais pilhas de descartes do tipo que costuma encher os sótãos em qualquer lugar.

Os dois homens foram presos, bem como Tidmouth, que clamava inocência de forma ruidosa.

Na manhã seguinte, Mawgan cedeu sob o interrogatório combinado de sir Matthew e do agente alfandegário, enquanto Percy permanecia a um canto do gabinete e escutava. Ele poderia ser acusado de assassinato pelo afogamento do falecido Henry Cooper, o criado pessoal do visconde Barclay, conforme sir Matthew informou. Mawgan talvez preferisse insistir que não havia evidências suficientes para levá-lo à prisão, mas deveria saber que os outros dois homens que estavam no barco com seu pai, ele e o criado tinham sido identificados e encontrados. Os depoimentos o incriminariam – a não ser que pudesse confiar absolutamente em seu silêncio. A escolha era dele: arriscar tudo em um julgamento de homicídio, sabendo que seria enforcado caso fosse condenado, ou ser julgado por acusações de contrabando, se assumisse o assassinato e contasse toda a história, inclusive suas ações em Portugal.

Mawgan empalideceu quando a forca foi mencionada.

Ao que parecia, ele de fato tinha sido enviado a Portugal para garantir que lorde Barclay jamais voltasse para casa. Esperara com paciência que a guerra desse fim a seu amo, mas ele teimosamente se recusava a ser morto. Então, certo dia, quando estavam nas colinas, ele saiu em busca de gravetos – de verdade, ele jurou – quando foi surpreendido por um grupo de soldados franceses patrulhando além das linhas inimigas. Perceberam que ele era inglês, mas, antes que pudessem reagir, ele revelou que podia conduzi-los a alguém mais valioso, um oficial britânico sem uniforme, a caminho de uma secretíssima missão de reconhecimento além das linhas francesas, cheio de segredos e acompanhado da esposa. Mawgan os levaria até o casal se permitissem que ele seguisse em liberdade. Os franceses aceitaram, e o deixaram bem à vontade. Ele os conduziu até lorde e lady Barclay e depois fugiu para dar o alarme.

– Não tive escolha – confessou, de má vontade. – Era eu ou eles, e por que deveria ser eu? Tinha devotado mais de um ano do meu tempo a ficar lá, naquele inferno. E eu não o matei. Não podem colocar *aquele* assassinato na minha conta.

Embora sua presença ali fosse apenas tolerada porque não era um agente da lei, Percy falou:

– É aconselhável que revele toda a verdade, Mawgan, considerando o altíssimo risco que está correndo.

Todos o encararam com expressões de surpresa.

– Quer que acreditemos – disse Percy – que estava catando gravetos em colinas potencialmente perigosas e que se deixou ser surpreendido? E que seus captores permitiram libertá-lo para conduzi-los no que poderia ter sido uma perseguição inútil?

– Devo lembrar-lhe, Mawgan – avisou sir Matthew –, as possíveis consequências do julgamento pelo assassinato de Henry Cooper.

– Eu os vi – balbuciou Mawgan, depois de certa hesitação. – Mas estavam seguindo na direção errada. Foi minha única chance real em mais de um ano, a não ser que quisesse matá-lo com minhas próprias mãos. Tirei a camisa e amarrei-a no mosquete, levantei a bandeira branca e apareci. Era um dia de brisa.

– Então estava com seu mosquete? – indagou sir Matthew.

– Claro que sim – respondi Mawgan, cheio de desdém. – Apareci com a bandeira de trégua e contei a eles do tesouro que eu poderia lhes entregar se jurassem me deixar partir. Por sorte, dois deles falavam inglês. Perguntaram por quê, e eu disse que era uma questão pessoal. O resto aconteceu como eu contei. Não o matei. Lady Barclay pode garantir.

– Não diretamente – concordou sir Matthew –, mas pode ser argumentado que você o vendeu para a morte. Mas talvez haja outros, Mawgan. Houve uma série de mortes, mutilações, tudo relacionado ao contrabando. É muito possível que possamos encontrar uma acusação de assassinato para você. No mínimo, acredito que vá passar muitos anos atrás das grades, dedicando-se a trabalhos árduos.

Percy saiu e fechou a porta do aposento. Não tinha certeza de que se sentia triunfante. Na verdade, sentia-se um tanto frustrado. Imaginara um clímax envolvendo-o em uma feroz luta de espadas na trilha do penhasco, sozinho contra meia dúzia de vilões violentos, e em seguida uma descida para combater mais uma dúzia e entrar na caverna para resgatar Imogen, toda amarrada, antes de serem alcançados por uma maré incomumente alta. E, depois, uma subida desesperada pela encosta, a mulher desmaiada em seu ombro, pois a maré cobrira todo o acesso à trilha. Aplausos e elogios de todos. Uma mulher chorosa, grata, e ele mesmo, o ardor encarnado, ajoelhado, propondo casamento – mais uma vez – e levando-a para o altar e para um fim ao estilo *felizes para sempre*, com os sinos da igreja soando, flores sendo jogadas sobre suas cabeças.

Às vezes, mesmo na privacidade de sua mente, ele se sentia terrivelmente constrangido. Deveria escrever a história e publicar o romance com seu próprio nome.

Mas *havia* uma espécie de anticlímax no fim não tão glorioso desta história, embora satisfatório em todos os aspectos essenciais. Sem dúvida, tinham capturado os líderes. Ratchett, ao ser confrontado, não conseguiria fingir qualquer inocência à luz da confissão do sobrinho-neto e das evidências nos livros encontrados. Não significava necessariamente que o contrabando acabaria na região para sempre, mas já poderia dizer que detinha o controle de suas terras e que a atividade em geral ficaria mais fraca em outras partes, se sobrevivesse.

Imogen estava segura, ainda que ele não quisesse que ela ficasse sozinha por algum tempo. Não antes dos julgamentos, não antes que os principais envolvidos – inclusive os que ainda não tinham sido presos – estivessem por um bom tempo atrás das grades e toda a sensação em torno do caso se esvaísse.

Entristecia-o que o assassinato do criado, Cooper, tivesse sido ignorado por tanto tempo, e agora a decisão tomada oferecia a Mawgan uma anistia condicional, dependendo de sua confissão sobre o resto. Mas a decisão não tinha sido dele. E funcionara. Se Mawgan e Ratchett não fossem acusados do envolvimento na morte de Richard Hayes, visconde Barclay, ele ia procurar esclarecimentos.

Naquele momento, não era mais da sua conta.

No dia seguinte, haveria um baile, e ele precisava se preparar.

A vida era um negócio esquisito.

Imogen sentia-se sem gás como um balão furado, se fosse preciso dar uma imagem adequada para descrever o sentimento de vazio do qual não conseguia se desvencilhar desde o dia anterior. O Sr. Ratchett e James Mawgan estavam presos, bem como o Sr. Tidmouth. Tanto Percy quanto sir Matthew confiavam que as atividades de contrabando esmoreceriam sem eles. Houve mais algumas prisões, de homens que ocupavam posições de destaque na quadrilha, acusados por James Mawgan, e outros seriam punidos por atos criminosos que não podiam ser ignorados – os responsáveis por quebrar as pernas de Colin Bains, por exemplo. Mas não ocorreria uma caça às bruxas aos que tinham participado do contrabando em troca de um dinheiro extra ou por não terem escolha. Esses homens dificilmente se reorganizariam sem os líderes.

Enquanto se vestia para o baile, Imogen disse a si mesma que deveria estar feliz. Todos tinham se comportado com euforia no dia anterior, quando Percy voltou do vilarejo com as notícias. Houve gritos e risos, até champanhe. Todas as damas e as primas, bem como Tilly, que estava de visita na ocasião, abraçaram Imogen e chegaram a beijá-la. Dois dos tios a abraçaram.

Percy também.

Ela não acreditava que aquela fosse sua intenção, mas a mãe dele havia acabado de abraçá-la e se voltara para pousar a mão no braço dele. De algum modo, os braços dele a envolveram e ela o recebeu, e os dois ficaram abraçados com mais força e por mais tempo do que deveriam. Ele não a beijara, mas tinha erguido a cabeça e olhado em seus olhos por alguns momentos antes de soltá-la.

Todos ao redor exibiram sorrisos. A mãe dele levara as mãos ao peito, com lágrimas nos olhos. Imogen tinha se afastado para curvar-se perto da poltrona de prima Adelaide, sorrir para ela e beijá-la no rosto. Depois, fez um carinho em Bruce, que se pôs de pé e farejou as saias dela.

Todos, sem exceção, aconselharam-na a não voltar para casa, para sua própria segurança, até depois de seu retorno de Penderris Hall, no fim do mês. No entanto, ela tinha liberado a criada da Sra. Hayes na noite anterior, permitindo que fosse dormir em seu próprio quarto.

Mas a criada havia retornado à noite, sob instruções rigorosas da Sra. Hayes, para cuidar do cabelo de Imogen para o baile. Aparentemente, bem preso e elegante não funcionaria. Tinha que haver pelo menos *algumas* ondas e cachos e alguns fios soltos na altura do pescoço e nas têmporas.

Usava um vestido de cetim em marfim, com cintura alta e decote, sobreposto por uma túnica de trama dourada e fosca, comprado em Londres dois anos antes e usado apenas duas vezes por lá. Sempre lhe parecera grandioso demais para o interior. Mas aquela noite seria uma ocasião especial. A casa estava quase irreconhecível com todas aquelas superfícies reluzentes, candelabros cintilantes e braçadas de flores de primavera por toda parte. Por mais esvaziados que estivessem os ânimos de Imogen, ela precisava fazer jus à ocasião. Era a festa de aniversário dos 30 anos de Percy, que contava com a presença de um número impressionante de familiares e amigos que viajaram longas distâncias, e para o qual foram convocados vizinhos de uma região maior do que apenas Porthmare e redondezas, reunidos para receber enfim o conde de Hardford em sua casa.

Estava com uma aparência suficientemente boa, pensou enquanto a criada prendia as pérolas em seu pescoço e ela se contemplava no espelho. As cores estavam um pouco abatidas, talvez, mas com um sorriso...

Ela sorriu.

– Obrigada, Marie – comentou ela. – Você fez maravilhas.

– É fácil fazer maravilhas na senhora – disse a criada, fazendo uma reverência antes de sair.

Imogen celebrou com determinação a noite inteira – *quase* inteira. Sorriu e dançou com um parceiro diferente em cada música. Dançou a primeira valsa com o Sr. Alton; a segunda, com um cavalheiro elegante que ela mal reconhecia, pois ele morava a mais de 30 quilômetros de distância e os dois concordaram que não se viam havia dois anos. No jantar, quando se sentou perto do visconde Marwood, do Sr. Welby e de Beth, foi feito o anúncio de um noivado. Todos se surpreenderam, exceto os mais próximos. A Sra.

Meredith Wilkes, anunciou o Sr. Wenzel, muito vermelho, acabara de torná-lo o mais feliz dos homens.

Depois de duas semanas de corte! Mas Meredith também corava e parecia a mais feliz das *mulheres*.

A família ampliada celebrou como de hábito, com exclamações de alegria, muitos abraços e beijos.

– Tilly – disse Imogen, subitamente abalada ao abraçar a amiga –, o que vai acontecer com você?

– Pois bem – respondeu Tilly, com um sorriso –, gosto muito de Meredith, embora até há pouco tempo eu tivesse esperanças de que talvez *você* se tornasse minha cunhada. Você tem perspectivas mais animadoras, porém, e Andrew nunca esteve tão feliz. Acredito que Meredith também goste de mim. Mas não sou um caso perdido, Imogen. Minha tia Armitage quer que eu vá a Londres para a temporada, para fazer-lhe companhia agora que as filhas deixaram o ninho. Ela afirma que há um regimento inteiro... palavras dela... de cavalheiros elegíveis à espera da minha inspeção. Talvez eu tenha escolhas demais, se for. Acredito nisso. Acredito que irei, quer dizer. – Seus olhos brilhavam.

Tilly tinha 28 anos. Sua silhueta era esguia, o rosto agradável, sincero, embora não fosse dona de uma beleza devastadora. Tinha um temperamento agradável e uma tendência a encontrar graça na maioria das situações.

Então a Sra. Hayes abraçou Imogen.

– Eu não poderia ter ficado mais encantada com esse anúncio. Meredith perdeu o marido antes mesmo do nascimento de Geoffrey, antes de completar 20 anos. Ela merece a felicidade. Mas devo confessar que ficaria *igualmente feliz* com outro anúncio parecido. Suponho que Percy tenha ficado com medo, homem provocante. Dê a ele algum tempo. Ele vai se acalmar e, ao que me parece, isso está prestes a acontecer.

Ela riu, feliz, e se virou para parabenizar o Sr. Wenzel.

Depois, quando o jantar acabou e todos voltaram ao baile, Percy solicitou a mão de Imogen para uma vigorosa sequência de danças campestres. No entanto, ele não a levou ao meio do salão.

– Pegue seu casaco – disse ele. – Por favor.

Ela hesitou. Não queria ficar sozinha com ele. Não queria nem dançar com ele. Vinha dizendo a si mesma que só era preciso sobreviver àquele dia e ao seguinte. Depois, seguiria para Penderris. Antes do fim do mês, descobriria se ele ainda estaria por ali. Se isso acontecesse, faria outros planos.

Apenas aquele dia e o seguinte.

Foi buscar a capa e as luvas. Colocou um chapéu, embora provavelmente fosse desarrumar seu cabelo.

Atravessaram o gramado na direção dos penhascos, sem se tocar, sem falar. O céu estava límpido e iluminado com a luz da lua e das estrelas. A música, as vozes e os risos envolvia a casa, embora o salão ficasse nos fundos. Os sons apenas acentuavam o silêncio do lado de fora e entre eles.

– Você voltou a se transformar em mármore – observou ele. – Em mármore *sorridente*.

– Sou grata por tudo que você teve coragem de fazer – afirmou ela. – Não apenas por mim, mas por todos aqui e nas vizinhanças. E estou feliz por você, porque tantos de seus parentes, amigos e vizinhos vieram para cá festejar esta noite. É um lindo baile. Será lembrado por muito tempo.

Ele voltou a repetir aquela palavra – de maneira bem distinta, sem pedir desculpas. Parou bruscamente e Imogen se deteve alguns passos à sua frente.

– Não quero sua gratidão, Imogen – retrucou ele. – Quero seu *amor*.

– Eu o estimo – disse ela.

Ele voltou a pronunciar aquela palavra.

– Você vê, fui mimado a vida inteira. Sempre tive exatamente o que queria – comentou ele. – Torno-me petulante quando não obtenho o que quero. Está na hora de mudar, não é? E mudarei. Mas por que devo mudar quando se trata disso? Me ajude. Olhe em meus olhos e diga que não me ama. Mas diga a verdade. Apenas a verdade. Diga-me, Imogen, e eu irei embora e nunca mais voltarei. Tem minha promessa solene.

Ela inspirou devagar e soltou o ar num suspiro.

– Não posso me casar com você, Percy.

– Não foi isso que perguntei. Diga que não me ama.

– O amor não tem nada a ver com isso.

– Não deveria ter *tudo a ver*? – retrucou ele. – O amor tem tudo a ver com isso.

Imogen se manteve calada.

– Me conte – sussurrou ele. – Me ajude a compreender. Há uma lacuna, uma imensa e profunda cratera, na história que você me contou. É um buraco repleto de horror, e uma parte de mim não quer saber. Mas preciso saber, para poder compreender. Não serei capaz de viver a menos que eu compreenda. Me conte.

E ela contou.

Só que, ao respirar para falar, ela perdeu o controle da voz e soltou as palavras em voz alta e estridente:

– *Eu o matei!* – gritou, e ficou arfando por um minuto antes de reunir forças para prosseguir: – Compreende agora? *Eu matei meu marido.* Peguei uma arma e dei um tiro entre os olhos dele. Foi proposital. Meu pai me ensinou a atirar, apesar da reprovação da minha mãe. Ensinou a mim e ao meu irmão, e em pouco tempo eu atirava melhor do que os dois. E quando vinha para cá, eu atirava com Dicky... sempre em um alvo, claro, nunca atirei em nenhum ser vivo. Com frequência, eu conseguia acertar mais do que ele. – Ela fez uma pausa para respirar profundamente. – *Atirei nele. Eu o matei.*

Estava ofegante. O corpo inteiro tremia, da cabeça aos pés.

Percy permanecia imóvel, olhando-a fixamente.

– Então me peça em casamento – disse ela. – Peça que eu diga que o amo. Compreende agora? Eu não mereço *viver*, Percy. Respirar e existir é minha penitência. É minha punição, passar ano após ano sabendo o que fiz. Esperava morrer com ele, mas isso não aconteceu. Por isso, tenho que viver em sofrimento, e aceitei que seja assim. – Ela fez uma pausa para acalmar a respiração. – Fiz uma coisa terrível quase duas semanas atrás. Decidi me dar umas férias para desfrutar do que eu esperava ser um breve intervalo sensual. Não tinha nenhuma intenção de mexer com seus sentimentos e magoá-lo. O fato de ter feito as duas coisas é digno de quem sou. Mereço esse fardo a mais de culpa e de infelicidade. Quanto a você? Vá embora daqui, Percy, e encontre alguém digno de seu amor. Ou volte, se quiser, pois este é seu lar agora, e eu vou embora. Nunca mais me verá novamente.

Ele continuava paralisado feito uma estátua, a cabeça ligeiramente inclinada, o chapéu enterrado na cabeça escondendo o rosto dos olhos dela.

– Matei Dicky – repetiu ela, a voz inexpressiva. – Matei meu marido, meu mais querido amigo no mundo.

E afastou-se, voltando na direção da casa.

– Imogen... – Ele a chamou, a voz desolada, cheia de dor.

Mas ela não parou.

CAPÍTULO 24

Percy tinha certeza de que voltar ao salão de baile – sorrindo, socializando, conversando, dançando – fora a coisa mais difícil que fizera na vida. E não foi mais fácil quando a mãe, e depois lady Lavinia, a Srta. Wenzel e várias outras pessoas perguntaram o que tinha acontecido a Imogen, e ele precisou dizer que ela havia se cansado e se retirado. Não sabia se alguém acreditara nele. Provavelmente não.

"Ah, *Percival*!", foi tudo o que a mãe falou, mas a expressão em seu rosto transmitia imensa reprovação. E ela só o chamava pelo nome de batismo quando se exasperava.

Levantar-se na manhã seguinte, comportando-se de forma animada e hospitaleira com a família, os amigos e alguns vizinhos de regiões mais distantes que passaram a noite ali, traduziu-se em mais tortura, especialmente depois de uma noite tão maldormida. Tinha se postado à porta do quarto de Imogen durante talvez uns quinze minutos nas primeiras horas da manhã, com a mão a alguns centímetros da maçaneta, que talvez estivesse trancada. Ou não. Voltara ao próprio quarto sem tentar.

Ela não desceu para o desjejum. Ele se perguntou se chegaria a aparecer. Talvez estivesse olhando pela janela, esperando que ele saísse de casa antes de descer. Procurou fazer sua vontade depois de se despedir dos convidados que passaram a noite. Foi montar com Sidney, Arnold e um grupo de primos. E não, ele respondeu a Beth quando ela perguntou, ele não vira prima Imogen naquele dia. Provavelmente estava cansada depois da noite anterior.

Foi só bem mais tarde, quando foi anunciado o almoço, que lady Lavinia resolveu subir e ver se Imogen estava indisposta. Não tinha o hábito de se levantar tarde, mesmo depois de ficar acordada até altas horas – e ela havia se recolhido antes mesmo do fim do baile.

Imogen não se encontrava no quarto. Havia, no entanto, um bilhete preso com alfinete ao travesseiro, dirigido à tia, que o leu em voz alta ao voltar à sala de jantar.

Não se preocupe comigo, escrevera ela depois de iniciar com uma saudação. *Decidi partir mais cedo para Penderris Hall. Voltarei a escrever quando chegar lá. Por favor, peça desculpas a lorde Hardford e à sua família por não me despedir de maneira apropriada. Foi um prazer conhecê-los.*

Uma hora depois, todos eles – com exceção de Percy – continuavam agitados com a súbita e estranha partida de Imogen, dois dias antes do planejado. Uma busca no quarto convencera a tia de que ela não havia levado quase nada – talvez apenas uma pequena valise e seu conteúdo. Todas as carruagens e cavalos se encontravam na garagem e nos estábulos. Como havia saído de Hardford? A pé?

Fora exatamente assim, como descobriram. Assim que acabaram o almoço, Wenzel e a irmã foram anunciados.

– Acabamos de voltar de uma curta viagem – explicou Wenzel, depois de algumas saudações e de um sorriso para sua noiva. – Achamos melhor vir direto para cá. Tilly e eu chegamos do baile ontem à noite e descobrimos lady Barclay sentada à nossa porta... ela não quis bater e despertar os criados. Pretendia aguardar a diligência na estalagem, mas as portas estavam fechadas para a noite. Pediu para ficar conosco até o primeiro horário de saída. Não achei apropriado que viajasse numa diligência comum, e Tilly me apoiou quando eu falei isso.

– Nós nos oferecemos para levá-la até Penderris Hall – contou a Srta. Wenzel – ou pelo menos mandar nossa carruagem levá-la, mas ela não aceitou nos causar tanta inconveniência. Tentamos o máximo possível persuadi-la a viajar na carruagem dos correios, então a levamos à estação de Meirion. Fizemos isso agora de manhã, e acabamos de vê-la embarcar. Ela vai ficar bem, lady Lavinia, embora tenha se recusado categoricamente a levar minha criada consigo. E viaja com uma bolsa pequena.

– Providenciarei que um baú seja enviado a ela – disse Percy, e descobriu os olhos da Srta. Wenzel sobre ele, meditativos.

– Eu diria que o senhor sabe do que se trata tudo isso – acusou ela. – Imogen não revelou nada.

Era o que todos estavam pensando, naturalmente, desde que ele voltara sozinho para o salão de baile infernal, na noite anterior. A atenção de todos de repente se desviara para ele. O ar quase pulsava naquele silêncio repleto de expectativas.

Mas não era hora de usar seus encantos, nem hora para uma conversa social leve. Nem para mentiras. Nem para a verdade.

Percy deu meia-volta e saiu do aposento, batendo a porta com firmeza ao passar.

Eu o matei! Compreende agora? Eu matei meu marido. Peguei uma arma e dei um tiro entre seus olhos. Foi proposital.

E o diabo era que ele acreditava nela.

Ao fazê-lo, Percy mergulhava nas profundezas das trevas com ela – um lugar que ele tivera o imenso trabalho de evitar durante toda a vida.

Eu o matei.

Imogen chegou a Penderris dois dias antes do previsto, na carruagem dos correios, sozinha, com apenas uma maleta. Mesmo assim, George, duque de Stanbrook, não pestanejou. Devia ter visto a aproximação do veículo e estava no pátio esperando para ajudá-la a descer.

– Imogen, minha querida – disse ele. – Que prazer!

Mas lançou-lhe um olhar penetrante e apertou-a com força em seus braços, e assim a manteve.

Imogen não sabia quanto tempo ficaram ali ou o que acontecera à carruagem. A tensão foi deixando seu corpo gradualmente enquanto ela sentia o perfume dele e da casa – ou do que havia sido um abrigo seguro e um lar para ela durante três anos e ainda era seu refúgio e sua fonte de força.

O duque pôs a mão dela em seu braço quando ela finalmente se afastou. Levou-a para dentro, falando com tranquilidade, como se a sua aparição antecipada e o modo como se dera não representassem nenhum inconveniente. Conversou com ela durante o resto do dia e no seguinte, até que Hugo e lady Trentham chegaram no meio da tarde, também adiantados. Tinham saído de casa um dia antes do necessário, explicou Gwen, lady Trentham, porque pensaram que talvez precisassem viajar mais devagar do que o normal por causa do bebê. Enganaram-se, porém, e lá estavam.

Hugo, grande e imponente, de aparência severa como sempre com seu cabelo bem-aparado e a tendência de franzir a testa, deu um tapa no ombro de George e apertou sua mão, declarando que tinha se tornado escravo de *duas* mulheres.

– Um escravo mais do que bem-disposto, apresso-me em dizer – afirmou ele ao se virar. – Chegou antes de nós, Imogen? Isso me faz sentir melhor.

E ele sorriu, abriu os braços e então parou, franziu a testa e inclinou a cabeça para o lado.

– Venha ser abraçada, moça – disse com mais delicadeza.

Mais uma vez, ela foi envolvida em segurança.

Havia Gwen para abraçar também, e a bebê Melody Emes para ser admirada – a babá acabava de entrar com ela –, e Hugo a tomou em suas mãos enormes, explodindo de orgulho.

Os outros chegaram no dia seguinte. Ben e Samantha, lady Harper, apareceram primeiro, vindos de Gales. Ben entrou na casa e subiu a escada com duas bengalas, mas deslocava-se boa parte do tempo numa cadeira de rodas, depois de admitir que não era o mesmo que assumir uma derrota, e sim avançar para uma nova fase da vida, com uma atividade diferente.

Ralph chegou em seguida com uma duquesa muito ruiva, que Imogen não tinha conhecido e que implorava para ser chamada de Chloe. Imogen não o via desde que ele herdara o ducado por ocasião da morte do avô, no ano anterior. O rosto ainda tinha uma terrível cicatriz, ferimento de guerra, mas a expressão apresentava uma nova serenidade.

Vincent veio com Sophia, lady Darleigh, e o filho. Como sempre, era difícil lembrar que ele não podia enxergar, pois se movimentava com muita facilidade, especialmente com a ajuda do cão. Flavian chegou por último com Agnes, lady Ponsonby, anunciando, assim que passaram pela porta, que se tornaria pai dentro de seis ou sete meses, e que precisavam ser muito delicados com ele porque era uma grande tensão para seus nervos. Enquanto falava, Imogen reparou com interesse que ele gaguejava pouquíssimo, um problema que permanecera mesmo quando Flavian recuperou suas faculdades depois de os ferimentos na cabeça sararem.

– Neste caso, Flave – disse Ralph –, preciso ser tratado com cuidado também. Não ligue para Chloe. Ela é feita de um material mais resistente.

E trocaram tapinhas no ombro e abriram sorrisos marotos de um modo masculino, satisfeitos e ligeiramente encabulados.

Todos – com exceção de Vincent – observaram Imogen com atenção, antes de abraçá-la. Todos a envolveram com mais força do que o habitual e voltaram a olhar em seus olhos depois de passada a balbúrdia dos cumprimentos. Mesmo Vincent, depois de abraçá-la, olhou-a nos olhos – tinha um talento especial para fazer isso – e falou baixinho:

– Imogen?

Mas ela apenas lhe deu um beijo no rosto e se virou para abraçar Sophia e exclamar como Thomas, o filho de 1 ano, havia crescido.

Dois dias e duas noites se passaram, durante os quais os sete se reuniram até tarde, como invariavelmente faziam naquelas três semanas, conversando com mais profundidade do que durante o dia.

Na primeira noite, Vincent relatou que seus ataques de pânico vinham acontecendo com menos frequência. Só ocasionalmente lhe ocorria a percepção de que a cegueira não era uma condição temporária da qual ele acabaria se recuperando, mas uma sentença perpétua.

– Nunca mais voltarei a enxergar – comentou ele. – Não verei minha esposa nem Thomas. Não verei o bebê quando ele nascer... Ah, eu não deveria ter mencionado que há outro a caminho, porque ainda não é certo. Terei que confessar isso a Sophie quando for para a cama. Embora eu tenha aceitado minha condição há muito tempo e tenha uma vida abençoadíssima, pensando raramente sobre a cegueira, por que essa constatação me atinge como um bastão gigantesco, como se eu tivesse acabado de perceber?

– O problema, Vince – disse Hugo, estendendo o braço por cima de Imogen para bater no joelho dele –, é que na maior parte do tempo *nós* também não percebemos isso.

– Vince é *cego*? – indagou Flavian. – É *por isso* que ele se choca com as portas de vez em quando?

Na segunda noite, George admitiu que ainda sonhava com as palavras que diria à esposa para impedi-la de pular do penhasco. Nos sonhos, ele também estava perto o suficiente para segurar a mão dela e puxá-la de volta, mas as palavras e a mão chegavam sempre tarde demais. Na realidade, embora tivesse testemunhado o acontecido, ele se encontrava distante demais para salvá-la.

Imogen mal abrira a boca desde a chegada, a não ser por banalidades puramente sociais. Havia conversado mais com as esposas do que com os amigos. Contudo, na terceira noite, ninguém tinha muito a dizer. Às vezes isso acontecia. A vida deles nem sempre transbordava de problemas e dificuldades. Na verdade, ao menos cinco deles pareciam extremamente satisfeitos com a vida que levavam, até felizes. E três deles – *três*! – teriam filhos em um futuro próximo. As reuniões se tornariam bem diferentes. Naquele ano já havia o pequeno Thomas tropeçando pela casa, balbuciando em uma língua que nem os pais conseguiam entender, embora Hugo oferecesse algumas interpretações maravilhosas, quando fazia cócegas sob o queixo da filha para ver seu grande sorriso sem dentes.

Na terceira noite, portanto, Imogen soltou um suspiro audível durante um intervalo de confortável silêncio e fechou os olhos.

– Contei a ele – murmurou ela.

O silêncio ganhou uma nota de incompreensão.

Claro, eles não sabiam de nada. Ela não lhes contara nada. Parecia-lhe incrível que eles não *soubessem* de algo que ocupara um espaço tão central na sua vida por mais de um mês.

– O conde de Hardford – explicou ela. – Ele chegou a Hardford no início do último mês. Ele... eu... nós...

Hugo, sentado a seu lado, tomou a mão dela e levou-a para junto de si, cobrindo-a com a sua. Vincent, do outro lado, bateu na perna dela e depois a segurou.

– Contei a ele minha história – disse ela. – Mas ele não ficou satisfeito. Sabia que faltava alguma peça e voltou a me perguntar. Foi uma noite antes de eu vir para cá. Era impossível não contar a verdade. Então contei.

Imogen jogou a cabeça para trás, os olhos ainda fechados, e a parte de trás de sua cabeça bateu no peito de Flavian. Ele tinha vindo por trás, pousando as mãos nos ombros dela. A mão livre de Imogen foi tomada com força. Ralph estava agachado diante dela.

E ela percebeu que soltara um lamento, um som agudo, um urro que não parecia ter sido emitido por ela.

A voz de George soou tranquila e suave – ah, as lembranças que ela evocava!

– *O que* contou a ele, Imogen? – indagou.

– Que eu m-m-matei Dicky – urrou.

– E o que mais?

– O que mais há para dizer? – Ela mal reconhecia a própria voz. – Não *há* mais nada. No mundo inteiro, só existe isso. Eu o matei.

– Imogen. – Dessa vez, era a voz de Ben. – Há muito mais do que isso.

– Não, n-n-não há – retrucou ela, sacudindo a cabeça de um lado para outro. – Só existe *isso.*

Por trás dela, Flavian segurou o queixo dela em suas mãos.

– É preciso perguntar – começou ele, suspirando, a voz um tanto monocórdia... Era deliberado, pensou ela, para tentar acalmá-la com a normalidade. – Esse sujeito Hardford a *ama*, por acaso, Imogen? Ou ele apenas gosta de bancar o dono do castelo grosseirão?

Ela abriu os olhos e ergueu a cabeça.

– Não importa – disse ela. – Ah, ele não é grosseiro, nem autoritário nem arrogante, embora eu pensasse assim no princípio.

– E você por acaso o *ama*? – questionou Flavian.

– Não posso – respondeu ela, libertando as mãos de Ralph e Hugo para cobrir os olhos. – *Não posso amá-lo.* Vocês sabem disso.

Ralph e Flavian voltaram para seus assentos. Hugo envolveu-a e puxou a cabeça dela para junto de seus ombros.

– Por que está tão transtornada? – perguntou ele. – Quero dizer, por que está *tão* transtornada?

– Alguém o traiu – revelou ela. – Dicky, quero dizer. Ele não voltaria vivo da península. Alguém o denunciou aos franceses.

Ela contou a história sobre os contrabandistas, o Sr. Ratchett e James Mawgan, e sobre o falecido criado do marido. E falou sobre o modo como Percy havia confrontado todos eles de um jeito como ninguém mais se arriscara desde os tempos de Dicky, enfrentando o assunto de forma imprudente e incessante até expor a verdade, e até que os dois homens fossem presos e aguardassem julgamento. Ela não tinha ideia se aquela história fazia sentido.

Vincent ainda batia na sua coxa quando ela terminou.

– Cheguei mais cedo – disse ela, baixando as mãos em seu colo – porque eu precisava me sentir segura. Eu precisava... precisava...

– De nós – completou Flavian. – Nós todos precisamos de nós, Imogen. Pode descansar aqui. Nós todos podemos.

– Sim – concordou ela. – Mas deve estar terrivelmente tarde. Devo permitir que todos se recolham. Estou exausta, de qualquer maneira. Obrigada. Amo vocês.

George, sorrindo suavemente, segurou a porta para ela passar.

– Venha – chamou ele. – Vou acompanhá-la até o quarto. Sabe que *sempre* pode vir para cá, Imogen.

– Também sei – disse ela, levantando-se – que devo viver minha própria vida. E *viverei*. É apenas um revés temporário, como os ataques de pânico de Vincent. Boa noite.

Imogen se empertigou e olhou para cada um. Nem reparou que nenhum deles fez menção de segui-la quando saiu do aposento.

❧

Percy não sabia por que sentia raiva, mas sentia. Não era raiva, exatamente. Sentia-se descontente. Insatisfeito. No pior humor em que podia se encontrar sem chegar a dar respostas agressivas a todos que cruzavam seu caminho.

Ciumento.

Mas aquilo era um absurdo. Por que sentiria ciúme de um bando de homens que nem conhecia? Homens que pretensiosamente se autoproclamavam Sobreviventes – com S maiúsculo, por favor? Não seriam todas as pessoas sobreviventes? Não seria ele? O que lhes dava o uso exclusivo da palavra? E quanto podiam amar Imogen, quando vários deles – não conseguia lembrar se não tinham sido todos eles – haviam partido e se casado com outras mulheres?

No entanto, fora para eles que Imogen havia corrido – no meio da noite, sem lhe dizer uma única palavra. Até o bilhete fora dirigido a lady Lavinia.

Agora, ele bancava o mensageiro e o entregador ao mesmo tempo. Com ele, na carruagem, havia cartas de lady Lavinia, Sra. Ferby, sua mãe, Beth, lady Quentin e Srta. Wenzel. Que ridículo. Se mais pessoas tivessem escrito, ele precisaria rebocar um vagão de carga. E havia ainda um grande baú com pertences dela no bagageiro da carruagem, deixando pouco espaço para a bagagem dele.

E lá estava ele, em Penderris Hall, que era tão grande e imponente quanto esperara, e consideravelmente mais próxima dos penhascos onipresentes do que Hardford Hall. Percy reconsiderou – talvez pela quadragésima segunda vez – se viajar até lá fora uma decisão sábia, mas já não daria tempo de voltar atrás, pois sua chegada parecia ter sido percebida. Os portões principais se abriram e um homem alto com cabelo elegantemente grisalho – maldito seja! – saía para ver quem aparecia sem ser convidado. Percy sabia que aquele era o duque de Stanbrook. Já o vira algumas vezes na Câmara dos Lordes.

Sentiu-se estúpido e agressivo. Se ele se pusesse em seu caminho, Percy achataria seu nariz, destroçaria sua pessoa com as próprias mãos e talvez acabasse com seus dentes também. Ia vê-la – precisava vê-la. Era o que faria. Imogen não podia ter partido no meio da noite sem lhe dar uma chance de assimilar o que tinha ouvido dela. Ia conversar com ela – naquele mesmo instante. Ela lhe devia isso, por Júpiter.

Stanbrook estendeu a mão direita quando Percy desceu da carruagem e fechou a porta na cara de Heitor.

– Acredito que seja Hardford – disse, e Percy apertou sua mão.

– Trouxe o baú de lady Barclay – avisou ele –, além de algumas cartas. E eu gostaria de vê-la.

As sobrancelhas ducais se ergueram.

– Entre – convidou Stanbrook. – Coma e beba alguma coisa. Seu criado pode seguir para o estábulo depois de descarregar o baú. Alguém cuidará dele por lá. – Virou-se para conduzi-lo para dentro da casa.

Havia um exército enfileirado no saguão, naturalmente. Pois bem, eram apenas quatro além de Stanbrook, mas pareciam um exército. Ou uma fortaleza inexpugnável. Mas pobres deles se tentassem impedir sua passagem. Percy quase desejava que tentassem. Estava louco para comprar uma briga.

Stanbrook o apresentou com uma cortesia perfeitamente amena – maldito fosse mais uma vez. O brutamontes com cabelo bem-aparado era Trentham; o sujeito com a cicatriz horrenda no rosto era o duque de Worthingham; o louro que parecia acreditar que o mundo inteiro tinha sido criado para sua diversão era Ponsonby, e o menino esguio de olhos azuis era Darleigh. Percy observou-o, desviou os olhos e voltou a encará-lo. Não era cego? Depois, percebeu que os olhos que pareciam fitá-lo diretamente na verdade erravam a mira de seu rosto por alguns centímetros. Era um pouco assustador.

Uma quantidade satisfatória de saudações educadas foi trocada, enquanto outro homem apareceu no alto da escada e começou a descer devagar com a ajuda de duas bengalas que envolviam a parte inferior dos braços.

– Sir Benedict Harper – apresentou Stanbrook.

Seis. Estava faltando a sétima.

– Quero ver lady Barclay – disse Percy, seco.

As boas maneiras poderiam ajudá-lo, mas ele queria que as boas maneiras fossem para o inferno. O conde estava de mau humor.

– Pode haver um pequeno problema – retrucou o louro com um suspiro, como se até mesmo pronunciar aquelas poucas palavras fosse um imenso sacrifício. – Pois talvez, lorde Hardford, lady Barclay não tenha vontade de vê-lo.

– Para ser franco – acrescentou o sujeito com a cicatriz –, não posso recriminá-la.

O brutamontes cruzou os braços e pareceu ainda mais bruto.

– Então perguntem a ela e descubram – exigiu Percy. – E digam-lhe que não vou sair daqui enquanto ela não falar comigo.

Sentiu-se fora da cena, observando seu mau comportamento e balançando a cabeça ligeiramente incrédulo. Para onde tinha ido seu famoso encanto?

– Diga a ela que eu pedi por favor – acrescentou ele, olhando para todos com fúria.

– Talvez queira ir se acomodar na sala de visitas e beber alguma coisa enquanto espera – sugeriu Stanbrook. – Os outros vão conversar com o senhor enquanto falo com lady Barclay. Devo avisá-lo, porém, que ela talvez se recuse. Viu sua chegada e não ficou exatamente encantada.

Percy sentiu-se como um balão de gás que acabava de ser furado.

– Deixe-me ir, George – disse Darleigh. – Deixe-me conversar com ela. E vou me lembrar de dizer "por favor", Hardford. – Ele deu um sorriso gentil. – Vá para a sala e beba alguma coisa. O senhor está perturbado.

E lá se foi o resto do gás do balão, deixando Percy sem graça e desanimado.

Por Deus e com mil diabos, e se ela não quisesse vê-lo? Seria difícil acampar eternamente debaixo de sua janela – mesmo se soubesse qual era a janela. Não com aquele exército à espreita. Não gostara especialmente da aparência do gigante.

Virou-se na direção do aposento indicado por Stanbrook, enquanto o cego Darleigh partia para o lado oposto, conduzido por um cão que Percy via pela primeira vez. Só então se lembrou de ter deixado Heitor na carruagem. O pobre animal tinha se recusado a ficar sozinho em casa.

CAPÍTULO 25

Imogen se encontrava na estufa, onde se abrigara depois de ver a aproximação daquela carruagem familiar. Não teria tido tempo para nada caso não estivesse diante da janela do salão, balançando no colo uma Melody Emes adormecida e pensando que não poderia existir sentimento mais bonito em todo o mundo.

Naquele momento, olhava pelas paredes de vidro da estufa e via alguns narcisos desabrochando na grama, embora não os enxergasse de fato. Ouviu que alguém se aproximava – alguém *com um cão* –, mas não se virou.

Vincent acomodou-se a seu lado, depois de tatear em busca do assento. O cão aconchegou-se perto de seu joelho.

– Imogen – disse ele, estendendo a mão e acariciando a parte de trás da mão dela –, ele sempre se comporta mal?

– Ah. – E por algum motivo estranho, bizarro, ela se pegou sorrindo. – Ele se comportou mal?

– Há um sorriso na sua voz – comentou ele, e as palavras a deixaram séria. – Estava explodindo de agressividade. Não precisaria ser muito provocado para nos enfrentar de uma vez só, com as próprias mãos. Eu não o vi, claro, mas o ouvi. É um homem grande?

– É, sim – respondeu ela. – Mas não é enorme.

– Então Hugo sozinho poderia tê-lo derrubado com um soco – concluiu ele –, embora eu tenha a sensação de que ele teria se levantado para brigar mais e continuar apanhando. Como ele é?

– Ah – disse ela, franzindo a testa. – Alto, moreno, atraente... todos os velhos clichês.

– Ele é um clichê? – quis saber Vincent.

– Não. – A testa dela ainda estava franzida. – No início, pensei que fosse, Vincent. Mas agora eu o conheço melhor. Ninguém está tão distante de ser um clichê. Ele é... Ah, não importa. Ele já partiu em paz?

No entanto, a imagem da carruagem se afastando de Penderris parecia fazer brotar chumbo no fundo de seu estômago. Na verdade, sentia-se assim desde a noite do baile de aniversário. Um peso frio. Será que a sensação nunca iria passar?

– Ele está no salão com os outros – disse ele. – Quer vê-la. Exigiu que um de nós viesse lhe dizer isso. Depois acrescentou um *por favor*.

Os lábios dela formaram um pequeno sorriso de novo, embora ela se sentisse mais perto das lágrimas do que do riso.

– Diga a ele que não – respondeu. – E acrescente *obrigada*, se puder.

– Todos esperávamos pela chegada dele, sabe? – comentou Vincent. – Todos concordamos sobre isso naquela noite, depois que você foi para a cama. Não fazia sentido apostar. Estávamos todos do mesmo lado. E Sophie concordou comigo, assim como as outras damas. Estávamos *todos* esperando por ele.

Não havia nada a dizer na pausa que se seguiu.

– Ele parece terrivelmente transtornado – informou Vincent.

– Achei que ele parecesse agressivo – retrucou Imogen.

– Exatamente. Só que não havia motivo para ser agressivo, Imogen. George saiu e foi cumprimentá-lo, como um anfitrião cortês. Nós todos nos comportamos com muita civilidade.

Ela conseguia imaginá-los alinhados no saguão, sem perceber como podiam parecer ameaçadores ao se colocarem entre alguém e aquilo que esse alguém desejava.

Pobre Percy! Não tinha feito nada para merecer aquilo.

– Eu o mandarei embora, se quiser – anunciou Vincent. – Acredito que ele partirá, embora tenha afirmado que não mexerá um dedo até vê-la. É um cavalheiro e não continuará a atormentá-la se sua resposta for negativa. Mas acredito que você deveria falar com ele.

– Não tem jeito, Vincent.

– Então diga a ele.

Ela inspirou de forma audível e soltou o ar. Embora não fosse relevante, percebeu que Vincent precisava cortar o cabelo. Seu cabelo claro, ondulado, chegava quase aos ombros. Mas desde quando ele *não* precisava de um corte de cabelo? E por que deveria cortá-lo? Ele ficava com uma cara de anjo. Os grandes olhos azuis só acentuavam a impressão.

– Mande-o vir aqui – disse ela por fim, com um suspiro.

Ele se levantou e o cachorro também ficou de pé. Mas Vincent hesitou.

– Nunca oferecemos conselhos não solicitados, não é, Imogen?

– Não, não oferecemos – concordou ela com firmeza, e ele se virou. – No entanto, pode considerar que solicitei seu conselho. O que quer falar?

Vincent se virou para ela.

– Acredito – disse ele com delicadeza – que nós todos temos o direito de sermos infelizes, se for isso que escolhermos com toda a liberdade. Mas não tenho certeza de que temos o direito de permitir que nossa infelicidade provoque a infelicidade de outrem. O problema com a vida é que estamos todos juntos nela.

E partiu sem dizer mais nada. Aquilo era *um conselho*? Não compreendera direito o que ele tentara dizer. Embora fizesse todo o sentido enquanto ela esperava e ponderava suas palavras. Não somos responsáveis apenas por nós mesmos?, pensou. Por que deveríamos ser responsáveis por mais alguém? Não seria apenas uma interferência desagradável?

O problema com a vida é que estamos todos juntos nela.

E ela se lembrou da decisão aparentemente desimportante de voltar a dançar nas festas do vilarejo.

Ouviu mais passos. Passos firmes, de botas, dessa vez. Pés beligerantes, talvez. De novo, não virou a cabeça. Ele parou a uma curta distância. Não se sentou.

– Imogen – sussurrou.

Ela apoiou as mãos no colo, entrelaçando os dedos com força. Tocou os polegares.

– Você não joga limpo.

– Não estou envolvida em nenhum jogo com você, Percy. Não posso jogar limpo ou sujo sem jogar.

– Você me contou uma história e deixou uma lacuna tão grande, tão imensa, que caberia uma estrada inteira dentro dela. Uma estrada de mão dupla – acusou ele. – Quando implorei que me contasse o resto, você me ofereceu um seixo para preencher esse grande buraco.

– O que eu lhe contei era *um seixo*? – Ela o olhou pela primeira vez, deixando a raiva transbordar.

Ficou chocada com o que viu. Nem uma semana havia se passado desde que tinham se encontrado pela última vez, mas o rosto dele parecia abatido e pálido, com manchas sob os olhos que sugeriam insônia. Os olhos em si eram impenetráveis.

O problema com a vida é que estamos todos juntos nela.

– Atirou nele entre os olhos, de propósito – afirmou ele. – Acredito em você. Mas *por quê*, Imogen? Como chegou até ele? De onde veio a arma? Por que você a usou para matá-lo? Talvez eu não tenha feito nada para merecer respostas além de ousar amá-la, mas me diga ao menos por esse motivo. Me ajude a compreender. Me conte a história inteira.

Ela inspirou uma vez, depois outra.

– Ao longo de muitos dias – disse Imogen –, eles não conseguiram fazer Dicky falar. Não tenho ideia de quantos dias foram. Para mim, os dias se fundiam. Deviam ter pensado que ele guardava informações essenciais na memória. Talvez estivessem certos... nem sei. Por fim, eles me levaram até ele... Eram quatro oficiais. Havia outros dois homens por lá. Ele estava acorrentado, de pé, junto a uma parede. Mal o reconheci.

Ela baixou a cabeça e cobriu os olhos com as mãos por um momento.

Imogen pensou ter ouvido Percy balbuciar "Ah, meu bom Deus".

– Contaram a ele o que iam fazer – disse ela. – Iam se revezar comigo enquanto ele e os outros assistiam. Eu não tenho *a mínima ideia* do que levou um deles a deixar a pistola sobre a mesa, não muito longe de onde eu me encontrava. Desdém por uma mulher indefesa, talvez? Descuido? Ou talvez ele fosse o primeiro e precisasse se livrar de algumas coisas. Eu a peguei e tive todos na mira, parados, com as mãos no ar. O problema é que aquela situação não tinha saída, como logo ficou aparente. Se eu atirasse em um deles, os outros logo estariam em cima de mim, e nada seria resolvido. Eles teriam me estuprado e Dicky provavelmente teria confessado... talvez antes de tudo começar, talvez depois de um ou dois. Não poderia suportar viver com aquilo, mesmo que permitissem que meu marido escapasse, o que era duvidoso. Se eu obrigasse um deles a libertá-lo, percebi que Dicky não conseguiria fugir. Mesmo se eu encontrasse um jeito, havia dezenas de outros soldados ali, além de milhares do lado de fora. Nem acredito que eu levei mais de um segundo para compreender qual era a única solução. Dicky também sabia. Estava me encarando. Meu Deus, ele estava *sorrindo* para mim.

Imogen precisou fazer uma pausa por alguns momentos, para tranquilizar a respiração.

– Eu sabia o que ele estava pensando, e ele sabia o que eu estava pensando... sempre fazíamos isso. *Sim, faça isso*, disse ele sem pronunciar uma palavra sequer. *Atire em mim, Imogen. Não desperdice sua bala num dos oficiais franceses. O alvo sou eu.* E logo antes de fazer o que ele pedia, seus olhos me disseram *Coragem*. Então eu fiz. Atirei nele. Achei... *ele* achou... que eu também seria morta momentos mais tarde. Não foi o que aconteceu. Aqueles *cavalheiros*... muito corteses... furiosos como estavam... sabiam como castigar uma mulher, e não era com o estupro. Eles me deixaram partir, inclusive me acompanharam até os meus. Deixaram que eu vivesse no inferno.

Ela não sabia por quanto tempo o silêncio se estendera.

– Vá embora agora, Percy – pediu ela. – Sou um poço sem fundo de trevas. E você é cheio de luz, embora ache que desperdiçou os últimos dez anos de sua vida. Vá e me esqueça. Vá e seja feliz.

Percy voltou a resmungar aquela palavra. Estava virando um hábito.

– Ele a amava, Imogen – disse Percy. – Se os olhos de Dicky pudessem ter falado com você por mais algum tempo, se ele soubesse que a deixariam viva, o que ele teria lhe dito?

Ela apenas engoliu em seco.

– Não fuja da pergunta – ordenou ele. – O que ele teria lhe dito?

De algum modo ele a obrigava a ser sincera – uma sinceridade que penetrava camada após camada da culpa que a envolvia desde o mais terrível dos momentos no mais terrível dos lugares.

– Ele t-t-teria dito para eu ser f-f-feliz – respondeu ela, a voz fraca e esganiçada, como soara duas noites antes.

– Se de algum modo ele tomasse ciência dos seus últimos oito anos ou mais – continuou ele – e soubesse como você os viveu e como pretende viver o resto de sua vida, como acha que ele se *sentiria*, Imogen?

Ela o encarou de novo.

– Não é justo, Percy! – exclamou. – Ninguém ousou me fazer essa pergunta... nem o médico, nem qualquer um de meus amigos Sobreviventes. Ninguém mais.

– Não sou médico nem sou nenhum daqueles seis homens – retrucou ele. – E ouso fazer a pergunta. Como ele se sentiria? Você sabe a resposta. Conhecia as profundezas do seu ser. Você o amava.

– Ele ficaria terrivelmente triste – soltou ela, mordendo o lábio superior, mas não conseguiu impedir que lágrimas mornas surgissem em seus olhos e escorressem por suas faces. – Mas como posso me permitir viver, Percy? Sorrir, gargalhar, me divertir, amar, *fazer* amor? Tenho medo de esquecê-lo. Fico *apavorada* com a ideia de esquecê-lo.

– Imogen – disse ele. – Alguém teria que cortar sua cabeça, remover seu cérebro e destruí-lo em pedacinhos. Mesmo assim, seu coração e seus ossos ainda lembrariam.

Ela começou a procurar um lenço, mas Percy se aproximou e colocou o seu na mão dela. Ela enxugou os olhos.

Então ele se pôs de joelho, ela percebeu, com as mãos no banco, junto dela.

– Imogen, tremo diante da presunção de tentar ganhar seu amor. Mas não espero tomar o lugar de Dicky. Ninguém pode tomar o lugar de outra pessoa. Cada um de nós precisa abrir seu próprio espaço. Quero que me ame apesar do meu jeito lamentável e, enquanto viver, prometo me aprimorar para ser digno de você... para ser digno de mim. Posso fazer isso. Sempre podemos tentar de tudo enquanto estamos vivos. Sempre podemos mudar, crescer, evoluir para uma versão bem melhor de nós mesmos. Com certeza, é para isso que a vida serve. Me dê uma chance. Me deixe amá-la. Permita-se me amar. Posso lhe dar um tempo, se precisar. Só me dê alguma esperança. Se puder. E se não puder, que assim seja. Nesse caso eu a deixarei em paz. Mas por favor... tente me dar um talvez, se puder.

Imogen abaixou o lenço depois de enxugar os olhos. Ele parecia um pobre adolescente ansioso, esperando evitar uma bengalada. Ela estendeu os braços e envolveu o rosto dele com as mãos.

– Não quero extinguir toda a sua luz, Percy.

Alguma coisa cintilou no olhar dele.

– Mas não existe fim para a luz, Imogen – retrucou ele –, nem para o amor. Eu a preencherei com tanta luz que você vai brilhar no escuro e, quando eu quiser amá-la de um modo bem físico, serei capaz de encontrá-la.

Ah, Percy, o absurdo, o *absurdo*. No entanto, tão pálido e ansioso apesar das palavras ridículas.

– Será que eu ouso? – perguntou ela, mais para si mesma do que para ele.

Percy não respondeu. Só que alguém mais respondeu, bem dentro dela, em uma voz familiar: *Coragem*. E, pela primeira vez em mais de oito anos, sua mente ouviu o tom com que aquela palavra silenciosa fora pronunciada. Era um tom de profunda paz.

Dicky havia acolhido a morte – nas mãos dela. Tal atitude o libertara de sofrer uma dor intolerável e de saber que ela não teria fim até que ele morresse. E aquilo a libertara dos horrores de um estupro – ele acreditara nisso ao morrer e tinha razão, embora não tivesse acontecido exatamente como ele esperara.

Dicky se encontrava em paz ao morrer. Ela tinha sido o instrumento de sua morte ou de sua libertação, dependendo de como se via a questão.

Poderia voltar a viver. Com certeza, poderia. Devia isso a ele, e talvez a si mesma. E talvez a Percy. Ah, ela podia viver de novo!

– Vou me embrulhar da cabeça aos pés em um cobertor – disse ela –, e você terá que procurar por mim. Será bem mais divertido assim.

Imogen observou o sorriso dele se alargar e, gradualmente, iluminar seu rosto cansado. Seus braços se fecharam em torno dela com força. A testa dele pousou em seu ombro e Percy chorou.

Estavam na segunda semana de maio quando o dia da cerimônia de casamento de Percy finalmente amanheceu. Ele *achava* que ainda era o mesmo ano em que noivara com Imogen, mas podiam ter se passado cinco anos desde então. Parecia ter durado uma eternidade.

Na estufa em Penderris onde se ajoelhara, ele desejara se levantar e sair correndo até arranjar uma licença especial no lugar mais próximo possível, e em seguida levá-la de volta para Hardford Hall e depois para a igreja em Porthmare para as núpcias – tudo em um único dia, se fosse humanamente possível.

Infelizmente, a sanidade havia prevalecido, ainda que não fosse a sua.

Os amigos dela garantiram que, se ela precisasse deixá-los mais cedo, todos compreenderiam e ficariam encantados por ela – ou foi mais ou menos isso que disseram. As esposas também assentiram com beijos, abraços e lágrimas sentimentais. Ao mesmo tempo, porém, compartilharam um ar tristonho. Foi o próprio Percy que declarou que jamais se colocaria entre sua noiva e os queridos amigos dela, que ele também esperava que se tornassem *seus* queridos amigos no futuro – nessas palavras ou outras baboseiras que diziam a mesma coisa.

Ele passara alguns dias por ali, quando quase perdera o afeto de Heitor para um menino de 1 ano que o perseguia, o cobria de carinhos, dava risinhos, adormecia deitado na barriga do cãozinho, transformando-o em seu escravo.

Percy escreveu praticamente uma coleção inteira de cartas – que lembrança! –, enquanto Imogen fazia o mesmo ao seu lado, na biblioteca de Stanbrook, despachando-as em seguida. Depois, ele retornou a Londres, onde mandou publicar os comunicados nos jornais matinais, providenciou os proclamas e – bem depressa – se envolveu em um tornado feroz de planos de núpcias enquanto a família ia se reunindo em torno dele e a mãe chegou de Derbyshire. *Vim da Cornualha para Londres pela rota cênica que atravessa Derbyshire* tornou-se sua piada do momento.

Depois, o contingente de Penderris chegou com toda a força, levando Imogen junto – estava hospedada na Casa Stanbrook, onde encontrara a mãe e a irmã de sua mãe, que tinham algum parentesco com o duque.

Lady Lavinia e a Sra. Ferby, o irmão de Imogen e sua esposa, entre inúmeras outras pessoas, apareceram para o casamento, enchendo o hotel Pulteney até o teto.

Houve jantares, festas, saraus nas casas de tios e tias de Percy; um baile de noivado para Meredith e Wenzel na casa de tio Roderick, onde comemoraram também o noivado de Percy; um baile na casa do duque de Worthingham, com direito a bolo de noivado no meio da mesa do jantar; e outro baile promovido em conjunto por lady Trentham e sua prima, a viscondessa Ravensberg, ocasião em que Percy se viu cumprimentando um grande número de Bedwyns, inclusive o formidável duque de Bewcastle em pessoa. Percy ouvira seus discursos na Câmara dos Lordes uma ou duas vezes e, sem razão aparente, sentia-se impressionado diante do sujeito. Talvez por causa dos olhos cinzentos, tão intensos, ou pelo porte altivo e austero. Foi um tanto surpreendente descobrir que tinha uma esposa bonita mas não deslumbrante, cujo sorriso a iluminava de dentro para fora e que não parecia nem um pouco assustada com o marido.

Enquanto Watkins o vestia em prata, cinza e branco para a cerimônia, Percy decidiu que toda a agitação fora suficiente para fazê-lo se arrepender um bocado de aceitar se casar "da forma apropriada" – tinha sido assim que Imogen chamara, pelo menos.

– Ah, Percy – dissera ela com um suspiro, enquanto ele ainda soltava resmungos de esperança em relação à busca de uma licença especial. –

Queria tanto que pudéssemos nos casar desse jeito... Mas uma cerimônia de casamento não é realizada apenas para os noivos, não é? É para a família e os amigos também. É um dos raros eventos comemorativos que pontuam uma vida feliz. Vamos esperar e nos casar da forma apropriada.

Ele não *perguntou* se casar de qualquer outro modo seria inapropriado. Teria dado o sol para ela, se pedisse, ou a lua... ou um casamento apropriado.

Um noivo apropriado foi para a igreja – St. George, na Hanover Square, é claro – vestido de prata, cinza e branco, com metros de renda no pescoço e nos punhos, e um diamante do tamanho de um pequeno ovo cintilando nas dobras de linho e rendas, mais anéis, correntes e tudo quanto era ornamento na sua pessoa.

E com as pernas bambas. E com todos os dedos da mão tremendo incontrolavelmente, sendo que dois ou três estavam propensos a deixar a aliança cair no momento mais importante.

Cyril não oferecia muita ajuda, e Percy se perguntou se não deveria ter escolhido outro padrinho.

– E se eu deixar a aliança cair? – indagou Cyril no caminho para a igreja.

Com toda a certeza, uma das funções do padrinho – a *principal*, na verdade – era acalmar os nervos do noivo.

– Se isso acontecer, você engatinha pelo chão até encontrá-la – respondeu Percy. – Isso não acontecerá.

– Nunca fiz isso – acrescentou Cyril.

– Nem eu – disse Percy.

Todos os bancos da igreja teriam sido preenchidos apenas por parentes e amigos próximos. Mas, naturalmente, por ser *um casamento apropriado*, todos os que tinham uma ligação remota com a aristocracia receberam convites. Como a temporada social acabara de ter uma bela abertura e aquele era o primeiro casamento elegante do ano – haveria outros, pois a temporada também era um grande mercado matrimonial –, todo mundo compareceu, com cachorro e tudo. Pois bem, sem cachorros, na verdade. O focinho de Heitor estava fora de cena. Ao tentar desembarcar discretamente da carruagem e trotar para igreja, Percy havia sido firme, o que não era muito fácil com um animal que às vezes tinha dificuldade de distinguir quem era o dono na relação.

A igreja estava lotada. Talvez algumas pessoas ficassem penduradas no teto. Seria bom se houvesse algumas fileiras de assento lá em cima.

Os dentes de Cyril batiam de maneira quase audível. Percy, sentado com ele perto do altar, concentrou-se nos seus dez dedos trêmulos e na necessidade de deixar oito deles bem firmes antes de chegarem à parte da troca das alianças na cerimônia. Flexionou os dedos, testou as pernas. Será que não poderia se casar sentado?

Então tudo começou – começou *de verdade*. O sacerdote, em trajes deslumbrantes, apareceu na frente do altar, o burburinho das conversas ficou limitado a um silêncio cheio de expectativas, a congregação se levantou, e o órgão começou a tocar algo que parecia impressionante e apropriado.

As pernas de Percy funcionaram e ele se virou para ver a noiva caminhando pela nave, de braço dado com o irmão.

Por Deus. Por Júpiter.

Ela era toda simplicidade e elegância num vestido azul-gelo. Sem um enfeite, um babado, nem mesmo um pouco de renda à vista. Nem mesmo um cacho ou um anel ondulado de cabelo escapando do chapéu de palha simples, adornado apenas com uma larga fita que combinava com o vestido. Nenhuma joia além de algo que reluzia em suas orelhas.

Ela passou pelo esplendor requintado que ocupava os bancos dos dois lados da igreja, à medida que se aproximava. Todos empalideceram e se recolheram à sua insignificância. Parecia uma deusa nórdica, uma princesa viking ou algo parecido.

Era Imogen.

Por um momento, ao se aproximar, ele pensou que era a dama de mármore. O rosto estava pálido e composto, os olhos fixos nele. Então de repente – cuidado, pernas! – ela sorriu. E não havia mais necessidade de velas nem de nenhuma outra iluminação na igreja de St. George. O lugar fora inundado pela luz. Ou talvez fosse apenas seu coração. Ou sua alma.

Percy verificou o que faziam seus músculos faciais e descobriu que estavam devolvendo um sorriso para ela.

Era mesmo uma vergonha terrível, pensou ele mais tarde, que um sujeito perdesse a própria cerimônia de casamento. Mas efetivamente foi o aconteceu, de tão atordoado que se encontrava com a luz que ela levara consigo, o calor que emanava dela e o envolvia também. Achou que se lembrava de alguém dizendo saudações no tom usado por um sacerdote e se *lembrava* de quanto se sentiu ansioso ao ver a mão de Cyril tremendo como uma folha na brisa forte enquanto segurava a aliança dourada. Com certeza se lembrava de ouvir que ele e Imogen tinham se tornado marido e mulher e que ninguém deveria sonhar em separá-los, além de todas aquelas coisas que significavam que eles estavam se casando para toda a eternidade.

Mas ele perdeu tudo aquilo.

Só voltou a si quando estavam na sacristia, assinando o registro, e Imogen escreveu seu antigo nome pela última vez.

– Embora permaneça igual – comentou o irmão dela, rindo. – Acrescentando apenas condessa de Hardford.

– Não – disse ela suavemente. – Vai mudar. Muda tudo. Agora estou casada com Percy.

Percy podia ter caído em prantos, o que – felizmente – não aconteceu.

Depois, os dois desceram juntos pela nave – ele se lembrou de imitar a velocidade de uma tartaruga – enquanto o órgão tocava um hino que parecia ter sido criado para levantar o topo da cabeça da pessoa de modo que sua alma subisse direto ao céu, e a mãe e as tias de Imogen, assim como a Sra. Ferby, a mãe dele e suas muitas tias choraram sem o menor sinal de constrangimento. O resto da plateia sorriu tanto que lhe surgiram rugas.

– Se eu pudesse – murmurou ele para a noiva –, começaria a pular feito um menino.

– Se eu pudesse – murmurou ela em resposta, sorrindo para a direita e para a esquerda –, pularia junto com você.

– O problema é que estamos em um casamento apropriado – argumentou ele.

– Lamentavelmente.

Os dois saíram, e o sol, em guerra contra as nuvens que cobriam o céu mais cedo, tinha vencido. Uma multidão boquiaberta vibrava, outros tantos curiosos os saudavam, assim como um pequeno exército de Sobreviventes, primos e amigos, todos munidos das pétalas de milhares de flores. As pétalas logo começaram a cair sobre eles e a arruinar a bela cor pálida dos trajes de casamento dos dois.

E Imogen ria.

Ele *nunca* se cansaria de ouvir – e de ver – a risada dela. Estava rindo também, é claro, mas era menos raro. De fato, Imogen talvez apreciasse a rara visão dele com um ar sério.

– Ah, veja só – gemeu ela, mas era um gemido feliz. – Veja, Percy.

Ele não precisava olhar. Vinha esperando por aquilo depois de ter testemunhado um bom número de casamentos nos últimos dez anos. A carruagem aberta, lindamente decorada com flores, parecia pronta a arrastar metade dos utensílios de cozinha disponíveis em Londres, além de uma ou duas botas arcaicas, até a Casa Stanbrook, onde o duque insistira que o desjejum nupcial acontecesse.

– Afinal – disse Percy enquanto a ajudava a subir na carruagem e a congregação saía da igreja atrás deles –, talvez haja uma ou duas pessoas na cidade que ainda não tenham ouvido falar que nosso casamento seria hoje. Precisam ouvir.

– Acho que todos os vizinhos na *Cornualha* ouvirão também – argumentou ela, ao se acomodar no assento. Ele se sentou ao seu lado. – Não me surpreenderia se Annie Prewett, na Casa Stanbrook, ouvisse a balbúrdia.

Annie, a criada surda que tivera a coragem de transmitir informações sobre o paradeiro de Ratchett e Mawgan, fora promovida ao posto de criada pessoal de Imogen, depois de demonstrar que tinha alguma habilidade no desempenho das funções necessárias. E diante deles, naquele momento, conduzindo a carruagem nupcial, à espera do sinal para partir, encontravam-se o cocheiro de Percy e o novo lacaio, Colin Bains, ambos em fardas resplandecentes.

– E, como se trata de um casamento apropriado, lady Hardford – comentou Percy nos últimos e preciosos momentos antes que a carruagem se movimentasse e o estrondo do metal sacolejante cobrisse o alegre soar dos sinos da igreja –, precisamos fazer o que é apropriado.

Imogen virou para ele um rosto risonho enquanto Percy passava o braço pelos ombros dela e, com a outra mão, pegava seu queixo entre o polegar e o indicador.

– É claro que precisamos – disse ela. – Meu amor.

Aplausos, risos, sinos tocando, cavalos bufando e batendo os cascos, o barulho infernal das latas, nada disso importava quando ele beijou a noiva e a mão dela pousou em seu ombro.

Pelo menos por um momento, Percy estava em outro mundo. E Imogen se encontrava bem ao lado dele.

CONHEÇA OUTROS LIVROS DA SÉRIE
CLUBE DOS SOBREVIVENTES

Uma proposta e nada mais

Após ter tido sua cota de sofrimentos na vida, a jovem viúva Gwendoline, lady Muir, estava mais que satisfeita com sua rotina tranquila, e sempre resistiu a se casar novamente. Agora, porém, passou a se sentir solitária e inquieta, e considera a ideia de arranjar um marido calmo, refinado e que não espere muito dela.

Ao conhecer Hugo Emes, o lorde Trentham, logo vê que ele não é nada disso. Grosseirão e carrancudo, Hugo é um cavalheiro apenas no nome: ganhou seu título em reconhecimento a feitos na guerra. Após a morte do pai, um rico negociante, ele se vê responsável pelo bem-estar da madrasta e da meia-irmã, e decide arranjar uma esposa para tornar essa nova fase menos penosa.

Hugo a princípio não quer cortejar Gwen, pois a julga uma típica aristocrata mimada. Mas logo se torna incapaz de resistir a seu jeito inocente e sincero, sua risada contagiante, seu rosto adorável. Ela, por sua vez, começa a experimentar com ele sensações que jamais imaginava sentir novamente. E a cada beijo e cada carícia, Hugo a conquista mais – com seu desejo, seu amor e a promessa de fazê-la feliz para sempre.

Um acordo e nada mais

Embora Vincent, o visconde Darleigh, tenha ficado cego no campo de batalha, está farto da interferência da mãe e das irmãs em sua vida. Por isso, quando elas o pressionam a se casar e, sem consultá-lo, lhe arranjam uma candidata a noiva, ele se sente vítima de uma emboscada e foge para o campo com a ajuda de seu criado.

No entanto, logo se vê vítima de outra armadilha conjugal. Por sorte, é salvo por uma jovem desconhecida. Quando a Srta. Sophia Fry intervém em nome dele e é expulsa de casa pelos tios sem um tostão para viver, Vincent é obrigado a agir. Ele pode estar cego, mas consegue ver uma solução para os dois problemas: casamento.

Aos poucos, a amizade e o companheirismo dos dois dão lugar a uma doce sedução, e o que era apenas um acordo frio se transforma em um fogo capaz de consumi-los.

No segundo volume da série Clube dos Sobreviventes, você vai descobrir se um casamento nascido do desespero pode levar duas pessoas a encontrarem o amor de sua vida.

Uma loucura e nada mais

Depois de sobreviver às guerras napoleônicas, sir Benedict Harper está lutando para seguir em frente e retomar as rédeas de sua vida. O que ele nunca imaginou era que essa esperança viesse na forma de uma bela mulher, que também já teve sua parcela de sofrimento.

Após a morte do marido, Samantha McKay está à mercê dos sogros opressores, até que planeja uma fuga para o distante País de Gales para reivindicar uma casa que herdou. Como o cavalheiro que é, Ben insiste em acompanhá-la em sua jornada.

Ben deseja Samantha tanto quanto ela o deseja, mas tenta ser prudente. Afinal, o que uma alma ferida pode oferecer a uma mulher? Já Samantha está disposta a ir aonde o destino a levar, a deixar para trás o convívio com a alta sociedade e até mesmo a propriedade que é sua por direito, por esse belo e honrado soldado.

Mas será que, além de seu corpo, ela terá coragem de oferecer também seu coração ferido a ele? As respostas a todas as perguntas talvez estejam em um lugar improvável: nos braços um do outro.

Uma paixão e nada mais

Ao voltar para casa depois das Guerras Napoleônicas, Flavian, o visconde Ponsonby, ficou arrasado ao ser abandonado pela noiva.

Agora a mulher que partiu seu coração está de volta, e todos estão ansiosos para que eles reatem o noivado. Exceto Flavian, que, em pânico, corre para os braços de uma jovem sensível e encantadora.

Apesar de ter sido casada por quase cinco anos, a viúva Agnes Keeping nunca se apaixonou, nem quer se apaixonar. Aos 26 anos, ela prefere manter o controle de suas emoções e de sua vida. Porém, ao conhecer o carismático Flavian, fica tão arrebatada que acaba aceitando seu impetuoso pedido de casamento.

Quando descobre que Flavian pediu sua mão apenas para se vingar da antiga paixão, Agnes decide fugir. Mas Flavian não tem a menor intenção de deixar a esposa partir, principalmente após descobrir que, para sua própria surpresa, está completamente apaixonado por ela.

Uma promessa e nada mais

Ralph Stockwood sempre se orgulhou de ser um líder nato. Mas, quando convenceu os amigos a lutarem com ele nas Guerras Napoleônicas, nunca imaginou que seria o único sobrevivente.

Mesmo atormentado pela culpa, Ralph precisa seguir em frente, arranjar uma esposa e garantir um herdeiro para seu título e sua fortuna.

Desde que a participação de Chloe Muirhead na temporada de Londres terminou de forma desastrosa, ela aceitou a possibilidade de ser, para sempre, uma solteirona. Para escapar da própria família, a moça se refugia na casa da madrinha de sua mãe. Lá, conhece Ralph.

Ele precisa de uma esposa. Ela não acharia ruim encontrar um marido. Então Chloe sugere que os dois se casem, por conveniência. A condição é uma só: Ralph precisa prometer que nunca a levará de volta a Londres.

Mas, de uma hora para outra, as circunstâncias mudam. E logo fica claro que, para Ralph, o acordo foi apenas uma promessa e nada mais...

CONHEÇA OS LIVROS DE MARY BALOGH

Os Bedwyns

Ligeiramente perigosos

Ligeiramente pecaminosos

Ligeiramente seduzidos

Ligeiramente escandalosos

Ligeiramente maliciosos

Ligeiramente casados

Clube dos Sobreviventes

Uma proposta e nada mais

Um acordo e nada mais

Uma loucura e nada mais

Uma paixão e nada mais

Uma promessa e nada mais

Um beijo e nada mais

Para saber mais sobre os títulos e autores da Editora Arqueiro,
visite o nosso site e siga as nossas redes sociais.
Além de informações sobre os próximos lançamentos,
você terá acesso a conteúdos exclusivos
e poderá participar de promoções e sorteios.

editoraarqueiro.com.br